BERND FRANZINGER

Pilzsaison – Pfälzische Ausgabe

TATORT PFÄLZERWALD Gleich in seinem ersten Fall wird Wolf Tannenberg, frischgebackener Leiter der Kaiserslauterer Mordkommission, mit einem mysteriösen Verbrechen konfrontiert. Im Stadtwald liegt eine weibliche Leiche, in deren aufgeschlitzter Kehle mehrere Pilze stecken. Der Kommissar kann weder eine Spur zu einem Verdächtigen finden, noch ist auch nur der Ansatz eines möglichen Tatmotivs zu erkennen. Wenige Tage später finden Spaziergänger eine weitere Frauenleiche. Tannenbergs Gegner erscheint übermächtig, denn er ist ein geschickter Stratege, ein leidenschaftlicher Spieler, der immer eine Überraschung für seine Häscher bereithält.

Dr. phil. Bernd Franzinger, geboren im Jahr der Suezkrise, hat erst im fortgeschrittenen Lebensalter bemerkt, dass die Stimme in seinem Kopf stets pfälzisch mit ihm spricht. Aufgrund dieser späten Erkenntnis hat er sich dazu entschlossen, das Erstlingswerk seiner erfolgreichen Tannenberg-Reihe grundlegend zu überarbeiten.

BERND FRANZINGER

Pilzsaison – Pfälzische Ausgabe

KRIMINALROMAN

GMEINER

Basiert auf dem Kriminalroman »Pilzsaison« von Bernd Franzinger

Personen und Handlung sind frei erfunden. Ähnlichkeiten mit lebenden oder toten Personen sind rein zufällig und nicht beabsichtigt.

Im Ehnried 5, 88605 Meßkirch
Telefon 07575/2095-0
info@gmeiner-verlag.de

1. Auflage 2025

Satz & Layout: Mirjam Hecht
Umschlaggestaltung: U.O.R.G. Lutz Eberle, Stuttgart
unter Verwendung eines Fotos von: © Lutz Eberle
Druck: GGP Media GmbH, Pößneck
Printed in Germany
ISBN 978-3-8392-0898-4

E Krimi zum Ferschde unn Schmunzele

Für meine Enkel Emilia, Jonas und Charlotte.

PILZE

Bunte Pilze sind die Kindchen,
Die dem Mutterschoß der Waldung
In den feuchten Sommernächten
Gleich zu hunderten entsprießen.

Und sie gucken zwerghaft niedlich
Unter breiten Faltenhütchen,
Ducken sich ins Moosgewoge,
Bange vor der kleinsten Schnecke.

Schnecken kommen viel gezogen.
Hei, wie freu'n sie sich der Beute!
Fressen, dass die Bäuche schwellen
Von des Pilzlings rundem Rücken.

Halt, da greifen weiche Tatzen
Fünfgefingert nach den Pilzen,
Ziehen sie vom Mutterbusen,
Stecken sie ins runde Körbchen.

Und da schauen sie einander
Rund verwundert und verängstigt
An und flüstern: Ach was wird nun –
Wird nun wohl mit uns geschehen?

Emerenz Meier (1874–1928)

1

Schlaftrunken wankte Tannenberg ins Wohnzimmer, nahm gähnend den Telefonhörer aus der Basisstation und ließ sich kraftlos in seinen Ohrensessel niedersinken. »Mensch, Geischer, du aldi Nerfesä, wasn los, hat merr noch nett emool am heilische Sunndaach soi Ruh vor deer?«

»Duud merr echt lääd, Chef, ich wees jo, dass Sie kä Bereidschaft hann, awwer de Owwerstaadtsanwalt leht halt emool geschdeischerde Wert druff, dass Sie sich hegschtpersehnlich um die Sach kimmern.«

»Um welchi Sach? – Langsam! Jetzt saasche merr erschtemool, wie späd ess iss und dann in aller Ruh, was iwwerhaupt bassiert iss.«

»Allo, es iss korz no siwwe. For ner halwe Schdunn hat a Mann aussem Wald aangeruf und behaupt, dass er grad a Leich im Wald gefunn hätt. Meer sinn glei higefahr. Sie missen schnell kumme! So ebbes hannse noch nie gesieh. Uunglaublisch!«

»Was machden der Dödel sunndachs um die Uhrzeit im Wald?«

»Wääs ich doch a nett, Chef. Kummense schnell. I waad am Bremerhof.«

»Mach doch kää so Stress, du Affezibbel, die Dood kann uns jo nimmi fortrenne«, bemerkte der Leiter der Kaiserslauterer Mordkommission trocken.

Dann schlurfte er zurück in sein Schlafzimmer, streifte die gestern Abend neben seinem Bett abgelegten Kleidungsstücke über den ungewaschenen Körper und ging in die Garage. Widerwillig startete er seinen alten BMW und fuhr durch die menschenleere Beethovenstraße in Richtung Waldschlösschen.

Eichentlich sollt merr efter emool sunndaachmoijens in aller Herrgottsfrieh durch die Stadt fahre – kää Stau, kää rodi Ampel, kää anarchistische Radfahrer, dachte Tannenberg, als er kurz nach der Abzweigung zum Bremerhof zu einer reflexartigen Vollbremsung genötigt wurde.

»Bleedes Viehzeisch!«, schimpfte er in die frühmorgendliche Stille.

Doch bereits wenige Augenblicke später freute er sich darüber, dass er gerade einer jungen Eichhörnchenfamilie das Leben gerettet hatte.

Nachdem er die letzte Kurve vor dem Bremerhof passiert hatte, sah er bereits von Weitem Kriminalhauptmeister Geiger, der mit beiden Armen wild umherfuchtelnd seinen Chef auf sich aufmerksam zu machen versuchte.

»Was solln dess Theater? Ich bin doch nett blind! De Bremerhof finn ich a bei Nacht unn Newwel. Hasche schunn die Spusi herbestellt?«, fragte Tannenberg durch das offene Seitenfenster.

»Awwer logo, Chef, die sinn schunn voll am Schaffe«, antwortete der übergewichtige Kriminalbeamte, dessen Hemd unter den Achseln von großen Schweißflecken gezeichnet war.

Tannenberg quälte sich mühsam aus seinem BMW-Cabrio, dehnte behutsam den verkrampften Körper und ließ seinen müden Blick über die taubenetzten, dampfenden Wiesen schweben.

Die große, direkt an das alte Sandsteingebäude angrenzende Pferdekoppel lag immer noch so merkwürdig schräg abgeschnitten am Hang. Es war das gleiche Bild, das er schon einmal vor einigen Jahren hier gesehen hatte. Damals, als er das letzte Mal hier gewesen war. So als ob sich in der Zwischenzeit nichts verändert hätte.

Es waren keine schönen Erinnerungsfetzen, die sich gerade Stück für Stück in Tannenbergs Bewusstsein schoben, schließlich waren es die letzten Tage gewesen, die er damals mit seiner todkranken Frau verbracht hatte.

Obwohl schon schwer krank, hatte Lea sich diesen Ausflug so sehr gewünscht, dass Tannenberg ihr dieses Vorhaben einfach nicht abschlagen konnte. Die Ärzte hatten davon eindringlich abgeraten, denn ihrer Meinung nach war das Risiko einer todbringenden Infektion für einen »Moribundus evident«, wie der Oberarzt so bemerkenswert einfühlsam zu ihm gesagt hatte.

Aber Lea war nicht davon abzubringen gewesen. Sie wollte noch ein letztes Mal einen sonnendurchfluteten Herbsttag in der von ihr über alles geliebten Natur verbringen, die bunten Blätter herumwirbeln sehen, das melodische Rauschen in den hohen Buchenkronen hören, die würzige Waldluft atmen …

»Chef, ich deed sae, meer fahrn mimm Ferschder soim Audo«, polterte Geiger rücksichtslos in Tannenbergs schmerzlichen Erinnerungsschub.

»Ach Gott, was für ein herrlicher Sommermorgen: kühl, klar – und Vollmond, einfach spitze! Da geh ich heute Abend selbstverständlich auf die Jagd«, frohlockte der ganz in Grün gekleidete Waldschrat, den Tannenberg spontan in die Kategorie »Unsympath« einordnete.

Unn schunn wirre so enner, der unserer Hochkuldurspraach nett mäschdisch iss, grollte Tannenberg tonlos. Was sinn dess ferr Zeide, wann noch nett emool e Ferschder Pälzisch redde duud.

»Sie Hoschbess, müssen Sie denn in jedes Schlagloch fahren?«, schimpfte Tannenberg, nachdem sein Kopf unsanft an den oberen Türholm geschleudert worden war.

»Entschuldigung, aber wir sind hier schließlich im Wald

und nicht in der Fußgängerzone!«, entgegnete der Gescholtene trotzig. »Da vorne ist es übrigens schon.«

Tannenberg sah bereits von Weitem die rot-weißen Flatterbänder, mit denen der Ort des Verbrechens beziehungsweise der Fundort der Leiche abgesperrt war. Unwillkürlich musste er an den 1. FCK denken, der gestern Nachmittag durch eine blamable Vorstellung beim FC St. Pauli mal wieder die Teilnahme an einem internationalen Wettbewerb im wahrsten Wortsinne verspielt hatte.

Als er den schmalen, dicht mit Brennnesseln und Himbeerbüschen umzäunten Pfad zum Pfaffenbrunnen emporstieg, war er froh darüber, das Abonnement für seine Dauerkarte auf der Nordtribüne schon vor Jahren gekündigt zu haben; denn für das, was sich heute im Profifußball abspielte, hatte er kein Verständnis mehr.

Gestern Morgen hatte er gelesen, dass wegen der Kirch-Pleite die völlig überzogenen Millionengehälter dieser verwöhnten Balljongleure durch Bundesbürgschaften abgesichert werden sollten. – Unglaublich!

Inzwischen hatte Tannenberg den unteren der sieben Sandstein-Findlinge erreicht, die man vor Jahrzehnten am Steilhang vor der Schutzhütte wie eine große Steintreppe übereinandergetürmt hatte.

Zunächst sah er nur zwei über den Felsblock hängende nackte Füße, dann, nachdem er keuchend den beschwerlichen Rest des Anstiegs bewältigte hatte, das ganze Bild.

Ja, es war ein Bild, ein Kunstwerk, ein kunstvoll gestaltetes Arrangement, das sich ihm hier oben darbot. Diese Begrifflichkeiten waren zwar durchaus makaber, es handelte sich ja schließlich um einen toten Menschen, der wie auf einem Altar oben auf der roten Sandsteinplatte lag, so aufgebahrt, wie man vielleicht früher Menschenopfer irgendeinem heidnischen Gott dargebracht hatte.

Aber Tannenberg ließ diese Assoziationen unzensiert zu, ja er sprach sie sogar in sein Diktafon, das er immer bei sich trug. Schließlich hatte er von Kriminalrat Weilacher gelernt, dass der erste Eindruck, den man vom Tatort, dem Zustand der Leiche et cetera gewann, extrem wichtig war und oft entscheidenden Einfluss auf die weiteren Ermittlungen hatte.

Als Tannenberg nur noch wenige Schritte von der bis auf die fehlenden Schuhe vollständig bekleideten Toten entfernt war, musste er an das friedlich schlummernde Dornröschen denken.

Während er aber näher an die tote Frau herantrat, verabschiedete sich dieser merkwürdige Gedanke genauso schnell aus seinem Bewusstsein, wie er aufgetaucht war. Denn was er jetzt zu Gesicht bekam, hatte absolut gar nichts mehr mit dem Bild eines lebensnah hergerichteten friedlichen Leichnams zu tun, wie man ihn von kirchlichen Trauerfeiern her kennt.

Auf dem fahlen Antlitz der Toten konnte man zwar auf den ersten Blick keine Verletzungen erkennen, aber das Gesicht der Frau war total entstellt, völlig verzerrt, mit weit aufgerissenem, schiefem Mund und kreisrunden Glotzaugen – genau wie der »Schrei« von Munch, dieses abscheuliche Gemälde, das Tannenberg einmal in einer Kunstausstellung gesehen hatte. Dieses stumme Entsetzen, diese abgrundtiefe Verzweiflung.

Die schreckliche Totenfratze hatte ihn zunächst derart in ihren Bann gezogen, dass er erst einige Augenblicke später ein Detail an der Toten wahrnahm, das er, obwohl schon seit zwanzig Jahren beruflich mit Mord und Totschlag beschäftigt, wirklich noch nie gesehen hatte. Geiger hatte recht gehabt – es war unglaublich! Die Kehle der toten Frau war etwa fünf Zentimeter breit aufgeschlitzt worden und in den klaffenden Spalt hatte irgendjemand Pfifferlinge gesteckt – drei große dottergelbe Pfifferlinge.

»Hopp, Wolf, loss uns erscht unser Awed ferdisch mache. Du unn de Doc kännen noher in aller Ruh die Leich aanglotze unn bedatsche. Awwer jetzt sinn meer an de Reih. Ich hann nämlich heit noch ebbes anneres vor«, sagte der Kriminaltechniker Mertel und schob den in Gedanken versunkenen Tannenberg ein wenig zur Seite.

»Rainer, warum hadden die Fraa nett mäh Blut verlor, wammer ehr die Kehl durchgeschnitt hat?«, fragte Tannenberg den Gerichtsmediziner, dem man deutlich anmerkte, dass er nur widerwillig bereit war, den in Ganzkörperanzüge gehüllten Mitarbeitern der Spurensicherung den Vortritt bei der Erstbegutachtung des weiblichen Leichnams zu überlassen.

»Ess gebbt zwää Meeschlichkäde: Entwerre de Mörder hat noor de Kehlkopp verletzt unn kää Arterie getroff, orre er hat die Fraa aanschließend umgezo. Awwer wie immer, moi liewer Wolf. Wie im Fernsehkrimi: Genaueres erst nach der Obduktion!«, antwortete Dr. Schönthaler.

»Awwer wieso steckt der dere Fraa Gäälschwämmscher in die Kehl?«, murmelte Tannenberg vor sich hin. Er räusperte sich und sprach in sein Diktiergerät: »Ritualmord – Fracheezeichen. Opferung uffem Altar. Wemm soll geopfert werre? Dannezweische, Dannezappe und anneres Waldzeisch sinn wie Blummeschmuck bei nerr Beerdischung um die Dood errumgeleht«, sprach Tannenberg.

»Fichtenzweige und -zapfen, keine Tannen!«

»He?«

»Lieber Herr Kommissar, bei diesem, wie Sie es eben so lieblos genannt haben, ›Waldzeug‹ handelt es sich nicht etwa um Tannen, sondern um Fichten! Und das ist ein gewaltiger Unterschied! Das andere Waldzeug sind Bucheckern und Kiefernzapfen. Und das da oben hinter dem Kopf sind Eichensprösslinge; und was da außenrum liegt, sind Blüten des Roten Fingerhuts«, dozierte Kreilinger.

»Sehr gifdisch!«, warf der Gerichtsmediziner ein. »Awwer wie die guud alt Paracelsus schunn gesaat hat: Die Dosis macht es Gift! Schließlich iss Digitalis a altbewährtes Herzmedikament!«

»Danke für die umfassende Belehrung, meine Herren«, entgegnete Tannenberg in betont gestelzter Fremdsprache. »Der Herr Oberförster hat doch bestimmt noch wichtige Termine, oder?«

Kreilinger verstand. »Ich wollte nur helfen.«

»Danke, aber wir schaffen das schon allein«, sagte Tannenberg.

Mit grimmiger Miene verzog sich der Waidmann.

Anschließend setzte Tannenberg seinen Monolog mit dem Diktiergerät fort. Nun allerdings mit gebührendem räumlichem Sicherheitsabstand, den er sich dadurch geschaffen hatte, dass er sich auf die andere Seite des Totentischs begeben hatte. Da er dort etwas erhöht auf einem kleinen Sandsteinpodest stand, konnte er die Tote aus einer anderen Perspektive betrachten.

»Gekeimte Äschele in Form fumme Symbol aangeordnet – weibliches Symbol, also so e Symbol, wies die Emannze benudze duun, dess mit demm Kreis und demm Kreiz unnedraan. Egal, jedenfalls leien die Triebe, die aus de Äschele wachse duun, so, dass se all noo inne zu de Kräsmidde zeischen. Awwer warum? – Ej, du elender Leischeknipser, musche merr dann direkt in die Aue blitzte? Ich sieh noor noch Schternscher!«, fuhr Tannenberg den verdutzten Polizeifotografen an.

»Wolf, cool down, du bisch doch derjenische, der nie genuuch Bilder funn soine Leiche krie kann. Bin jo glei ferrdisch.«

»Meer sinn a ferrs Erschte ferrdisch«, sagte der Kriminaltechniker Mertel und entfernte die letzten zur Sicherstellung von Fremdfasern und Haaren auf der Kleidung der Toten angebrachten Klebestreifen.

»Waad emool noch e Momentsche«, rief der Gerichtsmediziner.

Er schob sich die dünnen Plastikhandschuhe über die langen Finger und begab sich zum Leichnam. Dort entfernte er die Pfifferlinge aus dem klaffenden Kehlenspalt und reichte sie an Mertel weiter, der sie in ein kleines Tütchen steckte.

Dr. Schönthaler schüttelte den Kopf. »Gäälschwämmscher in de Kehl. Sache gebbts.«

»Du Wolf, ich glaab nett, dass die arm Fraa an dem Schnitt gestorb iss«, sagte der Rechtsmediziner und schob die Bluse der Frau zuerst am Bauch und dann am Rücken nach oben. »Siesche, do hammers schunn: E schääni klänni Stichwund in de Herzgeschend. Dess guck ich merr noher genauer aan.«

»Dodeszeitpunkt?«, fragte Tannenberg.

Der Rechtsmediziner legte den Kopf schief. »Ich schätz emool vor acht bis zehn Schdunne.«

Tannenberg rechnete zurück. »Also so zwische 22 Uhr unn Middernacht.« Er drehte sich zu seinem Mitarbeiter um. »Sa mool, Geischer, hasche Ausweisbabiere gefunn, damit merr die Idendidät vunn de Doode kläre kennen?«

»Nee, in de Kläder war nix unn e Handdasch hammer nett gefunn.«

»Ruf mo in de Zentrale aan unn froo, obs e Vermissdemeldung gebbt.«

»Mach ich sofort, Chef.« Geiger räusperte sich. »Awwer do iss noch ebbes.«

»Ja, was dann, Geischer? Loss derr doch nett jeden Worm änzel aus de Noos ziehe«, schimpfte der Leiter der Kaiserslauterer Mordkommission.

»Do vorne iss a noch der, der wo die Leisch gefunnt hat.«

»Ei, Dunnerkeil, denne hädd ich jo fascht vergess.« Tannenberg schaute sich suchend um. »Wo issen der iwwerhaupt?«

»Do vorne in der Schutzhidd.«

»Ei, dann holne halt moo her. Los, los beweesch dich!«

Kriminalhauptmeister Geiger befolgte die Anweisungen seines direkten Vorgesetzten und erschien wenige Augenblicke später mit einem hageren, untersetzten Mann im besten Rentenalter.

»Guuder Mann, was machennen Sie in der Herrgottsfrieh schunn im Wald?«, wollte Tannenberg wissen.

»Ich hann halt von meiner Awed beis Herr PAFFE immer noch dess friehe Uffstehe drin. Do kann ich gar nix degee mache, mojens um halb sechs werr ich äfach wach – ohne Wegger! Unn dann geh ich halt moi Rund von moim Haus im Dunkeldäälchen iwwer de Humbersch zum Paffebrunne unn iwwer de Bremerhof wirre hääm.«

»Iss Ihne dodebei heit moin ebbes Besonneres uffgefall? War irschendebbes annerscht als sunnscht – außer de Leisch nadeerlich?«, fragte Tannenberg.

»Nä, Herr Kommissar, dess war alles wie immer«, antwortete der Mann kopfschüttelnd.

»Gut, dann wars dess erschdemool. Sie kännen häämgehe.«

Während der Rentner sich gemächlich in Bewegung setzte, dachte Tannenberg darüber nach, ob er nach seinem aktiven Polizeidienst auch als Spaziergänger enden würde. Er verscheuchte den deprimierenden Gedanken und blickte an den hohen Buchen vorbei auf seine Heimatstadt, die ruhig und friedlich im sanften Talkessel schlummerte.

Über ihr thronte wie eine mittelalterliche Trutzburg das Fritz-Walter-Stadion, das vor ein paar Tagen zum offiziellen Austragungsort der Fußball-WM 2006 gekürt worden war. Aber Tannenberg konnte sich über dieses von den Würdenträgern der Stadt euphorisch gefeierte Ereignis nicht richtig freuen, denn im Gegensatz zu vielen seiner Mitbürger dachte er bei dem Projekt »WM in Kaiserslautern« nicht an einen sicherlich wünschenswerten Schub von Infrastrukturmaßnahmen und den damit für diese Region verbundenen wirtschaftlichen Aufschwung, sondern an Horden randalierender Hooligans, die Gewalt und Zerstörung in seine geliebte Heimatstadt brachten.

So wie bei der letzten WM in Lens. Den Namen des schwer verletzten französischen Kollegen hatte er zwar vergessen, aber diese schrecklichen Bilder hatten sich gerade in den letzten Tagen immer und immer wieder vor sein geistiges Auge geschoben.

Während Tannenberg sich gedanklich mit den negativen Begleiterscheinungen moderner Massenveranstaltungen beschäftigte, quälten sich stöhnend und fluchend zwei Mitarbeiter eines Bestattungsunternehmens den beschwerlichen Weg empor zum Felsplateau des Pfaffenbrunnens, wo sie bereits von Dr. Schönthaler mit mahnenden Worten empfangen wurden.

»Wann ehr nooher die Leisch genauso brudal enunnerdrahn, wie ehr de Zinksarsch grad hergebrung hann, kann ich merr moi Awed schbare«, grummelte der Rechtsmediziner.

»Warum muss die Leisch awwer a do owwe uffem Felse leie? Hätt die Fraa nett a unne uffem Parkplatz ehr schwarze Essensmärkscher abgewwe känne, he?«, schimpfte der größere der beiden Männer, während er den matt glänzenden Metallsarg auf dem Waldboden abstellte.

»Seien Sie doch froh, dass der Mörder die Fraa nett uffs Dach vumm Humberschturm geleht hat«, grinste Tannenberg.

»Sie hann gut lache, Sie missen die Dood jo nett erunnerschleppe«, gab der andere Leichenträger genervt zurück, während er sich Schweißtropfen von seiner geröteten Stirn wischte.

»Ich muss mich mit genung annere Sache erummäjere, zum Beischbiel mit der Frooch, wer die arm Fraa vumm Lewe in den Dood beferrdert hat«, konterte Tannenberg. »Unn jedert bidde e bissje Beeilung, denn ball kreizen die Pressegeier und die erschde Sunndaachsausflieschler hier owwe uff.«

»Zugleich!«, riefen die Männer unisono, hievten die silbergraue Leichenbahre in Bauchhöhe und machten sich auf den Weg.

»Gott sei Dank ist die nett so schwer wie der Mops vunn vorgeschdern. War dess a aanschtrengendi Schinnerei!«, hatte der vordere der beiden Männer gerade gesagt, als er auf einer glitschigen Wurzel ausrutschte und kopfüber in die Brennnesseln stürzte.

Der andere Träger konnte nicht verhindern, dass der Metallsarg zur Seite kippte und die tote Frau ebenfalls in die Brennnesselbüsche fiel.

»Ei, lossen doch die Leich glei de ganze Hang ennunnerborzele!«, schimpfte Tannenberg. »Was sinnen ehr ferr hebgedrehde Kaschber? Duun ehr sunnscht Dachladde nachelle, he?«

Dr. Schönthaler schlug die Hände über dem Kopf zusammen. »Dess derf doch nett wohr sinn! Ei, schmeissen die Leisch doch glei de Felse enunner. Wie soll ichen jedzert noch de genaue Doodeszeitpunkt ermittele?«, schimpfte der aufgebrachte Gerichtsmediziner, der auch durch die devoten Entschuldigungsversuche der beiden Mitarbeiter eines alteingesessenen Kaiserslauterer Bestattungsunternehmens nicht zu besänftigen war.

Er war völlig außer sich. »Ehr verfluchte Schdimber! Ich werr persehnlich defor sorje, dass ehr zwää ferrs Pathologische Inschdidud garantiert kää Doode mäh transbordiere duun!«

Als Tannenberg drei Stunden später in der Gerichtsmedizin erschien, hatte sich Dr. Schönthaler noch immer nicht beruhigt. »Mann, Mann, Mann, was ferr dilledandische Trottel! Hänner eischentlich schunn e Vermisstemeldung?«

»Nä, bis jedzert iss noch känni inngang. De Geischer hat alle Dienststelle im Umkräs abgecheckt. Ich kann derr sae, im Präsidium iss vielleicht die Höll los! De Owwererstaatsanwalt iss stinksauer, weil er heit e Golfturnier hat. Natürlich möchte er umgehend und umfassend informiert werden. Der Schwallbagge macht mäschdisch Druck, der will doch …«

»Ach, de lieb Herr Owwerstaatsanwalt, gebbts denne a noch. Was ferr a Fräd«, unterbrach der Gerichtsmediziner.

»Jo, leider! Bin ich froh, dass ich bei deer e wischdischer Termin wahrnemme muss«, sagte Tannenberg, nahm ein Skalpell vom Seziertisch und begann damit vorsichtig auf dem Nagel seines linken Zeigefingers herumzuschaben.

»Kumm, loss des Ding leie, dodemit kammer sich beese Verletzungen zufiesche – unn ä Leisch langt merr ferr heit. Iwwerrischens hann ich gar nett gewisst, dass meer zwä e wischdischer Termin verinnbart hätten«, entgegnete Dr. Schönthaler mit leicht nach oben gezogenen Mundwinkeln.

Er gab Tannenberg einen freundschaftlichen Klaps auf die Schulter.

»Folschendes kann ich deer schunn emool sae: Die Dood iss uungefähr 35 bis 40 Joor alt gewesst und hat sich zu Lebzeite inneme sehr gute gesundheitliche Zustand befunn. Sie hat wahrscheinlich viel Sport gemacht, ja merr kann sogar behaupte, dass se ziemlich durchtrainiert war. Die Zää sinn tadellos in Ordnung.

Aber dess interessiert dich alles wahrscheinlich wennischer als dess do: Unser Opfer muss irschendwo feschtgebunn, orre vielmäh feschtgeschnallt gewesst sinn. Dess kann merr an de Hautabschürfunge, an de Fußfessele, Handgelenke, am Owwerkörper unn an de Bä siehe. Außerdem hann ich an denne Stelle Innbludungen und kabuddes Unnerhautgewebe gefunn.«

Dr. Schönthaler reckte den Zeigefinger in die Höhe. »Unn,

moi liewer Wolf, ich hann noch ebbes ganz Inderessantes ferr dich. Gugg derr emool die Ferse aan«, sagte der Gerichtsmediziner und deutete auf die Füße der Toten.

Tannenberg blickte auf die blutverkrusteten Fersen und konnte zunächst nichts Auffälliges entdecken. »Na ja, die missen wohl so aussiehe, wann de Täter die Frau e paar Meder iwwer de Waldbodde geschlääft hat.«

»Ja, schunn, awwer dess iss nett ess Entscheidende. Gugg emool do!«, sagte Dr. Schönthaler mit lauter Stimme. Er griff eine Pinzette und zupfte damit an der rechten Ferse der Toten herum. »Wääsche, was dess iss?«

»Allo, ich sieh nix Besonneres.«

»Was ich do grad mit de Pinzett hochheb, iss e Dääl vunn de Achillessehn vunn der Doode.« Um seiner Äußerung nachhaltigeren Ausdruck zu verleihen, legte der erfahrene Pathologe eine kurze Sprechpause ein. »Unn dess bedeit?«

»Ja, Gott, was bedeit dess?« fragte Tannenberg verständnislos.

»Ganz ääfach: De Täter orre die Täterin hat de dood Fraa nett noor e paar Meder iwwer de Bodde geschläft, sondern viele, viele Meder. Merr kennt a behaupte, dass de Mörder se durch de halbe Wald gezoh hat!«

»He?«

»Dodruff deiden die abgeschliffene Ferseknoche unn die tief ingeribbene Sandkörner hi«, erläuterte der Gerichtsmediziner.

Mit eindeutigen Gesten forderte er Tannenberg dazu auf, sich die Angelegenheit aus der Nähe zu betrachten, was der Kriminalist aber dankend ablehnte.

»Dess hääst, de Täter orre die Täterin iss nett, wie merr bisher aangenumm hänn, zu Fuß vumm Pfaffebrunnen gefahr unn hat die Leisch dann die letschde zwanzisch Meder zum owwerschde Felse hochgeschleppt, sondern hatse längeri Zeit iwwer Waldbodde unn Sandstää geschlääft. Warum macht merrn so ebbes Verriggdes?«

»Kä Ahnung, Wolf, dess iss dei Schobb!«

»Do muss die Spusi sofort noch emool raus in die Wallahei! Dess hann die Blindgänger voin garandiert nett bemerkt. Die missen die Schleifspure zuriggverfolsche bis zu demm Platz, wo de Täter geparkt hat, und dort alle Reifeabdrick sichere«, rief Tannenberg aufgebracht. Via Handy instruierte er die Kriminaltechniker.

Dann wandte er sich wieder dem Pathologen zu. »Kannsche schunn ebbes Genaueres zur Tatwaff sae?«

»Allo, ich denk, dass der Geschenstand, mit demm die Fraa tödlich verletzt worr iss, rund, sehr spitz und ziemlich lang gewesst sinn muss. Es kann sich wedder um ebbes Kandisches gehandelt hann norre um e Messer, denn es sinn kää Innrisse orre Schnittstelle in de Wund zu finne. De Stichkanal iss ganz waagrecht.

Ess war also kää Zuschdoße vunn owwe orre unne, denn dann hätt ich määh Bludunge unn Innrisse in de Wund in e beschdimmdi Rischdung finne misse. Dess muss so ebbes wie e iwwerdimensionali Akupunkturnoodel gewesst sinn – allerdings mit wennisch heilsamer Wirkung«, scherzte der Gerichtsmediziner und lauschte einige Sekunden andächtig dem Nachhall dieser nach seiner Meinung sehr gelungenen Formulierung.

Obwohl Tannenberg mit dem Gerichtsmediziner seit vielen Jahren befreundet war, vermochte er manchmal dessen makaberen Humor einfach nicht nachzuvollziehen.

»Gugg derr dess do emool genauer aan«, forderte Dr. Schönthaler den Hauptkommissar zur eingehenderen Begutachtung der Wunde auf.

»Ess langt, wann du merr dess alles in doin Bericht eninnschreibscht. Hasche sunnscht noch ebbes Außergewähnliches entdeckt?«, fragte der Kriminalbeamte, der sich inzwischen demonstrativ ein paar Meter von der aufgebahrten Toten entfernt hatte.

»Moi Hybothees, dass die arm Fraa gefesselt worr iss, werd unnermauert durch Schürfwunde an de Kinnunterseit. Der Täter hat ehrn Kopp wahrscheinlich mit nerr bräääde Binn orreme Gerdel fixiert, bevorer …«

»Bevorer was?« fragte Tannenberg ungeduldig dazwischen.

»Bevorer … Dess iss werglisch uunglaublich!«

»Los, machs nett so spannend!«

»Bevorer zwischem sechsten und siebten Ribbeboe denne spitze Gejeschdand langsam inngefiehrt hat.«

»Wie langsam inngefiehrt?«, fragte der Ermittler stirnrunzelnd.

»Na ja, de Täter hat nett fescht zugestoß, so wie zum Beischbiel beime Messerstich, sondern er hat quasi in Zeitlupp dess Ding bis zum Herz rinngedriggt. Der Mensch – iss dess eischentlich noch e Mensch, der so ebbes Abardisches duud?«

»Weiter, weiter, Rainer!«, drängte Tannenberg.

»Der Saukerl muss mit dem Ding de rasende Herzschlach vunn soim Opfer geschbiert hann. – Unn wääsche, was er dann gemacht hat?«

»Was?«

»Dann hat er fescht zugedriggt unn es pulsierende Herz vunn der arm Fraa durchgestoß. So wie merr e Hähnsche uff e Grillspieß steckt.«

»Uunglaublich!«

»Kumm emool näher!«, forderte der Gerichtsmediziner. Er wartete, bis der Leiter der Kaiserslauterer Mordkommission direkt neben ihn stand. Dann zeigte er mit der Pinzette auf den Oberkörper der Toten. »Siehsche dess klääne Loch unner de Bruscht?«

»Ja.«

»Do iss die Spitz rauskumm.«

Für einige Sekunden herrschte völlige Stille in dem weiß gefliesten Obduktionsraum.

»Rainer, ich hann genung. Erspar merr bitte weitere Details. Schreibse in doin Bericht«, bat Tannenberg, den plötzlich ein starkes Unwohlsein überfiel.

Er drehte sich um und machte sich ohne ein Abschiedswort auf den Weg nach draußen.

Aber der Pathologe folgte ihm und hielt ihn am Ärmel fest. »Wolf, waad emool. Hasche nett vergess, mich ebbes Entscheidendes zu froe?«

»Wieso? Was dann?«, fragte der Leiter der Kaiserslauterer Mordkommission verwundert.

»Na ja, ferr e professionelli Ermittlungsawed iss die Frooch jo nett uunwischdisch, ob die Fraa Opfer vumme Sexualverbrecher worr iss.«

»Klar, Rainer.« Tannenberg schlug sich mit der linken Hand leicht an die Stirn. »Du hasch recht. Meer gehts halt im Moment nett so besonners.«

»Du machsch merr werglisch Sorje!«

»Dess iss norre e voribbergehendi Konzentrationsschwäsch«, versuchte Tannenberg seine dienstliche Nachlässigkeit zu erklären.

»Voribbergehend? Und vunn weje Konzentrationsschwäch! Dess iss e ausgewachsene Depression, moi Liewer. Unn dess seit sechs Johr! Ich wees, wie arisch dus Lea geliebt hasch, awwers Lewe geht weider! Ess Lea hätt beschdimmt nett gewollt, dass du dich so hänge loscht.«

»Ach, loss mich doch ääfach in Ruh. Du verschtehsch dess nett«, gab Tannenberg trotzig zurück. »Sa merr liewer, ob die Fraa missbraucht worr iss.«

»Allo«, begann der Gerichtsmediziner ruhig, »dodruff gebbts kää Hiweis.«

»Danke, Rainer. Iwwerischens an ferr doi Freindschaft«, sagte Tannenberg leise. »Jedzert muss ich awwer dringend an die frisch Luft.«

»Gudi Idee! Waldgebiede deed ich an deiner Stell allerdings zur Zeit meide.«

Ohne auf Dr. Schönthalers makabere Bemerkung einzugehen, verließ Tannenberg den kalten Totenraum und schlurfte gedankenversunken durch die von grellem Neonlicht durchfluteten Krankenhausgänge.

Obwohl inzwischen die Mittagszeit schon längst vorüber war und er heute morgen in seinem Büro außer zwei Tassen Kaffee und einem trockenen Croissant nichts zu sich genommen hatte, wollte sich noch immer kein rechtes Hungergefühl bei ihm einstellen. Der Formalin-Schleier, der sich seit dem Aufenthalt in den Katakomben des Klinikums über seine Nasenschleimhäute gelegt hatte, war einfach zu penetrant. Am liebsten wäre er jetzt nach Hause gegangen und hätte sich zu einem kleinen Mittagsschläfchen hingelegt, aber er musste leider zur Dienstbesprechung ins Präsidium.

»Na endlich, Herr Hauptkommissar, es wird ja auch Zeit!«, empfing ihn Oberstaatsanwalt Dr. Hollerbach vorwurfsvoll.« Wo ist denn eigentlich der Schauß, den hab ich ja schon ewig nicht mehr gesehen?«

»Der Glückliche befindet sich noch in den Flitterwochen; wahrscheinlich liegt er jetzt faul am Strand und lässt sich die Sonne auf den Bauch scheinen«, antwortete Tannenberg. Die Kommunikation mit seinem Erzfeind führte er nicht in seiner gewohnten Hochkultursprache Pfälzisch, sondern in der ungeliebten ersten Fremdsprache.

»Oder er liegt gerade auf seiner frisch Angetrauten«, warf Geiger keck ein.

»Herr Kriminalhauptmeister Geiger, darf ich Sie um einen kleinen Gefallen bitten?«, fragte der Oberstaatsanwalt.

»Ja sicher! Sie immer, Herr Dr. Hollerbach«, entgegnete Tannenbergs Mitarbeiter großzügig.

»Dann verschonen Sie uns wenigstens heute mit Ihrem primitiven Humor. Wir haben schließlich einen komplizierten Mordfall zu lösen.«

»Nein, Quatsch, der Schauß hat ja schon drei Wochen Urlaub, der müsste morgen wieder zum Dienst erscheinen«, berichtigte Tannenberg, nachdem er sich an dem im Nebenzimmer befindlichen aktuellen Urlaubsplan kundig gemacht hatte.

»Gut, dann sind wir ja ab morgen vollzählig. Herr Hauptkommissar, was sagt eigentlich die Gerichtsmedizin? Sie kommen doch gerade von Dr. Schönthaler, oder?«

Tannenberg berichtete ausführlich über alles, was er von seinem alten Freund erfahren hatte. Sein Redefluss wurde immer wieder von Nachfragen des Oberstaatsanwalts unterbrochen.

»Der Fundort war also definitiv nicht der Tatort. Begründung!«, forderte Dr. Hollerbach eine Stellungnahme des Kommissariatsleiters ein.

»Also zum einen, weil Dr. Schönthaler und die Spurensicherung keine Blutspuren auf den Felsen gefunden haben und zum anderen, weil der Täter die Frau eine längere Strecke durch den Wald hoch zum Pfaffenbrunnen geschleift hat. Und zwar so lange, dass die Achillessehnen der Toten nur noch in Fetzen vorhanden sind. Und diese schmerzvolle Prozedur hätte die Frau wohl kaum freiwillig über sich ergehen lassen.«

»Falsch, Tannenberg, das ist mal wieder eine Ihrer vorschnellen Interpretationen, denn schließlich könnte die Frau ja auch betäubt gewesen sein, als sie hochgeschleppt wurde.« Dr. Hollerbach drehte sich dem am Fenster stehenden Kriminaltechniker zu. »Mertel, wenn ich Sie vorhin richtig verstanden habe, hat der Täter die Frau tatsächlich vom Waldparkplatz hoch zum Pfaffenbrunnen geschleift.«

»Ja, Herr Oberstaatsanwalt, aber er ist noch ein kleines Stück in den Wald reingefahren. Ich schätze mal, weil er sich dort sicherer, also unbeobachteter, gefühlt hat.«

»Und, Mertel, habt ihr Reifenabdrücke sicherstellen können?«, wollte Tannenberg ungeduldig wissen.

»Klar, die waren nicht zu übersehen. Die Reifen sind zwar anscheinend schon etwas abgefahren, aber dafür waren die Profilspuren auf dem Waldboden wirklich deutlich zu erkennen gewesen.«

»Sehr gut«, sagte Tannenberg eher zu sich als zu den im Besprechungszimmer Anwesenden.

»Nicht gut! Mehr Fragen als Antworten!«, polterte Oberstaatsanwalt Dr. Hollerbach. »Warum schleift dieser Verrückte die Frau den ganzen Weg hoch zum Pfaffenbrunnen? Warum ist der nicht weiter in den Wald reingefahren? Haben Sie dafür eine schlüssige Erklärung, Herr Kriminalhauptkommissar?«,

Trotz der Provokationen blieb Tannenberg gelassen. »Es gibt einige Erklärungen: Vielleicht hat der Täter Angst gehabt, dass er mit seinem Auto auf den schlechteren Wegen oben stecken bleibt. Vielleicht ist er aber nur verrückt und es gibt keinen logischen Grund für sein Verhalten. Auf alle Fälle sind diese Spekulationen im Augenblick nicht sinnvoll.«

»Lieber Herr Hauptkommissar, das sehe ich allerdings anders«, stellte der Oberstaatsanwalt unmissverständlich fest.

Tannenberg ließ sich von diesem Statement nicht beeindrucken. »Wir sollten ganz andere Fragen stellen, zum Beispiel: Wer ist die Tote?«, fuhr er mit seinen kritischen Einlassungen fort. »Wenn ich richtig informiert bin, gibt's immer noch keine Vermisstenmeldung – oder Geiger?«

»Nein, Chef, noch ist keine eingegangen.«

»Wo hat der Täter sein Opfer überfallen, entführt, umgebracht? Wo sind ihre Schuhe? Wo ist ihre Handtasche abgeblieben? Mertel, habt ihr diesmal was gefunden?«

»Nein, weder Schuhe noch Handtasche.«

»Hat irgendein Zeuge das Auto, mit dem die Frau zum Bremerhof transportiert wurde, gesehen? Handelt es sich überhaupt um einen Täter, kann es nicht auch eine Täterin gewesen sein, oder handelt es vielleicht sogar um mehrere Täter? Was für ein Motiv kann es für solch eine merkwürdige Tat geben?«

»Na gut, Tannenberg. Also ich denke, solange wir absolut nichts über die Identität der Frau wissen, können wir im Augenblick wirklich kaum etwas Sinnvolles unternehmen«, resümierte Dr. Hollerbach.

»Deshalb schlage ich vor, dass wir bis morgen früh warten, ob eine Vermisstenmeldung eingeht. Falls nicht, können wir dann in der *Rheinpfalz* ein Foto der Toten veröffentlichen und die Bevölkerung um Mithilfe bitten. Spurensicherung und Gerichtsmedizin arbeiten ja noch weiter.

Da wir alle erreichbar sind, können wir jetzt nach Hause gehen. Sobald sich etwas tut, treffen wir uns wieder hier und beraten über unser weiteres Vorgehen. Und wie immer meine Herren: natürlich striktes Stillschweigen – auch gegenüber Familienangehörigen!«

Da verständlicherweise niemand etwas an dieser dienstlichen Anordnung auszusetzen hatte, zerstreute sich die Gruppe in Windeseile. Tannenberg verspürte plötzlich ein leichtes Magenknurren, das er eindeutig als Vorfreude auf den frisch gebackenen Hefezopf seiner Mutter deutete.

2

Zärtlich schmiegte sich Sabrina an ihren schlafenden Mann, schnuffelte an seiner sonnengebräunten Haut und streichelte ihn mit sanften Blicken. Obwohl sie nun schon seit fast zwei Jahren tagtäglich mit ihm zusammenlebte, übte dieser schlafende Riese morgens immer noch die gleiche magische Anziehungskraft aus wie damals, als sie zum ersten Mal neben ihm erwachte.

Behutsam schob Sabrina die dünne Sommerdecke von ihrem makellosen Körper, richtete sich im Zeitlupentempo auf und schlich auf Zehenspitzen in die geräumige Wohnküche. Nachdem sie die Kaffeemaschine befüllt und eingeschaltet hatte, stellte sie Milch, Müslischälchen und Obst auf den Tisch. Anschließend begab sie sich zur Morgentoilette ins Bad und kleidete sich an.

Fröhlich einen Ohrwurm, den sie gerade unter der Dusche aufgeschnappt hatte, vor sich hin summend, schlich sie zurück ins gemeinsame Nachtlager und kuschelte sich vorsichtig an den Mann, mit dem sie seit drei Wochen verheiratet war.

»Allerliebschder Ehegadde, unser Urlaub iss leider rumm. Ab heit derrfen merr widder Freind und Helfer spiele«, säuselte sie ihm liebevoll ins Ohr. Als Zugabe hauchte sie ihm einen zarten Kuss auf die Wange.

Michael Schauß gähnte mit weit geöffnetem Mund und brummte wie ein müder alter Grizzlybär, der nach tiefem Winterschlaf gerade die Höhle verlässt. Dann umarmte er seine junge Frau und zog sie zu sich.

»Mischa, nett so fescht!«, wehrte sich Sabrina gegen die Annäherungsversuche. Durch eine schnelle Körperdrehung entzog sie sich der zärtlichen Umklammerung. »Ich bin doch schunn aangezoh. Los, jedzert awwer raus aus de Feddere, du aldes Murmeldier.«

Während Sabrina die beiden Dienstwaffen aus der unteren Kommodenschublade zog, fragte sich Schauß, ob es irgendwo auf der Welt noch eine andere Streifenpolizistin gab, der es ebenso mühelos gelang, einer todlangweiligen Dienstuniform solch eine erotisierende Ausstrahlung zu verleihen.

»Och, Schatz, kumm doch noch e bissje zu merr«, bettelte Michael. »Noor e bissje schnussele. Weil eischenlisch hann ich grad viel mäh Luscht uff annere Sache als uff moin Schobb.«

Sabrina schmunzelte. »Leider hammer jedzert awwer kää Zeit mäh ferr irschendwesche annere Sache. Außerdem wääs ich gar nett, was du mänsch.«

»Schad, werglisch schad«, entgegnete Schauß frustriert. »Uff de anner Seid frä ich mich schunn a uff e bissje Abwechslung. Unn uff de Wolf, denne alde Knorzelkopp. Wääsche eischentlich, dass er midde in unserm Urlaub zum Leiter vunn de Mordkommission befördert werre sollt?«

»Nee, du hasch merr noor verzählt, dass er no demm deedliche Autounfall vunn eierm Kriminalrat zum kommissarische Leiter vumm K1 beschtimmt worr iss und dass noch nett klar wär, obers iwwerhaupt werd, weil de Owwerstaatsanwalt Dr. Hollerbach was degeje hätt«, antwortete Sabrina.

»Es iss awwer schunn länger klar, dass der dodemitt nett durchkummt, weil de Bolizeipräsident de Dannebersch uunbedingt uff dem Poschde hann will. Ich bin ziemlich geschpannt, wie er mit dem neie Schobb zurechtkummt.«

»Warum? Trauschsemm nett zu?«

»Doch, doch, vunn seiner fachliche Qualifikation her uff alle Fäll. Awwer manschmo isser schunn ganz schää eischesinnisch unn noor schwer vunn seine Mitmensche zu ertrae. Do muss er sich schunn e bissje umstelle. Awwer vielleicht ergebbt sich dess jo a vunn allä, wann er endlich e Birro ganz ferr sich allä hat. Ich glaab, dess iss ferr denne alde Krimmelbisser ganz schä wischdisch«, sagte der junge Kriminalbeamte.

Als Kommissar Schauß frohgelaunt das Gebäude der Zentralen Kriminalinspektion am Pfaffplatz betrat, wusste er noch nichts von dem gestrigen Leichenfund, denn weder die *Rheinpfalz* noch der *SWR* hatten bisher darüber berichtet.

»Gmoin, moi liewi Flocke. Du siesch moo wirre phantastisch aus! Unn dess am frie Montachmoje.«

»Schää, dich zu siehe, du alder Charmeer. Wie warn de Urlaub?«, fragte Petra Flockerzie, die aber meist nur Flocke genannt wurde.

»Toll, echt toll! Schad, Flocke, dasche nett debei waasch,« antwortete Schauß der Sekretärin des K1 lachend.

»Langt derr enni nimmi, he?«, grölte eine dunkle Männerstimme aus der sperrangelweit geöffneten Tür direkt neben Tannenbergs Büro. »Jedzert hasche schunn die absolut Subberfraa mit de knaggischst Figur weit und brät debeigehatt und dann willsche noch enni mitnemme. Sinn ehr zwää iwwerrhaupt noch zum Esse kumm?«

»Oer, Geischer, du bisch jo ebbes vunn gabudd in dem Herrnkaschde! Laaft derr glei de Sabber aussem Maul? Mach doch endlich emool ebbes geh doin Fruscht und kaaf derr e Paggung Viagra. Dann gehts bei deer vielleicht amool wirre uffwärts, im wahrschte Wortsinn!«, gab Schauß schlagfertig zurück. Petra Flockerzie lachte schallend.

»Ruh iss jedzert!«, brüllte Tannenberg durch die angelehnte Zimmertür, die er kurz darauf wütend aufriss.

»Meer sinn doch nett im Komödiestadel! Hanner dann nix zu due? Mensch, Flocke, du bisch als Sekretärin aangestellt unn nett als Lachsack! Also mach dich gefälligscht an doi Arwed. Meer hann schließlich e komblizierter Mord uffzukläre!«

»Entschuldischung, Chef. Ich hann misse noor so lache, weil …«

»Interessiert mich kää bissje«, unterbrach sie Tannenberg und wandte sich Kommissar Schauß zu. »Hallo, Mischa, schää, dasche wirre dobisch. Kumm rinn. Leit, ich will die neggscht halb Schdunn nett gesteert werre. Klar?«

»Klar, Chef«, erwiderten die Sekretärin und Kriminalhauptmeister Geiger wie aus einem Munde.

Michael Schauß drückte vorsichtig die Zimmertür in ihren Rahmen. »Gmoin, du blutrinnschdischer Wolf, hat merr dich endlich wirre uff e Blutspur aangesetzt?«

»Kumm, loss die Scherze. Meer hann zu schaffe«, entgegnete Tannenberg barsch.

Er ging zu seinem Schreibtisch, nahm die aktuelle Ausgabe der *Bildzeitung*, faltete sie auseinander und breitete sie auf dem kleinen Konferenztisch aus. »Do gugg selwer, uff de dridde Seit. *Bild* wääs moo wirre mäh als meer.«

Kommissar Schauß beugte sich über die Zeitung. Sein Blick streifte die Abbildung des Pfaffenbrunnens.

»Mysteriöser Ritualmord«, las er vor. »Wer issen der Mann uffem Foddo?«

»Dess iss der Rentner, der wo die dood Fraa geschdern gefunn hat«, antwortete Tannenberg.

»Do stehts jo a: ›Mitten im schönen Pfälzer Wald fand Fritz M. am frühen Sonntagmorgen eine weibliche Leiche. Sie lag mit Blumen geschmückt auf einem Felsen. In der aufgeschnittenen Kehle steckten Pfifferlinge. Die Kaiserslauterer Mordkommission tappt noch völlig im Dunkeln.‹ Dess iss jo irre, Wolf. Stimmt dess mit de Gäälschwämmscher?«

»Ja, Mischa, dess stimmt, leider.«

»Wahnsinn! Unn dess bei uns in de Brovinz!«, sagte Schauß kopfschüttelnd.

Das Diensttelefon läutete. »Ah, der Herr Oberstaatsanwalt. Natürlich hab ich schon die *Bildzeitung* gelesen«, antwortete Tannenberg mit rollenden Augen. »Nein, von uns hat sicher keiner Informationen weitergegeben. Das war garantiert dieser Rentner, ist ja auch ein Foto von ihm in der Zeitung.

Ja, es gibt schon was Neues: Dr. Schönthaler hat Wattepartikel und Chloroformspuren in der Nase des Opfers entdeckt. Außerdem Klebereste am Mund. Ja, das deutet auf eine Entführung hin. Und noch etwas, Herr Oberstaatsanwalt: Dr. Schönthaler meint, dass der Kehlenschnitt hundertprozentig post mortem durchgeführt wurde. Natürlich werden Sie auf dem Laufenden gehalten, nichts lieber als das«, flötete der Leiter der Mordkommission, während er Grimassen schnitt.

»Sei froh, dass merr noch kää Bildtelefon hann!«

»Dess fehlt merr grad noch. Dess iss jo so e Dolldibbe, der Hohl-Hohl-Hollerbach!«

Schauß grinste breit. »Ess iss immer wirre beindruggend, wie perfekt du Hochdeitsch redde känne duusch, wannsche musch.«

Tannenberg blies die Backen auf. »Dess iss ganz schää aanstrengend, kann ich derr noor sae.«

»Chef, ewe iss e Vermissdemeldung rinnkumm!«, schrie Geiger, obwohl er die Tür noch gar nicht vollständig geöffnet hatte.

»Vunn wemm?«, fragte Tannenberg.

»Vunner Fraa Schneider.«

»Ja unn, was hatse gesaat?«

»Na ja, halt dass se ehr Awedskolleschin und beschdie Freindin vermisse duud.«

»Basst die Beschreibung?«

»Basst wie e Arsch uffe Ämer. Die Vermisst soll 39 Johr alt sinn, korze blonde Hoor hann unn e sportlischi Erscheinung sinn. Wollense die Fraa Schneider selwer aanrufe?«

»Quatsch, meer fahrn do sofort hi.«

»Vunn wo aus hatten die eischentlich aangerufe?«, fragte Schauß dazwischen.

»Vumm Lieschenschaftsamt, do schafft die anscheinend.«

»Dess iss doch im Rathaus, orre?«, wollte Tannenberg wissen.

»Jo, Chef.«

»Gut, dann fahre meer glei emool dort anne. Geischer, du bleibsch do unn machsch Delefondienscht. Ruf schunn moo aan unn avisier uns.«

»He? Was soll ich, Chef?«

»Aanrufe unn sae, dass merr glei zu ehr kummen«, antwortete Tannenberg sichtlich genervt.

Als die beiden Kriminalbeamten das schmucklose betongraue Verwaltungsgebäude verließen, wurden sie bereits mit den ersten dicken Regentropfen bombardiert, die gerade eine mächtige blauschwarze Gewitterwolke über der Stadt auszuschütten begann. Mit schnellen Schritten eilten Schauß und Tannenberg zu ihrem neuen Dienstwagen, einem titansilbernen Mercedes-Kombi.

Kurz nachdem sie das zivile Polizeiauto erreicht hatten, zog das wütende Sommergewitter alle Register, die es an diesem schwülen Junimorgen zu bieten hatte: riesige Mengen überpraller Wassertropfen, die auf dem staubigen Asphalt sofort große Luftblasen bildeten; ein aufbrausender, peitschender Wind, der den Regen brutal an die Autoscheiben und Häuserwände klatschte, und als krönenden Abschluss traubengroße Hagelkörner, die sich auf dem Straßenpflaster in Windeseile zu einem eisigen schneeweißen Teppich verknüpften.

Aber genauso schnell und brutal wie das Gewitter über die schutzlose Stadt hergefallen war, genauso schnell war es wieder verschwunden. Urplötzlich kehrte die Helligkeit aus ihrem Versteck zurück und die triumphal grinsende Sonne machte sich schadenfroh über die eisige Körnerpracht her.

»Mischa, wart noch e Momentsche«, sagte Tannenberg zu seinem erstaunten Mitarbeiter. Er betätigte den elektrischen Fensterheber. »Mach moo doi Fenschder uff! – Iss die frisch Luft nett herrlich?«

»Doch, die iss unheimlich erfrischend«, stimmte der junge Kriminalkommissar zu.

»So, jedzert awwer los«, tönte der Leiter des K1. Er setzte das magnetische Martinshorn auf das Wagendach und schaltete es ein.

»Mit Blaulicht zum Rathaus? Iss dess nett e bissje iwwerdripp, Wolf?«, fragte Schauß in die laut aufheulenden Sirenentöne.

»E bissje Schbass werrd merrr in unserm Schobb ab unn zu noch hann derrfe, orre? Soball merr um die Fruchthall erumgefahr sinn, mach ich die Mussig a wirre aus. Zufriede?«

»Klar, Boss!«, gab Schauß schmunzelnd zurück.

Kurz nachdem der silberne Mercedes von der Fruchthallstraße in den Willy-Brandt-Platz eingebogen war, schaltete Tannenberg wie versprochen die Sirene aus. Während Schauß langsam die für Pkws eigentlich gesperrte Rampe zum Rathaus emporkroch, dachte Tannenberg daran, dass er vor etwa zwanzig Jahren schon einmal mit dem Auto auf den Rathausvorplatz gefahren worden war. Damals allerdings von seinem Schwiegervater am Tag der standesamtlichen Trauung.

»Wolf, wääsch du zufällisch, in welchem Schdockwerk ess Lieschenschaftsamt iss?«, wollte Schauß wissen.

»Nä, ich hann kää blasser Schimmer. Hoffentlich nett so weit owwe. Weje moiner Platzangscht kann ich jo kä Uffziesch benutze.«

»Oje, wann dess ganz owwe iss, muss ich jo bis heit Noomiddach uff dich waade«, scherzte der junge Kommissar.«

Die beiden Ermittler betraten das höchste Rathaus Europas, wie die Stadtväter bei allen möglichen Anlässen öffentlich prahlten. Tannenberg dagegen empfand diesen neben die Ruinen der alten Kaiserpfalz brutal eingerammten klotzigen Wolkenkratzer nicht als architektonische Bereicherung, sondern als barbarische Verschandelung der Barbarossastadt.

»Gummo, do vorne iss e Hinweisdafel, wo merr sieht, wo die änzelne Ämder sinn«, sagte Schauß. »Ei, do hammers jo schunn: Lieschenschaftsamt, 6. Owwergeschoss.«

»Na allo, dess geht jo noch! Dann bis glei«, entgegnete Tannenberg und entschwand ins Treppenhaus.

Frau Schneider wurde schnell gefunden. Anscheinend war das gesamte Liegenschaftsamt bereits über den am Pfaffenbrunnen entdeckten weiblichen Leichnam informiert und harrte gespannt der Klärung der Frage, ob die Tote wirklich mit Frau Schneiders Freundin identisch war.

Denn nur so ließ sich wohl erklären, warum Tannenberg bereits im Eingangsbereich des Amtes von mehreren Personen empfangen wurde, die ihn direkt in ein Büro geleiteten, in dem eine in sich zusammengesunkene Frau mittleren Alters saß.

Als Tannenberg die liebevoll umsorgte Dame inmitten eines guten halben Dutzends meist beleibter Kolleginnen erblickte, drängte sich unwillkürlich das Bild von treu sorgenden Elefantenmüttern, die sich schützend um ein verwaistes Jungtier scharten, in sein Bewusstsein.

Durch seine Aufforderung, den Raum umgehend zu verlassen, sahen sich die Anwesenden zu spontanen Unmutsbekundungen genötigt, von denen sich Tannenberg allerdings in keinster Weise beeindrucken ließ.

»So, moi liewi Fraa Schneider, ich denk, meer sollten zunäggscht emool abkläre, obs sich bei der Doode iwwerhaupt um Ehr Freindin hannelt. Vielleicht iss die ganz Uffreschung jo umsunnscht und Ehr Freindin sitzt irschendwo in einer Arztpraxis erum«, versuchte Tannenberg die Frau zu beruhigen, obwohl ihm sein kriminalistischer Spürsinn eindeutig andere Signale sendete.

»Mischa, holmo bidde die Foddos aus de Mapp!«

»Alle?«

»Nää, bloos die Porträtuffnahm und enni mit de Ringe vunn der Fraa«, sagte Tannenberg und ergänzte: Ess iss kää schääner Aanblick, Fraa Schneider, awwer ich kanns Ihne leider nett erspare.«

»Langt nett dess Bild mit de Ringe?«, jammerte Frau Schneider.

»Allo gut, dann guggense sich erschst emool dess do aan«, sagte Tannenberg. Er drehte die eine Fotografie um und reichte sie der Frau, die sofort aufschrie.

»Um Goddes wille, dess iss die Hand vunn de Elvira.« Sie zitterte am ganzen Körper und legte ihre Hand auf den aufgesperrten Mund.

»Bitte beruhischense sich. Sollen merr a Dogderr rufe?«

»Nä nä, es geht schunn«, schluchzte die Frau.

»Erkennense die Ring, Fraa Schneider?«, fragte Schauß.

»Eijo, dess sinn ehre. Denne äne hann ich ehr jo zum 35. Gebortsdaach geschenkt. Ach Gott, iss dess schregglisch! Elvira war so e liewer Mensch.«

»Fraa Schneider, wie issen de vollständisch Name vunn Ehrer Freindin? Elvira …«, drängte Tannenberg.

»Elvira Kannegießer.«

»Wo wahnten Ehr Freindin?«, wollte Kommissar Schauß wissen.

»Kurt-Schumacher-Strooß 74, zweiter Stock«, kam es gehaucht zurück.

»Hattse mit jemand zammegelebt?«

»Nä, nä, sie lebt allä.« Und in einen neuerlichen Weinkrampf hinein ergänzte sie: »Hat allä gelebt.«

»Noor noch ä Frooch, Fraa Schneider, dann losse merrse a in Ruh: Wer sinnen die nexschde Aangeherische vunn de Fraa Kannegießer?«

»Es gebbt a Bruder, der wahnt awwer nett in de Geschend. Awwer ehr Eldere wahnen in Schallodebach, so viel ich wääs.«

»Gut, Fraa Schneider, dann wars dess ferrs Erschde. Die Identifizierung werrn dann wohl die Eldere iwwernemme misse«, sagte Tannenberg.

»Sollemerr werglisch kää Dogderr rufe?«, fragte Schauß.

»Nä, nä. Es geht schunn wirre.«

Tannenberg erhob sich. »Dange, Fraa Schneider, Sie hann uns sehr geholf.« Er ging zur Tür. »Kumm, Mischa, meer fahrn zude Wahnung!«

»Waadense«, rief Frau Schneider den beiden Männern hinterher. Sie griff in ihre Handtasche. »Ich hann e Schlissel ferr die Wahnung. Denne hat merrs Elvira mo gebb, damit ich die Katz versorje kann, wann sie im Urlaub iss. O Gott, die arm Katz, wer kimmerden sich jedzert um dess arme Dier?«

»Do werd sich sicher e Leesung finne«, entgegnete Tannenberg freundlich.

»Dess arme Kätzje. Do missense sofort ebbes unnernemme!«

»Machemerr. Meer rufen noher ess Dierheim aan«, versprach der Leiter des K1. »Awwer vielleicht find sich jo a e Nochbar, ders Kätzje nemmt.«

Die beiden Ermittler passierten die Fußgängerbrücke an der Universität und bogen nach rechts in die Kurt-Schumacher-Straße ein.

»Langsam, Mischa, dess kann glei do am Aanfang sinn«, sagte Tannenberg, während er nach Hausnummern Ausschau hielt. »Na, was hann ich grad gesaat, he? Do vorne iss die 70 unn links newedraan die 68. Kumm, park äfach do irschendwo, meer laafen die paar Meder.«

»Okay! Awwer ich sieh kä freier Parkplatz.«

»Dann stell dich doch äfach in die Innfahrt unn machs Blaulicht druff, dann beschwert sich garandiert kenner!«

Die vierstöckigen Gebäudekomplexe lagen eng ineinander verschachtelt hinter frisch gemähten Rasenflächen, sodass man auf den ersten Blick keine bauliche Differenzierung vornehmen konnte. Lediglich die von Weitem erkennbaren überdimensionierten Hausnummern ermöglichten dem Besucher eine Orientierung. Die eintönigen Häuserfronten wurden optisch aufgelockert durch schmale, vorgezogene Balkone, die meist mit Grünpflanzen oder Blumenkästen dekoriert waren.

»Wolf, was hallschen defunn, wammer erscht emool beim Hausmääschder klingeln? Der wääs, wo die Wahnung vunn de Fraa Kannegießer iss. Unn vielleicht wäs er jo a jemand, der die Katz iwwernemme kännt.«

»Awwer was iss, wann der Mann e Katzeallergie hat orre e Schäferhund, der gern mit Katze spielt?«, fragte Tannenberg scherzhaft.

»Alder Pessimischt! Waads doch erscht emool ab. Wanns so iss, nemmsch du äfach die Katze mit hääm. De Tobias unns Marieke deeden sich beschdimmt fräe«, frotzelte sein junger Mitarbeiter.

»Dess deed merr grad noch fehle! Unn ich mach dann immers Katzeklo sauwer, he? Werglisch e subber Idee, Mischa.« Tannenberg schürzte die Lippen.

»Wammer so Kollesche hat, braucht merr werglisch kä Feinde meh!«

Der Hausmeister zeigte sich sehr betroffen darüber, dass Elvira Kannegießer vermisst wurde, und stellte sofort einen inhaltlichen Zusammenhang zwischen der Toten vom Pfaffenbrunnen und der Hausbewohnerin her. Er schilderte die Frau als sehr angenehme Mieterin, die stets freundlich und zuvorkommend gewesen sei.

Besonders mit den vielen männlichen Studenten sei Frau Kannegießer bestens ausgekommen. Sie war anscheinend ein gern gesehener Gast bei jeder Fete. Er habe auch immer mal wieder von Gerüchten gehört, dass die »schöne Elvira« – wie er sie wörtlich nannte – hier und da eine Liaison mit einem der Studenten eingegangen sei. Frau Kannegießer sei eben eine lebenslustige, attraktive Frau gewesen, die nichts anbrennen ließ.

Die nichts anbrennen ließ – was für eine merkwürdige Redewendung, dachte Tannenberg, als die beiden Ermittler vor der Wohnung Elvira Kannegießers standen.

»Wo issen die Katz?«, fragte Schauß sichtlich irritiert, nachdem er mit Frau Schneiders Schlüssel die Tür geöffnet hatte. »Ich hann eischentlich erwaad, dass merr jedzert vunner hungrische Katz begriest werrn. Du nett a, Wolf?«

»Jo, eischentlich schunn. Awwer vielleicht hatse sich jo noor verschdeggelt«, murmelte Tannenberg.

Er war bereits in eine andere Welt eingetaucht. Er hatte dieses Phänomen schon so oft bei sich wahrgenommen, dass es für ihn derart selbstverständlich war wie für andere Leute das tägliche Zähneputzen.

Jedes Mal, wenn Tannenberg während einer Ermittlung in das private Refugium eines seiner Mitmenschen eindrang, bemächtigte sich seiner dieser merkwürdige Gemütszustand, der irgendwo zwischen tief empfundener Abscheu über sein pietätloses Handeln auf der einen und dieser unbändigen Neugier auf der anderen Seite anzusiedeln war.

Natürlich konnte er zu seiner Rechtfertigung die legendären Sachzwänge geltend machen, schließlich war dieses rücksichtslose Eindringen in die Intimsphäre eines ihm völlig unbekannten Menschen für die Ermittlungen zwingend erforderlich. Für ihn war es aber weit mehr als kriminalistische Routinearbeit. Es war ein Spiel – ein Puzzlespiel, das darin bestand, eine Vielzahl von Einzelinformationen zu einem Bild zusammenzufügen, zu einem detailgetreuen Abbild der Persönlichkeit eines fremden Menschen.

»Ferrschderlich stiggischi Luft«, sprach Tannenberg in sein Diktiergerät. »Mischa, mach bidde die Fenschder unn Ballgondeere uff. Awwer guck vorher no, obs irschendwelche Hiweise uff e gewaltsames Inndringe gebbt, sunnscht dreht uns noher die Spuresicherung de Hals errum.«

»Klar, mach ich. Die Luft iss werglisch ferschderlich!«, stimmte Schauß zu und begab sich zu den Flügeltüren des Wohnzimmers.

Tannenberg blieb noch im Flur. Wie ein Scanner tasteten seine Augen zuerst den Fußboden, dann die Wände ab. Gleichzeitig sprach er alle möglichen Details auf Band. Danach schlenderte er gemächlich durch das Schlafzimmer, dann stattete er Bad und Küche einen kurzen Besuch ab. Anschließend kehrte er ins Wohnzimmer zurück, wo er für längere Zeit verweilte.

Kommissar Schauß schlich während dieser Zeit schweigend wie ein Mitglied einer Dom-Besuchergruppe durch die geschmackvoll eingerichtete Single-Wohnung und wartete geduldig, bis Tannenberg seine letzten Eindrücke dem Diktiergerät mitgeteilt hatte.

»Mischa, ich bin ferrdisch. Hasche a de Inndruck, dass die Fraa Kannegießer e zimmlich aktiver Mensch war?«, fragte Tannenberg seinen Mitarbeiter.

»Ja, ich denk schunn. Uff alle Fäll war se ganz schää sportlich«, antwortete Schauß. Er nahm einen größeren Silberpokal aus der Vitrine, den das Opfer anscheinend bei einer Tennis-Vereinsmeisterschaft gewonnen hatte.

»Kumm, Mischa, stell dess Ding besser wirre anne. Meer gehn jedzert eh besser, bevor de Merdell unn soi Leit kummen.«

Just in diesem Augenblick läutete es. »Wammer vumm Deibel redd«, begrüßte Tannenberg die Kriminaltechniker.

Diese stimmten sofort wieder ihr übliches Klagelied hinsichtlich vorsätzlicher Spurenvernichtung an. Erst als Mertel dem Leiter der Mordkommission mittelte, dass Geiger von der KFZ-Zulassungsstelle erfahren habe, dass Frau Kannegießer einen blauen Golf mit dem Kennzeichen KL-EV-16 besitze, hörte er wieder aufmerksam zu.

»Saemool, Mischa, war die Wahnungsdeer eischentlich abgeschloss orre war se noor ins Schloss gezoh?« fragte Tannenberg, während er mit seinem Kollegen langsam die Treppen hinunterging.

»Ich hann de Schlissel noor rinngeschdeck unn korz no rechts gedreht. Sie war also nett abgeschloss.«

»Ja, so hann ich dess a in Erinnerung. Komisch.«

»Warum? Vielleicht iss die Fraa jo noor korz aussem Haus. Zum Zigareddehole zum Beischbil!«

»Jo, vielleicht. Awwer wo iss die Katz abgeblibb?«, fragte Tannenberg.

»Ich hannse jedenfalls nett gesieh«, erwiderte Schauß. »Die Spusi werd se sicher finne. Die Katz hat sich aus Angscht vor deer Krimmelbisser garandiert irgschendwo verschdeggelt.«

»Ei jo, wassen sunnscht, du alder Schbrischeklobber!«

Die beiden Ermittler hatten Elvira Kannegießers blauen Golf schnell entdeckt. Der Wagen stand nur wenige Meter von den Wohngebäuden entfernt auf der anderen Seite der Kurt-Schumacher-Straße.

Allerdings nicht am Fahrbahnrand, sondern auf einem zur Tennishalle gehörenden kleinen, ungepflasterten Parkplatz, direkt hinter Glas- und Altpapiercontainern. Als Tannenberg das äußerlich unversehrte, verschlossene Auto unter der mächtigen Trauerweide erspähte und die aus dichten Büschen und Sträuchern bestehenden natürlichen Sichtschutzmauern zur Straße und zur Tennishalle hin registrierte, blickte er zu seinem Kollegen, der genau das aussprach, was Tannenberg gerade dachte.

»Ess gebbt wohl kaum e geeischnederer Platz ferr e Entfiehrung.«

3

Da Wolfram Tannenberg im Laufe der Jahre eine ausgeprägte Aversion gegen jegliche Form von Kantinenessen entwickelt hatte, versuchte er so oft wie nur irgend möglich, zumindest die Mittagsmahlzeiten im Kreise seiner Familie einzunehmen.

Als ihn Schauß vor seinem Elternhaus in der Beethovenstraße absetzte, erwartete ihn bereits sein Vater, der ihm aus dem sperrangelweit geöffneten Küchenfenster der Parterrewohnung laut entgegenrief: »Ei, guggemoodo, de Herr leidende Grimminalhaubtkommissar hattemool wirre vunn Weidem geroch, dass soi Mudder ebbes Gudes gekocht hat.«

»Vadder, du wääsch doch ganz genau, dass ich nett will, dass die ganz Beethoffestrooß mitkriet, dass ich befördert worr bin. Hall doch äfach in Zukunft doi Schlabbergosch!«, schimpfte sein Sohn, nachdem er die Küche der elterlichen Wohnung betreten hatte.

Er winkte ab. »Obwohl bei deer iss jo eh Hobbe unn Malz verlor. Do kännt ich genauso gut me Ochs ins Horn petze.«

Jakob Tannenberg machte eine ausladende Geste. »Ach Gott, bisch du empfindlich. Du kannsch doch werglich stolz uff doi Karriere bei de Bolizei sinn, orre?«

»Ich schunn, aber du nett! Unn desdeweje sollsche dodemit a nett so hausiere gehe. Ess muss jo nett die ganz Strooß heere, wann ich häamkumm«, gab Tannenberg scharf zurück.

»Jedzert heern ehr zwä awwer sofort uff do erummzuschelle wie die Kesselfligger«, sprach Margot Tannenberg ein

Machtwort. »Ehr wissen ganz genau, dass meer ess Esse nett schmegge duud, wann ehr eisch in de Hoor hänn.«

Sie stellte eine große Auflaufform mit dampfenden Käsespätzle auf den hellblauen Aluminium-Untersetzer. »Jaggob, bring merr mool die Salatschissel riwwer!«

»Dess kann doi Herr Sohn mache, der kann unn wääs jo sowieso immer alles besser«, weigerte sich der Senior. »Soim alde Vadder so iwwers Maul zu fahre. Du sollscht dich schäme. Hasche dann iwwerhaupt kää Reschbeckt mäh?«

»Jedzert sei doch nett glei inngeschnappt. Ich bin halt grad e bissje im Schtress unn hann ziemlich viel um die Ohre mit moim erschde Mordfall als Kommissariatsleider.«

»Jo, ich wääs, die Leich vumm Paffebrunne«, bemerkte Vater Tannenberg in etwas versöhnlicherem Ton. Er wechselte das Thema. »Margot, wann kummen dann unser Enkel heit aus de Schul?«

»Die missten eischentlich schunn do sinn«, erwiderte seine Ehefrau. »Wolfi, hol moo de Riesling aussem Kielschrank.«

»Trink ich drei Achtel, du, ich singe wie e Wachtel«, tönte Jacob und nahm seinem Sohn die Flasche aus der Hand.

Tobias betrat die Küche. »Toll, der Onkel Wolfi ist auch da!«

»Tobi, du sollsch mich nett Wolfi nenne«, sagte Tannenberg.

»Oma darf doch auch Wolfi sagen«, beschwerte sich sein Neffe.

»Awwer noor moi Mudder, sunnscht nimmand.«

»Okay, dann eben anders: Einen wunderschönen guten Tag, lieber Onkel Wolfram. Besser so?«, fragte Tobias keck. Er schlurfte an den gedeckten Tisch und wartete mit großen Augen auf den Küchendienst, der ihm endlich das Mittagessen servieren sollte.

»Außerdem kännsche endlisch emool aanfange, Pälzisch mit meer zu redde.«

»Du weißt doch, dass Mama das nicht möchte«, gab sein Neffe zurück.

Tannenberg war bewusst, dass er die Schlacht gegen Betty, seine Schwägerin, schon lange verloren hatte. Seit der Geburt ihrer beiden Kinder sprach sie nur Hochdeutsch mit ihnen. Ihr Argument, dass die beiden es so in der Schule bedeutend leichter hätten, vermochte Tannenberg, wenn er ehrlich war, nicht ganz von der Hand weisen.

Während seiner Schulzeit hatte er als eingefleischter Pfälzer enorme Probleme mit dem Erlernen seiner ersten Fremdsprache Hochdeutsch gehabt, was ihm im Abiturzeugnis mit einem Mangelhaft in seiner angeblichen Muttersprache attestiert worden war.

»Tobi, rahm endlisch doin Ranze aussem Weg!«, forderte Margot Tannenberg. »Vorher griesche nix zu esse.«

»Oma, kapier's doch endlich: Ich hab dir doch schon megaoft gesagt, dass das kein Ranzen ist, sondern ein Eastpack!«

»Dess iss merr schnorzpiepegal, wie du dess Ding nennsch. Du raamsch denne Ranze jedenfalls jedzert weg.«

»Cool, Omi, mach sie fertig! Gib's den Machos!« forderte Marieke. Sie warf ihren Rucksack in die Ecke und wollte sich sogleich über das Mittagessen hermachen.

»Langsam, Lieblingsengelin!«, sagte Margot. »Meer fangen erscht aan, wann all am Disch hoggen! Unn ich sitz noch nett am Disch!«

»Gebongt, Omi!«

»Wie kummden de frisch gebaggene Leider vunn de Laudrer Mordkommission eischentlich mit soim neie Fall zurecht?«, fragte Jakob Tannenberg in die atmosphärischen Störungen hinein.

»Schließlich isses jo sein erschder Mordfall, denne er als Schef zu leesen hat.« Er grinste breit. »Awwer wie merr so lese duud, dabbenner ganz schää im Dungele errum, orre nett?«

»Achtung, Achtung, hier spricht ein *Bildzeitung*sleser«, erwiderte Tannenberg mit einem Ausflug in die ungeliebte Schriftsprache.

»Ei, do steht wenigschdens ebbes driwwer drin. Annerscht als wie in de *Rheinpfalz*. Warum stehten bei denne noch nix drin?«

»Weil erscht heit Nomidaach die Pressekonferenz iss.«

»Unn warum wääses dann schunn die *Bildzeitung,* he?«, ließ der Senior nicht locker.

»Du wääsch doch ganz genau, dass ich iwwer dienstliche Aangeleschenheite nett redde derff.«

»Unn ich wääs, woher dess Revolverblädsche soi Informatione hat.«

»Aha. Unn woher?«

Um seinen Sohn noch mehr auf die Folter zu spannen, ließ Vater Tannenberg einen Augenblick verstreichen. »Willsches werglisch wisse?«

Wolfram Tannenberg legte die Hände wie betend aufeinander. »Ich fleh dich aan, o großer Sherlock Holmes aus de Beethoffestrooß, bitte sa merr sofort, warum die bescht deitsch Zeidung schunn wirre alles so frieh wääs.«

Jacob Tannenberg ging nicht auf die Provokationen seines Sohnes ein, sondern nahm seine Lesebrille von der altersschiefen Nase und lehnte sich wichtigtuerisch zurück »Weil de Metzger Fritz denne dess geschdeckt hat.«

»Kennsche denne?«

»Ei jo, der steht manschmo bei uns im Tchibo. Ich kännt deer a noch e paar inderessande Sache sae, die ich heit mojn im Tchibo erfahr hann.«

»Oje, Vadder, du unn doi Tchibo-Schdammdisch. Ehr sinn jo greesere Retsche als die *Bildzeitung, Gala* unn *Fraa im Spischel* zamme.«

»Gut, wannsche nett wilsch. Vielleicht kann ich moi hochbrisande Infos jo a woannerscht unnerbringe. Was de Metzger Fritz kann, kann ich schunn lang!«

»Dann sa halt, was dess ferr aangeblich so hochbrisande Infos sinn«, gab sich Tannenberg geschlagen.

»Gut, awwer ganz so äfach iss dess nett.«

»Wieso?«

»Ja, weil ich gern ebbes defor hätt.«

Tannenberg lachte. »Ach so, do leit de Haas begrab. Du willsch merr doi Informatione verkaafe. Moi alder Herr iss e Info-Dealer. Ware noor ge cash. Dess iss jo uunglaublich! Wann ich dess jemand verzehle du, dess glaabt meer känner.«

Jakob winkte ab. »Ach, Wolfram, ich will doch kää Geld vumme aame deitsche Beamde.«

»Unn was willsche dann? Soll ich dich irschenendwoanne fahre? Orre soll ich mit deer in die Zirguss hehe?«

Tannenbergs Vater lachte. »In de Zirguss? Nee, Zirguss hann ich dehääm genung. Liewer uff de Bedze in so e Schnäägerkabine. Do, wo die Hottwollee hogge duud, die stääreiche Laudrer Atsche, die wo sunnscht in de Schnäägerbuude erumhänge duun.«

Nun musste auch sein Sohn schmunzeln.

»Nee, nee, falsch geroodt.« Jakob räusperte sich. »Allo, ess iss so: Im Loddo gebbts e neii Systemwett, do kreizt merr zeh Zahle aan, unn wammer sechs defunn rischdisch hat, hat merr garandiert mindeschdens ä Sechser. Stell derr dess doch emool vor. Ich wär dann Millionär. Ich deed eisch vielleicht a e paar Euro defunn abgewwe.«

»Ach, jedzert versteh ich endlich, was du willsch, du alder Zogger«, dämmerte es Tannenberg.

»Dess System iss doodsicher unn gar nett so deier, wie merr mähnt.«

»Ja, ja, hunnertprozendische Gewinnchance. Wann ich dess schunn heer!«, höhnte der Kriminalbeamte.

»Allo hopp: Wassferr brisande Infos haschen zu biede unn was willsche devor hann? Ich hann nämlich kä Luscht, die Katz im Sack zu kaafe. Ich werr noor bezahle, wann doi Infos a ehr Geld wert sinn – wie im Fernsehkrimi!«

»Vorschlach: Ich sa derr, was ich heit mojn im Tchibo so alles geheert hann, unn du beteiligscht dich mit läppsche zwanzisch Euro an dem neie Vollsystem. Bische dodemit inverschdann?«

»Allo gut, abgemacht!«, sagte Tannenberg, um den lästigen Informationsdeal endlich über die Bühne zu bringen.

Der Senior wandte sich den um den großen Küchentisch versammelten Familienmitgliedern zu. »Ehr all sinn moi Zeische! Schließlich erben ehr jo a alles, wann ich abgenibbelt bin.«

»Erben ist megacool, Opa, echt«, bemerkte Tobias, der die ganze Zeit über das Gespräch interessiert verfolgt hatte, mit vollem Mund.

»Lieber Onkel Wolf, da es gerade um Geld geht: Ich bin ziemlich abgebrannt und brauch dringend eine neue Xtra-Card. Ich hab schon mindestens zwei Tage keine SMS mehr verschicken können«, meldete sich nun auch Marieke zu Wort.

Tobias reagierte ebenso geistesgegenwärtig und versuchte sofort, die Gunst der Stunde für sich zu nutzen. »Was hältst du davon, wenn du mir einen Zuschuss zu den supergeilen, coolen Skaterschuhen gibst, die ich gestern in der Stadt gesehen hab? Eh, die sind echt megacool. – Na, was ist?«

»Okay, ehr alde Quälgeischder, dann spiele merr halt midde im Juni Weihnachtsbescherung«, gab Tannenberg sich geschlagen.

Er zückte seinen Geldbeutel und überreichte der hungrigen Meute je einen 20-Euro-Schein. »So, Kids, unn jedzert Abfluuch in eier Zimmer zu de liewe Hausuffgabe.«

»Fuck Hausaufgaben! Ich will aber erst noch wissen, was die Grufties Opa erzählt haben«, forderte Tobias.

»Ich auch!«, pflichtete ihm seine Schwester in seltener Einmütigkeit bei.

»Ehr wissen doch, dass ich iwwer laafende Ermittlunge nix sae derf. Deswej missener leider wie alle annere Leit a waade uff dess, was in de Zeidung steht.«

»Fuck Zeitung!«, grollte Tobias und verließ mit Marieke die Küche.

»So, Vadder, unn jedzert riggsche awwer endlich raus mit doine wertvolle Informatione, ich muss nämlich glei wirre ins Kommissariat«, drängte Tannenberg.

Der Senior der Familie hatte sein Ziel erreicht. Stolz richtete er seinen Oberkörper auf, atmete einmal tief durch und blickte über seine Lesebrille hinweg seinem informationslüsternen Sohn triumphierend in die Augen.

»Allo gut. Heit mojn hammer im Tchibo nadeerlich all iwwer dess geredd, was in de *Bild* steht. Und do werd jo behaubt, dass de Metzger Fritz die Dood gefunn hätt. Dess hat mich schunn e bissje gewunnert.«

»Warum?«

»Weil ich nett glaab, dass ess so war.«

»Dass was nett so war? Kumm, redd doch bitte mo Klartext«, forderte Tannenberg ungeduldig.

»Ja ewe, dass de Fritz die Leich allä gefunn hat.«

»Wieso?«

»Na ja, weil der immer mittem Willy, emm Stammer Willy zusammen iss. Die zwää hängen annenanner wie babbisch Gudzjer. Mansche määnen, die wärn vumm annere Ufer. Die sinn werglisch e Herz unn e Seel. Ich glaab, die warn schunn zusamme in de Schul. Die wahnen newenenanner und gehn a immer zusamme in die Stadt. Unn …«

»Unn?«

»Na ja, die gehn halt a immer zamme im Wald schbaziere. Änner am Tchibo-Disch hat behaubt, dass die *jeden* Mojn zamme in de Wald gehn. Unn e annerer hat gemähnt, dass die a immer zamme in die Pilz gehn.«

Jakob klatschte in die Hände. »Unn, klingelts endlich bei deer?«

»Interessant, Vadder, werglich hochinteressant«, spottete Tannenberg, denn als berufserfahrener Kriminalist konnte er sich beim besten Willen nicht vorstellen, dass ein alter Rentner als brutaler Frauenmörder in Frage kommen könnte.

»Danke, Vadder, ferr die Info. De Herr Metzger kummt heit Noomidaach zu uns, ums Proddogoll zu unnerschreibe. Do werrmerr dann emool noofroe. Wie häst nochemool de anner?«

»Willy, Willy Stammer. Awwer eischentlich häst er noor de flodde Willy.«

»Wieso dann dess?«, wollte Tannenberg wissen.

»Ja, weil de Willy schunn immer e Schpeckjäscher war.«

»E was?«

»E Schpeckjäscher. Ewe e rischdischer Weiwerheld. Der iss jedem Rock hinnerhergerennt.«

»Dess war werglisch e ganz schlimmer Hallodri. Vor demm war kä Fraa sicher«, ergänzte Mutter Tannenberg vieldeutig. Sie lächelte versonnen.

»Kennsche denne?«, wollte ihr Ehemann wissen.

»Nä, nä, ich hann dess noor emool geheert«, antwortete Margot. »Hänner eischentlich schunn mitkriet, dass die alt Wimmer von gescheniwwer e neier Laffer hat? So e uffgedaggelder Stenz.«

»Was? Dess alde Reff hat schunn wirre e Neier? Was die Kerl noor an der Schnerrbix finnen. Awwer wie saat merr so schä: Wehe, wann e aldi Scheier brennt«, grinste Jacob.

De flodde Willy e Schpeckjäscher! E Rentner als Ritualmörder? Geheert dann vielleicht a moi eischener Vadder zum engere Kreis der Verdächdische? Schließlich geht der jo a ab unn zu in die Pilz.

Tannenberg schmunzelte bei diesem Gedanken.

Jakob Tannenberg und seine Spielleidenschaft. Das war ein Kapitel für sich. Was hatte der schon alles ausprobiert: Toto, Lotto, Oddset, Pferdewetten, Bingo. Und dann diese Manie mit den Preisausschreiben: Alles, was er irgendwo auftreiben konnte, wurde von ihm siebenmal ausgefüllt und musste dann anschließend von jedem Familienmitglied unterschrieben werden.

Die Familie: Auf der einen Seite bedeutete das enge Zusammenleben der verschiedenen Generationen unter einem gemeinsamen Dach für jeden Einzelnen ein erhöhtes Maß an gegenseitiger Kontrolle, Zwang zur Rücksichtnahme und Verpflichtungen.

Auf der anderen Seite war eine solche Großfamilie aber auch ein wertvolles soziales und emotionales Sicherheitsnetz. Wer weiß, was mit Wolfram Tannenberg nach Leas Tod geschehen wäre, wenn ihn seine Familie in diesen schweren Zeiten nicht gestützt hätte? Vielleicht wäre er ganz unter die Räder gekommen.

Darüber grübelte er nach, als er die Schumannstraße entlanglief und damit das Musikerviertel der Stadt verließ.

Sein Fußweg zur Kriminalinspektion am Pfaffplatz führte ihn an diesem frühen Nachmittag auch an der Marienkirche vorbei. Es war das erste Mal seit vielen Jahren, dass er wieder den direkten Weg zu seiner Dienststelle einschlug, sonst hatte er immer den Umweg am Hallenbad vorbei genommen.

Diese einschneidende Veränderung wurde ihm aber erst bewusst, als er direkt vor dem prächtigen Eingangsportal der Kirche stand. Sofort sah er das Foto vor seinem geistigen

Auge, das zu Hause neben seinem Doppelbett hing: Lea in einem wunderschönen Brautkleid mit langer Schleppe, und er in einem edlen dunklen Hochzeitsanzug. Beide kommen gerade aus der Kirche und schreiten feierlich die breite Marmortreppe hinab. Mitten durch ein Spalier fröhlicher Menschen, vor ihnen die blumenstreuenden Kinder seines Bruders.

Plötzlich quietschte und hupte es. Tannenberg zuckte zusammen und stellte schockiert fest, dass seine Tagträumereien dazu geführt hatten, dass er – ohne es zu merken – einen Schritt rückwärts auf das Kopfsteinpflaster der Kindergartenstraße gemacht hatte.

»Chef, irschendwann werrn se noch emool doodgefahr«, rief Geiger aus seinem getunten Opel Astra, der direkt neben Tannenberg zum Stillstand gekommen war.

Ausgereschent de bleed Geischer, der Dolldibbe, schoss es Tannenberg in den Kopf. »Mensch, Kerle, willsche mich dann umbringe? Mich hätt fascht de Schlaach getroff. Was willschen du eischentlich, ich bin doch schunn längscht wirre uffem Trottwar.«

Als Tannenberg wenig später die Büroräume der Mordkommission 1 betrat, wurde er von einer gut gelaunten Sekretärin und einem kecken Mitarbeiter empfangen.

»Dess war jo haarscharf äwe, Chef. Do misstense merr glatt enner ausgebbe. Schließlich hann ich Ihne grads Lewe gerett.«

»O Gott, Chef, wassen bassiert?«, rief Petra Flockerzie sichtlich geschockt.

Trotz der zwei Gläser Riesling zum Mittagessen war Tannenberg seit dem vor ein paar Minuten durch seinen Körper gejagten Adrenalinstoß hellwach.

»Gar nix iss bassiert, Flocke. De Herr Kriminalhauptmäschder sieht mo wirre Gschbenschder. Ich wollt noor emool soi Reaktionszeit unn die Bremse vunn soim uffgemotzte Protzkarre teste«, sagte Tannenberg mit einem Augenzwinkern.

Petra Flockerzie fiel ein Stein vom Herzen.

»Ich hann emool irschendwo gelees, dass noor solche Mensche vunn derardische Wahnvorstellunge hämgesucht werrn, die in ehrm Beruf nett ausgelascht sinn. Und do helfe merr doch gern dem Kollesch Geischer und schickene ins Labor, damit er uns mit de neieschde Erkenntnisse vunn de Kriminaltechnik versorsche duud.«

Tannenberg trat neben seine Sekretärin und wies mit dem Finger auf ihren Schreibtisch. »Samo, Flocke, brobiersche grad emool wirre e neii Diät aus? Dess sieht jo luschdisch aus. Wassen dess Leggeres?«

Petra Flockerzie seufzte. »Ja, Chef, ess muss leider mo wirre sinn. Dess is Trennkoscht unn soll unheimlich gut wirge«, entgegnete die Sekretärin optimistisch.

»Unn was ist dess dann jedzert Feines?«, fragte Tannenberg, während er interessiert in die nun geöffnete Tupperdose blickte. »Ich sieh noor Gäl.«

»Dess sinn Curry-Zwiwwel-Grumbeere.«

»Do kann moi Middachesse nadeerlich nett mithalle. Na, dann winsch ich deer emool e gude Abbeditt.«

»Danke, Chef. Was hattsen bei Ihne dehääm gebb?«, fragte Petra Flockerzie neugierig.

»Och, nix Besonneres, Flocke. Noor selbscht gemachte Käsespätzle mit braun geschmorde Zwiwwele unnemme Haufe verloffenem Kees. Dodezu e Salatdeller mit Croûtons unn Knowwelochdressing. Nett zu vergesse: E großes Dippsche Mousse au Schocolat als Noodisch. Unn nadierlich Riesling zum Enunnerschbiele.«

Grinsend verabschiedete sich Tannenberg in sein Arbeitszimmer, wobei er sich des Eindrucks nicht erwehren konnte, laute Brumm- und Schmatzgeräusche aus Richtung seiner Sekretärin zu vernehmen.

Als Tannenberg sich auf seinen gefederten Bürosessel fallen ließ, registrierte er zufrieden, dass Petra Flockerzie trotz ihres strapaziösen Dauerkampfes mit ihrem Übergewicht manchmal in der Lage war, richtig gute Arbeit zu leisten, zumal ihm bewusst war, dass es garantiert angenehmere Schreibtischarbeiten gab, als seine oft chaotischen und schwer verständlichen Tonbandaufzeichnungen mühevoll zu transkribieren.

Schmunzelnd las Tannenberg in der mehrseitigen Abschrift, bis er von lauten Klopfgeräuschen gestört wurde.

»Ah, Kommissar Schauß«, begrüßte er seinen Mitarbeiter ungewohnt förmlich. »Du, ich hann merr grad die Sache durchgeläs, die ich heit Mojn bei de Wahnungsbesischdischung uff Band gesproch hann. Es iss ganz klar, do muss e Mann gelebt hann, zumindescht zeitweis.«

»Ja, denne Inndruck hann ich a gehat. Wahrscheinlich enner vunn denne Schdudende, vunn denne de Hausmäschder verzehlt hat.«

»Nee, Mischa, dess glaab ich nett. E Schdudend, der wo im selwe Haus wahne duud, werd wohl kaum soi Rasierzeisch in die anner Wahnung stelle, orre?«

»Jo, domit hasche sicher recht.«

»Ess werd wohl doch eher e Kerl vunn draus gewässt sinn, also kä Schdudend, sondern e Laffer, der wo woannerscht wahnt. Dess soll de Geischer abkläre, wanner ausm Labor kummt. Der soll in die Kurt-Schumacher-Strooß fahre und die Hausbewahner ausquetsche. Wo bleibt der Kerl eischentlich? Der sollt doch noor korz zum Mertel unn frohe, ob die ebbes Neies ferr uns hann.«

»Der hat bestimmt e Abschdescher in die Kandien gemacht«, stichelte Schauß.

»Ich ruf de Mertel an, denne wollt ich eh noch ebbes froe«, sagte Tannenberg und tippte die Nummer der Spurensicherung ein.

»Jo«, meldete sich der Chef der Kriminaltechnik.

»Hallo, Karl, saamo, war de Geischer schunn bei eich?«

»Nee.«

»Wanner kummt, soll er glei zu der Wahnung vunn der Doode fahre. Er soll die Nochbarn befroe. Vor allem will ich wisse, ob die Fraa in de letscht Zeit e feschder Laffer gehat hat.« Tannenberg räusperte sich. »Mo was anneres: Was issen eischentlich mit der Katz?«

»Immer noch kä Spur vunn der.«

»Do soll sich de Geischer a noch drum kimmere.«

Tannenberg blickte auf die Bahnhofsuhr, die ihm seine Mitarbeiter zur Beförderung geschenkt hatten. »Du, Mischa, glei kummt der Rentner, der wo die Leich gefunn hat zum Brodokoll.«

»Ja genau, unser *Bildzeitungs*-Informant gebbt sich die Ehr«, ergänzte Schauß.

»Abrobo Informant: Ich hann brandhäse Infos vumm Sherlock Holmes aus de Beethoffestrooß.«

»Vunn wemm? Ich glaab, ich versteh nett!«

»Kammer eischentlich a nett verstehe. Ess iss schunn e bissje seltsam, wann emm de eischene Vadder Informatione zume Mordfall verkaafe will. Tchibo-Informatione! Awwer wie hat moi alder Mendor, de Kriminalrat Weilacher, als gemähnt: Wann die Spur a noch so klä unn unbedeidend aussieht, gehn merr ehr no unn klärn se ab. Manschmo fehrn grad die zur Uffklärung vumme Verbreche.«

»Stimmt, dess hatter oft gesaat! Unn was ferr a Spur iss dess?«

»Moi Vater mähnt, dass e gewisser Stammer Willy immer mit unserm Rentner unnerwegs war. Guggemool im Combjuder no, ob merr zufällisch ebbes iwwer ihn orre soin Freind hänn.

Unn sa demm Rentner nochher direkt uff de Kopp zu, dass er geloh hat. Du hättsch schdichhaldische Informatione driwwer, dass de Stammer Willy dabei war, als er die Dood gefunnt hat. Vielleicht wars jo a werglisch so. Unn ich quetsch in der Zeit die Fraa Schneider noch e bissje aus.«

Da Tannenberg seine Sekretärin angewiesen hatte, die Gesprächstermine mit der Freundin der Toten und dem Rentner zeitlich parallel zu schalten, und Schauß mit der Computerrecherche beschäftigt schien, wollte Tannenberg sich gerade zur weiteren Lektüre seiner Bandaufzeichnungen an seinen Schreibtisch begeben, als der junge Kommissar ins Zimmer gestürmt kam.

»Du, Wolf, dess glaabsche nett. Meer hann doch tatsächlich ebbes iwwer denne Stammer Willy. Unn wääsche was?«

»Woher sollen ich dess wisse?«

»Der Stammer hat in de letschde zwanzisch Johr vier Aanzeische am Hals. Unn wääsche weje was?«

»Mensch, machs nett so schbannend!«

»Dreimol weje sexueller Nedischung unn ämol weje Vergewaldischung. Awwer alle Verfahre sinn ingeschdellt worr. Aus Mangel an Beweise.«

»Ei, dess is jo a Ding!«, sagte sein Vorgesetzter. »Du fielsch zuerscht demm Metzger uff de Zaah. Unn deno knebbe merr uns zamme denne annere Borsch vor.«

Die Befragung von Frau Schneider förderte einige neue Erkenntnisse zutage. So erfuhr Tannenberg zum Beispiel, dass Elvira Kannegießer ihrer Freundin von einer neuen Beziehung zu einem verheirateten Mann berichtet hatte. Sie sei total verliebt gewesen und habe immer nur vom Märchenprinzen gesprochen, aber nie einen Namen genannt. Die Frage, ob Frau Schneider etwas über ein geplantes Rendezvous ihrer Freundin mit dem Unbekannten am vergangenen Wochenende wisse, verneinte sie, ergänzte aber, dass Frau Kannegießer am Freitagabend ein Jazz-Konzert im Kulturzentrum Kammgarn habe besuchen wollen.

Tannenberg reduzierte den zeitlichen Umfang der Befragung deutlich, denn das, was ihm Frau Schneider über die Persönlichkeit ihrer besten Freundin berichtete, deckte sich weitgehend mit den Hypothesen, die er während der intensiven Begutachtung der Wohnung der Toten entwickelt hatte.

Obwohl Schauß noch mitten in der Befragung des Rentners steckte, unterbrach Tannenberg das Gespräch und bat seinen Mitarbeiter zu einer kurzen Bilanzierung in sein Büro. »Unn wie laafts bei deer?«

»Ganz gut, Wolf. De Herr Metzger wääs aangeblisch nix vunn de Gerichtsverfahre geje soin Freind. Awwer dass de flodde Willy zeitlewens e Schorzejäer war, dess hatter zugebb. Der iss sogar richdisch stolz uff denne Hallodri. Unn er hat dann doch zugebb, dass soi Freind heit Mojn debei war, wie er die Leich gefunn hat«, sagte Kommissar Schauß.

»Sehr gut, Mischa«, kommentierte Tannenberg.

»Iwwerrischens hat de Mister Stammer im Gejesatz zu dem Herrn in moim Birro e Audo.«

»Unn hätt dodemit die Leich in de Wald transbordiere känne.«

»Genau. Unn zu zwädd hannse die Fraa dann ennuff zum Paffebrunne geschläft.«

»Wannse zu zwädd warn«, meinte Tannenberg. Er schürzte die Lippen. »Awwer ich wääs nett, so zwä alde Rentner als Täter vunn some bizarre Mord.«

»Jo, ich kammer dess eischentlich a nett vorstelle.«

»Egal, meer fahrn nooher uuf alle Fälle zum Stammer. Mach mo hie unn guck, dasche ball ferdisch bisch«, spornte Tannenberg seinen jungen Kollegen an.

Tief in seinem Innern vernahm er plötzlich ein lautes Aufstöhnen. Kein Wunder, denn es näherte sich mit herrischer Stimme sein Busenfreund Dr. Hollerbach.

»Schön, Sie alle hier zu treffen. Alle engagiert bei der Arbeit, wie ich sehe. Sogar der Herr Hauptkommissar ist zugegen, welch eine Freude!«, tönte der Oberstaatsanwalt. »Schauen Sie mal, Tannenberg, wen ich Ihnen mitgebracht habe.« Er drehte sich um rief in den Flur: »Fouquet, Sie können reinkommen!«

Tannenberg staunte nicht schlecht, als ein schüchterner junger Mann, dem das Unbehagen an dieser albernen Präsentation deutlich anzumerken war, langsam durch die Tür schlich.

»Tannenberg, was sagt Ihnen der Name Fouquet?«

Der Leiter des K1 zuckte mit den Schultern. »Ja, ich weiß nicht …«

»Wieso wissen Sie nicht? Mann, Tannenberg. Fouquet, Fouquet, Fouquet – immer noch keine Assoziation?«

»Ehrlich gesagt, nein.«

»Ehrlich gesagt, nein«, paraphrasierte ihn Dr. Hollerbach spöttisch. »Wie heißt denn der Landrat des Kreises Pirmasens?«

»Keine Ahnung! Ist mir auch völlig egal«, antwortete Tannenberg gereizt, dem dieses merkwürdige Ratespiel allmählich auf die Nerven ging.

»Fouquet, natürlich! Super, Tannenberg, setzen – sechs!«, lachte der Oberstaatsanwalt. »Der Herr Landrat ist ein alter Freund von mir. Und dieser junge Mann hier ist sein Sohn, Adalbert Fouquet.«

Tannenberg konnte seinen aufsteigenden Ärger kaum mehr im Zaum halten. »Ja und?«

»Der Herr Fouquet junior hat gerade seine Ausbildung an der Polizeischule beendet. Dr. Hollerbach reckte den Zeigefinger. »Mit Auszeichnung, versteht sich. Und nun begibt er sich als frischgebackener Kriminalassistent in die Praxis. Kapiert, Tannenberg?«

»Jawohl, Herr Oberstaatsanwalt. Melde gehorsamst: endlich kapiert!«, brüllte der Leiter der Mordkommission lauthals. Dabei schlug er die Hacken zusammen und grüßte militärisch mit angewinkeltem Arm.

Dr. Hollerbach war sichtlich überrascht von der scharfen Reaktion seines Kontrahenten. Man sah ihm an, dass er kurz vor einem Wutausbruch stand. Aber irgendwelche inneren Kräfte schienen ihn zur Selbstbeherrschung zu nötigen.

»Herr Hauptkommissar, ich schlage vor, Sie beruhigen sich nun wieder, schließlich haben wir wirklich Wichtigeres zu tun, als uns zu streiten. Kriminalassistent Fouquet ist ab sofort dieser Abteilung zugeordnet. Er wird Sie bei Ihrer Ermittlungsarbeit begleiten und in vielfältiger Weise dabei unterstützen. Bevor Sie mal wieder überflüssige Fragen stellen, Tannenberg: Diese Maßnahme ist natürlich vom Polizeipräsidenten genehmigt. Wie geht's denn eigentlich voran?«

Kommissar Schauß hatte zwar nur die letzten Sätze dieses Disputes mitbekommen, er begriff aber schnell, dass es im Sinne einer Deeskalation angebracht war, den Oberstaatsanwalt mit einigen Informationen zu besänftigen.

»Wir wissen von einem bisher noch unbekannten Mann, der mit der Toten eine Liebesbeziehung gehabt zu haben scheint. Aber die Ermittlungen hierzu befinden sich noch im Anfangsstadium.«

»Und wir haben einen Verdächtigen, der einschlägig bekannt ist und auch Beziehungen zum Prostituiertenmilieu hat«, ergänzte Tannenberg, der sich emotional wieder im Griff zu haben schien.

»Na, das ist doch schon mal was. Da hab ich wenigstens etwas für die Pressekonferenz nachher«, meinte Dr. Hollerbach erleichtert und verließ zufrieden das Kommissariat.

»So, Herr Fouquet«, begann Tannenberg merklich entspannter. »Sie machen sich am besten gleich auf den Weg in die Kurt-Schumacher-Straße zu Kriminalhauptmeister Geiger. Der führt in unserem aktuellen Fall wichtige Ermittlungen durch. Dabei können Sie ihm tatkräftig unter die Arme greifen. Der Herr ist übrigens ab sofort für Sie zuständig. Rufen Sie ihn an, richten Sie ihm das aus und lassen Sie sich dann von einer Streife zu ihm fahren.«

Fouquet nickte und verabschiedete sich.

»Wolf, war dess mit demm Verdäschdische, der aangeblich Kontakt zum Proschdiduierdemilieu hat, werglich needisch?«, gab Schauß zu bedenken.

»Manschmo sinn Sache needisch, die wo eischentlisch uuneedisch sinn«, meinte Tannenberg. »Kumm, Mischa, loss uns zu unserm Hauptverdäschdische fahre.«

»Was iss dess heitsedaachs blooß ferr e verriggdi Welt«, sagte Tannenberg während der Autofahrt in das südliche Stadtgebiet.

»Was määnsche dann genau?«, wollte Schauß wissen.

»Ei, frieer hänn alle Bermesenser Schlabbefligger Pälzisch geredd – und heit?«

»Unser guuder Adalbert iss halt ess Busche vumme Landrat.«

Tannenberg wiegte den Kopf. »Was ferr e Vorname. Do kriesche jo die Gäsegischderre, wansche denne heersch, orre?«

Schauß schmunzelte. »Dess iss halt die Bermesenser Hottwollee.«

Als die beiden Kriminalkommissare vor Willy Stammers Haus im Dunkeltälchen eintrafen, wurden sie bereits von ihm erwartet. Noch im Garten wollte der Rentner mit seinem Verteidigungsplädoyer beginnen, aber Schauß wies ihn eindringlich darauf hin, dass es wohl nicht in seinem Interesse sein könne, dass die gesamte Nachbarschaft das Gespräch mitbekomme.

»Och, die Nochbarn, die simmer dodal egal. Iss merr worscht, was die vunn meer denke duun. Awwer die Bolizei soll nett glaabe, dass ich e Mörder bin. De Fritz hat mich aangeruf unn merr gesaat, dass Sie mich verdäschdische duun unn dass Sie ball bei meer uffkreize werrn.«

Stammer fächerte die Arme zu einer flehenden Geste aus. »Ich hann werglisch nix mit der Sach zu due. Ich war noor dabei, wiemerr die Leiche gefunn hann, sunnscht nix. Ich bin doch kää ...«

»Langsam, langsam!«, unterbrach ihn Tannenberg.

»Ich bin doch kää Mörder!«, plapperte Stammer weiter. »Ich hann nix demit zu due. Ich war noor debei.«

»Beruhischense sich unn setzense sich do anne«, sagte Schauß und wies auf eine Holzbank, die hinter dem Gartentürchen stand.

»Ich kann unn will mich jedzert awwer nett hisetze. Ich will nett, dass Sie denken, dass ich ebbes dodemit zu due hann. Okay, fieher hann ich viel dummes Zeisch gemacht. Ich war hinner jedem Rock her unn hann nix aanbrenne losse. Awwer dess, wesweje ich vorm Rischder gestann hann, hat nie geschdimmt. Ich bin jo a immer freigesproch worr.«

»Dess wissemerr doch schunn alles, Herr Stammer«, meinte Tannenberg ruhig. »Meer wollen vunn Ihne noor wisse, warumse nett am Pfaffebrunne uff uns gewaad hann, so wie Ehr Freind, de Herr Metzger.«

»Ei, dess iss doch wohl sunneklar. Weil ich Angscht gehat hann, dass Sie mich sofort verdäschdische deeden. Desweje hann ichem Fritz gesaat, dass er de Schnawwel halle soll«, entgegnete Willy Stammer aufgeregt.

»Ja, awwer wannse doch nix aangestellt hann, hannse doch a nix zu beferschde«, bemerkte Schauß.

»Awwer domals hann ich jo a nix verbroch gehadd. Jedenfalls hann ich nix gemacht gehann, was die bleed Schnerrbix nett gewollt hat. Unn domols bin ich a vunn eisch verdäschdischt worr. E verbrenndes Kind scheits Feier.«

»Gut, Herr Stammer. Was anneres: Iss Ihne an demm Moje am Paffebrunne orre uffem Weg dorthi irschend ebbes Besonneres uffgefall?«, fragte Tannenberg. »Zum Beischbiel e Audo orre jemand, der wo sich ufffällisch benumm hat, orre sunscht ebbes?«

»Ich hann lang driwwer nogedenkt, ob do ebbes Besonneres war. Ich glaab, dass do ebbes war …«

»Unn was?«, fragte Schauß ungeduldig.

»Ebbes mitemme Audo …« Stammer schloss die Augen, dachte angestrengt nach. »Irschendebbes war miteme Audo. Genau! Mitnerr Audodeer war ebbes.«

»Unn was?«, drängte nun auch Tannenberg.

»Ei, do hat enner e paarmol hinnerennaner e Audodeer zugehau. So wie wanns Schloss gabudd wär unn desweje die Deer nett inraschde duud.«

4

»Wolfi, a wann ich allmählich rischdisch alt werr. Du kannsch die Trepp so leis erunnerschleiche, wiesche willsch. Ich heer dich trotzdem«, rief Mutter Tannenberg ihrem Sohn hinterher, als er schon fast die Haustür erreicht hatte.

Sie war stolz wie eine Warenhausdetektivin, die gerade einen Dieb in flagranti ertappt hat. »Du kannsch doch nett ohne Friehstigg uff die Awed gehe. Kumm schunn rinn und trink mit uns Kaffee.«

»Aha, der Herr Kriminalhauptkommissar iss schunn voller Tatedrang. Hasche schunn gelääs, was die *Rheinpfalz* heit iwwer eiern Mordfall schreibt?«, fragte der Senior, nachdem Tannenberg am Tisch Platz genommen hatte. »Soll ich derrs vorlese?«

»Guten Morgen, lieber Herr Vater, danke für das Angebot. Aber seit der Grundschule vermag ich schon selbst zu lesen«, erwiderte Tannenberg betont gestelzt

»Du warsch so e goldisches Buusche, soo siiieß«, schwärmte Margot Tannenberg. Mit versonnenem Blick unterbrach sie ihre Küchenarbeit und seufzte mehrmals vor sich hin. »So e goldisches Knoddelsche.«

»Mudder, bitte!«

»Willsches jedzert heere orre nett?«, bohrte Jacob Tannenberg nach.

Als sein Sohn weiterhin keine Zustimmung signalisierte, ging er in die Offensive. »Wääsche was, ich froo doch gar nett lang erumm. Dann läs ich dess ewe doiner Mutter vor.

Moi liewes Margottsche, do steht geschribb: ›Wie der leitende Oberstaatsanwalt Dr. Hollerbach bei der eigens einberufenen Pressekonferenz gestern Nachmittag bekannt gab, gibt es bezüglich des am Pfaffenbrunnen aufgefundenen weiblichen Leichnams bereits erste Erkenntnisse. Obwohl der Oberstaatsanwalt zur Todesursache und zur Tatwaffe aus ermittlungstaktischen Gründen keine Angaben machen wollte, teilte er mit, dass es eindeutige Anzeichen der Fremdeinwirkung gäbe.‹«

»Was ferr e ausgemachder Schwachsinn!«, empörte sich Tannenberg. »Soll die Fraa sich vielleicht erscht erstoch und dann denoo sellwer uff de Felse geleht hann? Dess iss typisch Hohl – Hohl – Hollerbach! So e Dummbabbler!«

»Loss mich doch erschtmool ferdisch vorlese!«, schimpfte der Senior ungehalten. »Allo, wo war ich?« Sein Finger wanderte über den Zeitungsartikel.

»Do war ich: ›Bei der Toten handelt es sich um die 39-jährige städtische Angestellte Petra Kannegießer. Die Frau lebte alleine in einem Apartment im Uniwohngebiet. Als Todeszeitpunkt hat der Gerichtsmediziner den Zeitraum zwischen 22 und 24 Uhr am Samstagabend ermittelt. In diesem Zusammenhang bittet die Kriminalpolizei die Bevölkerung um Mithilfe, besonders hinsichtlich der Klärung folgender Fragen: Wer kann Angaben darüber machen, wo sich Frau Kannegießer in der Zeit zwischen Freitag 18 Uhr und Samstag 24 Uhr aufgehalten hat?

Nach Angaben einer Bekannten wollte das Mordopfer am Samstagabend ein Konzert im Kulturzentrum Kammgarn besuchen. Wer hat sie dort oder in der Umgebung der Gartenschau gesehen? In wessen Begleitung hat sich die Frau befunden? Wer hat am Samstagabend auf dem Parkplatz an der Tennishalle in der Kurt-Schumacher-Straße oder in dessen unmittelbarer Nähe verdächtige Beobachtungen gemacht?

Mitteilungen, selbstverständlich auch streng vertraulich, unter der Telefonnummer …‹«

»Dange, Vadder, awwer unser Dellefonnummer kann ich aussewennisch«, unterbrach der Kriminalbeamte.

»Do steht awwer noch ebbes anneres Inderessandes!«

»Unn was steht do noch anneres Inderessandes? Dass meer de Mörder schunn hann, orre was?«, fragte Tannenberg gelangweilt.

Der Senior rückte kurz seine Lesebrille zurecht und setzte die für seine Familie bestimmte Zeitungslektüre fort: »›Wie der leitende Staatsanwalt auf Nachfragen der Presse mitteilte, führt eine erste heiße Spur ins Prostituiertenmilieu.‹ Was, die soll als Bordschdääschwalbe geschafft hann?«

»Aangeschafft hann«, ergänzte Tannenberg. Dann klopfte er sich feixend auf die Oberschenkel. »Ich lach mich gabudd! De Dolldibbe Hollerbach iss werglisch uff moi falschi Schbur ringgefall! Wie kammern noor so bleed sinn! Typisch Hohl – Hohl – Hollerbach.«

»Wolfi, du sollscht nett so abfällisch iwwer doin Chef redde. Wann dess emool jemand heert«, merkte Mutter Tannenberg kritisch.

Sie beugte sich von hinten über ihren Mann und betrachtete das Foto des Mordopfers. »So e bildhibbsches Fräsche. Unn jedzert isse dood.«

»Mausedood – unn steht demmnägscht mitteme schwarze Rähmsche auserumm in de Zeitung«, ergänzte ihr Ehemann trocken.

Tannenberg nahm noch einen letzten großen Schluck Kaffee und erhob sich. Aber Jakob war noch nicht fertig.

»Ess Beschde hann ich jo noch garnett vorgelääs. Willsches nett heere, Wolfram?«

»Doch Vadder, ich hall's vor Neigier nimmi aus.«

»Allo, do steht: Die Staatsanwaltschaft hat für sachdienliche Hinweise zu Ergreifung des oder der Täter eine Belohnung von 2000 Euro ausgesetzt.«

Er klatschte in die Hänge: »Stellen eisch dess mo vor: 2000 Euro! Wie viel Tippschoi ich domit ausfille kennt.«

Er fasste seinen Sohn fest ins Auge. »Wanns jedzert de flotte Willy war, dann krie ich doch die Belohnung, orre?«

»Klar kriesche die, Vadder. Unns goldene Sherlock-Holmes-Abzeiche glei mit dezu!«, sagte Tannenberg und machte sich kopfschüttelnd auf den Weg zu seiner Dienststelle am Pfaffplatz.

Kommissar Schauß hatte den Pförtner im Eingangsbereich der Kriminalinspektion gebeten, ihn sofort telefonisch zu benachrichtigen, sobald Tannenberg das Gebäude betreten würde.

Nachdem der verabredete Anruf eingegangen war, begab sich Schauß umgehend ins Treppenhaus und empfing seinen sichtlich überraschten Vorgesetzten.

»Warum baschden mich dann im Drebbehaus ab? Was issen los? Iss de Hollerbach schunn do, orre was?«

Michael Schauß huschte ein Lächeln über die Lippen. »Nä, Wolf, ganz so schlimm isses nett. In doim Birro waad e ziemlisch hibbelischer Mann, der behaubt, de Stescher vunn unserer Doode zu sinn. Der iss vor zeh Minudde uffgekreizt. Der macht e ganz schää durchgeknallder Inndruck.«

»Denne nemm ich merr gleimo zur Bruschd. Hasch du schunn ebbes aussem rauskriet?«

»Der schwallt ohne Punkt unn Komma. Ich hannem awwer gesaat, dass du ne befroe willsch unn er sich desweh noch ein bissje gedulde muss.«

»Sehr gut, Mischa. Kumm, dess mache merr zamme«, sagte der Leiter des K1 und ließ seinem jungen Mitarbeiter den Vortritt in die Diensträume der Kaiserslauterer Mordkommission.

Tannenberg wusste genau, was nun wieder passieren würde. Wie oft hatte Kriminalrat Weilacher ihn ermahnt, sich mit der

Beurteilung der Person eines Zeugen oder Verdächtigen Zeit zu lassen, abzuwarten, bis mehr Details zur Einschätzung des jeweiligen Menschen zur Verfügung standen. Obwohl er sich redlich Mühe gegeben hatte, war es ihm aber eigentlich nie gelungen, die kritischen Anmerkungen seines Mentors zu beherzigen.

Das Einzige, was er verändert hatte, war, dass er seine spontanen Erstbeurteilungen nicht mehr den anderen mitteilte, sondern die Einordnungen der Personen in seinen Typen-Katalog weitgehend für sich behielt. Und dieser dynamische Mensch, der da auf ihn zugestürmt kam, passte einfach ganz genau in die Schublade »Versicherungsvertreter, geboren in Norddeutschland oder in den neuen Bundesländern«.

»Also, ich bin völlig fertig«, jammerte der mittelgroße, solariumsgebräunte Mann gleich los.

»Guten Morgen, Herr …?«, empfing ihn Tannenberg.

»Was? Wie? Herr? Ach so! Entschuldigen Sie, dass ich mich nicht vorgestellt habe. Konopka, Erwin Konopka. Ich bin völlig fertig«, wiederholte er und schüttelte kurz die ihm von den beiden Ermittlern entgegengestreckten Hände.

»Beruhigen Sie sich erst mal! Wir gehen in mein Büro und dann unterhalten wir uns in aller Ruhe. Flocke, machst du uns Kaffee?«

»Klar, Chef, schon in der Maschine.«

Die drei Männer nahmen am Besuchertisch Platz.

»So, Herr Konopka, Sie kennen also Frau Kannegießer?«, fragte Tannenberg ohne Umschweife. Unter der Tischplatte wischte er sich die feuchten Überbleibsel aus dem kurzen Körperkontakt mit Konopkas teigiger, schweißnasser Hand an seiner beigen Leinenhose ab.

»Was heißt hier kennen?«, schniefte Erwin Konopka. »Wir sind seit einem halben Jahr ein Paar. Ich wollte mich sogar von meiner Familie trennen und Elvira heiraten.« Er wischte sich mit dem Handrücken die Tränen weg. »Und jetzt ist sie tot! O mein Gott!«

Tannenberg schwieg und blickte demonstrativ an die Decke. Schauß wusste dieses eingeübte Signal zu entschlüsseln. Es bedeutete, dass er für eine gewisse Zeit ganz alleine für die Durchführung der Befragung zuständig war.

Denn Tannenberg nahm sich die Freiheit, sich während der nächsten Minuten ausschließlich auf die Begutachtung der vor ihm sitzenden Person zu konzentrieren.

Natürlich konnte er seine Eindrücke in Anwesenheit von Herrn Konopka nicht direkt in sein Diktiergerät sprechen, aber das würde er anschließend an die Befragung nachholen.

Während Kommissar Schauß relativ belanglose statistische Daten des Mannes einholte, beobachtete Tannenberg den Menschen, der der Toten in letzter Zeit wahrscheinlich so nahe wie kein anderer gestanden hatte.

Das Auffälligste an ihm waren die von einem goldenen Brillengestell eingefassten Plusgläser, welche die Augen größer als normal erscheinen ließen.

Vielleicht empfand Tannenberg dieses Detail aber auch nur deshalb als besonders markant, weil er sich mit seinem Bruder noch vor ein paar Tagen darüber gestritten hatte, ob kurzsichtige Menschen Plus- oder Minusgläser zum Ausgleich ihres Sehfehlers benötigten. Vielleicht war es aber auch dieser leichte Silberblick, den Tannenberg zu bemerken glaubte.

Warum simmer Mensche mit schmale Libbe eischntlich so suschbeckt, fragte sich der Kommissariatsleiter, während seine Augen weiter das sonnengebräunte Gesicht Konopkas abtasteten. Vielleicht, weil diese Leute oft verbissen und feindselig wirkten?

Warum hatten der Mann noch kää graue Hoor? De Mischa hattne doch grad noo soim Gebortsdadum gefroot. Der iss finf Johr älter als ich, warum hatten der noch kää graue Hoor?

Tannenberg hätte es gerne gewusst, aber er konnte natürlich unmöglich in einer derart delikaten Situation solch einen Blödsinn fragen. Außerdem bestand ja auch die Gefahr, dass Konopka ihn möglicherweise verklagen würde.

Denn spätestens nach dem Gerichtsurteil, das Bundeskanzler Schröder gegen die Presse erwirkt hatte, durfte niemand in Deutschland einen anderen mehr ungestraft bezichtigen, seine Haare gefärbt zu haben.

Ein kleiner Stoß an Tannenbergs Knie beendete abrupt die Erörterung einer der wichtigsten Fragen der aktuellen Weltpolitik.

»So, Herr Konopka, nun mal zum letzten Wochenende«, sagte er nach einem Räuspern. »Haben Sie da Frau Kannegießer irgendwann getroffen oder gesehen?«

»Ja, ich hab sie am Freitag nach Dienstschluss um 13 Uhr 30 am Rathaus abgeholt.«

»Ah, sie hatte nur eine halbe Stelle!«, schlussfolgerte Kommissar Schauß.

»Nein, lieber Herr Kollege, alle Mitarbeiter des Rathauses machen freitags bereits um 13 Uhr 30 Feierabend«, belehrte ihn sein Vorgesetzter. »Irre, oder? Absolute Dienstleistungswüste! Und das in einer angeblichen Großstadt!«

Er wandte sich wieder dem Freund der Toten zu. »Aber das ist ein anderes Thema. Was haben Sie dann gemacht, Sie und Frau Kannegießer?«

»Wir sind gleich zu ihr gefahren. Wir hatten ja nicht viel Zeit. Ich musste schließlich um 18 Uhr schon in Köln sein, wegen einer Fortbildung.«

»Und wie lange dauerte diese Fortbildung?«, wollte Schauß wissen.

»Bis gestern Nachmittag.«

»Waren Sie die ganze Zeit über in Köln, oder sind Sie abends wieder nach Kaiserslautern gefahren?«, fragte Tannenberg.

»Nein, nein, das ging nicht. Wir hatten bis 21 Uhr Seminar und mussten morgens wieder früh raus.«

»Also, waren Sie die ganze Zeit über in Köln.«

»Ja.«

»Und wo haben Sie gewohnt?«

»Bitte?«

»Wo Sie übernachtet haben«, wiederholte Schauß.

»Übernachtet? Na, im Mainzer Hof.«

»Haben Sie an diesen Tagen mit Frau Kannegießer telefoniert?«

»Nein. Besser gesagt, doch. Ich habe ihr zweimal auf den Anrufbeantworter gesprochen. Aber sie hat nicht zurückgerufen.«

»Und Sie haben sich keine Sorgen gemacht?«, fragte Schauß ungläubig.

»Nein, sie hatte doch gesagt, dass sie am Samstag mit einer Freundin in die Kammgarn wollte und am Sonntag vielleicht ihre Eltern ...«

»Wissen Sie, mit wem sie in die Kammgarn wollte?«, unterbrach Tannenberg.

»Nein, ich hab nicht nachgefragt. Wie gesagt, wir hatten am Freitag nur wenig Zeit zum Reden.«

»Apropos Freitagnachmittag, hatten Sie da mit Frau Kannegießer Geschlechtsverkehr?«, fragte der altgediente Kriminalist ohne jegliche Rücksicht auf die angeschlagene psychische Verfassung seines Gegenüber.

Tannenberg konnte der Mimik seines Mitarbeiters entnehmen, dass diese Frage zu unvorbereitet erfolgt war. Diese Einschätzung wurde durch die abrupte Verhaltensänderung Konopkas bestätigt.

Hatte er bislang relativ gefasst auf seinem Stuhl gesessen, so nahm er nun in einer schnellen Bewegung seine Brille von der Nase, legte sie auf die Tischplatte, schlug beide Hände vor sein Gesicht und begann jämmerlich zu schluchzen. Dieser heftige Gefühlsausbruch dauerte aber nur ein paar Sekunden, schnell fand er seine Selbstbeherrschung wieder.

»Ja, ja, wir haben am Freitag miteinander geschlafen.«

»Gut, Herr Konopka, das war's dann mal fürs Erste. Da bei der Toten Spermaspuren entdeckt wurden, müssen wir Sie bitten, wegen einer Blutprobe unter im Labor vorbeizuschauen. Die Gerichtsmedizin führt dann eine Genanalyse durch.«

»Muss das wirklich sein?«

»Ja, das muss leider sein«, antwortete der Leiter der Kaiserslauterer Mordkommission mit ruhiger Stimme.

»Bin ich etwa verdächtig? Soll ich die Liebe meines Lebens umgebracht haben?«

»Das ist alles nur Routine«, beschwichtigte Tannenberg und begleitete den Lebensgefährten der Toten zur Tür. »Ach, Herr Konopka, ich hätte da noch eine Frage.«

»Ja?«

»Was sind Sie eigentlich von Beruf?«

»Ich hab's doch vorhin schon Ihrem Kollegen gesagt: Ich bin im Autohaus Baltruschat beschäftigt.«

»Und als was sind Sie da beschäftigt?«, insistierte Tannenberg. »Das haben Sie uns nämlich noch nicht mitgeteilt.«

»Als Autoverkäufer.«

Hann ichs doch gewisst! Versicherungsvertreder unn Autoverkeifer sinn jo uungefähr essselwe, dachte der Kriminalbeamte.

Erwin Konopka verließ mit hängendem Kopf und schlurfenden Schritten Tannenbergs Büro.

»Der arme Mann. Jedzert hat er soi Geliebdi verloor«, bedauerte ihn Petra Flockerzie. »Unn dann a noch uff so e brudali Art unn Weis.«

»Wäässche, Flocke, der Schorzejeher hat dehääm Fraa

unn Kinner. Moi Mitgefiel mit solche Type halt sich in enge Grenze«, bemerkte Tannenberg abschätzig.

Armin Geiger tauchte in der Tür auf. »Gmoin allerseits«, rief er fröhlich.

»Wassen los, Geischer, wieso bischen um die Uhrzeit schunn so gut druff?«, fragte Schauß verwundert.

»Mojeschdunn hat Gold im Mund!«, antwortete der Kriminalhauptmeister strahlend.

»Kumm, Geischer, verschon e millidander Mojemuffel wie mich mit doim beriehmt-berischdischde Zidaadeschatz.«

»Warum sinnsen dann so aangefress, Chef? Wannse jedzert glei heere werrn, was ich heit Moin schunn ferr dolle Ermittlungsergebnisse mitbringe du, werrnse Baukletz staune. Während ehr noch friedlisch im Nescht gelä orre in aller Ruh gefriehschdiggt hänn, war ich nämlich schunn dienstlich unnerwegs.«

»Wo, Geischer? In der Kantine?«

»Nä, Kollesch Schauß. Ich war in de Kurt-Schumacher-Strooß und hann die Leute im Wohnblock vunn der Doode befrot.«

»Eifrisch, eifrisch, Geischer«, lobte Tannenberg übertrieben. »Unn was hat de Herr Kriminalischt ermittelt? War der Neie eischentlich bei deer?«

»Was ferre Neier? Ich war allä uff Tour.«

»Awwer du sollscht dich doch umne kimmere. Im Sinn vumme aanschdännische Praxisschock ferr so e Frischling.«

»Ach, der soll sich ruhisch ausschloofe, der kann dess eh noch nett so gut wie ich«, tönte Kriminalhauptmeister Geiger.

»Du wollschne doch noor nett debeihann, damit du allä mit doine Ermittlungsergebnisse rumprotze kannsch«, warf Schauß spitz ein.

»Warum mussen ich schunn werre Kinnermädche spiele? Ich hann doch schunn im Winder die komisch Prakdikandin am Bä gehatt. Denne Neie kann doch de Schauß iwwernemme.«

»Ja, wääsche, moi liewer Geischer, ess Problem iss, dass in unserm Kommissariat immer noch ich iwwer solche Dinge entscheide du. Unn bei meer werrn die Leit no ehre Befähischunge inngedält. Also Schluss mit dem bleede Gejammere! Was hasche denn ferr uunglaubliche Ermittlungsergebnisse zu biede?«

Man merkte Kriminalhauptmeister Geiger deutlich seinen Unmut über Tannenbergs Äußerung an, aber der Stolz über die außerhalb der Kerndienstzeit erbrachte Leistung verbesserte seine Stimmung wieder schlagartig.

»Allo, Chef, ich hanns geschdern Owend nimmi gepackt, alle Schdudende zu befroe. Unn dessweh bin ich heit Mojn nochmo anne ...«

»Mensch, Geischer, ich hann nett de ganze Moje Zeit, merr doi Geschwafel aanzuheere. Brings endlich uuf de Punkt«, forderte Tannenberg.

»Do wahnt e Schdudend unn der hat ebbes beobacht ...«

»Geischer, kumm jedzert endlich in die Gäng orre ich werr schdinksauer!«

»Der hat geheert, wie sich die Fraa Kannegießer unn ehr Freind in de ledschde Zeit oft in de Hoor gehat hänn. Unn außerdem hat er sichs Audo unn e Dääl vunn de Nummer gemerkt. Ess war e schwarzer Passat mit de Nummer KL-EV. Zahle hatter kää gewisst. Awwer dess ›EV‹ hat er sich gemerkt, weil ess die Aanfangsbuchschdabe von Elvira sinn.«

»Subber Awed, Geischer!«, lobte der Kommissariatsleiter scheinheilig.

»Danke ferr die Blumme, Chef, dess bringt uns doch e ganz schänes Stigg vorran, orre?«

»Klar, Geischer. Wääsche iwwerrischens, wer deer voin im Flur begähnt iss?«, fragte Tannenberg scheinbar nebensächlich.

»Nä, kä Ahnung. Denne Mann hann ich noch nie gesieh.«

»Dess war de Erwin Konopka, de Freind vunn unserer Doode.«

»Besitzer vumme schwarze Passat Kombi mittem amtliche Kennzeichen KL-EV-19«, ergänzte Schauß lachend und hielt Geiger das gerade von Petra Flockerzie fertig getippte Protokoll vor die Nase.

Für seine Verhältnisse verstand Geiger schnell. »Dess war awwer rischdisch fies vunn Ihne, mich so ufflaafe zu losse, Chef. Dess finn ich iwwerhaupt nett gut!«

»Jedzert sei doch nett glei wirre inngeschnappt. Dess hat misse sinn ewe. Awwer doi Info, dass die Fraa Kannegießer sich mit ehrm Geliebte geschdritt hat, iss werglisch interessant. Hasche eischentlich ebbes iwwer die Katz erauskriet?«

Geiger schmollte weiter. »Nä«, knurrte er zurück. »E paar Leit hänn zwar gewisst, dass die Fraa e Katz gehatt hat, awwer wo die abgeblibb iss, wääs kenner.«

»Gut, Geischer«, sagte Tannenberg. Er wandte sich an seinen anderen Mitarbeiter. »Mischa, du rufsch denne Konopka aan und frooschne, ob dess stimmt mit der Rumzofferei. Unn dann scheckssche a gleimo soi Kölner Alibi ab.«

»Okay, mach ich sofort. Du mänsch nadierlich, wo der Borsch während de Tatzeit war«, fragte der junge Kommissar sicherheitshalber nach.

Tannenberg rollte die Augen. »Ei jo, wassen sunnscht? Unn, Geischer, du schnappsch derr denne Neie, wann er kummt. Ehr zwä fahrn nochemool zu de Wahnung unn befroon de Hausmäschder unn die Bewahner, die wo ehr noch nett aangetroff hann.

Unn dann guggen ehr eisch in de Geeschend um. Do treffener beschdimmt Leit, die dort ehr Hunde ausfiern. Dess sinn oft sehr gude Beobachter, die krien vieles mit. Um drei Uhr sinner wirre do, do iss Dienschtbesprechung!«

Wolfram Tannenberg pflückte Schauß das Gesprächsprotokoll aus der Hand und verzog sich in sein Büro.

Als er auf dem Deckblatt die persönlichen Daten von Erwin Konopka las, wurde ihm sofort bewusst, warum sich vorhin, als er den Mann von Weitem mit seiner Sekretärin reden hörte, so dominant die Assoziation »Versicherungsvertreter« in sein Bewusstsein gedrängt hatte. Geburtsort: Duisburg. also ein Ruhrpott-Laller! Einer, der ohne Luft zu holen, ohne Punkt und Komma zu setzen, fähig ist, sich akzentfrei und scheinbar mühelos der deutschen Schriftsprache zu bedienen.

Solche Menschen waren Tannenberg von Natur aus suspekt, um nicht zu sagen: extrem suspekt! Schließlich hatte er seit seinem ersten Schultag unter dem Zwangserwerb dieser schwafeligen und affektierten Hochsprache gelitten. Deshalb konnte er auch immer nur verständnislos den Kopf schütteln, wenn er mal wieder irgendwo lesen musste, dass als Antwort auf die katastrophalen Ergebnisse der PISA-Studie die Kleinen bereits im Kindergarten Englisch oder Französisch lernen sollten.

Dies erschien ihm absolut nicht nachvollziehbar, schließlich hatte jeder Nachfahre eines Pfälzer Ureinwohners in der Grundschule genügend damit zu tun, sich wenigstens einigermaßen mit seiner ersten Fremdsprache »Hochdeutsch« zu arrangieren. Gab es denn nicht schon genug grammatikalische und semantische Kollisionen zwischen dieser kalten Amtssprache und der lebensfrohen, kreativen Eingeborenensprache? Und jetzt auch noch Englisch und Französisch – Sprachverwirrung wie beim Turmbau zu Babel!

Michael Schauß störte Tannenbergs abschweifende Erörterungen.

»Wolf, ich hann ewe de Konopka aangeruf unn hannem gesaat, was der Schdudend behaupt hat«, erklärte der junge

Kommissar. Da er den Eindruck gewann, sich nicht klar genug ausgedrückt zu haben, ergänzte er schnell: »Dess, was der Schdudend gesaat hat, der wo newe de Fraa Kannegießer wahnt.«

»Versteh. Weje der aangebliche Rumzofferei.«

»Ja genau. Unn de Konopka hat gemänt, dassne dess garnett wunnere duud, weils Elvira vorme halwe Johr mittem Schluss gemacht hätt. Unn zwar weje ihm.«

»Ei, dess iss jo inderessant! Dann rufemo glei de Geischer aan, der soll denne Schdudend ausfinnisch machen unne aansschdännisch in die Mangel nemme.«

»Okay, mach ich sofort.«

»Unn was iss mittem Alibi vumm Konopka?«

»Der Schobbeschligger hat Freidachnacht mit soine Kumpels e Sauftour durch die Kölner Altstadt gemacht. Die sinn ...«

»Unn am Samschdachowend?«, unterbrach Tannenberg.

»Do war er aangeblich gabudd unn iss deswej frieh ins Bett.«

»Was häst dess genau – Uhrzeit?«

»Er hat gesaat, dass er vor noi Uhr inngeschloof iss.«

»Nadierlich ohne Zeusche, orre?«

»Ohne Zeusche unn ohne Zeuschin!«, sagte Schauß lachend.

»Dann häng dich mo wirre an die Stripp unn fro bei dem Hotel in Köln no, ob die e Videoiwwerwachung hann orre sunnscht ebbes mitkriet hann. Unn lossder a glei die Name vunn soine Saufkumbane gewwe.«

»Hann ich schunn. Die beschdädischen, dass er am Samschdachowend frieh uff soi Zimmer verschwunn iss.«

Tannenbergs Wunsch nach einem starken Kaffee machte sich derart penetrant bemerkbar, dass er dieses menschliche Urbedürfnis dringend befriedigen musste. Zu seinem Glück hatte Petra Flockerzie gerade eine frische Kanne Kaffee gekocht.

»Ach Gott, was bin ich so froh, Flocke, dass du kä so dinni Buddschelbrie, sondern e rischdisch guder Kaffee koche duusch«, lobte er seine Sekretärin, die die Bemerkung mit einem versonnenen Lächeln beantwortete.

Als Tannenberg sich seine große Tasse befüllte, wurde die Flurtür vorsichtig geöffnet. »Ah, der Herr Kriminalassistent ist auch schon wach«, sagte der Leiter des K1 zu Adalbert Fouquet, der gerade mit einem großen Paket unter dem Arm ins Kommissariat kam.

»Entschuldigung, Herr Hauptkommissar, aber der Kollege Geiger hat gemeint, dass ich wegen der Überstunden gestern heute Morgen etwas später kommen soll. Das würde hier immer so gehandhabt.«

»Was bringen sie uns denn da mit? Ihren Einstand?«, fragte Schauß neugierig, als er das mächtige Paket erblickte.

»Wenn Sie so wollen. Das ist die alte Espressomaschine meiner Eltern. Die haben sich eine neue gekauft. Und da dachte ich, dass wir die hier vielleicht gebrauchen können …«

»Tolle Idee!«, rief Petra Flockerzie begeistert. »Chef, ich koch zwar de beschde Filderkaffee vunn Lautre, awwer so e guder Espresso iss a nett zu verachde. Ausserdem iss Espresso a noch gesinnder als unser Filderkaffee.«

»Flocke, du wirst es kaum für möglich halten, aber selbst ich lebe nicht hinterm Mond«, antwortete er wegen Fouquets Anwesenheit in der ungeliebten Schriftsprache. »Stell dir vor, sogar ich habe zu Hause eine Espressomaschine und zwar eine richtig alte, so eine mit Handpresse – original aus Italien«, bemerkte Tannenberg nicht ohne Stolz.

»Entschuldigung, Chef, ich hab ja völlig vergessen, dass Sie ein Italienfan sind«, erwiderte sie gestelzt.

»Na ja, Flocke, Fan ist vielleicht ein bisschen übertrieben. – Gut, Fouquet, die Maschine können wir hier wirklich gut gebrauchen. Ist ja sogar eine Saeco! – Edel geht die Welt zugrunde!«

»Herr Hauptkommissar, ich hätte da noch eine Bitte«, sagte der junge Kriminalassistent.

»Na, dann schießen Sie mal los!«, forderte Tannenberg, während er respektvoll den Espressoautomaten inspizierte. »Bei so einem tollen Einstand haben Sie glatt einen Wunsch frei.«

»Ja, eigentlich ist das gar keine so große Bitte ...« Fouquet zögerte. »Ich hätte nur einfach gern, dass Sie mich auch duzen, so wie die andern. Sonst fühle ich mich ausgeschlossen und sonderbehandelt.«

Tannenberg dachte sich seinen Teil, denn er mochte es eigentlich gar nicht, wenn man ihn zum Gebrauch dieser distanzlosen Anredeform zu nötigen versuchte, so wie manchmal die Gäste seines Bruders.

Aber noch schlimmer waren einige Bekannte seiner Schwägerin, diese birkenstockbeschuhten Alt-Achtundsechziger, denen dieses »Du« so locker und unverbindlich über die Lippen kam wie dem Nachrichtensprecher der Wetterbericht.

Für ihn dagegen hatte das Duzen einen sehr persönlichen, um nicht zu sagen, intimen Charakter. Es war der feierliche Endpunkt eines langen Abtast- und Kennenlernprozesses, der bei ihm oft viele Jahre dauerte; wie zum Beispiel bei seinem besten Freund, dem Gerichtsmediziner Dr. Schönthaler.

Aber bei Fouquet ist es ja etwas völlig anderes, sagte sich Tannenberg: Erstens kann man diesen jungen, freundlichen Menschen nicht brüsk mit einer Ablehnung vor den Kopf stoßen, und zweitens handelte es sich ja um ein einseitiges Duzverhältnis, so wie bei Flocke und Geiger.

»Gut, Fouquet, wir wollen ja nicht, dass du dich hier diskriminiert fühlst. Sonst hetzt du uns noch Amnesty International oder den Kinderschutzbund auf den Hals.«

Für Tannenberg war hiermit das Thema beendet. Er wandte

sich seinen anderen Mitarbeitern zu. »Wisst ihr was, die Maschine weihen wir jetzt gleich ein! Flocke, gib unserem neuen Kollegen Geld aus der Kaffeekasse, damit er in dem italienischen Spezialitätengeschäft unten an der Ecke ein Kilo Lavazza und zwei Päckchen Amaretti holen kann.«

Nachdem Fouquet zurück war, begann die Dienstbesprechung.

»So, Leute, ihr kennt ja alle unser D-Zug-Modell, das man vielleicht allmählich mal besser in Intercity-Modell oder so was umtaufen sollte. Aber da unser verehrter alter Chef es so genannt hat, wollen wir es auch dabei belassen. – Einwände?«, fragte Tannenberg, ohne eine Antwort zu erwarten.

»Chef«, versuchte sich Fouquet in der neuen Anredeform, »wenn Sie so nett wären, mir kurz zu erklären, was das für ein Modell ist, um das es hier geht.«

»Mit Vergnügen, Herr Kriminalassistent. Stimmt, dich hab ich ja ganz vergessen. Du kannst ja Weilachers Modell gar nicht kennen.«

Tannenberg nahm vorbereitete Pappkarten und Pinnwandnägel von einem schmalen Regal und begab sich damit an die mit einigen Korkplatten beklebte Wand rechts neben seinem Schreibtisch.

»Also das hier ist unsere Ausgangsposition: ein ungeklärter Mordfall. Oder, wie Weilacher immer gesagt hat: unser Abfahrtsbahnhof. Und das hier ist unser Zielbahnhof, von dem wir aber keine Ahnung haben, wo er sich befindet. Unser Ziel ist natürlich klar: die Überführung des Mörders. Wir alle hier im Raum sind das Zugpersonal: Lokführer, Schaffner, Techniker et cetera. Wir bestimmen, wohin der Zug fährt und was während der Reise passiert – zumindest in Bezug auf die Dinge, die wir beeinflussen können.

Während der Fahrt steigen verschiedene Menschen ein, andere wiederum zwingen wir zum Aussteigen. Wir fahren mal langsamer, mal schneller, manchmal halten wir, manchmal stellen wir die Weichen um, und manchmal fahren wir sogar rückwärts. Aber egal, was wir tun, wir verlieren nie unser Ziel aus den Augen. – Und das ist der Kollege Geiger.«

»Was, Chef?«

»Hat der Herr wohl geruht?«

»Entschuldigung, Chef, aber ich kenn das ja alles. Außerdem bin ich heute Morgen schon so früh raus.«

»Du hast mein tief empfundenes Mitgefühl! So, Geiger, da du ja schon alles kennst: Ich habe bis jetzt nur zwei Täfelchen an die Wand gepinnt. Was fehlt noch?«

Der Kriminalhauptmeister dachte angestrengt nach. »Die Verdächtigen zum Beispiel.«

»Gut. Und die wären?«

»Also erstens, Chef, wär das dieser Geliebte, der mir heute Morgen begegnet ist, dieser Konopka.«

»Gut. Wer hat einen weiteren Verdächtigen?«, fragte Tannenberg in die Runde. »Ja, Michael?«

»Der Student, der anscheinend auf den Konopka eifersüchtig war.«

»Gut. Geiger, hast du den noch mal befragt?«

»Ja, Chef, der hat ziemlich schnell zugegeben, dass er mit seiner Aussage seinem Nachfolger nur eins auswischen wollte.«

»Sein Alibi für die Tatzeit?«

»Er sagt, er wär im Saarland bei seinen Eltern gewesen. Hab ich aber noch nicht nachgeprüft.«

»Was, ein Saarländer? Der kommt bei uns ganz oben auf die Liste!«, scherzte Tannenberg. »Gut. Weitere Verdächtige? Na? ... Nix mehr? Was ist zum Beispiel mit den beiden Rentnern?«

»Ich weiß nicht, solche alten Knacker. Das kann ich mir irgendwie nicht vorstellen. Weißt du, Wolf, warum hätten der Fritz Metzger und sein Freund, dieser Stammer, wenn sie etwas mit dem Mord zu tun hätten, den angeblichen Leichenfund überhaupt melden sollen? Ist doch Quatsch, oder?«, fragte Schauß.

»Wir haben übrigens von allen Autos der Verdächtigen inzwischen Reifenabdrücke genommen«, schob Mertel ein. »Keiner passt zu denen, die wir am Pfaffenbrunnen gefunden haben.

Und übrigens, Wolf: In keinem der Autos, auch nicht in dem von dieser Elvira, haben wir irgendwelche Blutspuren gefunden. Auch nicht in der Wohnung der Toten.«

»Aber irgendwo muss der Täter doch die Frau erstochen haben. Apropos Wohnung der Toten: Existiert dazu eigentlich kein Kellerraum?«

»Also, Wolf, auch wenn du immer meinst, wir wären absolute Dilettanten: Selbstverständlich haben wir auch diese Sache abgeklärt. Es existiert ein Bretterverschlag im Keller, der zur Wohnung gehört. Aber auch da gibt es weder Spuren noch irgendwelche anderen Hinweise.«

»Warum glaubst du eigentlich immer, ich hätte so eine schlechte Meinung von euch? Ich weiß, dass unsere Kriminaltechnik sehr professionell arbeitet.«

»Na ja, schön zu hören, aber anmerken lässt du dir das nicht allzu oft«, entgegnete Mertel kritisch.

Tannenberg überging die Bemerkung und pinnte die beschrifteten Karten in das Zugmodell. »So, das sind also unsere bisherigen Verdächtigen. – Nun zu den Motiven: Fouquet, was lernt man an der Polizeischule über Mordmotive?«

»Mordmotive: Habgier, Eifersucht, Lust am Töten, Verdeckung einer anderen Straftat, Befriedigung des Geschlechtstriebes, andere niedrige Beweggründe«, kam es wie aus der Pistole geschossen.

»Okay, das reicht, Fouquet«, sagte Tannenberg. »Welche Motive können wir zuordnen? – Michael, hast du eine Idee?«

»Eifersucht beim Studenten, sexuelle Motive bei dem Stammer – vielleicht.«

»Und was ist mit Habgier? Es könnte doch gut sein, dass die Tote eine Lebensversicherung auf den Konopka abgeschlossen hat. Klär mal die Vermögensverhältnisse der Frau Kannegießer. Wer profitiert in materieller Hinsicht von ihrem Tod? Leute, ihr seht, viel haben wir noch nicht. Flocke, was ist mit der Resonanz auf den Bericht in der *Rheinpfalz*?«

»Also, Chef, wie immer, wenn eine Belohnung ausgesetzt ist: Mehrere Leute haben zur selben Zeit die Frau an verschiedenen Orten mit verschiedenen Begleitpersonen gesehen. Fouquet kümmert sich eigentlich darum.«

Der Angesprochene nahm den von Petra Flockerzie zugespielten Ball sofort auf. »Ja, wird bereits gemacht. Das ist übrigens ganz schön anstrengend, denn viele wollen einem so nebenbei auch noch ihre Lebensgeschichte erzählen. Es ist allerdings noch keine konkrete Spur dabei, Chef, aber ich bleib dran.«

»Gut. So, Leute, was haben wir vergessen? Na los? Was hat Weilacher immer gesagt? Jungs, vergesst mir ja nicht die offenen Fragen. Offene Fragen, Geiger.«

»Zum Beispiel: Wer hat die Frau umgebracht?«

»Sehr gut, Geiger«, bemerkte Tannenberg mit kaum wahrnehmbarem Kopfschütteln. »Und da wären weitere Fragen: Handelt es sich um eine klassische Beziehungstat? Warum hat der Täter gerade diese Frau ausgesucht? Zufall?

Der Mörder muss sein Opfer irgendwohin, zum Beispiel zu sich nach Hause gefahren haben, sie dort gefesselt und ermordet haben und sie dann wieder in den Wald gebracht haben. Die Tennishalle ist ja nicht sehr weit vom Pfaffenbrunnen entfernt. Wohnt der Täter vielleicht in der näheren Umgebung der beiden Fundorte? Wer hatte eine räumliche und zeitliche Nähe zum Opfer?«

»Ja, der Mörder!«, platzte es aus Geiger heraus. Als er seinen Lapsus bemerkt hatte, ergänzte er schnell kleinlaut: »Zum Beispiel.«

»Zum Beispiel, Geiger! Du alte Pfeife, man darf dich einfach nicht loben! So, ich glaube, das war ein guter Schlusssatz. Mehr haben wir im Moment wirklich nicht. Gehen wir alle an unsere Arbeit und hoffen auf den lieben Kommissar Zufall, der uns ja in der Vergangenheit schon oft genug geholfen hat«, sagte Tannenberg. »Du Karl, ihr habt doch bestimmt den Anrufbeantworter gecheckt.«

»Klar!«

»Und, war da was drauf?«

»Nein, das Band war ganz leer.«

»Merkwürdig.«

»Wieso?«

»Weil der Konopka behauptet hat, zweimal auf den Anrufbeantworter gesprochen zu haben. Und einer von euch das Band unabsichtlich gelöscht hat.«

»Mensch, du fängst ja schon wieder an.«

»Entschuldige, Karl. Ich wollte ja bloß«, bemerkte Tannenberg kleinlaut und beendete umgehend die Dienstbesprechung.

»Ganz schää aanstrengend, so e Dienschbeschpreschung uff Hochdeitsch«, stöhnte Tannenberg. »Dodeno kumm ich merr immer vor wie e abgelosseni Luftmadratz.«

Die kinderleichte Bedienung der edlen Saeco-Maschine beeindruckte Tannenberg derart, dass er sich an diesem Nachmittag entgegen sonstiger Gewohnheit nicht mit zwei Tassen Kaffee begnügte, sondern vor allem aus technischer Begeisterung insgesamt sechs Espresso trank – und dazu fast eine ganze Packung Amaretti vertilgte.

Zunächst wollte er nicht akzeptieren, dass ihm dieser mit

einer wunderbaren Crema gekrönte schwarze Zaubertrank tatsächlich noch besser schmeckte als der zu Hause mühevoll aus der Handmaschine gepresste. Aber schließlich gab er sich geschlagen und schlürfte danach umso genüsslicher das dampfende schwarze Bohnengebräu.

Es musste an dem erhöhten Koffeinspiegel in seinem Körper gelegen haben, sonst wäre Tannenbergs Verhaltensänderung nicht zu erklären gewesen. Als er zu Hause im Innenhof der beiden Wohngebäude auf seine Schwägerin traf, umarmte er sie und drückte der völlig verdutzten Ehefrau seines Bruders ein schmatzendes Küsschen auf die Wange. Vielleicht war es aber auch die unerwartete Ankündigung eines Grillabends, der zu Tannenbergs Euphorieausbruch geführt hatte.

»Was ist denn mit dir los? So kenn ich dich ja gar nicht!«, wunderte sich Betty Tannenberg.

»Entschuldige, Elsbeth, der Anfall von Wahnsinn ist auch schon wieder vorbei. Kommt sicherlich nicht mehr so schnell vor.«

»Dessen bin ich mir sicher. Dein ›Elsbeth‹ zeigt mir das schon. Du weißt doch genau, wie sehr ich diesen Vornamen hasse!«

»Ja, deswegen freue ich mich ja auch immer so, wenn ich diesen wunderschönen deutschen weiblichen Vornamen in seiner ursprünglichen Form aussprechen kann. Deine Eltern haben sich doch so viel Mühe mit der Suche nach einem passenden Namen für dich gegeben. Wobei ich an ihrer Stelle eher ›Walburga‹ oder ›Brunhilde‹ vorgezogen hätte. Diese alten germanischen Vornamen würden eigentlich noch viel besser zu dir und deinem amazonenhaften Wesen passen.«

»Mein Bruder: Charmant wie immer, besonders zum weiblichen Geschlecht!«, rief plötzlich jemand aus einem Fenster im ersten Obergeschoss des an die Parkstraße angrenzenden zweistöckigen Wohnhauses.

Betty hatte Heiner derart unter ihrer Fuchtel, dass er sich in ihrem Beisein nicht traute, den von Betty als »Gassensprache« verunglimpften Pfälzer Dialekt zu benutzen.

»Kumm, Heiner, bringmo die Werschtscher unns Flääsch runner und schbendier emm Griller e Weizebier! Wann ich die Sach nämlich rischdisch sieh, werr ich wohl wirre zum Herrn iwwer roh orre gar bestimmt.«

»Das siehst du absolut richtig, lieber Wolfi«, revanchierte sich Schwägerin Betty und mahnte ihren Mann Henry, der eigentlich Heinrich hieß, zur Eile.

Wahrscheinlich hats Elsbeth domols zu oft »Harry und Sally« gesieh, dachte Tannenberg auf der Suche nach Erklärungen für Bettys ausgeprägte Aversion gegen den eigenen Vornamen.

Dann erinnerte er sich aber daran, dass seine Schwägerin irgendwann einmal nach dem Konsum einiger Gläser Rotwein erwähnt hatte, dass die erzkonservativen Konnotationen ihrer beider Vornamen sie geradezu gezwungen habe, sich von ihnen dauerhaft zu verabschieden.

Als Betty damals seinem Bruderherz eröffnete, dass sie ihn fortan Henry nennen würde, hatte sich dieser unterwürfige Hasenfuß nicht einmal ansatzweise dagegen zur Wehr gesetzt. – Dieses Weichei!

»Konnotationen« – typisches Deitschlehrergelaber!

Tannenberg erinnerte sich noch genau daran, wie er dieses ihm bis dahin völlig unbekannte Wort, das die mit einem Begriff verbundenen zusätzlichen Vorstellungen bezeichnete, im Duden nachgeschlagen hatte.

Und die reaktionären Konnotationen, die mit den Vornamen »Heinrich« und »Elsbeth« anscheinend zwingend einhergingen, waren natürlich für engagierte Mitarbeiter einer sozialistischen Hochschulgruppe völlig inakzeptabel.

»Wassen mit moiner Worscht und moiner Frigadelle? Ich

will endlisch was zu esse!«, rief Jacob Tannenberg von der Treppe seines Hauses aus.

»Roh?«

»Wie? – Roh?«

»Willsche doi Zeisch roh esse?«

»Wieso roh? Ich bin doch nett verriggt!«

»Dann musche dich ewe noch e bissje geduldе«, gab Tannenberg laut zurück, worauf sich sein Vater schmollend in das zur Beethovenstraße gehörenden Haus zurückzog.

Als sich einige Zeit später alle Mitglieder der Großfamilie an dem ovalen Holztisch in der Mitte des Innenhofs eingefunden hatten, dauerte es nicht lange, bis wieder die üblichen Rituale abgespult wurden.

»Jaggob, nemmemo e Weck zu doiner Frigadelle!«, forderte Margot Tannenberg ihren Ehemann auf.

»Nä, brauch ich nett. In der Frigadelle iss genung Brot!«

»Dann nimm doch wenigstens Salat!«, drängte Betty. »Es wäre schön, wenn du Vegetarier werden würdest.«

»Ich ess gärn veggedarisch, wanne guud Stigg Fläsch debei iss.«

Betty winkte ab. »Du immer mit deinen Sprüchen.«

Jakob tippte sich an die Stirn. »Ich ess doch nett dess Griehfudder, dess wo merr frieher de Gääse gebb hann.«

Er grunzte abschätzig. »Bäddsääschersalat unn so veggedarische Ferz. Schunn allä de Name: veggedarisches Schnitzel«. Er lachte schallend. »Unn Wäzebier ohne Algohol. Do kann ich jo glei Graanewasser dringe.«

»Spring doch einfach mal über deinen Schatten, Jakob«, ließ Betty nicht locker.

Der Senior winkte ab. »Loss mich in Ruh mit doim Griehzeisch! Dess iss ebbes ferr Stallhase! Ich hall mich liewer an die alt Wohrhäät: In Zeide greeschder Not schmeckt die Worscht a ohne Brot! Besonners Gaulsworscht!«

»Igitt, Opa, isst du wieder Pferdefleisch?«, fragte Marieke angewidert.

»Klar! Egal, ob lebhaft orre still, e braver Gaul end uffem Grill!«

»Opa, das ist so eklig! Wie kann man nur so was essen?«

»Schau mal, Schwesterlein, das liebe Pferdchen lebt noch«, sagte Tobias, nahm den Teller seines Großvaters, hielt ihn Marieke unter die Nase und begann gleichzeitig zu wiehern und mit den Füßen zu scharren. »Hör mal, wie es dich laut um Hilfe bittet!«

»Ihr seid alle so eklig!«, schrie Marieke und rannte ins Haus.

»Im Kriesch wärsche a froh gewesst, wannsche Gaulsfläsch zu esse kriet häsch«, rief Jacob Tannenberg ihr nach.

»Ach, Vater, du immer mit deinem blöden Krieg, der ist doch zum Glück schon lange vorbei«, kritisierte Heiner.

»Das stimmt doch überhaupt nicht, Henry, heute findet der Krieg nur woanders statt«, berichtigte Betty Tannenberg ihren Mann. »In den armen, ausgebeuteten Ländern – und in unserem Alltag! Denk nur mal an den Mord quasi direkt vor deiner Haustür, oben am Pfaffenbrunnen. Das zeigt wieder mal ganz deutlich: Gewalt ist männlich.«

»Was babbelsche dann do grad wirre ferr e Bleedsinn, Elsbeth?«, entgegnete Tannenberg, obwohl er natürlich wusste, dass seine Schwägerin inhaltlich nicht unrecht hatte.

»Meer wissen doch noch gar nett, obs e Mann war. Es soll schließlich a schunn weibliche Mörder gebb hann.«

»Stimmt!«, unterstützte Jakob Tannenberg seinen Sohn. »Unn heitsedaachs gebbts sogar Määd beim Barras.«

»Das ist ja wohl auch nur gerecht, schließlich sind Frauen bei diesem Männerverein immer diskriminiert worden. Das ist zwar nicht meine Sache, aber für die Frauenbewegung war das ein ganz wichtiger Sieg!«

»Na ja, Elsbeth, ich wääs nett«, bemerkte Tannenberg nachdenklich.

»Mama, übrigens will ich später mal Zeitsoldat werden«, meldete sich Tobias plötzlich zu Wort.

Für Sekunden herrschte Totenstille.

»Was, Tobias?«, fragte seine Mutter schockiert.

»Ja, Mama, ich will zur Bundeswehr.«

»De Barras hat noch kääm junge Mann geschaad«, meinte Vater Tannenberg und schlug gierig seine falschen Zähne in die Pferdefrikadelle.

»Sei ruhig, Jakob! Du hältst dich da raus!«, blaffte seine Schwiegertochter. »Tobias, das kannst du vergessen, das gibt's bei uns nicht. Du lebst in einem pazifistischen Elternhaus!« Betty wandte sich ihrem Mann zu. »Henry, ist das das Ergebnis unserer friedenspädagogischen Erziehung?«

»Ich weiß nicht, Betty«, antwortete Heiner Tannenberg betroffen.

»So, mein werter Ehegatte weiß mal wieder nicht! Typisch! Dein Sohn sagt hier so einfach locker vom Hocker, dass er Zeitsoldat und damit ein berufsmäßiger Killer werden will«, schrie Betty wie von Sinnen.

»Und sein Vater weiß nicht! Aber ich weiß, Tobias: Das kommt überhaupt nicht infrage! Das werde ich mit allen Mitteln zu verhindern wissen – nur über meine Leiche!«

»Dann deedsche jo in moin Zuschdännischkeitsbereich falle«, konnte sich Tannenberg nicht verkneifen.

Betty lief rot an und schnappte nach Luft

»Ach Gott, Elsbeth, waads doch äfachmo ab, bis dohi fließt noch viel Wasser die Lauder enunner«, wollte Tannenberg beschwichtigen. Aber er erreichte mit seiner Bemerkung genau das Gegenteil.

»Du sei besser ruhig!«, schimpfte Betty. »Von wem hat er denn dieses Macho-Gehabe? Du mit deinen bescheuerten

Actionfilmen, die Tobias immer bei dir anschauen darf. Du bist doch selbst ein alter Militarist!«

»Elsbeth, jedzert iwwertreibsche awwer«, entgegnete der Gescholtene ruhig. »Loss emool die Kersch im Dorf.«

»Musst du jetzt auch noch hämisch grinsen, du, du Bulle!«

»Mama, lass bloß den Onkel Wolfi in Ruhe. Der ist cool, viel cooler als du. Und außerdem macht der nicht wegen jedem Scheiß so'n Stress!«, sprang Tobias seinem arg malträtierten Onkel solidarisch zur Seite.

Der zu Beginn noch recht angenehmen, entspannten Atmosphäre wurde durch diese leidige Kontroverse ein radikaler Todesstoß versetzt, als dessen logische Folge sich die Familienversammlung ziemlich schnell auflöste.

Tannenberg half seiner Mutter noch beim Aufräumen. Als sie damit fertig waren, setzte er sich alleine in den Hof und trank in aller Ruhe ein Weizenbier, während sich seine Mutter zu ihrem Mann ins Wohnzimmer an den Fernseher begab.

Es war inzwischen dunkel geworden.

Margot Tannenberg kam noch einmal zu ihrem Sohn zurück und entzündete eine große Kerze, deren stark rußende Flamme einen flackernden, fahlen Lichtschein erzeugte.

»Wolfi, wääsche noch, wies Siedhaus frier ausgesieh hat?«

»Ja, dess Bild hann ich noch sehr gut in Erinnerung, Mudder. Dess Haus war ziemlich verfall, als de Vadder ess de alt Fraa Huwer abgekaaft hat. Awwer er hats jo mit soine Freind renoviert. Ja, unn ich wääs a noch ganz genau, wiede Vadder äänes Owends beschloss hat, es Siedhaus zu nenne, weils im Siede vunn soim Eldernhaus leit.«

»Dess hat er jo desweje gemacht, weilsem zu bleed war, immer ›unser Haus in de Parkstrooß‹ unn ›unser Haus in de Beethoffestrooß‹ zu sae. Unn wie dann die erschde Schdudende inngezo sinn – wann warn dess nochemo?«

»So um 1970 erum. In der Zeit, als de Heiner mit soim Schdudium aangefang hat«, sagte Tannenberg und nahm einen großen Schluck aus seinem Weizenbierglas.

»Do hämmer all ganz schää spare misse, damit doi Bruder hat sschdudiere kenne. Du bisch jo zum Gligg zu de Bolizei und hasch glei Geld verdient. Unn jedzert sinner zwä Beamde, sicher beim Staat unnergebrung. Dess iss ferr Eldern e beruhischendes Gefiel.«

Ein Lächeln huschte über ihr faltiges Gesicht. Sie wies auf de Hauswand. »Do vorne hänner als geschdann unn hann mit eire Schnerrboo uff die Zielscheib geschoss. Wäsche dess noch, Wolfi?«

»Ei jo, Mudder.«

Margot Tannenberg seufzte tief. »Ach Gott, Wolfi, unn irschendwann finsche a wirre e neddes Fräässche ferr dich, so wies liewe Lea enns war. Sie war jo so e siesses Schnuggelsche unn so e liebenswerder Mensch.« Noch ein Stoßseufzer. »Was ferr e Jammer, dass se so frieh hat misse gehe! Ach, moi amer, amer Bu.«

Tannenberg nahm seine Mutter in den Arm, hauchte ihr einen zarten Kuss auf die Wange und wünschte ihr eine Gute Nacht.

Es lag sicherlich an der plötzlich aufkommenden kühlen Sommerprise, die zu einer Reizung seiner Augen führte.

5

Jetzt läuft er wieder wie ein eingesperrter Tiger vor der Badtür auf und ab, dachte Marieke schadenfroh. Durch exaktes Timing hatte sie es wieder einmal geschafft, das Badezimmer als Erste zu besetzen. In aller Ruhe bürstete sie ihre Haare und suchte nach dem für diesen so wichtigen Tag angemessenen Ohrschmuck. Aus den knarrenden Bodendielen und den von wüsten Schimpfwörtern begleiteten lauten Klopfgeräuschen schloss sie, dass ihr Bruder wieder einmal kurz vor einem martialischen Wutausbruch stand. Eine verdiente Rache nach seiner Provokation beim Grillabend.

»Ich brauch noch ein bisschen, Bruderherz, geh doch lieber runter ins Gästeklo«, rief sie so laut sie konnte durch die verschlossene Tür.

Um sich ihre euphorische Stimmung durch die nun zu erwartenden Tiraden nicht vermiesen zu lassen, drehte sie das Radio noch ein wenig lauter. Marieke konnte sowieso nur recht wenig Verständnis für die Bedürfnisse ihres kleinen Bruders aufbringen, ging es bei ihm doch nur darum, sich schmieriges Gel in die Haare zu kämmen. Eine nach ihrer Meinung in seinem Alter eigentlich völlig überflüssige kosmetische Prozedur, da er sich sowieso nur für Handball und Computerspiele, aber noch nicht für das andere Geschlecht interessierte.

Ganz im Gegensatz zu Marieke, die gerade damit begonnen hatte, diesen unglaublich spannenden Grenzbereich des menschlichen Lebens intensiv zu erforschen. Und an diesem

Morgen war es nun einmal ganz besonders wichtig, sich mit einem ausgefeilten Styling für den Jahrmarkt der jugendlichen Eitelkeiten aufzurüsten. Schließlich hatte Marieke es gestern endlich geschafft, mit einem von ihr und ihren Freundinnen heftigst angeschmachteten Jungen aus der elften Klasse ein Date zu vereinbaren.

»Marieke, komm, beeile dich bitte«, polterte nun auch noch der zweite männliche Mitbewohner an die Holztür.

»Warum? Es ist doch noch Zeit! Ich bin eigentlich schon fertig. Warum machst du denn so'n Stress, Papa? Du und Mama, ihr geht doch immer schon vor mir ins Bad.«

»Es geht überhaupt nicht um uns.«

»Um wen dann? Hat mein nerviger kleiner Bruder wieder einmal gepetzt?«, fragte Marieke, während sie die Badtür öffnete.

»Nein, Wolf hat gerade angerufen. Er muss dringend ins Kommissariat. Aber sein alter BMW ist in der Werkstatt. Und Mama ist mit unserem Auto schon unterwegs zu einer Fortbildung in Speyer. Er fragt, ob du ihn mit deinem Roller schnell zum Pfaffplatz fahren kannst.«

»Klar mach ich das, Papa. Selbstverständlich!«, entgegnete Marieke mit einer angesichts der frühen Morgenstunde ungewöhnlichen Freundlichkeit.

»Er soll vor der Garage warten. Ich bin in zwei Minuten unten. Aber merk dir doch endlich mal: Ich fahre keinen Roller, sondern einen Scooter!«

»Egal, Hauptsache, das Ding fährt!«

»Das Ding, das Ding! Eltern kapieren einfach gar nix!«, murmelte Marieke vor sich hin, als sie ihren geliebten Scooter vorsichtig aus der Garage schob.

»Hallo, Lieblingsnichte, tut mir leid, dass ich dich belästigen muss, aber irgendwas Wichtiges muss passiert sein, sonst würde mein Chef nicht so 'n Riesentheater veranstalten,«

sagte Tannenberg und setzte sich auf die mit braunem Kunstleder bezogene Sitzbank.

»Ich hab aber keinen Helm für dich.«

»Macht nichts, ist ja nicht weit. Fährst eben vorsichtig«, bat Tannenberg und ließ zunächst sicherheitshalber seine Beine als Stützräder ausgestreckt knapp über den Boden schleifen.

Erst als Marieke Fahrt aufnahm, getraute er sich, seine Füße auf die kleinen weggeklappten Fußraster zu stellen. Mit langsamer Geschwindigkeit bogen sie in die Rudolf-Breitscheid-Straße ein. Tannenberg wunderte sich darüber, wie souverän seine Nichte den Roller beherrschte.

Er musste sich eingestehen, dass er ihr dies nicht so ohne Weiteres zugetraut hätte. Die Mädchen waren heutzutage sowieso viel erwachsener und selbstbewusster als diese albernen verschüchterten Hühner, mit denen er es damals in der Tanzstunde zu tun hatte.

»Das gibt's doch gar nicht! – Die Bullen«, schrie plötzlich die Scooterfahrerin.

»Was?«

»Nein, die halten uns auch noch an! Oh, Mist!«

Erst jetzt sah Tannenberg das Polizeiauto, das die beiden bereits überholt hatte und zum Anhalten aufforderte.

»Wieso, fahren Sie auf dem Roller ohne Helm?«, fragte der Beifahrer, direkt nachdem er ausgestiegen war.

An den Schulterklappen erkannte Tannenberg sofort, dass es sich bei dem jungen Mann um einen Bereitschaftspolizisten der Enkenbacher Polizeischule wahrscheinlich bei einer seiner ersten Streifenfahrten handelte.

»Kolleesch, ich hanns eilisch.«

»Wieso Kollege? Sind wir mal zusammen die Treppe runtergefallen?«, fragte der junge Mann überheblich.

»Machemo nett so e Zwerscheuffstand, Mann! Ich hanns werglisch eilisch!«

»Wenn Sie ein Kollege sind, wie Sie behaupten, dann haben Sie doch bestimmt einen Dienstausweis bei sich.«

»Mannomann. Nadierlich!«, rief Tannenberg sauer. Er suchte in seiner Jacke nach dem Ausweis, fand ihn aber nicht. »So e Scheisskram noch emmol, denne hann ich dehääm in de anner Jagg.«

»Das kann ja jeder behaupten«, grinste der junge Beamte.

»Onkel Wolfram, ich hab einen wichtigen Termin. Kann ich jetzt endlich weiterfahren?«, fragte Marieke ungeduldig.

»Nein, du fährst jetzt nicht los, deinen Scooter schau ich mir erst noch genauer an«, stellte der strohblonde Polizeieleve klar.

»So, jedzert langts awwer, moi Freind unn Kupperstecher!«, sagte Tannenberg und bewegte sich zum Fahrer des Wagens. »Mensch, Krummenacker, was sollen der Scheiß? Warum peifschen denne Jungschbund nett zurigg?«

Der angesprochene Beamte ließ sich nicht beeindrucken und zündete sich gelassen eine Zigarette an. »Wääsche, Dannebersch, wammer immer so arrogant iss wie ehr vunn de Kribbo, dann kammer sich vunn emme kläne Streifebolizischt ruhisch mo iwwers aangemessene Verhalde im Strooßeverkehr belehre losse. Die STVO gelt schließlich a ferr e Kommissariatsleider!«

»Wääsche was, Bolizeioberwachtmäschder Krummenacker«, schrie Tannenberg, während sich seine Gesichtsfarbe immer deutlicher verfärbte.

»Du farsch mich sofort zum Paffplatz, sunnscht rauschts glei ganz gewaltisch! Bass jo uff, dasche merr nett emool zugedäält werrsch!« Er wandte sich zu seiner Nichte um. »Marieke, du kannsch fahre!«

Dieser deftige Anpfiff verfehlte seine Wirkung nicht. Sofort öffnete der eingeschüchterte Polizeischüler Tannenberg die rechte hintere Wagentür, nahm seine Mütze demütig vom Kopf, presste die Lippen fest aufeinander und nickte mehrmals ehrerbietig mit dem Kopf, während Tannenberg sich eilig in den grasgrünen Streifenwagen zwängte. Krummenacker hatte sein allzu keckes Verhalten inzwischen anscheinend ebenfalls bereut und saß während der Fahrt wie ein geprügelter Hund wortlos hinter seinem Lenkrad.

Als Tannenberg wenig später im großen Besprechungszimmer neben seinem Büro eintraf, wurde er bereits von seinen engsten Mitarbeitern erwartet.

»Was iss dann eischentlich so brenzlisch?«, fragte er in die Runde seiner versammelten Mitarbeiter.

»Kä Ahnung, Chef, de Herr Owwerstaatsanwalt hat merr nett gesaat, warum, sondern noor, dass ich alle Mitarbeiter vumm K1 sofort herbeordere soll«, erläuterte Petra Flockerzie.

»Unn jedzert isser nett do unn meer stehen dorum wie ferdisch unn nett abgeholt. Wissense was, Chef, ich brau uns alle emool e schäner starker Espresso.«

»Dess iss e gudi Idee, Flocke! Bin echt gespannt, was der schunn wirre will.«

»Ich a, Wolf! Vielleicht hatter jo e neie häsi Spur ins Broschdiduierdemilieu entdeckt«, meinte Schauß lachend.

Wenige Zeit später erschien Dr. Hollerbach im K1, im Gefolge einen wahren Hofstaat von Kriminaltechnikern.

»Meine Herren, unser Mordfall hat eine dramatische Wendung erfahren«, begann er theatralisch. »Der Täter hat sich gemeldet. Er hat diese Postkarte hier an mich geschickt«, rief der Oberstaatsanwalt mit herrischer Stimme.

Er warf seinen rechten Arm nach oben und wedelte mit einer Ansichtskarte, die in einem Asservatenbeutel steckte. Dann verteilte er die mitgebrachten Fotokopien unter den

Anwesenden. »Schauen Sie sich die Vorder- und Rückseite der Karte genau an.«

Tannenberg nahm zwar ein Blatt entgegen, gab sich aber nicht mit der Kopie zufrieden, sondern riss dem verdutzten Vertreter der Staatsanwaltschaft mit einer flinken Bewegung die Postkarte aus der Hand.

Der Chef-Ermittler blickte auf ein Foto, auf dem nur Pfifferlinge zu sehen waren, nichts als dottergelbe Pfifferlinge. Er drehte die Karte um, überflog die Adresse und las dann ein in kleiner Maschinenschrift gedrucktes Gedicht vor:

Der Junimond die Lichtung küsst,
Der Eichenwald die Blätter hisst,
Die Heidelbeere blau erstrahlt,
Der Tag mit Überlänge prahlt.

Es ist die Zeit des Pfifferlings.

Erst klein mit eingerolltem Rand,
Dann trichterförmig stark gelappt.
So groß wie manche Kinderhand,
Hat Sammler ihn gar bald geschnappt.

Zart riecht er nach Aprikosen,
Wird allerdings nicht leicht verdaut.
Schmeckt manchmal so wie Frauenhaut,
Lässt sich auch so schön liebkosen.

Es ist die Zeit des Pfifferlings,
Oh Macht des alten Teufelsrings!
Der Frauentod ist Liebesfron –
Eröffnet ist die Pilzsaison.

»Und, Herr Hauptkommissar, was sagen Sie dazu? Ist das nicht ungeheuerlich? Warum adressiert der Mörder die Karte direkt an mich und nicht an die Polizei allgemein oder an Sie?«

Tannenberg wusste zunächst nicht, was er antworten sollte, zu sehr war er gedanklich auf den Text des Gedichts fixiert.

»Vielleicht deshalb, Herr Oberstaatsanwalt, weil Sie in dem Bericht in der *Rheinpfalz* im Gegensatz zu Tannenberg namentlich erwähnt wurden«, meinte Schauß.

Ohne wahrzunehmen, was sein Mitarbeiter gerade von sich gegeben hatte, wandte sich der Leiter des K1 direkt an Mertel. »Sag mal, ihr habt doch bestimmt die Fingerabdrücke gesichert. Waren überhaupt welche drauf?«

»Ja, aber wir haben sie nicht in der Datenbank.«

»Habt ihr sie schon mit denjenigen in der Wohnung, in den Autos et cetera abgeglichen?«

»Ja, wir sind gerade damit fertig geworden. Keine Übereinstimmung. Absolut nichts.«

»Wäre ja auch zu schön gewesen!«, sagte Tannenberg mehr zu sich selbst.

»Tannenberg, los, ich warte immer noch auf Ihren Kommentar! Warum hat der Mörder die Postkarte an mich geschickt? Ist das etwa als Drohung gegen meine Person zu verstehen?«, fragte Dr. Hollerbach, dem man deutlich ansah, dass ihn diese Frage enorm beschäftigte.

»Vielleicht hat er ja was persönlich gegen Sie. Ich könnte mir sehr gut vorstellen, dass es solche Leute gibt«, bemerkte der Leiter der Mordkommission.

Seine geschundene Seele hatte gerade damit begonnen, ein gigantisches Freudenfeuer zu entfachen. Tannenberg überlegte einen Augenblick, ob er die diffusen Ängste des Oberstaatsanwalts weiter schüren sollte, entschied sich dann aber für eine andere Strategie.

»Glaub ich eher weniger. Zunächst einmal besagt die Ansichtskarte absolut gar nichts, vor allem ist sie kein Hinweis auf den Täter!«

»Wieso denn das, Tannenberg?«, fragte Dr. Hollerbach verblüfft.

»Ganz einfach, Herr Oberstaatsanwalt: Der Verfasser besitzt keinerlei Detailkenntnisse. Jedenfalls kann ich auf den ersten Blick dem Gedicht keine entnehmen. Ihren Namen genauso wie die Sache mit den Pfifferlingen kann er aus den Zeitungen haben. Natürlich kann man nicht völlig ausschließen, dass es sich bei dem Absender tatsächlich um den Täter handelt. Aber ich glaube eher, dass wir es hier mit einem Trittbrettfahrer zu tun haben.«

»Trittbrettfahrer? Das ist gut! Darauf bin ich noch gar nicht gekommen«, entgegnete Dr. Hollerbach naiv.

»Na, sehen Sie, auch ein Oberstaatsanwalt denkt eben nicht an alles«, setzte Tannenberg den Fangschuss, woraufhin Dr. Hollerbach angeblich wegen eines dringenden Termins umgehend das Kommissariat verließ.

»Demm Schwallbagge hasche awwer ewe rischdisch enns vor de Latz geknallt!«, bemerkte Schauß anerkennend.

»Du, Karl, gebb merr mools Original«, forderte Tannenberg.

Der Angesprochene reichte es ihm. »Was issen dess eischentlich ferr e komischi Aansichtskaad?«

»Ich wääs dess, Mertel«, meldete sich Geiger zu Wort. »Dess iss e Jugendherrberschskaad. Die werrn jedes Johr an de Schule verdält.«

»Stimmt, Geischer. Die kenn ich a, die hann die Kinner vunn moim Bruder alsemo aus de Schul mit hämgebrung. Dess sinn immer annere Serie.«

»Ja, Chef, die koschden 20 Cent pro Stück und ess sinn immer annere Modive druff«, ergänzte Geiger.

»Karl, wissener, wo die Kaad inngeworf worr iss?«, fragte Tannenberg.

»Nee, dess kammer leider nett zuriggverfolsche.«

»Wieso?«

»Ganz ääfach. Die Poscht driggt nimmi so wie frieher glei in de Filiale ehrn Inngangsschdembel druff, sondern schickt seit e paar Johr alles no Ludwigshafe in e sogenanndes Briefverdäälzentrum. Unn vunn dort aus gehts dann in die Zustellbezirke.«

»Karl, awwer dess iss doch a absoludder Bleedsinn! Dess bedeid jo, dass, wann ich vunn de Beethoffestrooß aus e Brief anne Adress uffem Bännjerrigg schick, der erscht no Ludwigshafe gekarrt werd und dann wirre zurigg.«

»Genau so isses, Wolf. Und desweje kammer a nett sae, wo die Kaad inngeworf worr iss, noch nett emool die Stadt!«

»Es ist Wahnsinn, aber es hat Methode!«, sagte Tannenberg. »Hann ich irschendwo gelääs. Unn was iss mittem Zeitpunkt, an demm die Kaad abgeschickt worr iss?«

»Do iss e Inngrenzung schunn eher meeschlich. Nadierlich immer vorausgesetzt, dass nix manibuliert worr iss«, sagte der Kriminaltechniker. Er begutachtete die Ansichtskarte.

»Do im Poschtschdembel steht 25.6. Dess war geschdern. Dann iss die Kaad wahrscheinlich am Dienschdachmoje orre am späte Mondachowend inngeworf worr. Awwer sicher kammer dess a nett sae, weil merr ewe nett wääs, in wellen Briefkaschde die Kaad inngeworf worr iss, obs enner mit Nachtleerung war unn so wieder.«

»Genaues wääs merr nett! Hann ich irschendwo gelääs«, bemerkte Tannenberg. »Warum fallen merr grad so viel Zidade inn?«

»Zwä Meeschlichkeite, Wolf: Entwerre du hasch zu viel Zeit zum Lese orre dess Gedicht hat doi poedischi Ader getroff«, meinte Kommissar Schauß.

»Dess Gedicht …« Tannenberg las es erneut. »Der Frauentod ist Liebesfron – Eröffnet ist die Pilzsaison. Unglaublich! Was määnen ehr: Iss dess vumme Trittbrettfahrer orre vielleicht doch vumm Täter?«

Keiner der Mitarbeiter schien sich zu dieser Frage äußern zu wollen.

»Iss sicher noch a bisje frieh, meer wissen äfach noch zu wennisch.« Tannenberg klatschte in die Hände. »Awwer wissen ehr, was ich wääs, was ehr noch nett wisse dunn?«

»Jedzert werd er a noch philosofisch«, spottete Karl Mertel.

»Ich wääs, dass ich jedzert dringend an die frisch Luft muss. Unn dess hanner nett gewisst, orrer?«

»Wolf, soll ich nett besser e Doggder rufe?«, meinte Schauß lachend.

Da sich im tiefsten Körperinnern Tannenbergs inzwischen ein dezentes Hungergefühl bemerkbar machte, sich sein Bedürfnis nach familiären Kontakten nach den wenig erfreulichen Ereignissen des gestrigen Abends aber verständlicherweise in Grenzen hielt, führte ihn sein Spaziergang nicht nach Hause, sondern in die belebte Innenstadt.

Zielstrebig steuerte er sein Lieblingscafé direkt neben der Stiftskirche an. Obwohl die eigentliche Mittagszeit gerade erst begonnen hatte, fand Tannenberg bereits keinen Sitzplatz mehr im Freien und musste sich wohl oder übel in den großen Innenraum des Stadtcafés begeben.

Sein leichter Unmut über diese Tatsache wurde aber dadurch gemindert, dass er seinen Lieblingsplatz auf der breiten Ledercouch rechts neben der Theke unbesetzt vorfand. Diese räumliche Position brachte einige nicht zu unterschätzende Vorteile mit sich: Zum einen hatte man die Eingangstür im Blick, was einem erlaubte, die Kontakte zu den lieben Mitmenschen auf das selbst gewünschte Maß zu reduzieren. Schließlich lebte Tannenberg seit seiner Geburt in dieser Stadt, was eben unweigerlich zur Folge hatte, dass man viele Leute kannte, auch solche, die man nicht unbedingt kennen wollte.

Und die permanente Beobachtung der gläsernen Flügeltür eröffnete die Möglichkeit zur bewussten Steuerung der mitmenschlichen Kommunikation, zum Beispiel dadurch, dass man die gespreizte Hand an die Stirn legte und gleichzeitig den Kopf senkte, womit man den Anschein erweckte, interessiert zu lesen.

Dieser exponierte Sitzplatz bot aber noch einen weiteren strategischen Pluspunkt, denn man hatte einen sehr guten Überblick über die Aktivitäten des Servicepersonals, das entweder aus übertrieben freundlichen oder aus missmutigen Damen jüngeren Alters bestand.

Und nichts hasste Tannenberg mehr, als in einer Gaststätte oder in einem Café in der Mitte eines Raumes sitzen zu müssen und die Bedienung nicht im Blickfeld zu haben. Außerdem hatte er einmal gelesen, dass irgendwelche Psychologen entdeckt hätten, dass Männer sich in Lokalen nur dann richtig wohlfühlten, wenn sie in einer Ecke mit dem Rücken zur Wand sitzen könnten – wegen evolutionärer Programmierungen, meinte er sich zu erinnern.

An diesem Morgen hatte er wieder einmal Pech, denn seine absolute Lieblingsbedienung im negativen Sinne hatte Dienst. Während sie ohne Begrüßung mürrisch seine Bestellung entgegennahm, fragte sich Tannenberg wie schon so oft zuvor, warum anscheinend bislang niemand dieser Frau deutlich klar gemacht hatte, dass sie nur allzu offensichtlich den falschen Beruf gewählt hatte.

Inzwischen hatten sich zwei jüngere Frauen an einem Nebentisch niedergelassen, die sogleich ihre Wünsche äußerten. Tannenberg hörte nur die Worte »Eier im Glas«; Worte, die ihn innerlich erschaudern ließen, denn ihm war völlig unbegreiflich, wie man so etwas Unappetitliches essen konnte.

Er musste sich dringend ablenken. Obwohl er sich wie immer vorgenommen hatte, sich während des Mittagessens einen radikalen Denkstopp bezüglich dienstlicher Angelegenheiten aufzuerlegen, spielte ihm diese undisziplinierbare graue Masse hinter seiner Schädeldecke wieder einmal einen Streich und ließ ihm keine Chance.

»Der Frauentod ist Liebesfron – Eröffnet ist die Pilzsaison« stand da auf dem zusammengefalteten Blatt, das Tannenberg aus seinem Sakko gezogen und vor sich ausgebreitet hatte.

Sein kriminalistischer Spürsinn signalisierte ihm, dass es sich bei dem Verfasser um den Mörder handeln musste. Er konnte dieses Gefühl nicht objektiv begründen, gab es doch bislang kein Indiz, das diese Vermutung erhärtete. Aber sein Mentor, der alte Kriminalrat Weilacher, hatte ihn immer darin bestärkt, seiner Intuition zu folgen und alles daran zu setzen, diese wertvollen Inspirationen mit unwiderlegbaren Fakten zu erhärten.

Tannenberg ließ seinen leeren Blick gedankenversunken im Café umherschweifen, bis er sich selbst auf der recht weit von seinem Sitzplatz entfernten Spiegelleiste auf der anderen Raumseite erkannte.

War dieser Mensch da drüben überhaupt der richtige Ermittler, um solch einen mysteriösen Mordfall aufklären zu können? Er verscheuchte die aufkeimenden Selbstzweifel aber sofort erfolgreich, indem er sich die Frage einer Alternative stellte.

Wer außer ihm hätte denn nach dem Tod Weilachers die Leitung des K1 übernehmen sollen? Da kam nur er infrage. Schauß war noch zu jung, erst am Anfang der Karriereleiter. Und sonst war weit und breit niemand in Sicht, dem man guten Gewissens diese verantwortungsvolle Aufgabe übertragen konnte.

Das hatte der Polizeipräsident schließlich auch so gesehen, sonst hätte er ihn wohl kaum für dieses Amt vorgeschlagen. Doch manchmal nagten die Zweifel an ihm. Da war einfach diese tief sitzende Unsicherheit hinsichtlich seiner Befähigung zur Ausübung dieser Leitungsposition.

Das lukullische Mahl auf seinem Nebentisch zog Tannenberg magisch an. Aus den Augenwinkeln beobachtete er fasziniert, wie eine der ins Gespräch vertieften Frauen die silberne Messerspitze an das obere der geschälten, sonst aber unversehrten Hühnereier legte und leichten Druck ausübte. Die Spitze des Messers erzeugte zwar sofort eine Delle in dem unbefleckten Eiweiß, die dicke Haut verhinderte allerdings das Eindringen.

Da sich die Frauen während ihres intensiven Diskurses über irgendeinen Mann gegenseitig in die Augen blickten, bemerkte die Braunhaarige diese skurrile Situation zunächst nicht. Erst als die andere Frau ihre Kaffeetasse in die Hand nahm und zum Mund führte, beendete die Eierfetischistin diesen unerträglichen Schwebezustand abrupt dadurch, dass sie die Messerspitze kräftig in das wehrlose Ei drückte – und so dem eingesperrten Eigelb den Weg ins Freie bahnte.

Als Tannenberg die zähe gelbe Masse über das stählerne Messer rinnen und auf das jungfräuliche untere Ei tropfen sah, wandte er sich angewidert ab. Die nun folgende unästhetische Vermischungsprozedur hätte er nicht mehr ertragen.

Wieder fiel sein Blick auf das eigene Spiegelbild an der gegenüberliegenden Wand. Spielerisch hob er seinen rechten Arm und registrierte mit spitzbübischer Freude, dass der Mann im Spiegel ebenfalls seinen Arm hob und nun sogar leicht mit der Hand winkte.

Diese Bewegung musste relativ auffällig gewesen sein, denn für einen kurzen Augenblick wandte sich eine der beiden Frauen zu Tannenberg um, allerdings ohne ihre Rede zu unterbrechen. Doch schnell drehte sie ihren Oberkörper wieder zurück, um sich erneut an dieser ekligen weißgelben Masse zu schaffen zu machen.

Erheitert führte er nun seine linke Hand an die Kinnunterseite und ließ die Finger nacheinander auf seinen Wangenknochen herumtrommeln – und nötigte damit seltsamerweise sein Konterfei zu genau derselben Aktivität.

Awwer dess war jo garnett esselbe, schoss Tannenberg plötzlich eine Leuchtrakete ins Bewusstsein. Ich hann grad moin linke Arm beweescht, awwer der Kerl im Schbischelbild hat soin rechte Arm ans Kinn gefeehrt! Allo genau ess Geedäl vunn demm, was ich bislang gedenkt hann. Alles e Frooch vunn de jeweilische Perschbegdiv, stellte Tannenberg belustigt fest.

Perspektivenwechsel nötig, hörte er Kriminalrat Weilachers Worte in seinem Kopf. Man muss sich immer mal wieder zu einem radikalen Perspektivenwechsel zwingen! Nur so kann man der Gefahr entgehen, sich bei der Ermittlungsarbeit im Kreis zu drehen.

Das war eine der zentralen Einsichten, die Weilacher in den langen Jahren seiner kriminalistischen Berufsausübung erworben hatte und die er seinen Mitarbeitern immer und immer wieder einhämmerte.

»Los, Wolf, kumm!«, rief plötzlich Kommissar Schauß aus dem Eingangsbereich des Cafés.

Tannenberg war so verblüfft, dass er zunächst regungslos auf der Ledercouch verharrte. Dann aber sprang er wie von einer Tarantel gestochen auf, stopfte die immer noch vor ihm liegende Gedichtkopie in die linke Gesäßtasche seiner Sommerhose und eilte zu seinem wartenden Mitarbeiter.

»Wassen bassiert?«

»Ich saders drauß«, entgegnete Schauß und drängte seinen Chef ins Freie.

»Sie haben noch nicht bezahlt!«, rief plötzlich die unfreundliche Bedienung, die gerade widerwillig einen Sonnenschirm aufspannte, in seinem Rücken.

»Stimmt … Entschuldigung!«, stammelte Tannenberg und zückte einen Fünf-Euro-Schein. In der Eile verzichtete er auf die Herausgabe des Restgeldes, was die junge Dame entgegen sonstiger Gewohnheit sogar dazu nötigte, Tannenberg einen wunderschönen Tag zu wünschen.

»Mischa, jedzert sa merr doch endlich, warum du so e Theader machsch!«

»Ess iss kä Theader, ess iss leider Realidät: Wolf, ess gebbt e weideri Leich.«

6

Als die beiden Kriminalbeamten den Stall erreichten, waren sie sehr verwundert, dass sie außer vier Motorradfahrern, die ihre abgestellten Maschinen wie Reliquien eines Technikmuseums bestaunten, keine Menschenseele auf dem weitläufigen staubigen Parkplatzgelände vorfanden.

»Du, ich hann immer gedenkt, dass merr vunn do aus zu de Weltachs hochgeht. Awwer wann demm so wär, missten merr jo jedzert uff die Kolleesche treffe, orre?«, fragte Tannenberg.

»Klar, die missten jo schunn lang do sinn. Dich hann ich jo erscht noch suche misse«, sagte Schauß in vorwurfsvollem Ton. »Wieso warschen du eischentlich nett dehäm zum Middachesse wie sunnscht a?«

»Dess iss e längeri Geschicht, außerdemm im Aueblick grad völlisch newesächlich. Wo sinn dann jedzert die Kolleesche?«

Während Schauß mithilfe des Autotelefons versuchte, Kontakt zu seinen Kollegen aufzunehmen, legte Tannenberg spontan eine Gedenkminute für die vielen im Laufe der Jahre auf der B48 tödlich verunglückten Motorradfahrer ein, die hier am Stall vorbeigekommen waren, um dann auf der extrem kurvigen Rennstrecke zu ihrem Mekka in Johanniskreuz ihr jugendliches Leben an irgendeine Leitplanke zu hängen.

»Wääsche eischentlich, warum de Stall ›Stall‹ häst?«, fragte Tannenberg in den silbernen Mercedes hinein.

»Nä, kä Ahnung. In Heimatkunde war ich noch nie gut.«

»Weils do owwe frieher e Poschtkutschestation gebb hat, an dere merr die Geil hat tränke unn wechsele kenne. Dess wäs ich desweh, weil moi Vadder de Heiner und mich als zum Hellbeerbligge dohergeschleppt hat.«

»Jo, dess hätt uns jo a emool enner sae kenne, ehr Scharchnose«, sagte Kommissar Schauß ins Autotelefon.

»Kumm rinn, meer missen noch ein Stigg weiderfahre. Do, wos no Melschbach runnergeht, soll e kläner Parkplatz sinn. Unn do deed a Ferschder uff uns waade.«

»Weller Ferschder?«

»Kä Ahnung. Meer werrns awwer glei siehe.«

»Hoffentlich isses nett wirre der komische Hoschbess vumm Paffebrunne.«

Tannenbergs inständiges Flehen wurde allerdings nicht erhört. »Scheiße, do vorne steht jo der Owwerwaldschrat.«

»Ah, der Herr Forstdirektor Kreulisch, immer noch so gut gelaunt?«, versuchte er den ganz in dunkles Grün gehüllten Waidmann zu ärgern.

»Kreilinger! Oberförster Kreilinger, Herr Kommissar! In fröhlicher Grundstimmung wie immer.«

Tannenberg schaute sich um. Er konnte es kaum fassen: Auf dem kleinen viereckigen Waldparkplatz standen jede Menge Autos herum. »Das gibt's doch nicht! Wieso ist hier nicht abtrassiert? Wieso stehen die Autos hier?«

»Das hat vorhin schon mal einer von euch gefragt. Ein anderer hat lapidar geantwortet, dass man ja irgendwo die Autos hinstellen müsse. Außerdem würde man auf dem Schotter sowieso keine Reifenspuren finden.«

»Egal. Denen mach ich jedenfalls nachher die Hölle heiß! Wieso steht da auf dem Schild nur ›Fußweg zur Weltachs 15 Min‹? Da gibt's doch bestimmt auch einen Fahrweg rauf, oder?«, wollte Tannenberg wissen, nachdem er auf die mit eingebrannten Buchstaben und stilisierten Eichenblättern verzierte Holztafel aufmerksam geworden war.

»Da kommt man nur zu Fuß oder mit einer Rückmaschine

hoch, aber die sind alle im Besitz von Fremdunternehmen und irgendwo im Einsatz. Wenn der Herr Kommissar allerdings zu faul zum Laufen ist, kann ich ja mein Geländemotorrad holen und ihn schnell hochfahren.«

»Wirklich zu freundlich, aber mir steckt noch die Scooterfahrt mit meiner Nichte heute Morgen in den Knochen. Da lauf ich doch lieber«, entgegnete Tannenberg und lief los.

Der zur Weltachs führende schmale Pfad begann an einer mit diversen Wandermarkierungen dekorierten mächtigen Buche und erschloss in engen Serpentinen einen Berg, der Kleiner Roßrück hieß. Der Förster klebte Tannenberg während des gemeinsamen Aufstiegs dicht an den Fersen und schwatzte ohne Unterlass wie ein studentischer Reiseführer.

Er palaverte über die aus Heidekraut, Farnen und Heidelbeersträuchern bestehende typische Bodenvegetation eines Mischwaldes, über die hier ansässige seltene Eidechsenart, deren Vertreter, beim Sonnenbaden gestört, flink von den angewärmten Sandsteinen huschten, über seinen Windmühlen-Kampf gegen uneinsichtige Mountainbiker, die diesen Weg illegal nutzten, über einen abkürzenden Trampelpfad, den Wanderer widerrechtlich angelegt hätten, und so weiter und so fort.

Wolfram Tannenberg ließ den unaufhörlichen Redeschwall kommentarlos über sich ergehen. Ihn interessierten zurzeit weder die Schönheiten der Natur noch die Probleme eines Revierförsters.

Als der strapaziöse steile Pfad etwas flacher und auch ein wenig breiter wurde, entdeckte Tannenberg endlich, wonach er die ganze Zeit über gesucht hatte: Schleifspuren. Sie kamen aus einer rechtwinklig auf den Wanderweg stoßenden schmalen, schräg abfallenden Schneise, waren aber auf dem betonharten Untergrund des festgetrampelten Fußwegs kaum mehr zu erkennen.

Tannenberg blieb so abrupt stehen, dass Förster Kreilinger von hinten auf ihn auflief. »Mann, passen Sie doch auf! Wollen Sie sich bei mir einklinken, oder was?«

Kreilinger erschrak derart, dass es ihm für einen kurzen Moment die Sprachfähigkeit raubte.

Der Leiter der Kaiserslauterer Mordkommission nutzte geistesgegenwärtig die Gelegenheit und schob eine weitere Frage nach: »Wo kommt denn dieser Weg hier her?«

»Was? Welcher Weg?«, fragte der immer noch irritierte Förster.

Tannenberg ging ein paar Schritte in den Waldweg hinein. »Der hier.«

»Ach so. Der kommt ebenfalls vom Parkplatz«, verstand Kreilinger endlich. »Das ist der alte Weg. Der ist viel kürzer. Der wird aber schon lange nicht mehr benutzt. Die Leute haben sich immer darüber beschwert, dass der Wanderpfad zu steil sei. Und dann haben die Schüler der Trippstadter Forstschule einen neuen Weg hinauf zur Weltachs angelegt. Den, den wir gerade hochgekommen sind. Das …«

»Gut«, unterbrach Tannenberg. »Und was bedeutet das für uns, Michael?«

»Dass der Täter sehr wahrscheinlich Ortskenntnis besitzt«, antwortete Kommissar Schauß wie aus der Pistole geschossen.

»Wahrscheinlich. Es könnte aber natürlich auch Zufall sein. Da vorne ist es ja!«, rief Tannenberg erleichtert aus.

»Nein, das sind zwar die gleichen rot-weißen Bänder, wie ihr sie auch benutzt, aber die sind trotzdem nicht von euch, sondern von uns«, behauptete Kreilinger.

»Wieso, hab ihr auch eine Leiche hier oben?«, versuchte Schauß einen Kalauer zu landen.

Auch ohne Tannenbergs demonstratives Augenrollen hatte er gemerkt, dass diese vermeintlich humoristische Einlage ziemlich deplatziert war.

»Wofür ist denn die Absperrung?«, ergänzte er schnell und versuchte dadurch von seiner makaberen Bemerkung abzulenken.

»Das ist nicht eine Absperrung, es sind drei Absperrungen«, belehrte der Förster. »Damit mir kein Wanderer in die Aushube für die Stützpfeiler fällt. Da soll mal ein großer Aussichtsturm gebaut werden. Aber wie immer beim Staat: kein Geld da!«

Nachdem Tannenberg die tiefen Erdlöcher mit den breiten rot-weißen Bändern, auf denen nicht »Polizeiabsperrung«, sondern makaberer Weise der Schriftzug »Vorsicht Lebensgefahr« geschrieben stand, passiert hatte, machte der inzwischen wieder deutlich verengte Fußweg einen scharfen Rechtsknick. Kreilinger blieb stehen und betrachtete den Aushub.

»Hasche ewe de Herrgerjer geheert, Wolf?«, flüsterte Schauß, damit ihn Kreilinger nicht hören konnte.

»Ich bin zwar heit e bissje flääschläärisch unn knorzelisch, awwer daab bin ich nett«, blaffte Tannenberg zurück. »Die Waldbolizei iss also a schunn im Innsatz.«

In diesem Augenblick stob ein Eichelhäher über die Köpfe der Kriminalbeamten hinweg und ließ sich auf einer Buche nieder, so als wollte er das Geschehen von einer höheren Warte aus beobachten.

»Na endlich, Wolf!«, wetterte Dr. Schönthaler von Weitem. »Wo bleibschen so lang? Meer hann 32 Grad im Schadde. Unn die Leich leit in de Sunn. Die iss schunn in Verwesung iwwergang. Gugg derr mo die Schwäsmigge, die Schnooge unn dess annere Ugeziffer aan, dess uffer errumkrabbelt.«

»Danke ferr dess verlockende Aangebot! Ich brauch noor zwä Minudde, dann derfsch derr se mit in die Pathologie nemme unn deer e schäner Nomidaach mit ehr mache.«

Tannenberg näherte sich nicht weiter als etwa einen Meter dem stark riechenden Leichnam, gerade so weit, dass er alles für ihn Wichtige erkennen konnte: Die gleichen blutverkrusteten Fersen, die gleiche Anordnung der bizarren Dekoration, das gleiche schmerzverzerrte, schiefe Gesicht – nur der Inhalt des Kehlenspaltes war diesmal ein anderer: ein rotbrauner Hexenröhrling.

Als er die nähere Begutachtung der toten Frau abgeschlossen hatte, kletterte der Leiter der Kaiserslauterer Mordkommission auf einen neben dem Naturdenkmal befindlichen, mit fädrigem schmutzigbraunem Moos bewachsenen Felsen, von dem aus er eine sehr gute Distanzsicht auf die Tote hatte.

Die blondgelockte Frau lag auf der obersten der beiden aufeinandergestapelten Sandsteinplatten. Ihre nackten Arme hatte der Täter auf dem Bauch der Toten zu einem Kreuz verschränkt. Der weibliche Leichnam war so um einen senkrecht emporstehenden Felspflock herum angeordnet, dass die mit kurzen Sporthosen bekleideten Beine den langen steinernen Pfeiler wie eine geöffnete Wäscheklammer umschlossen.

Wie Tannenberg einer direkt vor seinen Augen befindlichen größeren Hinweistafel entnehmen konnte, sollte dieser Sandsteinpflock die Erdachse symbolisieren, die nach dem Willen eines Heimatdichters mitten durch die Pfalz ging. ›Do werd die Weltachs ingeschmeert un ufgebasst, dass nix passeert‹, stand auf dem Sandstein zu lesen.

»Ich werde Sie nicht bei Ihrer Arbeit stören«, tönte der Oberförster. »Aber da Sie quasi in meinem Revier wildern, möchte ich Ihnen schon ein wenig auf die Finger schauen.«

Wie stets, wenn ein Hochdeutsch sprechender Zeitgenosse in der Nähe war, legten Tannenberg und seine Mitstreiter den Hebel um und wechselten in die ungeliebte Schriftsprache.

»Rainer, glaubst du, dass dieses Arrangement mit dem Pfeiler irgendeine tiefere Bedeutung hat?«, fragte Tannenberg den mit einem länglichen, pinzettenähnlichen Gegenstand an der Kehle der Toten herumhantierenden Gerichtsmediziner.

»Kann sein. Es kann aber auch sein, dass der Kerl nur keine Trennscheibe dabeihatte, mit der er das Ding abschneiden konnte«, entgegnete Dr. Schönthaler mit dem ihm eigenen trockenen Pathologen-Humor.

»Wie lange ist die Frau schon tot?«

»Mensch, Wolf, wie soll ich das bei den Verhältnissen hier denn sagen? Das muss ich alles ganz genau nachrechnen. Schätze mal zwölf Stunden – eher weniger.«

»Karl, das sind doch wieder die gleichen Sachen, die da um die Frau rumliegen. Oder ist dir etwas Besonders aufgefallen?«, wollte Tannenberg von seinem Täterspuren sichernden Kollegen wissen.

»Nein, alles wie bei der ersten«, antwortete der Kriminaltechniker, der direkt neben der toten Frau kniete.

»Und wieder diese Eicheln und die Blüten des Roten Fingerhuts?«

»Ja, und die Eicheln wieder in Form dieses Symbols, mit den Trieben nach innen.«

»Und wieder hat das Digitalis versagt, obwohl es doch sonst so ein wirkungsvolles Herzmedikament ist«, landete der Gerichtsmediziner einen weiteren humoristischen Volltreffer.

»Herr Kommissar«, meldete sich plötzlich Förster Kreilinger ungefragt zu Wort. »Fällt Ihnen nichts auf?«

»Was denn, Mann? Ich habe weder Lust noch Zeit für eine Quizstunde!«, gab Tannenberg genervt zurück.

»Ist Ihnen bei dem Weg hier hoch eine Eiche aufgefallen?«

»Was soll die Frage? Darauf hab ich nicht geachtet.«

»Also, zu Ihrer Information: Hier steht weit und breit keine einzige Eiche. Nur Buchen, Eschen und Birken. Und natürlich alle möglichen Nadelbäume. Erst weit unterhalb des Stalls findet man die ersten Eichen.«

»Das heißt, der Mörder hat die gekeimten Eicheln mit hierhergebracht«, bemerkte plötzlich Fouquet, der etwas abseits stand und den Tannenberg deshalb noch gar nicht richtig wahrgenommen hatte.

»Ja, das stimmt. Der Kerl muss diese Dinger zu Hause regelrecht züchten. Vielleicht nur zu dem einen Zweck. Das ist ja irre!«, ergänzte Tannenberg kopfschüttelnd. Er kletterte von seinem Aussichtsplatz, stellte seinen linken Fuß auf die Rückenlehne einer Holzbank und begann damit, sein Diktiergerät zu besprechen.

Als er die von ihm als wichtig erachteten ersten Eindrücke gespeichert hatte, drehte er sich um und blickte erneut auf das Sandsteinmonument, diesmal aber schräg von unten. Er befand sich hier anscheinend auf der Wetterseite, denn die Felsen waren dicht mit hellgrünem Moos und gräulichen Flechten überwuchert.

Neben den aufeinandergetürmten Felsplatten stand eine prächtige Eberesche, deren ausladendes Wurzelwerk sich über die Steine und kleinen Felsstücke hinweg ausgebreitet hatte. In die aufgedunsene, gequälte Rinde ihres Stamms waren unzählige Initialen und Symbole eingeritzt.

»Hallo, Leichenknipser, fotografier mir mal den Stamm hier. Ich will jeden Zentimeter haben«, rief Tannenberg in Richtung des immer noch mit der Ablichtung des Leichnams beschäftigten Kriminaltechnikers. »Vielleicht hat unser Freund ja ein Andenken hinterlassen. Bei dem kann man offenbar gar nichts ausschließen.«

Irgendetwas störte Tannenberg an der Ästhetik dieses Naturdenkmals, nur wusste er zunächst nicht, was. Dann kam ihm plötzlich die Erleuchtung: Es war der nicht verwitterte graue Betonsockel, in den ein mit der Jahreszahl der Denkmalserrichtung verzierter Sandstein eingelassen war.

»Wer hat denn eigentlich die Leiche entdeckt?«, fragte der Leiter der Mordkommission in die Runde seiner um das Sandsteindenkmal versammelten Mitarbeiter.

»Ein Ehepaar aus Landau«, antwortete Geiger, der bislang recht teilnahmslos neben Fouquet gestanden hatte.

»Ja, und wo sind diese Leute?«

»Im Krankenhaus, die Frau hat einen Nervenzusammenbruch erlitten.«

»Wundert mich nicht, Geiger. Die Vorderpfälzer halten eben nichts aus!«, bemerkte Tannenberg trocken. »Dann schnapp dir den Fouquet – und ab ins Klinikum! Befragt mir die Leute noch mal ausführlicher.«

Er wandte sich dem Leiter der Kriminaltechnik zu. »Karl, habt ihr irgendwelche Ausweispapiere gefunden?«

»Absolut nichts. Genau wie am Pfaffenbrunnen.«

»Mischa, check mal die Vermisstenmeldungen!«

»Hab ich schon veranlasst. Die Zentrale meldet sich sofort bei mir, sobald sie was haben«, entgegnete Schauß, dessen Handy sich just in diesem Augenblick bemerkbar machte. »So ein Zufall, ich sag's dir und schon melden die sich.«

Ungeduldig wartete Tannenberg, bis sein Mitarbeiter das Gespräch beendet hatte. »Und, haben die was?«

»Die Beschreibung passt genau: Blonde Locken, circa 1,60 Meter groß, bekleidet mit einer blauen Sporthose und einem ärmellosen gelben Shirt. Das muss die Frau sein!«

»Wie heißt sie, wo wohnt sie?«

»Jutta Müller, wohnhaft in Hochspeyer, Ringstraße 16. Wurde von ihrem Mann gestern Abend als vermisst gemeldet, nachdem sie vom Joggen nicht mehr nach Hause gekommen war.«

»Wo das ist, kann ich Ihnen sagen. Ich wohne nämlich auch in Hochspeyer«, rief der Förster ungefragt dazwischen und beschrieb auch gleich den Weg dorthin. »Das ist im Neubaugebiet, direkt unterhalb der Jugendherberge. Sie müssen einfach nur hinter dem Ortsschild rechts abbiegen.«

»Klimaaanlaach orre Cabrio-Feeling?«, fragte Schauß, nachdem die beiden Ermittler wieder auf dem Waldparkplatz angekommen waren.

»He?«

»Fenschder uff orre zu?«

»Uff«, antwortete Tannenberg. Er blies die Backen auf. »Was bin ich froh, dass meer denne uffgebloosene Schwallbagge los sinn.«

»Ich a«, pflichtete ihm sein junger Kollege bei.

Die Fahrt ging über heiße, flirrende Asphaltflächen, die sich in einem permanenten Wechselspiel mit beschatteten Passagen abwechselten. Tannenberg schloss die Augen und labte sich an der kühlenden Frische des kräftigen Fahrtwindes.

Wirre, zusammenhanglose Gedankenfetzen huschten durch seinen Kopf, bis sie sich schließlich konkretisierten. Merkwürdigerweise bezogen sich die Bilder, die jetzt auftauchten, nicht auf die Gegenwart, sondern auf die Vergangenheit.

Tannenberg fand keine schlüssige Erklärung dafür, dass ihn sein Gehirn ausgerechnet zu diesem Zeitpunkt von den Fesseln dieses mysteriösen Mordfalls befreite und in eine Zeit zurückversetzte, die von Liebe, Glück, Zufriedenheit und Lebensfreude geprägt war.

Er mochte diese floskelhaften seichten Begriffe eigentlich überhaupt nicht, aber immer wenn er an seine intensive, völlig konfliktfreie Beziehung mit Lea dachte, drängten sich genau diese Begriffe ungefragt in sein Bewusstsein.

Die Verkörperung dieser wunderbar unbeschwerten Zeit stand immer noch zu Hause bei ihm vor der Tür: sein feuerrotes BMW-Cabrio. Er konnte sich noch gut daran erinnern, wie sehr Lea und er damals mit dem Kauf ihres absoluten Traumautos gerungen hatten.

Wie oft waren sie bei BMW-Schäfer in der Merkurstraße gewesen, hatten sich den Wagen angeschaut, sich in die schwarzen Ledersitze geschmiegt, vorsichtig das automatische Verdeck betätigt – und dann jedes Mal den Ausstellungsraum wieder frustriert verlassen.

Bis sie nach langem Hin und Her endlich den Beschluss gefasst hatten, einmal im Leben etwas völlig Verrücktes zu tun und sich bar jeder Vernunft dieses Traumauto zu kaufen, obwohl sie es sich eigentlich gar nicht leisten konnten.

Und dann war der todschicke BMW endlich in ihrem Besitz gewesen. Die Jungfernfahrt hatte über das Warmfreibad hier hoch am Stall vorbei und weiter nach Johanniskreuz und über das Elmsteinertal zurück in die Barbarossastadt geführt.

Um die hohen Behandlungskosten wenigstens annähernd decken zu können, hätte er das Cabrio eigentlich sofort nach der Diagnose von Leas Krankheit verkaufen müssen, aber er hatte es trotz der enormen finanziellen Belastung, die aus den teuren alternativmedizinischen Therapien resultierte, einfach nicht übers Herz gebracht.

Dieses Auto war zu einem Teil von ihnen geworden. Und diese enge Bande zu Lea konnte er auch nach ihrem Tod nicht abtrennen, er hätte es als Verrat empfunden, egal, wie verrückt sein Verhalten einem Außenstehenden erscheinen mochte.

»Wolf, glei simmer an de Hochspeyerer Juchendherbersch.«

»Bass uff, do vorne no der Rechtskurv blitzense als.«

Schauß reduzierte das Tempo. »Wääsch du, wie's dann weitergeht?«

»Nee. Biemo zu de Juchendherbersch ab!«

»Warummen dess? Willsche e Korzurlaub innlee?«

»Waads ab.«

Kommissar Schauß tat, wie ihm geheißen wurde, und fuhr auf den direkt vor dem Haupteingang der Jugendherberge gelegenen asphaltierten Parkplatz.

Tannenberg verschwand im Gebäude.

»Unn, was haschen dodrinn gemacht?«, wollte Schauß wissen, als sein Chef nach zehn Minuten zurückkehrte. »Hasche noom Wääsch gefroot?«

»Jo, dess a. Awwer vor allem war ich weje ebbes annerem dodrin«, antwortete Tannenberg.

Er zauberte aus seiner Hosentasche ein Päckchen mit Pferdebildern hervor, die er seinem Mitarbeiter demonstrativ unter die Nase hielt.

»Ich wollt noor abkläre, wie die aktuelle Juchendherberschskaade aussiehn. Wie du selwer siehsch, sinns kää Pilz, sondern Geil.«

»Du werrschs nett glaabe, Wolf, awwer selbst wann ich kä Nadurexperte bin, de Unnerschied zwischeme Gaul unneme Pilz erkenn sogar ich.«

Tannenberg schmunzelte.

»Unn was machsche mit denne viele Poschtkaade?«

»Die schenk ichem Marieke, die steht uff Geil. Ich hann iwwerrischens de Herberchsvadder gefroot, ob er sich erinnere kann, wann uungefähr die Pilzserie uffgeleet worr iss.«

»Unn?«

»Gebbmo e Tipp ab!«

»Ich hann kä blasser Schimmer!«

»Allo de Herberchsvadder hats a nett gewisst. Der kummt aus de neie Bundeslänner unn iss erscht seit drei Johr do.«

»Vielleicht hat jo de Juchendherberchsverei e Archiv orre so ebbes«, spekulierte Tannenberg.

»Dess känne merr jo noher vunn de Flocke abkläre losse«, sagte Michael Schauß und legte den Rückwärtsgang ein.

Auf Tannenberg wartete nun die mit Abstand unangenehmste und belastendste Tätigkeit seines Jobs. Früher hatte die Aufgabe des Todesboten meist der alte Weilacher übernommen, der mit seiner ruhigen, pastoralen Art und der leidvollen

Erfahrung vieler Berufsjahre für diese Sache wie geschaffen war.

Weilacher hatte während gemeinsamer Observationen und Dienstfahrten des Öfteren davon berichtet, dass er eigentlich ganz gerne Gemeindepfarrer geworden wäre. Diesen Berufswunsch hätten seine Eltern aber nicht akzeptiert. Und so sei er eben bei der Kripo gelandet, wo ihm das soziale Element allerdings etwas zu kurz komme.

Auf irgendeinem dunklen Weg schien Kommissar Schauß über die Probleme seines Vorgesetzten hinsichtlich der Übermittlung der Todesnachricht informiert worden zu sein, denn plötzlich bot er Tannenberg an, diese Aufgabe für ihn zu übernehmen.

»Erinner ich mich rischdisch, dass du dich frieher nett grad vorgedrängelt hasch, wanns drum ging, die arme Leite vumm Dood ehrer Aangeheerische zu unnerrichte?«

»Denne Inndruck hasche gehatt?«, fragte Tannenberg scheinheilig.

»E bissje schunn, Wolf. Ich wollt derrs noor aanbiede, schließlich hann ich vor Korzem e Fortbildung zu demm Thema gemacht.«

»Dann bische jo genau de rischdische Mann ferr solche Sache.«

Die grobe Beschreibung des Försters hätte nicht ausgereicht, um das Haus des Mordopfers zu finden, aber ein zusätzlicher Hinweis des Herbergsvaters führte zum Ziel. Das Haus der Familie Müller befand sich in einer mit breiten Pflanzkübeln und bunt markierten Parkbereichen getupften Spielstraße.

Als die beiden gestandenen Kriminalbeamten die kleinen roten und grünen Gummistiefelchen neben der Holztür stehen sahen, blickten sie sich vielsagend an. Mit zusammengekniffenen Lippen nickten sie sich zu. Nun ging es darum, die Restfamilie mit der traurigen Gewissheit zu konfrontieren, dass fortan nichts mehr so sein würde, wie es einmal war.

Nachdem Schauß tief durchgeatmet hatte, läutete er. Kurze Zeit später öffnete sich langsam die Tür und am Rahmen erschienen zuerst zwei Kinderhände, dann die ganze winzige Erscheinung, die von ihrem noch kleineren Bruder von hinten angeschoben wurde.

Zwei strahlende Augenpaare blickten den beiden Ermittlern neugierig entgegen. Schauß war wie gelähmt. Er brachte keinen Ton heraus. Obwohl er ebenfalls einen dicken Kloß im Hals verspürte, reagierte Tannenberg geistesgegenwärtig und erklärte dem kleinen Mädchen, dass sie Freunde ihres Vaters seien und ihn zu sprechen wünschten.

Wenige Augenblicke später erschien ein von den Ereignissen sichtlich mitgenommener Mann, dem man anmerkte, dass er nicht bereit war, der Mitteilung seiner Tochter Glauben zu schenken. Schauß zeigte dem Familienvater seine Polizeimarke, während Tannenberg niederkniete und die Kinder mit den gerade gekauften Jugendherbergskarten abzulenken versuchte.

»Hannse jemand, zu demmse die Kinner schicke kännen?«, hatte Schauß gerade gefragt, als eine kräftige ältere Frau in den Flur trat.

Sofort begriff sie die Situation. »Ich geh mit de Kinner enniwer zum Oba.«

»Danke, Mudder!«, sagte der Mann mit belegter Stimme und geleitete Schauß ins Wohnzimmer.

»Herr Miller, meer missen Ihne leider e traurischi Mitdäälung mache: Ehr Fraa iss heit Middach dood uffgefunn worr. Unser herzliches Beileid.«

Der Mann wurde nun noch bleicher, als er eh schon war. Schauß hatte den Eindruck, dass jetzt auch noch der letzte Blutstropfen sein Gesicht verlassen und sich in tiefere Körperregionen zurückgezogen hatte.

Völlig apathisch saß er zusammengekauert auf einem Sessel, schüttelte in einem fort den Kopf und stammelte litaneienartig: »Wie soll dess bloß weidergehe? Wie soll ich dess de Kinner beibringe?«, jammerte der Familienvater.

»Kennen merr Ihne e paar Fraache stelle? Meer machens a so korz wie meeschlich«, versprach Tannenberg.

»Fronse«, keuchte der Mann des zweiten Mordopfers. »Muss wohl sinn.«

»Danke ferr Ehr Verschdändnis, Herr Miller«, sagte der Leiter des K1. »Wann hannsen Ehr Fraa zum letschde Mo gesieh?«

»Geschdern Owend«, kam es mit tränenerstickter Stimme zurück.

»Geschdern Owend?«, wiederholte Tannenberg.

»Ja, alsse jogge gang iss.«

»Wann waren dess?«

»Um 18 Uhr«.

»Isse immer dieselb Stregg geloff?«

»Ja, immer. Sie iss immer erscht hoch zu de Juchendherbersch gerennt und dann iwwer de alde Trimm-dich-Pfad zurigg«, sagte Müller mit zitternden Lippen.

»Was hannsen gemacht, als Ehr Fraa nett zurickkumm iss?«, wollte Schauß wissen.

»Zuerscht bin ich allä ehr Laafstregg abgerennt. Dann hann ich moi Freinde, Nochbarn unn die Feierwehr alarmiert. Unn dann hammer zusamme alles abgesucht, bis es dungel worr iss.«

Dicke Tränen schossen aus seinen geröteten, glasigen Augen und liefen auf beiden Seiten über die Wangen hinunter bis zum Kinn. »Heit Mojn simmer nochmo raus. Awwer meer hannse nett gefunn. O Gott, o Gott!«

Schauß wartete, bis sich der trauernde Familienvater wieder etwas beruhigt hatte, dann bat er ihn um ein Foto seiner Frau.

Während der Mann irgendwo im Haus herumschlich, verständigten sich die beiden Kriminalbeamten auf einen Abbruch der Befragung.

»Danke, Herr Miller, meer lossense jedzert in Ruhe. Ess sinn jo die Großeldere do, die sich um Sie und die Kinner kimmern, orre?«, fragte Kommissar Schauß, nachdem der Mann ihm schluchzend eine Fotografie seiner Frau überreicht hatte.

»Ja, ja, moi Eltere wahnen jo glei um die Eck«, antwortete Müller schniefend.

»Kennen merr sunnscht noch irschendebbes ferr Sie due?«, fragte Kommissar Schauß, bevor die beiden Ermittler sich verabschiedeten.

Sie erhielt aber außer einem kurzen Kopfschütteln keine Antwort.

»Was ferr e ausgemachder Schwachsinn, was ferr e bescheierder Spruch!«, polterte Tannenberg im Dienstwagen los. »Kennemerr sunnscht noch irschendebbes ferr Sie due? So e saubleedi Floskel! Als ob meer demm arme Mann schunn vorher ebbes Gudes gedaa hädden!

Denne Satz hasche beschdimmt vunn soner völlisch iwwerflissischer Psycho-Fortbildung, wo emm so arrogande Theoreddiger, die absolut kä Aahnung vunn de Praxis hänn, allen meeschlische Schrott verzehle duun. Können wir sonst noch irgendwas für Sie tun? Nadierlich kennde merr ebbes ferr ihn due! Meer kännden demm Mann soi Fraa unn denne Kinner ehr Mudder zuriggzaubere.«

»Ja, Wolf, wär dess schää, wammer zaubere kännden«, entgegnete Michael Schauß traurig. »Eltern vunn kläne Kinner derften äfach nett sterbe. Dess misst gesetzlich verbott werre!«

Irgendwann im Laufe der von sprachloser Resignation geprägten Autofahrt schlug Tannenbergs Stimmung plötzlich radikal um. Die bleierne Apathie, die sich in den letzten

Minuten über ihn gelegt hatte, war mit einem Mal wieder verschwunden. An ihre Stelle trat ein unbändiges Hassgefühl. Abgrundtiefe Wut über einen perversen Serienmörder, der dieses junge Familienglück auf so brutale Weise zerstört hatte.

»Mischa, meer lossen uns vunn demm Drecksack nett unnerkriee! Meer derfen uns vunn denne schreckliche Tate nett schogge unn lähme losse. Meer missen die Aaschbagge zammebeisse unn dess perwerse Berrschellsche so lang jae, bis merrne am Schlawiddschel packe unn dorschschiddelle kännen.«

Tannenberg fletschte die Zähne. »Demm dreh ich eischenhändisch de Hals errum, wann ichne in die Finger krie.«

»Denne krie merr, Wolf«, sagte Schauß. »Unn wie gehts jedzert weider?«

»Zuerscht fahrsche mich hääm. Ich muss emool in aller Ruh nohdenge. Außerdem brauch ich e paar Infos.«

»Noch e paar neie vunn doim Vadder aussem Tchibo?«, scherzte der junge Kommissar.

»Quatsch, vunn moim Bruder.«

Schauß runzelte die Stirn. »Wieso vunn doim Bruder?«

»Verzehl ich deer nohthin. Machemerr mo Brainschdorming. Erschdi Hibothees: Es hannelt sich in beide Fäll um deselbe Täter. Dess bedeid: Er hat die Fraa Miller mit hoher Wahrscheinlichkeit wirre irschendwo iwwerfall unn entführt. Deswej kimmersch du dich als Neggschdes dodrum, dass die Spusi alle Parkplätz unn Waldwege, die uff de Joggingstreck vunn de Fraa Miller leien, no verwertbare Spure absuche duun. Die sollen dess so schnell wie meeschlich mache, wannse an de Weltachs ferdisch sinn.«

»Okay.«

»Unn dann saasche emm Geischer unnem Fouquet, dass se sich um die Alibis vunn unsere bisherische Verdäschdische kimmere sollen.«

»A um die vunn de Rentner?«

»A um die vunn de Rentner«, wiederholte Tannenberg wörtlich. »Und vergess merr jo nett denne saarlännische Schdudend!«

»Awwer was soll der ferr e Beziehung zu de Fraa Miller hann?«, fragte Schauß skeptisch.

»Kä Ahnung. Vielleicht entdecken merr enni, vielleicht gebbts awwer a känni! Dess iss bei dem Konopka genauso.« Tannenberg seufzte.

»Ich wääs jo a nett. Awwer solang ess kä konkrete Hauptverdächdische gebbt, missen merr ewe alle Meeschlichkeide in Betracht ziehe. Unn wirre im Newwel erummstochere«

»Alles klar. Sunnscht noch ebbes?«

»Versuchemo, ebbes iwwer de Mann vunn de Fraa Miller errauszukriee: Wie war die Ehe? Wie sieht die finanzielle Situation vunn de Familie aus? Was iss de Mann vunn Beruf? Unn so wieder.«

Tannenberg zog seine Stirn in Falten und ergänzte: »Unn ganz wischdisch: Froone, ob er orre soi Fraa ess Elvira Kannegießer gekennt hann. Dess soll de Geischer a die annere froe.«

»Du määnsch: Nofroe, ob de Persone aussem Umfeld vunn de Fraa Kannegießer die Jutta Miller bekannt iss«, testete Kommissar Schauß seine Verständnisfähigkeit.

»Genau! Unn vergess die bescht Freindin nett, die vumm Lieschenschaftsamt! Du hasch jos Foddo vunn de Fraa Miller inngesteckt.«

»Sicher«, entgegnete der junge Kriminalbeamte, griff in seine Brusttasche und legte das Bild vor Tannenberg auf das Armaturenbrett.

Die Abbildung zeigte einen unbeschwerten, fröhlichen Menschen, der bestimmt keiner Fliege ein Leid zufügen konnte. Warum musste diese Frau sterben? Warum genau diese? Wählte der Mörder seine Opfer willkürlich aus? Oder gab es eine Verbindung zwischen den beiden Frauen? Tannenbergs Augen waren so sehr auf das Farbfoto fixiert, dass er zunächst gar nicht registrierte, dass sie bereits vor seinem Wohnhaus eingetroffen waren.

»Wolf, meer sinn do. Du wirsch schunn erwaad.«

»Was?«, schreckte Tannenberg hoch. »O nä, de Sherlock Holmes aus de Beethoffestrooß! Der hat bestimmt wirre neie Informationen zu verkaafe.«

»Stellen eisch emool vor, voin hatt doch tatsächlich so e klääner Babbsack in de Faggelstrooß versucht, merr de Geldbeidel aussem Hossesack zu klaue«, empfing Jakob die beiden Kriminalbeamten.

»Awwer demm daabohrische Bangert hann ich emool gezeischt, wo de Hawwer hängt. Ich hann mich blitzschnell umgedreht, hanne am Schlawiddsche gepackt unn dann aanstännisch dorchgeschiddelt.

Unn dann hann ich mich umgedreht unnem mit de Spitz vunn moine genachelde Pädschestreter so in de Aasch geträt, dass er e Meder durch die Luft geflo iss. Der kann sich bestimmt a Woch lang nett mä uff soin Bobbes setze«, feixte der Senior. »Mit soim bloe Aaschbacke hatter a schänes Aandenke an die Laudrer Flaniermeil.«

»Schlimme Zeide, Vadder«, bemerkte sein Sohn. »Warum haschen nett die Kollesche verschdännischt?«

Jakob schnaubte. »Was hätten die dann schunn mit dem Quaschdersack gemacht, he? Die hätten ne doch glei wirre laafe losse misse. Ich hätt dess Frischtsche e paar Daach im Wald Laab zammereschelle losse. Awwer eischentlich sinns jo a arme Säck. Dess hat merr schunn dodran gesieh, wie halbgehängt dess Kerlsche rumgeloff iss.«

»Ja, du hasch recht, ess werd immer schlimmer mit denne Daschediebe in de Fußgängerzon«, stimmte Tannenberg zu.

Doch bevor sein Vater weiterschimpfen konnte, hatte er sich bereits an ihm vorbeigedrängt und schnellen Schrittes das Nordhaus durchquert.

Heiner saß in dem zwischen den beiden Häusern gelegenen Garten im Halbschatten und war anscheinend mit irgendwelchen Korrekturarbeiten beschäftigt.

»Wo issens Betty unn die Kinner?«, blaffte Tannenberg ohne Begrüßung.

»Was? – Warum?«, fragte sein völlig konsternierter Bruder.

»Froo nett, antwort!«

»Wassen los?«

»Bische jedzert allä orre nett?«

»Marieke iss bei ehrer Freindin, Tobias im Handballtraining unn Betty uffner Fortbildung in Speyer. Awwer jedzert sa doch endlich, was los iss.«

»Nett do im Gaade. Merr gehn ins Haus. Dort hämmer unser Ruh.«

Nachdem sich die beiden Männer an den Küchentisch gesetzt hatten, kramte Tannenberg die Fotokopie des Pfifferling-Gedichts aus der Hosentasche, legte sie zusammengefaltet vor sich hin und breitete beide Hände darüber.

»Heiner, ich brauch dringend doi Hilf. Awwer zuerscht musche merr verspreche, nimmandem, werglisch nimmandem ebbes vunn unserm Gespräch orre vunn demm, was ich derr zeische werr, zu verzehle. Versproch?«

Heiner hob die Hand zum Schwur. »Versproch! Großes Indianer-Ehrewort.«

»Gut. Dann gugg derr dessdo mo aan«, sagte Tannenberg.

Er faltete das Papier auseinander und überreichte es seinem Bruder.

»Du bisch doch Deitschlehrer. Samerr mo spontan, was deer zu demm komische Gedicht do infallt.«

Tannenbergs Wunsch nach Spontaneität wurde nicht erfüllt.

Zuerst las sein Bruder das Gedicht mehrmals sich selbst leise vor, dann nahm er einen Bleistift und kritzelte Zeichen und Buchstaben über und neben die Zeilen. Anschließend erhob er sich mitsamt seines Küchenstuhls und ließ sich neben Tannenberg nieder.

»Dess iss jo uunglaublich!«, sagte Heiner. »Awwer alles, was ich deer jedzert sae du, iss nett fundiert. Ich misst merr dess Gedicht erschtmo in aller Ruhe aangugge, e paar Sache noschlae unn …«

»Vergesses!«, unterbrach der Ermittler ungeduldig. »Dess geht net. Ich kann deer denne Text nett iwwerlosse, noch nettemool als Kopie. Mach weider!«

»Gut.« Heiner räusperte sich. »Ess gebbt zwä Sache, die merr beiner Gedichtinterpretation analysiere muss. Ess rschte iss die Form, unn ess Zwädde iss de Inhalt. Zur Form: Siesche die kläänе Striche do?«

»Dess ›v‹ mittem Strich newedran?«

»Ja genau. Die Zeiche gewwen Uffschluss iwwer de Versfuß. Dess do iss e Jambus unn dess do iss e Trochäus. Dess häst, der Versfuß iss ämo steigend und ämo fallend.«

Zur Verdeutlichung las Heiner Tannenberg seinem Bruder einige Passagen laut vor, wobei er besonderen Wert auf die Demonstration der unterschiedlichen Betonungsmuster legte.

»Okay, kapiert. Unn was bedeiden die Zahle hinner jeder Zeil?«

»Dess iss die Aanzahl der Silbe.«

»Immer acht?«

»Ja, jedi Zeil hat genau acht Silbe«, antwortete Heiner Tannenberg.

Zur Untermauerung dessen, was er gerade behauptet hatte, zählte er die Silben ab, wobei er parallel dazu mit seinem Bleistift die einzelnen Silben kurz antippte.

»Okay, weider!«

»Dess Gedicht besteht aus vier Strophe, mit äner abgesetzte Zeil.«

»Sieh ich. Weider!«

»Die erscht und die letscht Stroph sinn als Paarreime verfasst. Die zwätt als Kreizreim unn die dritt als sogenannter ›umarmender Reim‹.«

»Kumm, du sollsch merr kä Lyrik-Vortrach halte. Ich bin känner vunn doine Abiduriende. Was kannsche merr iwwer de Inhalt sae?«

»Ja gut, uff de erschte Blick hannelt es sich um Naturpoesie. Vor allem die erschte Strophe. Wammer awwer de Hinnergrund kennt, laafts em besonners bei de letscht Stroph eiskalt de Buggel enunner«, sagte Heiner Tannenberg und schüttelte sich wie ein Hund, der gerade aus dem Wasser kam.

»Kannschet irschendebbes iwwer de Audor aus demm Gedicht erauslese?«

»Schwer. Sehr schwer. Schließlich zieht merr normalerweis zuner professionelle Gedichtinterpretation Grundwisse iwwer de Verfasser raan. Was in demm Fall jo kaum meeschlich iss. Merr kennt noor spekuliere.«

»Dann mach dess emool!«, forderte Tannenberg.

»Okay. Dess Gedicht iss vunn de Struktur her recht äfach, es iss sicherlich kä lyrische Meischderleischdung. Ich deeds als interessante Awed vumme Hobbylyriker bezeichne. So ebbes kammer leicht in zwä bis drei Stunne runnerschreibe. Der Audor verfiecht auchescheinlich iwwer e gutes Sprachgefiel. Obwohl …«

»Obwohl was?«

»Obwohl mich einisches verwirre duud.«

»Was dann?«

»Na, zum Beispiel: Warum losst er alle vier Zeile vunn de erscht Stroph mitteme bestimmte Artikel beginne:

Der – Der – Die – Der? Dess iss primitiv unn basst sprachlich iwwerhaupt nett zu de annere Strophe – Zufall orre Absicht?«

»Ja, seltsam! Heiner, du bisch echt gut!«, lobte Tannenberg die germanistische Fachkompetenz seines Bruders.

»Ess gebbt awwer noch annere Fraache, die merr beantworte missen: Warum benutzt de Verfasser verschiedene Reimforme? Will er uns soi kreative Fähigkeite demonstriere? Warum setzt er die Zeil mit de Pfifferling vunn denne annere ab? Hat dess e besonneri Bedeidung?«

»Glaabsche, dass der Kerl intelligent iss?«, platzte es aus Tannenberg heraus.

»Nä!«, antwortete der Deutschlehrer wie aus der Pistole geschossen.

»Wieso nett?«, fragte Tannenberg verblüfft.

»Der iss nett intelligent, Wolf, der iss sehr, sehr intelligent! Außerdem hann ich de Inndruck, dass duus mitteme ganz raffinierde Schbieler zu due hasch, me Schbieler, der iwwer außergewähnliche strategische Kompetenze verfiescht. Awwer dess iss, wie gesaat, noor e Gefiehl, reine Schbekulation.«

»Ja, Heiner, vielleicht iss dess jo alles noor reini Schbekulation. Vielleicht hann ich dich jo umsunnscht beläschdischt unns Gedicht stammt gar nett vumm Täter, sondern vumme sehr, sehr verriggde Trittbrettfahrer, der wo anscheinend nix anneres im Sinn hat, als makabere Schbielcher mit de Bolizei zu veraanschdalde«, sagte der Leiter des K1.

Nachdenklich faltete er die Gedichtkopie wieder zusammen.

Als Tannenberg kurz darauf den Garten durchquerte, sah er, wie sein Vater gerade die Tür des Nordhauses öffnete. Da er weder Lust auf Streit noch auf Small Talk hatte, versuchte er soll schnell wie möglich dem Einflussbereich seines Vater zu entfliehen.

Doch der Senior versperrte ihm den Fluchtweg, indem er sich mitten in den Türrahmen stellte. »Wolfram, bleib bitte stehe.«

»Vadder, ich hann kä Zeit.«

»Awwer ich muss deer ebbes ganz Wischdisches sae.«

»Allo hopp, Vadder, was gebbts so Wischdisches?«

Jakob Tannenberg rang sichtlich um Fassung. Er schluckte hart, schniefte, seine Mundwinkel zuckten. Tränen schossen ihm in die Augen.

»Vadder, was iss dann Schlimmes bassiert?«, fragte Tannenberg betroffen.

»Bu, de Fritz iss dood!«

7

»Du, Carmen, ich kann dich leider heute Abend nicht zu dieser Vernissage begleiten«, sagte Eva Glück-Mankowski hektisch in das Mobiltelefon. »Ich muss sofort nach Kaiserslautern. Da scheint die Hütte zu brennen.«

»Was ist denn passiert?«, fragte ihre Freundin.

»Diese Provinzermittler haben anscheinend einen Serienmord und wissen nicht mehr weiter. Sag mal, wie komme ich denn überhaupt dorthin?« Sie verzog abschätzig den Mund. »Nach Kaiserslautern. Da war ich noch nie.«

»Da ist dir nichts entgangen«, meinte die Gesprächspartnerin. »Du musst einfach auf die Autobahn und dann immer den Schildern nach.«

»Na, hoffentlich finde ich den Weg. Das ist doch tiefste Provinz, mitten im Pfälzer Wald. Haben die eigentlich schon fließendes Wasser?«

»Ja, ich denke schon. Aber soviel ich weiß, nur kaltes. Du solltest noch unbedingt an einer Buchhandlung vorbeifahren und dir ein Pfälzer Wörterbuch kaufen. Sonst kannst du die Leute da unten nicht richtig verstehen!«

»Sprechen die kein Hochdeutsch?«

»Doch, aber nur an der Uni.«

»Dann probiere ich's eben mit Englisch. Das werden die ja wohl hoffentlich hinkriegen. Schließlich habe ich mal gelesen, dass die inmitten der größten amerikanischen Siedlung außerhalb der USA leben«, entgegnete Eva Glück-Mankowski, während sie den Reißverschluss ihrer dunkelblauen Sporttasche zuzog.

Die Autofahrt nach Kaiserslautern gestaltete sich jedoch weitaus schwieriger, als ihre Freundin vorhergesagt hatte. Von wegen einfach auf die Autobahn und immer den Schildern nach. Sie fand nicht einen einzigen Wegweiser nach Kaiserslautern. Zum ersten Mal verfuhr sie sich, als sie plötzlich mit der Alternative »Darmstadt« oder »Bingen« konfrontiert wurde.

Da sie weder in die eine noch in die andere Stadt wollte, sich aber zwangsläufig entscheiden musste, wählte sie Bingen. Je länger sie in diese Richtung fuhr, umso unsicherer wurde sie aber.

Schließlich legte sie eine kurze Rast auf einem Autobahnparkplatz ein und warf einen intensiven Blick in den Straßenatlas, der sie sehr schnell von ihrer gravierenden Fehlentscheidung überzeugte.

Als sie einige Zeit später endlich die erste Ausfahrt mit dem Namen ihres Zielortes entdeckte, verließ sie nicht direkt die Autobahn, sondern setzte ihre Fahrt in der festen Überzeugung fort, dass, wie bei anderen Städten auch, zwangsläufig der Abfahrt Ost die Abfahrt Mitte folgen musste.

Beim Anblick des großen blauen Schildes mit der leuchtend weißen Aufschrift »Kaiserslautern-West« stellte sie allerdings verblüfft fest, dass dem hier augenscheinlich nicht so war. Hektisch wechselte sie in die Abbiegespur und folgte den Hinweisschildern in Richtung Centrum.

Warum Centrum mit C und nicht mit Z?, fragte sie sich gerade, als sie plötzlich von einem mit einer Maschinenpistole bewaffneten amerikanischen Soldaten an der Weiterfahrt gehindert wurde.

Völlig irritiert zückte sie ihren Dienstausweis und hielt ihn dem Wachtposten unter die Nase. Dieser ließ sich jedoch von diesem Dokument in keinster Weise beeindrucken, sondern forderte sie in lauter, kurzer Kommandosprache zum unverzüglichen Verlassen der »Military Area« auf.

Verschüchtert blickte Eva Glück-Mankowski sich um und konnte nur Wohngebäude, aber keine militärischen Einrichtungen erkennen. Obwohl sie zwei Fortbildungen in den USA absolviert hatte und sich deshalb in der englischen Sprache durchaus zu Hause wähnte, ignorierte der junge Soldat eine in seiner Muttersprache gestellte Frage nach dem Polizeipräsidium ebenso wie die vielleicht noch verwerflichere nach dem kürzesten Weg in die Innenstadt.

Nach einer weiteren Irrfahrt zum Einsiedlerhof, der bestimmt deshalb so hieß, weil man dort anscheinend nur selten auf einen Einheimischen traf, gelang es ihr schließlich doch noch, sich und ihr Auto erfolgreich in Richtung Innenstadt in Bewegung zu setzen.

Sie wusste nicht so recht, worüber sie sich mehr wundern sollte, über diese auffällige Dominanz der Amerikaner in der Stadt oder über die merkwürdige Trauerbeflaggung, die sie auf ihrer Fahrt in die Innenstadt in vielfältiger Weise registrierte.

Da waren große Landesfahnen vor öffentlichen Gebäuden auf Halbmast gesetzt, Busse und Lkws, aber auch viele Privatautos hatte man mit schwarzem Trauerflor geschmückt.

Sie hatte das Gefühl, diese bedrückende, traurige Atmosphäre, die hinter den Mauern dieser Stadt herrschte, körperlich zu spüren. Warum reagierten diese Menschen hier mit solch einer überwältigenden Anteilnahme auf diese Frauenmorde?

Plötzlich entdeckte sie am Straßenrand einen Streifenwagen. Sie parkte direkt dahinter, verließ ihr Auto und begab sich auf die Suche nach den dazugehörigen Beamten. Diese standen an einer Imbissbude und verzehrten irgendwelche Fastfood-Gerichte.

Als sie ihren Dienstausweis erneut zückte, gewann sie zwar den Eindruck, dass ihr Anliegen diesmal inhaltlich verstanden wurde; die Reaktion allerdings unterschied sich nur marginal von der des Soldaten vorhin.

Man ignorierte ihren Wunsch nach einer Eskortierung zum Polizeipräsidium zwar nicht gänzlich, jedoch waren die beiden Männer auch nicht bereit, ihre Mahlzeit deswegen zu unterbrechen oder gar vorzeitig zu beenden. Stattdessen wies man ihr mit wortkargen Gesten den Weg zum Präsidium, das sich anscheinend nur ein paar Straßenecken entfernt befand.

Äußerlich total verschwitzt und innerlich ziemlich frustriert, erreichte sie schließlich ihren Zielort, ein mächtiges Sandsteingebäude, das wie ein kleines Barockschloss über einer gepflegten Parkanlage thronte. Nachdem sie die leicht abgetretenen rötlichen Stufen emporgestiegen war, öffnete sie die schwere Eichenholztür und betrat die wunderbar kühle Eingangshalle.

Spontane glaubwürdige Offenheit und Höflichkeit gegenüber Fremden schien nicht zur emotionalen Grundausstattung eines Pfälzers zu gehören, denn der Empfangsdame merkte man sehr deutlich an, dass die für ihre Servicetätigkeit erforderlichen zwischenmenschlichen Umgangsformen nicht ihrer ureigenen Persönlichkeit entsprangen, sondern dass sie sich diese ihr anscheinend wesensfremden Verhaltensmuster mühevoll bei Marketing-Workshops für den Öffentlichen Dienst antrainiert hatte.

Als Dr. Eva Glück-Mankowski ihren vollen Namen nannte, erfuhr diese fratzenhafte, aufgesetzte Callcenter-Freundlichkeit eine weitere, kaum für möglich gehaltene Steigerung und wurde auf dem Weg zum Dienstzimmer des Oberstaatsanwalts zusätzlich angereichert durch eine sehr lästige, aufdringliche Unterwürfigkeit.

»Der Herr hat mein inständiges Flehen erhört und mir nun endlich den lang ersehnten Engel geschickt«, frohlockte Dr. Hollerbach und strahlte über das ganze Gesicht, als die von ihm angeforderte LKA-Unterstützung in seinem Dienstzimmer erschien.

»Also, ich bin mir nicht ganz sicher, ob ich Ihren hochgesteckten Erwartungen wirklich gerecht werden kann, Herr Oberstaatsanwalt«, sagte Eva. »Aber erst mal vielen Dank für die nette Begrüßung. Das ist in dieser Stadt nicht so ganz selbstverständlich, wie mir scheint. Sind die Leute hier immer so abweisend und störrisch?«

»Ja, das ist schon ein seltsamer Menschenschlag, der hier lebt – so verklemmt und engstirnig. Das muss wohl an dieser Gegend liegen. Dieser riesige düstere Wald bedrückt die Menschen eben. Bei Ihnen da oben in Mainz ist doch vieles anders, weltoffener, toleranter«, schwärmte Dr. Hollerbach. »Und dann noch das mondäne Wiesbaden direkt daneben. Der wunderschöne Vater Rhein und die Rhein-Main-Metropole Frankfurt in erreichbarer Nähe. Im Gegensatz zu hier leben Sie ja beneidenswerterweise in einer kulturellen Hochburg.« Der Oberstaatsanwalt seufzte tief. »Mit ein wenig Glück wäre ich damals auch in Mainz hängen geblieben. Aber es hat leider nicht sollen sein. Na ja, und dann wurde hier die Stelle des Leitenden Oberstaatsanwalts ausgeschrieben. Und so hat es mich eben in die kulturlose Provinz verschlagen. Jedenfalls freue ich mich sehr, dass Sie nun hier sind.«

»Danke für die Blumen!«

»Diese dilettantischen Ermittler hier brauchen nämlich dringend fachkompetente Unterstützung, sonst wird diese Mordserie nie aufgeklärt. Bei uns werden Sie auf viele bornierte Wald- und Wiesensheriffs treffen, die diesen komplizierten Fall nie alleine werden lösen können. Bei denen reicht's bestenfalls für die Aufklärung eines Ladendiebstahls.«

»Für solche schwierigen Fälle gibt es ja glücklicherweise das Landeskriminalamt.«

»Gott sei Dank! Ich hoffe, Sie machen denen mal anständig Feuer unter den Hintern.«

»Ich werde mein Möglichstes tun, das verspreche ich Ihnen. Schließlich will ich hier unten nicht versauern, sondern so schnell wie möglich wieder zurück nach Mainz.«

»Sie Glückliche!«, seufzte Dr. Hollerbach.

Michael Schauß entkorkte die Rieslingflasche, befüllte die frisch ausgespülten Weingläser zur Hälfte und reichte jedem Mitarbeiter des K1 wortlos ein Glas.

»Liebe Kollegin, liebe Kollegen, wie ihr alle wisst, ist Fritz Walter heute im Alter von 81 Jahren in seinem Haus in Alsenborn verstorben«, begann Tannenberg in feierlichem Ton. Er benutzte nicht die Eingeborenensprache, sondern die seiner Meinung nach zu solch einem traurigen Anlass passendere Schriftsprache.

»Fritz Walter war nicht nur ein untadeliger Sportler, er war vor allem ein außergewöhnlich bescheidener, liebenswerter Mensch, ein Vorbild in allen Bereichen. Es ist kein Zufall, dass ausgerechnet er die bislang einzige Ehrenbürgerwürde des Landes Rheinland-Pfalz verliehen bekam. Ich möchte euch nun bitten, eure Gläser zu erheben und im Stillen der bedeutendsten Persönlichkeit zu gedenken, die unsere Stadt jemals hervorgebracht hat.«

»Was ist denn hier los?«, polterte Dr. Hollerbach los, als er, kurz nachdem Tannenberg seine kleine Traueransprache beendet hatte, gemeinsam mit seiner Begleiterin das Kommissariat betrat. »Wird hier denn überhaupt nicht mehr gearbeitet? Jetzt wird auch noch während der Dienstzeit Alkohol getrunken. Sind Sie denn völlig von Sinnen?«

Die einzigen Reaktionen, die er mit seinem pietätlosen

Wutausbruch erzeugte, waren verständnisloses Kopfschütteln und eine ziemlich eindeutige Geste Tannenbergs, die den Oberstaatsanwalt zum sofortigen Schweigen aufforderte.

Obwohl dieser vor Erregung innerlich zu bersten drohte, schien er schlagartig die Situation zu begreifen und zügelte seine Wut.

»Wir werden doch wohl noch eine Gedenkminute für einen der berühmtesten Söhne unserer Stadt abhalten dürfen«, schimpfte Petra Flockerzie mit Tränen in den Augen.

»Entschuldigung, ich wusste ja nicht ...«

»Jetzt verstehe ich endlich«, unterbrach die LKA-Mitarbeiterin. »Dieses ganze Trauergehabe in der Stadt wird nur wegen diesem alten Fußballspieler veranstaltet. Fußball: Männerwahn und Massenpsychose! Bei uns in Mainz geht das jetzt ja auch los. Deswegen die Fahnen auf Halbmast und der Trauerflor!«

»Sie verstehen überhaupt nichts!«, giftete Tannenberg wütend zurück. »Der Fritz war hier in der Region eine Institution, eine Legende, ein nationales Heiligtum. Der Fritz hat dieser Stadt und unserem ganzen Land nach dem Krieg wieder Mut und Selbstbewusstsein zurückgebracht.«

»Nun gut, meine Damen, meine Herren, wir wollen jetzt nicht streiten. Wir haben wichtigere Dinge, um die wir uns kümmern müssen«, versuchte der Oberstaatsanwalt zu mäßigen. »Aufgrund der dramatischen Ereignisse in unserem Mordfall, sprich: die zweite Tote, habe ich mich zu zwei Dingen entschlossen. Erstens: Ich habe mit dem Polizeipräsidenten die Bildung einer Sonderkommission vereinbart. Die SOKO ›Pilze‹ nimmt sofort ihre Arbeit auf. Die anderen Abteilungen wurden bereits angewiesen, Beamte abzustellen. Hauptkommissar Tannenberg übernimmt die Leitung der neugegründeten SOKO. Sie berichten direkt an mich, ist das klar?«

»Klar ist das klar!«, entgegnete Tannenberg, der von dieser Maßnahme nicht überrascht schien.

»Zweitens: Ich habe beim LKA eine Profilerin angefordert. Die Dame steht hier vor Ihnen. Frau Dr. Glück-Mankowski ist Polizeipsychologin und wird der SOKO eine wertvolle Hilfe sein. Tannenberg, warum grinsen Sie denn so blöd?«

»Entschuldigung, Herr Oberstaatsanwalt, das sind epileptische Zuckungen. Gegen die kann ich nichts machen. Die bekomme ich immer, wenn ein Psychologe im Raum ist.«

»Mensch, Tannenberg, reißen Sie sich doch bitte mal am Riemen! Sie werden hier nicht für ihre albernen Scherze bezahlt, sondern dafür, dass Sie einem extrem gefährlichen Serienmörder das Handwerk legen. Und dazu müssen wir alle hier im Raum zusammen und nicht gegeneinander arbeiten. Ist das klar, Tannenberg?«

»Klar ist das klar, Herr Oberstaatsanwalt.«

»Wo war ich stehen geblieben?«, fragte er stirnrunzelnd. »Frau Dr. Glück-Mankowski ist eine ausgewiesene Expertin auf dem Gebiet der Serienmord-Aufklärung. Sie hat ihre Dissertation über Täter-Profiling geschrieben, hat umfangreiche Fachveröffentlichungen zu diesem Thema vorzuweisen und mehrere Forschungsaufenthalte in den USA, dem, wie Sie sicherlich wissen, Mutterland des Profiling, absolviert. Unsere neue Mitarbeiterin ist ein Geschenk des Himmels und wird hier endlich frischen Wind in diese muffigen Amtsstuben hineinwehen lassen.«

»Na ja, Herr Oberstaatsanwalt, mit Geschenken, vor allem denen des Himmels, muss man durchaus vorsichtig sein. Denken Sie nur mal an den Flop mit dem Trojanischen Pferd!«

»Tannenberg, hören Sie doch auf mit Ihren blöden Scherzen! Eins steht fest: Hier treibt ein perverser Psychopath sein Unwesen und Sie haben nicht einmal den Hauch einer Spur! Dieser Kerl ist eine tickende Zeitbombe, eine extreme Gefahr für alle weiblichen Wesen in Kaiserslautern und Umgebung. Der ist schließlich auch eine Gefahr für Ihre Frau und Ihre Tochter!« Dr. Hollerbach schüttelte den Kopf. »Quatsch, Sie haben ja gar keine Familie. Ist jetzt auch egal. Flockerzie, Sie fertigen bitte umgehend Kopien von allen bisher vorliegen Ermittlungsergebnissen an und reichen diese an Frau Doktor weiter. Viel kann's ja nicht sein.«

»Erledige ich sofort.«

»Gut. Frau Dr. Glück-Mankowski bezieht ein Büro im Präsidium zwei Zimmer neben meinem«, gab der Oberstaatsanwalt freudig bekannt und wandte sich dann direkt an seine neue Mitarbeiterin. »So, liebe Frau Kollegin, wir warten noch, bis die Unterlagen kopiert sind, und dann lade ich Sie zu einem Arbeitsessen bei meinem Lieblingsitaliener ein. Natürlich nur, wenn Sie Lust und Zeit dafür haben. Dabei könnten wir die Einzelheiten besprechen. Sie sind doch bestimmt hungrig, oder?«

»Das ist eine sehr gute Idee, Dr. Hollerbach. Hunger hab ich nach der langen, anstrengenden Fahrt hierher schon. Allerdings kann ich Ihnen bei einem Schlemmermenü leider keine Gesellschaft leisten.«

»Wieso denn das?«, fragte der Oberstaatsanwalt verwundert.

»Weil ich mich mit einem Salatteller begnügen werde. Schließlich stecke ich mitten in einer Diät.«

»In welcher?«, platzte die Sekretärin vorlaut dazwischen.

»Bitte?«

»Entschuldigung, ist mir nur so rausgerutscht. Ich suche immer noch nach der idealen Diät.«

»Da kann ich Ihnen vielleicht ein paar wertvolle Tipps geben«, entgegnete die Profilerin freundlich und verließ anschließend gemeinsam mit Dr. Hollerbach das Kommissariat.

Bevor Tannenberg sich gedanklich wieder mit den Frauenmorden beschäftigen konnte, musste er sich zunächst von diesem Schockerlebnis erholen. Er schüttelte unentwegt den Kopf und wandelte ruhelos in seinem Dienstzimmer umher.

Manchmal blieb er für kurze Zeit vor dem großflächigen Fenster stehen und blickte hinunter auf den belebten Pfaffplatz. Profilerin – SOKO »Pilze«, brabbelte er litaneienartig vor sich hin.

Kommissar Schauß schien die angespannte Gemütsverfassung seines Chefs erahnt zu haben, denn plötzlich tauchte er mit einer dampfenden kleinen Espressotasse in Tannenbergs Büro auf.

»Mannomann hat sich der Schwallbagge grad wirre uffgebloos wie die Graf Googs vunn de Gasaanstalt. Kumm, alder Wolf, du wersch dich doch vumm iwwerkandidellde Hohl-Hohl-Hollerbach unn soiner Psychotante nett aussem Konzept bringe losse.«

»Nä, dess hann ich a nett vor«, erwiderte Tannenberg. »Der Kaffee iss e rischdisch gudi Idee. Danke, Mischa.«

Geiger steckte den Kopf durch die Tür. »Chef, die Fraa Psyschloschin iss awwer e abbediddlisches Zuggerbibbsche, orre?«, sagte er und schnalzte mit der Zunge.

»Sollemerr derr e Säwerlätzje hole?«, blaffte Tannenberg. »Gehmo zumm Ungel Doggder unn loss derr ebbes geje Geschmacksverirrung verschreiwe. Unn jedzert machsche schnell die Deer wirre zu, sunnscht soll dich de Dunnerschlaach treffe.«

»Dem soi Gesicht sieht wirre aus wie e uffgeblatzdi Matratz. Vielleicht hatter heit Nacht beim Schloofe e Finger in de Schdeggdos gehatt.«

Tannenberg nahm die Kalauer seines Kollegen nur am Rande war, denn er schwelgte weiter in düsteren Gedanken.

»Die Erkenntnis iss zwar hart, Mischa, awwer es stimmt schunn: Meer hann äfach noch nix«, gestand er deprimiert ein.

Tannenberg gähnte und klatschte sich mit beiden Händen auf die Wangen. Dann schnappte er sich den Espresso, nippte aber nur kurz daran. Er stellte das Tässchen wieder ab und nahm einen schwarzen Edding, schrieb »Jutta Müller« auf eine rote Pappkarte und pinnte sie in das D-Zug-Modell an der Wand.

»Meer kennen noor waade, waade, waade. So lang waade, bis uns de Kommissar Zufall unner die Ärm greift unn uns helft. Orre bis de Täter e Fehler macht. Awwer in der Hisicht hann ich wennisch Hoffnung. Ich wäs nett, warum, awwer ich hann e ganz mieses Gefiehl.«

Wolfram Tannenberg grunzte. »SOKO – so e Quatsch! Was versprechden sich de Hollerbach dodevunn? Jeder wääs doch, dass die Leider vunn de annere Abdälunge noor ehr Faulenzer unn Blindgänger zu uns abschdelle däden.«

»Wolf, iwwertreibsche do nett e bissje? Die Kolleesche kennen uns schunn ziemlich entlaschde.«

»Meer werrn jo siehe, wasses bringt. Unn dann der Psychologie-Quatsch! Profilerin, a noch enni mit Dobbelname! Dass ich nett lach! Was kann die uns schunn Neies verzehle? Die driggt sich doch noor irschend e theoredischer Schwachsinn aus de Ribbe.«

Tannenberg klatschte in die Hände. »Wäásche was, ich gehmo zum Doc in die Pathologie. Vielleicht hat der jo inzwische noch ebbes Inderessandes gefunn. Außerdem isses dort schä kiehl. Hasche de Mann vunn de Fraa Miller eischentlich nochmo befroot?«

»Nä, der war nett zu erreiche. Soi Mutter hat gesaat, dass er spaziere iss. Zude Weltachs, wann ichse richdisch verstann hann.«

Manchmal wurde Tannenberg von merkwürdigen Vorahnungen hinsichtlich unabwendbarer Ereignisse in der näheren Zukunft heimgesucht.

Irgendwo hatte er vor einiger Zeit einen sehr interessanten Artikel eines Gehirnforschers gelesen, der behauptete, dass die Vorstellung, der Mensch verfüge über einen freien Willen, eine grandiose Illusion sei.

Wissenschaftliche Untersuchungen hätten zutage gefördert, dass man innerhalb eines für eine bestimmte Entscheidung zuständigen Hirnareals bereits Aktivitäten messen könne, bevor sich das Bewusstsein überhaupt mit der vermeintlich zur Entscheidung anstehenden Frage beschäftigte. Was nichts anderes als die Tatsache bedeutete, dass unser Gehirn einige Zeit vorher bereits das entschieden hat, was wir später meinen, selbst zu entscheiden.

Die naheliegenden Schlussfolgerungen aus dieser bahnbrechenden Erkenntnis hatte er schon des Öfteren mit seinem Freund Dr. Schönthaler diskutiert. Die beiden waren jedes Mal zum selben Ergebnis gelangt:

Wenn diese Theorie stimmte, wäre kein Verbrecher mehr für seine Schandtaten gerichtlich zu belangen, könnte er sich doch immer darauf berufen, überhaupt keine Entscheidungsfreiheit besessen zu haben und damit nur ein Opfer seines verrückten Hirns zu sein.

Der Gerichtsmediziner fand die Vorstellung, nur ein Gehirn und nicht den ganzen Menschen vor Gericht zu stellen und schließlich zu verurteilen, in höchstem Maße erheiternd.

Tannenbergs Visionen waren oft begleitet von einer ausgeprägten Schadenfreude darüber, dass er gerade im Begriff war, etwas zu tun, was er eigentlich nicht tun sollte. Aber er hatte ja keine Chance, sein Körper war schließlich nur ein Werkzeug seines Gehirns, dem er willenlos ausgeliefert war. Er war also für sein Tun nicht verantwortlich.

Tannenberg schmunzelte bei diesen Gedanken.

Er wusste ganz genau, warum er gerade jetzt den Gerichtsmediziner besuchen musste, obwohl ein Telefonanruf eigentlich ausgereicht hätte.

»Rainer, mach dess Ding aus unn kumm in doi Birro«, schrie Tannenberg in die aufkreischende Minikreissäge, mit der Dr. Schönthaler gerade den Brustkorb der Toten öffnen wollte.

»Aueblick, ich muss noor noch schnell de Hähnscheschnitt setze.«

Tannenberg war klar, was sein Freund damit meinte: Er musste noch den oberen, letzten Teil des Brustbeins aufsägen, damit er anschließend die großen Metallklammern einführen konnte, die den Thorax so weit spreizten, dass er imstande war, relativ mühelos an die inneren Organe zu gelangen.

Wie bei einem Grillhähnchen, das man mit der Geflügelschere zerteilte, dachte Tannenberg; allerdings mit dem nicht unwesentlichen Unterschied, dass beim gerupften Federvieh die Innereien normalerweise vorher bereits entfernt worden waren.

Dr. Schönthaler schaltete die Kreissäge ab und legte sie auf den fahrbaren stählernen Beistelltisch neben dem Oberkörper der toten Frau. Mit emporgestreckten blutverschmierten Händen wedelte er Tannenberg entgegen.

»Hallo, mein liebes Wölfchen«, flötete er. »Kumm besser zu meer in de Obduktionsraum. Ich zeisch deer a ebbes Inderessandes.«

»Du wääsch doch, wie arisch ich denne Aanblick hass.«

»Genau dessweh!«

»Zieh endlich die eklische Handschuh aus und kumm in doi Birro. Sunnscht fang ich ohne dich aan«, rief Tannenberg.

Folgsam streifte der Pathologe die Gummihandschuhe ab und warf sie in den Mülleimer. Dann wusch er sich die Hände und schlurfte zu Tannenberg.

»Ach so, jedzert versteh ich de Grund vunn doim Besuch. Du brauchsch mo wirre ebbes. Allo gut, dann will ich mo nett so sinn. Es iss jo a schunn no sechs Uhr«, stellte der Gerichtsmediziner lächelnd fest und begrüßte seinen alten Freund mit einem kräftigen Schlag auf die Schulter.

»Hasche schunn irschend e Befund, der uns weiderbringt?«, wollte Tannenberg ungeduldig wissen.

Dr. Schönthaler schürzte die Lippen und legte den Kopf schief.

»Eischentlich ist alles ganz genau so wie bei de Leich vumm Paffebrunne: sehr guter Allgemeinzustand, durchtrainierter Körper, kä sexueller Missbrauch, de gleiche Kehleschnitt, die gleiche abgeschliffene Ferse, die Hautabschürfunge an de bei Fesselunge typische Stelle, die gleiche merkwürdische Druckstelle an de Ribbe, de gleiche Stichkanal mit 'ner kläne Austrittswund unner de Brusch.«

»Dodeszeitpunkt?«

»Geschdern zwische 18 und 20 Uhr.«

»Sunnscht nix Uffällisches?«, fragte Tannenberg enttäuscht.

»Ich bin jo noch nett ganz ferrdisch. Du schdeersch mich jo aandauernd bei de Awed.« Dr. Schönthaler grinste breit. »Awwer nadierlich hann ich widder ebbes ganz Besonneres ferr dich. Hann ich merr wie immer extra bis zumm Schluss uffgehob.«

»Unn was isses? Spann mich nett so lang uff die Folder!«

»Ess gebbt e radikaler Unnerschied zu de erscht Dood, e werglisch radikaler ...« ließ der Gerichtsmediziner Tannenberg wie eine Forelle an der Angelschnur zappeln.

»Die beide Fraue verkörpern die in de Nadur vorhannene absoludde Gejesätzlichkeide, so wie bei Daach unn Nacht, Licht unn Schadde, Dood unn Lewe ...«

»Heer uff zu filosophiere unn samer endlich, was Sach iss!«, würgte ihn Tannenberg genervt ab.

»Allo gut, korz unn knapp: Die Fraa war schwanger, Aanfang dritter Monat, e Bu. Do hinne leit er. Willschene siehe?«

Tannenberg starrte seinen Freund fassungslos an. »Du bisch äfach pervers!« Als er den betroffenen Ausdruck in Dr. Schönthalers Gesicht bemerkte, schob er schnell nach: »Pardong, Rainer, war nett so gemähnt. Ich wääs jo, dass dess doi Schobb iss. Awwer uff denne Aanblick kann ich werglich verzischde. Schließlich hann ich heit schunn genung schreckliche Sache gesieh.«

»Wassen zum Beispiel?«, überspielte der Pathologe die kleine atmosphärische Störung. »Hanner ebbes Neies?«

»Nee, nix Neies, awwer e Neii!«

»He? Ich versteh noor Bahnhof!«

»Ganz äfach: Unser liewer Herr Oberstaatsanwalt, der alt Krimmelbisser, hat sich Hilf beim LKA geholt. Unn zwar in Form vunner Profilerin, e Diplom-Psychologin mittem Name Dr. Glück-Mankowski.«

»Dess iss doch genau dess, was du jedzert brausch – e Psychologin!«, grölte der Gerichtsmediziner aus vollem Hals. »Unn dann a noch enni vunn demm uffgeblosene LKA-Verrei. Die strunzen doch immer wie zeh Naggische vunn ehre aangebliche Heldedade. Do fräsche dich awwer, orre?«

»Moi Fräd halt sich in ganz enge Grenze.«

»Sieht se wennigschdens gut aus?«

Tiefe Sprachlosigkeit lähmte Tannenberg. Trotz Geigers Auftritt hatte er noch keinen einzigen Gedanken daran verschwendet. Ja sicher, sie war ein weibliches Wesen. Aber sah sie gut aus?

»Kä Aahnung, Rainer«, antwortete er deshalb. Er zog die Schultern hoch und schob die Unterlippe vor.

»Mannomann, muss der Ufftritt vunn der Fraa dich geschockt hann, wannsche noch nett emool wääsch, obse attrakdiv iss. Ich glaab, du brauchsch dringen ebbes zum Entspanne«, sagte Dr. Schönthaler.

Er griff nach einer durchsichtigen Glasflasche, die auf einem hohen Regal unauffällig neben eingelegten Gehirnteilen und anderen gerichtsmedizinischen Utensilien stand.

Nachdem er das mit einem Formalin-Aufkleber versehene Gefäß heruntergeholt und auf dem Buchenholztisch abgestellt hatte, zog er eine Schublade seines Schreibtischs heraus, entnahm ihr zwei kleine metallisch glänzende Nierenschälchen und platzierte sie ebenfalls auf dem Tisch.

Dann zog er den Glaskolbenverschluss aus dem Flaschenhals und goss jeweils ein paar Zentiliter der klaren Flüssigkeit in die flachen Chromschüsselchen.

»1995er Mirabel. Die iwwerreife Frischde uff moim Grundstick selbscht geblickt unn uffem Fränerhof brenne losse«, dozierte der Rechtsmediziner.

»Brobier unn sa, obsche schunn jemols so e wääscher Belli gedrunk hasch. Dess iss e Goddesgeschenk, e himmlischer Genuss!«, schwärmte er weiter. »Finnsche dess nett a?«

Tannenberg umfasste mit beiden Händen das flache, kalte, zum Trinkgefäß erhobene Medizinergeschirr, führte es unter seine Nase und schloss die Augen. Dann schwenkte er die Flüssigkeit mit kurzen rhythmischen Bewegungen vor seinem Kinn hin und her, bis er schließlich mit seinem Riechorgan direkt in die aufsteigende intensive Duftwolke eintauchte.

Jedes Mal, wenn der Alkoholgeruch zu dominant wurde und das zarte Mirabellenodeur überlagerte, zog er seine Nase kurzzeitig zurück, atmete tief aus, um sich dann in den nächsten Sinnenrausch hineinzuschnüffeln.

Nachdem er diese Prozedur mehrmals wiederholt hatte, hob er das auf Dr. Schönthaler gerichtete hintere Teil des Metallschälchens etwas an und tauchte in die nächste Dimension der sinnlichen Wahrnehmung ein.

Mit geschlossenen Augen und laut schmatzend verteilte er den Obstbrand über die im Mundraum verstreuten Geschmacksnerven. Beim langsamen Hinunterschlucken gewann er den Eindruck, den Mirabellengeist auf jedem Zentimeter seines Weges in das tiefste Körperinnere gedanklich zu begleiten.

»Unn, was saasche zu demm Wässersche?«, fragte der Gerichtsmediziner nach einer angemessenen Wartezeit.

»Uunglaublich gut! So wääsch unn mild. Unn trotzdem so indensiv. Werglisch außergewählich gut gelung. Reschbeckt!«

»Vielleicht hann ich merr jo a noor desweh so viel Mieh gebb, damit ich dich leichter betäube kann, bevor ich dich brudal vernicht!«, sagte Dr. Schönthaler mit der gleichen Klangfarbe in der Stimme, mit der vor langer Zeit ein kleines Mädchen von einem bösen Wolf bedroht wurde.

»Damit du wenigschdens e Minimalchance geje mich hasch, muss ich merr awwer noch e paar mäh Bellis hinner die Binn kippe. Kumm, schenk merr noch enner in«, bettelte der Leiter der Kaiserslauterer Mordkommission.

Mit einem verständnisvollen Lächeln auf den Lippen erfüllte der Pathologe die Bitte seines alten Freundes.

Tannenberg begab sich derweil zu einer neben einem herumbaumelnden menschlichen Skelett befindlichen hüfthohen Glasvitrine und entnahm ihr ein hölzernes Schachspiel, auf dem alle Figuren in Grundaufstellung angeordnet waren.

Danach schob er das Brett vorsichtig auf die Schreibtischauflage, pflückte zuerst einen weißen, dann einen schwarzen Bauern vom karierten Spielfeld und versteckte die beiden hinter seinem Rücken.

Wie fast immer deutete Dr. Schönthaler zielsicher auf diejenige Hand, die den weißen Bauern beherbergte.

»Wolf, was basst am beschde zude Frauemorde?«

»He?«

Der Gerichtsmediziner ging nicht auf die Frage ein, sondern zog d2 – d4.

»Nä, Rainer, bitte kä Damegambit«, jammerte der altgediente Kriminalbeamte.

»Wieso? Es gebbt doch nix, was zurzeit besser basse duud.«

Tannenberg stöhnte auf. »Ich hass die Eröffnung. Dess wääsche doch ganz genau!«

»Ewe desweh! Do hann ich im Gägäsatz zu Spanisch orre Idalienisch wenigschdens e reelli Chance.«

Tannenberg konterte und zog e7 – e5. »Okay, du haschs so gewollt. Dann spiel ich Albins Gejegambit.«

Beide Schachspieler schlugen die gegnerischen Bauern, sodass sich die aus Weichholz geschnitzten Damen auf ihren jeweiligen Grundlinien direkt gegenüberstanden.

Tannenberg löste seine Augen vom Schachbrett und fixierte seinen grübelnden Gegner. »Glabsche dass de Mörder no der zwädde Fraa Ruh gebbt, orre glabsche, dass er weitermacht?«

»Wäs nett. Sinner schunn auf irschend e meeschlisches Tatmotiv gestoß?«, fragte Dr. Schönthaler, ohne hochzublicken.

»Nä. Ess gebbt noor e paar Sache, die merr definitiv ausschließe kennen: Zufallstate warens sicher nett, dodevor iss merr alles viel zu exakt geplant. Affekthandlunge warens sicher a nett, dodevor iss alles viel zu rational durchgefehrt. De Täter ist mit 'ner ausgetüfftelte Logistik an die Sache draangang. Was bleibt somit iwwerisch? Beziehungstate? Mit zwä Fraue, bei denne merr bislang kä Querverbindunge erkennen? Sehr uunwahrscheinlich, orre?«

»Stimmt! Was iss mit Sport? Die warn jo beide sehr sportlich. Vielleicht warense jo im selben Verei?«

»Kann sinn. Misse merr noch iwwerbriefe.«

»Es kann jo sinn, dass sich die Fraue unn ehr Mörder vumm Sport her gekennt hann.«

»Sicher, Rainer, dess werre merr inde neggschde Daache iwwerbriefe misse. Awwer ich sieh äfach weit unn bräd kä Modiv.«

»Ich wääs jo a nett!«, seufzte der Gerichtsmediziner.

»Was bleibt also iwwerrisch?«

»Eischentlich noor de Psychopath, orre?«

»Also doch die tickend Zeitbomb, vunn der de Hollerbach iwwerzeischt iss? Awwer vielleicht iss dess alles noor e geschickt konsschdruierdi Fint, die irschendebbes verschleiere soll.«

»Awwer was?«

Tannenberg versuchte, sich wieder auf seinen Angriff über den Königsflügel zu konzentrieren.

»Was haschen voin eischentlich mit denne seltsamme Druckstelle an de Ribbe gemähnt?«, schob sich plötzlich ein Erinnerungssplitter in seine schachstrategischen Gedankenspiele.

»Ja, ewe die Druckstelle, die vunn de unnere Ribbebö nuff zu de Innstichstell fiern, so als ob jemand die Ribbe genau abgezählt hät, bevor er de Spieß inngefeehrt hat.«

Tannenberg blickte seinen Freund entgeistert an. »Dess häst, de Täter hat genau ausgerechent, wo er innsteche muss.«

»So deed ichs siehe«, bemerkte Dr. Schönthaler gelassen.

»Unn wieso wäs ich dodevunn nix, Rainer?«

»Dess widderrum wäs ich nett. Ich hanns jedenfalls uff Band gesproch unns de Flocke zum Abtippe gebrung.«

Wolfram Tannenberg brummte nachdenklich.

»Dess kann zum Beispiel e Hinweis druff sinn, dass de Mörder anatomische Grundkenntnisse besitzt«, spekulierte der Rechtsmediziner. »Ess iss nämlich gar nett so äfach, e Herz genau in de Mitte zu treffe. Jedenfalls isses viel schwierischer, als merr vielleicht denke deed.«

»Wenn demm so wär, deed dess jo de potenzielle Täterkreis enorm innenge. Wer besitzten alles anatomische Grundkenntnisse?«

»Na ja, jeder Krankepfleescher, jeder Masseur, jeder Humanmediziner ...«

»Jeder Gerichtsmediziner«, warf Tannenberg reflexartig ein, ohne sich zunächst der Bedeutung seiner Worte bewusst zu sein.

»Richtig, Wolf, jeder Gerichtsmediziner, also a ich! Daraus folgt logischerweis, dass a ich zum Kreis der Verdächtige zähl«, stellte der Pathologe scheinbar emotionslos fest.

»Weitere Berufsgruppe, die zum erlauchte Kreis der potenziell Tatverdächtige geheern: Physiotherapeute, Veterinärmediziner, Humanbiologe, Altenpfleescher unn so weider.«

»Orre ess iss wirrer e absichtlichi falschi Spur. Ess iss zum Hoorrausreißen! Rainer, spendier merr bitte mo noch e großer Belli.«

»Awwer gern doch«, sagte der Pathologe und erfüllte Tannenbergs Bitte.

»Kollege Schönthaler, wo haben Sie sich denn versteckt?«, rief plötzlich eine hohe Fistelstimme.

»Wer issen dess?«, fragte Tannenberg seinen Freund verblüfft.

»Ach, du dickes Ei. De Owwer-Gerichtsmediziner vunn Rheinland-Palz, sprich geballte LKA-Arroganz. Raam schnell de Schnaps unn die Schälscher weg. Ich fangne drauß ab. Do hasche e Fisherman«, sagte Dr. Schönthaler. Er hielt seinem Freund ein kleines, flaches Blechdöschen vor die Nase.

Hektisch griff Tannenberg zu. Anschließend eilte er zu dem Handwaschbecken und spülte die beiden Nierenschälchen mit flinken Bewegungen aus.

»Warum sucht der berühmte Professor Reichmann, der sagenumwobene Leiter der Mainzer Pathologie, einen seiner ehrfürchtigsten Bewunderer in dessen ach so trister Totenhalle auf?«, fabulierte der Kaiserslauterer Rechtsmediziner. »Nennen Sie mir den Grund dafür, großer Meister, Papst und leuchtendes Vorbild aller Leichenschneider?«

»Sagen Sie mal, Schönthaler, sind Sie betrunken?«, fragte der hünenhafte Eindringling. »Was soll der Blödsinn? Angesichts dieser perversen Mordserie gefriert mir zurzeit jeder Anflug von Humor bereits im Ansatz. Aber vielleicht kommt es Ihnen ja ganz gelegen, dass Ihnen das LKA mit sofortiger Wirkung diese mysteriösen Fälle entzieht und das Institut für Rechtsmedizin an der Universität Mainz mit der Untersuchung beauftragt. Wir werden nun beide Leichname beziehungsweise die bereits extrahierten Obduktionsasservate übernehmen und umgehend in die Landeshauptstadt bringen. Dann haben Sie wenigstens Ihre Ruhe. In unserem Institut stehen uns schließlich auch ganz andere technische Möglichkeiten zur Verfügung als Ihnen hier in der Provinz.«

»Ja sicher, Herr Kollege, damit haben Sie vollkommen Recht. Und vor allem können Sie dort auch auf qualifizierteres Personal zugreifen«, entgegnete Dr. Schönthaler schnippisch.

Tannenberg entging nicht, mit welch grandioser Selbstbeherrschung sein bester Freund diese entwürdigende Prozedur über sich ergehen ließ.

»Komm, Rainer, da werden wir beide wohl hier nicht mehr gebraucht. Ich hab auch schon eine gute Idee, wo wir zwei jetzt hingehen.«

Die vermeintlich gute Idee bestand darin, die nächstgelegene Gartenwirtschaft anzusteuern und sich als Absacker noch ein Weizenbier zu genehmigen. Allerdings war Dr. Schönthalers Stimmung so tief im Keller, dass er sich ziemlich bald verabschiedete und den Leiter des K1 alleine in dem gut besuchten Biergarten zurückließ.

Tannenberg bestellte sich noch einen letzten Schlaftrunk, dann schlenderte er nach Hause.

Daheim in der Beethovenstraße wurde er von seinem völlig euphorisierten Vater empfangen.

»Wolfram, ich hann gewunn«, jubilierte der Senior.

»Was hasche dann gewunn?«

»Im Mittwochslotto hann ich e Fünfer: 7, 21, 32, 36, 41.«

»Und wie hoch iss doi Gewinn?«, fragte Tannenberg interessiert.

»Die Gewinnquode gebbts erscht moje. Awwer ich reschen so mit 5000 bis 10000 Euro.«

»Dess iss jo e Haufe Geld, Vadder«, sagte Tannenberg. »Do will ich iwwerrischens a ebbes davunn hann, schließlich hann ich mich jo am Innsatz finanziell beteilischt.«

»Von weje Gewinnbeteilischung. Du hasch noor Aanspruch uff e Dääl vumm Gewinn aus de Lottoziehung am neggschde Samsdaach«, grinste Jacob Tannenberg schadenfroh.

»Opa, ich bin fertig. Du kannst loslegen«, rief plötzlich Tobias aus dem Wohnzimmer der großelterlichen Parterrewohnung.

»Wolfram, kummo mit. Ich zeisch derrmo, in was ich e Dääl vumm Gewinn investiert hann«, sagte der Senior und forderte seinen jüngsten Sohn auf, ihm ins Haus zu folgen.

Tannenberg staunte nicht schlecht, als er auf dem alten Schreibtisch vor dem Wohnzimmerfenster eine hochmoderne Computeranlage entdeckte, an der sich sein Neffe fachkundig zu schaffen machte.

»Hallo Onkel Wolf, schau dir mal die turbogeilen Sachen an, die sich der Opa gerade im MediaMarkt von seinem Lottogewinn gekauft hat: 2,2-Gigaherz-Prozessor, 32er-CD-Brenner, 80-Gigabyte Festplatte, TFT-Monitor, Laserdrucker – und das Megageilste: Opa hat gleich 'ne DSL-Flatrate beantragt, die schon morgen früh freigeschaltet wird.«

»Vadder, was willsche dann mit some deire Computer?«, fragte Tannenberg staunend.

»Do hammers jo mo wirre. So e alder Depp wie doi Vadder braucht so ebbes Neimodisches jo eh nimmi. Der nibbelt jo eh ball ab.«

»Jakobb, jedzert heer awwer uff!«, schimpfte seine Ehefrau, die die ganze Zeit über schweigend hinter den Männern gestanden hatte. »So hatters beschdimmt nett gemäht.«

»So hann ichs werglisch nett gemähnt. Ich bin doch froh, wannsche dich ferr die modern Technik interessiersch unn dodurch geisdisch topfit bleibsch«, meinte Tannenberg betroffen.

»Ich find's total cool. Jetzt kann ich mir wenigstens immer die megaangesagten Songs aus dem Internet runterladen«, warf Tobias ein. Er merkte aber selbst, dass seine Bemerkung etwas zu egoistisch geklungen hatte, und ergänzte schnell: »Der Opa kann jetzt auch übers Web Lotto spielen.«

»Dess werd subber! Unn ich kann a bei alle Preisausschreibe mitmache«, frohlockte Jacob Tannenberg.

»Klar, Opa!«

»Auf, Tobias, komm rüber. Du musst ins Bett«, rief plötzlich seine Mutter aus dem Südhaus.

Wolfram Tannenberg nutzte die Gelegenheit und verabschiedete sich gemeinsam mit seinem Neffen, wobei er den Eindruck gewann, dass sein Vater vor lauter Technikbegeisterung seine Umwelt gar nicht mehr richtig wahrnehmen konnte.

»Sag mal, Tobi, hat die Oma keinen Einspruch eingelegt, als der Opa so viel Geld ausgeben hat?«, fragte Tannenberg im Flur seinen Neffen.

»Der hat doch die Oma erst gar nicht gefragt. Der ist nicht so 'n öder Frauenversteher wie mein Dad. Der Opa war richtig cool. Der war so happy. Der hat seine Kreditkarte geholt und dann sind wir zum MediaMarkt gefahren. Meine Alten hätten wieder monatelang diskutiert. – Ich glaub, ich zieh demnächst zu Opa!«

»Da wird sich deine Mutter sicher freuen«, entgegnete Tannenberg lachend.

8

Obwohl Tannenberg dringend erholsamen Schlaf nötig gehabt hätte, bekam er in dieser Nacht kaum ein Auge zu. Das zentrale Problem, das wie so oft im Sommer sein schnelles Einschlafen verhinderte, war das viel zu warme Bett.

Kaum hatte er seinen übermüdeten Körper der Wand zugedreht und den Kopf auf das rechte Kissen gelegt, wurde die von seinem erhitzten Leib bedeckte Liegefläche in Windeseile derart unangenehm erwärmt, dass er umgehend auf die andere Seite und in das andere Kissen flüchten musste.

So ging es die halbe Nacht. Immer hin und her, von einer Seite auf die andere und wieder zurück. Selbst der Trick mit den sperrangelweit geöffneten Fenstern nutzte nichts, herrschte doch in dieser schwülen Sommernacht absolute Windstille.

Zudem wurden die in seinen finalen Schlummertrunk gesetzten Hoffnungen bezüglich einschläfernder Wirkung noch nicht einmal ansatzweise erfüllt. Sein Organismus schien vehement gegen die etwas übertriebene Alkoholmenge zu rebellieren. Auch fanden seine ruhelosen Gedanken einfach keinen Ankerplatz, wo sie festmachen konnten, sondern schossen wie wild gewordene Flipperkugeln hinter seiner Schädeldecke hin und her.

Als ihn die bleierne Müdigkeit schließlich doch noch übermannte, hörte er kurz vor dem Wegdämmern plötzlich ein wohlbekanntes Geräusch – ein Geräusch, das ihn schon oft an den Rand des Wahnsinns getrieben hatte. Es war ein zwar relativ leises, monotones, aber trotzdem extrem nervendes Brummen.

Hervorgerufen von einem Exemplar dieser völlig überflüssigen Kreaturen, deren einziger Lebenszweck darin zu bestehen schien, friedliebende, nach Ruhe lechzende Menschen vorsätzlich zu drangsalieren. Diesen Miniaturvampiren war nichts heilig, weder Beichtstühle noch Totenlager noch Intensivstationen.

Bisher war Tannenberg dieser allgegenwärtigen Gefahr stets mutig und entschlossen mit allen ihm zur Verfügung stehenden Mitteln entgegengetreten, hatte den Feind so lange ausgespäht, bis es ihm schließlich möglich war, diesen gnadenlos zu vernichten.

Nachdem die Schmeißfliege ihr nervenzerfetzendes Gebrumme kurzzeitig unterbrochen hatte, wahrscheinlich um ihre Flugakkus an irgendeiner Wand, Lampe oder an der Decke dadurch wieder aufzuladen, dass sie mit ihrem widerlichen Rüssel zwecks Nahrungssuche auf allen möglichen Dingen herumschlabberte, erschien plötzlich auf seiner inneren Kinoleinwand das angsteinflößende Bild einer riesengroßen bunten Mücke, deren widerliche Einzelteile ihm in grellen Farben entgegenleuchtete.

Tannenberg musste an das Kunststoffmodell der Drosophila denken, das garantiert immer noch in der Biologiesammlung seines alten Gymnasiums herumstand und das bei ihm schon damals in seiner Schulzeit, als er und seine Klassenkameraden sich im Unterricht zwangsweise mit diesem unästhetischen Insekt beschäftigen mussten, keine anderen Reaktionen hervorgerufen hatte als Ekel und tiefe Abscheu.

Dann erinnerte er sich auch noch daran, dass er irgendwann in der Oberstufe mit der Lyrik Gottfried Benns konfrontiert worden war. Es war eines dieser abscheulichen Gedichte, in denen detailliert die Eiablage einer Schmeißfliege in den halb verwesten, aufgeschlitzten Körper eines toten Soldaten beschrieben wurde.

Als nun auch noch eine blutrünstige Schnake mit nervtötendem Rasenmähergeräusch um ihn herumsirrte und schließlich zielgerichtet auf ihm landete, um ihn in aller Seelenruhe genüsslich auszusaugen, war das Maß voll. Von der einen zur anderen Sekunde verwandelte sich Tannenberg von einem lethargischen Alkoholsünder zu einem amoklaufenden Berserker, der nicht eher Ruhe gab, bis er auch noch dem letzten seiner umherfliegenden Feinde den Garaus gemacht hatte.

Nach dieser anstrengenden Verfolgungsjagd sprang er unter die Dusche und ließ sich anschließend patschnass in sein Bett fallen.

Nun konnte er endlich den lang ersehnten Schlaf finden. Allerdings gestaltete sich dieser nicht sehr erholsam, denn kaum hatte Tannenberg den Wachzustand verlassen, wurde er von seinem immer noch ziemlich aufgeputschten Gehirn in eine albtraumhafte Phantasielandschaft hineinkatapultiert.

Ein bunter Zauberwald beherbergte neben bizarren Baumgestalten auch überdimensionierte Waldpilze mit schleimigen grellfarbenen Hüten. Die riesigen aggressiven Pilze lauerten Tannenberg überall auf und hefteten sich ihm sofort an die Fersen, wenn er an ihnen vorbeigerannt war.

Am bedrückendsten an diesem Horrorfilm empfand er seine Unfähigkeit, dem Heer der immer zahlreicher werdenden Verfolger zu entrinnen. Sie trieben ihn vor sich her, kamen immer näher – manche streiften ihn sogar mit ihren zähklebrigen Hüten. Der Wald wurde immer dichter und dunkler. Das schwarze Monster drohte ihn vollends zu verschlucken.

Als seine Situation immer aussichtsloser wurde, öffnete sich plötzlich direkt vor ihm eine mächtige Nadelbaumgruppe und gab den Blick frei auf eine schmale hölzerne Treppe, die zu einem tiefblauen See hinunterführte. Tannenberg aktivierte seine allerletzten Kraftreserven und stürzte sich todesmutig die nassen braunen Stufen hinab. Die Treppe wurde flacher und flacher und mündete schließlich in einen Steg, der immer länger wurde.

Er rannte und rannte. Plötzlich entdeckte er auf dem See einen Mann, der aufrecht in seinem Boot stand und ihn zu erwarten schien. Als Tannenberg näher herankam, sah er, dass die in einen langen schwarzen Mantel gehüllte Gestalt kein Gesicht besaß.

Die Pilzarmada näherte sich bedrohlich. Panik erfasste ihn. Da das Boot zu weit weg war, musste er springen. Es war seine einzige Chance, den Häschern zu entkommen. Er sprang vom Steg ins Wasser, das allerdings keinen Widerstand bot. Er stürzte mit hoher Geschwindigkeit in ein tiefes schwarzes Loch.

»Beim nächsten Ton ist es 6 Uhr, 30 Minuten und null Sekunden«, sagte plötzlich eine mechanische Stimme.

Tannenberg fühlte sich wie ein mittelalterlicher Delinquent, dem von sadistischen Folterknechten vor der nächsten Quälprozedur eine kurze Erholungspause gegönnt wurde. Leicht hätte er mit seinen Beschwerden einen Medikamenten-Beipackzettel füllen können: Kopf- und Gliederschmerzen, Schwindel, Magendruck.

Als Erstes leerte er fast eine ganze Flasche Mineralwasser und schluckte dazu zwei Aspirin. Dann duschte er noch einmal und trippelte in Unterwäsche eine Etage tiefer.

»Ich brauch ganz dringend e Ämer Kaffee«, rief er ohne Begrüßung in die Küche seiner Eltern hinein.

»Gmoin, moi armer Wolfi, hasche geschdern Owend e bissje zu viel gepitscht unn hasch jedzert e digger Kopp?«, fragte Margot Tannenberg einfühlsam.

»Jo, leider. Gmoin, Mudder«, korrigierte er seinen stoffeligen Auftritt.

»Dess sollsche unner de Woch a nett mache. Du siehsch werglisch nett gut aus, Wolfi.«

»Iss jo a kä Wunner, wammers mittem Schlitzer zu due hat!«, rief der Senior aus dem Wohnzimmer.

»Was, Vadder, mit wemm hann ichs zu due?«, fragte Tannenberg verständnislos.

Er drehte sich zu seinem biologischen Erzeuger um, der gerade mit einer emporgehaltenen *Bildzeitung* die Küche betrat.

»Do, gugg, hann ich grad beim Bägger kaaf.«

Jakob legte die Tüte mit den frischen, duftenden Brötchen auf den Frühstückstisch und klappte die *Bildzeitung* auseinander.

»Do stehts, midde uff de erscht Seit: Der Schlitzer hat wieder zugeschlagen. Und die Kripo tappt völlig im Dunkeln.«

»Was ferr e Schlachzeil!«, stöhnte der Kriminalbeamte auf. »Dess iss typisch ferr dess Revolverbläädsche. Wann ich denne Schmeerfink in die Finger krie.«

Jakob grinste breit. »So wars halt schunn immer uff deere krummbuggelische Welt: Wer die Wohrhäät saat, braucht e schneller Gaul.«

»So e Schwachsinn!«, echauffierte sich Tannenberg weiter.

»Iss aber doch wohr, Wolfram, orre?«.

Dann las Jakob weiter vor: »›Ein weiterer Frauenmord erschüttert die idyllische Pfalz. Diesmal ist das Opfer eine Mutter von zwei süßen kleinen Kindern. Wieder hat der Schlitzer der jungen Frau einen Pilz in die aufgeschnittene Kehle gesteckt. Und wieder hat er ihr Herz aufgespießt. Und wieder hat er sie im Wald auf einen Felsen gelegt. Eine ganze Stadt befindet sich im Schockzustand. Männer lassen ihre Frauen nicht mehr alleine auf die Straße. Forderungen nach einer Bürgerwehr werden laut. Panische Angst beherrscht die

Stadt. Angst vor einem perversen Serienmörder. Die Polizei hat noch immer keine Spur. Nun wurde eine Sonderkommission gegründet und Hilfe beim Landeskriminalamt angefordert. Eine Pro-fi-le-rin ist schon eingetroffen.‹ Was issen dess: e Pro-fi-le-rin?« Er sprach das Wort so aus, wie es geschrieben wurde.

»Dess iss e uffgebrezeldi Schnerrbix, die sich mordsmäsisch uffspielt, awwer eischentlich außer bleede Sprisch nix druffhat«, echauffierte sich Tannenberg.

»Ja, unn ferr was ist die gut?«, wollte Jakob wissen.

»Die soll halt versuche, alle meeschlische Informatione so zusammenzubaue, dass merr de Täterkreis innenge kann. Zum Beispiel kummt dann erraus: De Täter iss e Mann, Rechtshänder, zwischen 30 und 50 Jahre alt, intelligent …«

»Unn hat Plattfies, Hämoridde …«, konnte sich Jakob nicht verkneifen.

»Hall de Rand, Jagobb«, würgte ihn seine Ehefrau ab. »Awwer dess ist doch wischdisch, Wolfi, orre?«

»Klar, Mudder, iss dess wischdisch. Awwer dess is alltächlischi Routineawed bei uns. Die iss so selbstverständlich, dass meer iwwerhaupt nimmi dodriwwer nodenken. Meer machens äfach unn blosen uns nett demit uff.«

Wolfram Tannenberg wandte sich an seinen biologischen Erzeuger. »Vadder, ich hann e Bitt: Du hasch jo jedzert e Indernetaanschluss …«

»Klasse, gell!«, freute sich Jakob.

»Sei so gut und loss derr vumm Tobi zeische, wie merr sich im Indernet Informatione beschafft. Do gebbts Suchmaschine. Dort tippsche e Begriff inn, dricksch uff die Retörntascht unn …«

»Retörntascht?«, warf der Senior ein. »Dess soll merr de Tobi nohher zeische, der hat jo Ferie. Unn was soll ich ferr dich suche?«

»Alles iwwer Serienmörder. Drucksch merr bidde alles aus, wasche dodriwwer finne kannsch. Unn wannsche dann noch Zeit hasch, such merr noch was iwwer Pro-fi-ler erraus.«

Jakob hob die Hand zum militärischen Gruß. »Werd gemacht, Chef.«

»Flocke, ich hann grad nochmol de Bericht vunn de Gerichtsmedizin iwwer die erscht Dood geläs. Ich kann die Schdell nett finne, wo ebbes iwwer Druckstelle zwische de Ribbe steht. De Doc behaupt, dass er dess uff Band gesproch hätt. Heer derrs bidde nochmo aan, vielleicht hasches jo iwwerheert«, bat Tannenberg, als er in seiner Dienststelle eintraf.

»Kann ich merr zwar nett vorstelle, Chef, awwer ich heer merrs Band halt nochmo aan. Ich hann jo sunnscht nix zu due«, erwiderte die Sekretärin schnippisch und begann schmollend in ihrer Schreibtischschublade herumzuwühlen.

Tannenberg kramte aus dem rechts vor ihm aufgetürmten ungeordneten Aktenstapel die Jugendherbergskarte hervor und begutachtete sie noch einmal ausgiebig. »Der Frauentod ist Liebesfron – Eröffnet ist die Pilzsaison« stand da in kursiver Schrift geschrieben.

Nun hatte er Gewissheit. Der Hobbydichter, bei dem es sich nach Tannenbergs Gefühl eindeutig um den Täter handelte, hatte den Plural gemeint. Obwohl der Begriff »der Frauentod« doch wohl eher auf den Singular hindeutete.

Wollte er damit verwirren? Hatte er in seinem makaberen Spiel etwa einkalkuliert, dass die trägen Ermittler den Singular aus dem Gedicht herauslesen würden, weil sie – vielleicht unterbewusst – die Möglichkeit einer Mordserie verdrängen wollten?

Musste die Einzahl aber nicht »der Tod der Frau« und die Mehrzahl nicht zwingend »der Frauen Tod« beziehungsweise »der Tod der Frauen« lauten? Vielleicht war das aber alles viel zu rational gedacht und hatte die lyrische Gestaltungsfreiheit des Dichters völlig außer Acht gelassen?

Tannenberg kam einfach nicht weiter.

Er hatte den Eindruck, dass sein Kopf gleich bersten würde. Außerdem spürte er, dass die Wirkung der Aspirintabletten allmählich nachließ. Zusätzlich machte sich ein leichtes Hungergefühl bemerkbar. Ihm wurde leicht übel. Was dagegen tun? Etwas essen? Ja, aber was? Dann hatte er eine Idee: Er öffnete den kleinen Kühlschrank neben seinem Schreibtisch und entnahm ihm einen mit Erdbeerjoghurt gefüllten Plastikbecher.

Während er gerade dabei war, den Aludeckel abzuziehen, klopfte es an seiner Tür und Petra Flockerzie betrat sein Dienstzimmer.

»Chef, ich hammers Band nochmo aangeheert«, begann sie mit leiser Stimme und räusperte sich verlegen. »Ess stimmt, Dr. Schönthaler hat dess mit denne Hämatome zwische de Ribbe werglisch uffs Dikdiergerät gesproch. Ich hanns leider iwwerheert.

Dess muss an der verflixde Diät leie, die ich gerad mach. Do steht a so ebbes iwwer meeschlische Konzentrationsstörunge in de Aanleidung drin. Duud merr lääd, kummt nimmi vor«, versprach sie zerknirscht.

»Wollemerrs hoffe! Es näggschde Mool baschde halt besser uff, wannsche derr e neii Diät aussuchsch«, meinte der Leiter der Mordkommission in versöhnlichem Ton.

»Chef, bitte nett!«, stieß die Sekretärin entsetzt aus.

»He? Was bitte nett?«, fragte Tannenberg und schaute sie mit großen Augen verwundert an.

»Bitte nett de Deggel ablecke! Wann ich dess sieh, laafts merr kalt de Buggel enunner.«

Tannenberg ließ sich von dem vorlauten Einwurf seiner Sekretärin nicht im geringsten beeindrucken, sondern zog seine Zunge, nachdem er den Deckel genüsslich abgeleckt und in den Mülleimer geworfen hatte, auch noch mehrmals über den oberen, mit rötlichen Joghurtresten besetzten inneren Becherrand.

»Flocke, dess mach ich doch alles noor, damit deer de Abbedid vergeht. Dess is schließlich die effektivscht Meeschlichkeit, um abzunemme«, sagte er grinsend, während Petra Flockerzie immer noch gleichermaßen angewidert wie gebannt der Vorführung ihres Chefs beiwohnte.

Als Tannenberg zu einer weiteren Dienstbesprechung im großen Konferenzraum im Erdgeschoss des Kommissariats eintraf, standen die Mitarbeiter der SOKO in zwei Grüppchen zusammen und diskutierten angeregt.

»So, Kollegen, darf ich um eure geschätzte Aufmerksamkeit bitten«, begann der Leiter der Sonderkommission »Pilze« und wartete geduldig, bis alle Anwesenden an den in Hufeisenform aneinandergereihten Tischen Platz genommen hatten.

»So, wen haben wir denn da eigentlich?« Tannenberg tastete die einzelnen Personen mit kurzen Blicken ab.

»Ah, Meier III vom Drogendezernat, Susi Rimmel und Steffi Arbogast von der Sitte und der Kollege Wrenger vom Einbruch. Den Rest kenn ich ja. Misch, du hast übrigens recht gehabt.«

»Womit hab ich recht gehabt?«, fragte Kommissar Schauß verblüfft.

»Erklär ich dir später«, sagte Tannenberg und wandte sich an die anderen Kriminalbeamten.

»Liebe Kolleginnen und Kollegen, ich begrüße euch herzlich als Mitglieder der SOKO ›Pilze‹. Der tolle Namen stammt übrigens nicht von mir, sondern von unserem werten Herrn Oberstaatsanwalt. Man hat mich zum Leiter auserkoren. Ihr wisst alle, was ›SOKO‹ bedeutet: Keine eigenmächtigen Ermittlungen …«

»Und viele, viele Überstunden«, warf Susi Rimmel dazwischen.

»Leider ja«, pflichtete ihr Tannenberg bei. »Michael Schauß oder ich werden über alle eure Schritte informiert. Wir treffen uns jeden Tag hier, natürlich auch am Wochenende, immer um 13 Uhr. Wenn jemand aus dringenden Gründen den Termin nicht wahrnehmen kann, sagt er uns vorher Bescheid.

Tannenberg hob den Zeigefinger. »Und vergesst mir ja nicht, Berichte zu schreiben. Ihr wisst, dass ich selbst mit dem lästigen Schreibkram meine Probleme habe. Aber in diesem Fall müssen wir uns strikt an die Anweisungen Hollerbachs halten, schließlich ist das LKA im Haus und die Presse wird uns bestimmt auch mordsmäßig Dampf machen. Gibt's irgendwelche wichtige Fragen?«

Der Kommissariatsleiter schaute sich um und wartete noch einen Moment, bis er fortfuhr: »Nein? Gut, dann legen wir sofort los. – Geiger, wart ihr im Krankenhaus bei diesem Ehepaar, das die Tote auf der Weltachs gefunden hat?«

»Sicher, Chef, das haben wir selbstverständlich sofort erledigt. Die Leute haben nichts Ungewöhnliches bemerkt. Die sind vom Stall aus den Weg zur Weltachs hochgewandert und haben dort oben auf dem Felsen die Frau gefunden.«

»Okay, Geiger«, sagte Tannenberg. »Fouquet, wie sieht die Sache mit unseren bisherigen Verdächtigen aus? Haben die Alibis für die Tatzeit? Und habt ihr den Leuten das Foto dieser Jutta Müller gezeigt?«

»Also, wir waren zuerst bei den beiden Rentnern, die wohnen ja direkt nebeneinander. Die waren gemeinsam bis spät in der Nacht in einer Kneipe beim Kartenspielen. Die Zeugen dafür müssen wir aber noch befragen, weil …«

»Gut, das kann der Kollege Wrenger machen«, warf Tannenberg abrupt dazwischen. »Weiter!«

»Die beiden Männer kennen die zweite Tote angeblich nicht, haben sie noch nie gesehen, sagen sie«, setzte Fouquet seinen Vortrag fort.

»Und was ist mit Konopka und dem Studenten?«

»Der Student war mit Freunden bei einem Rockkonzert in der Jahrhunderthalle in Frankfurt.«

»Zeugen konnten wir da aber auch noch nicht befragen«, ergänzte Geiger.

»Job für euch beide, Susi und Steffi.«

»Okay, Tannenberg.«

»Weiter, Geiger!«

»Nichts weiter, Chef. Die Frau Schneider, also die Freundin der ersten Toten, haben wir noch nicht erreicht.«

»Und den Konopka?«

»Den haben wir zu Hause angerufen, aber der hat uns gebeten, bei ihm im Geschäft vorbeizukommen. Und das wollten wir nachher machen.«

»Gut, dann macht das mit der Frau Schneider der Meier III. Und, Geiger, du fährst dann nach dem Lokaltermin mit Fouquet zusammen zu Konopka.«

»Nach welchem Lokaltermin?«, fragte Geiger erstaunt.

»Ach, das hab ich dir ja noch gar nicht gesagt.« Tannenberg grinste über das ganze Gesicht: »Du spielst nachher die Leiche!«

»Was? Wieso spiel ich nachher die Leiche?«

»Weil wir, wenn wir mit der Besprechung hier fertig sind, gemeinsam zum Stall hochfahren. Da legen wir dich in den Kofferraum und dann schleift dich der Kollege Schauß zur Weltachs hoch.«

»Was? Wieso ich?«

Geiger wollte oder konnte anscheinend nicht begreifen, was da auf ihn zukam.

»Weil du der Einzige hier im Raum bist, der eine ähnliche

Körpergröße hat wie die beiden Frauen«, erläuterte Tannenberg.

»Nein, ich will nicht. Warum nehmen Sie nicht die Susi Rimmel oder die Steffi Arbogast?«

»Denk mal scharf nach, Geiger! Warum wohl kann ich für diese Sache die beiden Kolleginnen nicht nehmen?«

»Keine Ahnung.«

»Ganz einfach: Weil wir dann Ärger mit der Frauenbeauftragten bekämen.«

»Ist mir doch egal«, stellte sich Geiger quer. »Ich bin doch nicht verrückt! Wenn ich dort oben angekommen bin, sehen meine Fersen genauso aus wie die der Toten.«

»Geiger, du weißt doch, wie lieb wir dich alle haben und dass wir nicht wollen, dass dir im Dienst auch nur ein Haar gekrümmt wird. Deshalb hab ich den Kollegen Mertel um Amtshilfe gebeten.«

Wie verabredet erhob sich der Kriminaltechniker von seinem Stuhl, öffnete eine mitgebrachte Plastiktüte und zauberte zwei lederne Überschuhe hervor, die an den Fersen mit Blechkappen versehen waren.

»Das hab ich dir auf die Schnelle zusammengeschustert. Damit kannst du dich eine Woche lang über Schotter ziehen lassen. Apropos Schotter, Wolf. Um deine nächste Frage gleich zu beantworten: Wegen dieses verfluchten Schotters haben wir keine Reifenabdrücke gefunden. Auch sonst nichts. Bis auf die fehlenden Reifenspuren ist alles ganz genau wie am Pfaffenbrunnen.«

»Außer dass es zwei verschiedene Frauen sind«, ergänzte Fouquet scharfsinnig.

Plötzlich klopfte es an der verschlossenen Tür des Konferenzzimmers. Schauß öffnete. Davor stand Petra Flockerzie mit Tannenbergs Neffen.

»Tobi, was willst du denn hier?«

»Onkel Wolf, die Oma hat mich hergeschickt. Ich soll dir das hier geben. Und zwar nur dir. Das wär megawichtig«, sagte Tobias. Dann überreichte er Tannenberg ein zugeklebtes braunes DIN-A4-Kuvert und verschwand, noch bevor sich sein Onkel bei ihm bedanken konnte.

Tannenberg setzte sich, riss ein kleines Dreieck aus der Versandtasche, zwängte seinen Zeigefinger hinein. Mit fahrigen Händen zog er die Seitenteile auseinander.

»Tannenberg, warte!«, schrie plötzlich Mertel und hechtete wie ein jagender Panther los. »Lass bloß die Finger weg. Egal, was du findest, es muss hier rein in die Tüte.«

»Vorsicht! Vielleicht ist das eine Briefbombe!«, schrie Geiger hysterisch und hechtete hinter einen Stuhl in Deckung.

»Idiot!«, war alles, was Schauß zum Verhalten seines Kollegen einfiel.

Der Leiter der SOKO »Pilze« wartete, bis der Kriminaltechniker eine große Pinzette gezückt hatte, die er vorsichtig in die braune Versandhülle schob. Gespannt verfolgten die anwesenden Kriminalbeamten, die sich inzwischen alle erhoben und im Halbkreis um Tannenberg herum postiert hatten, die vorsichtigen Aktivitäten ihres Kollegen.

Kurze Zeit später präsentierte Mertel seinen Fund auf dem Tisch: Es handelte sich um eine Jugendherbergskarte, auf deren Vorderseite ein Hexenpilz abgebildet war. Neben der Adresse Tannenbergs, einer Briefmarke und dem Poststempel mit der Aufschrift »Briefzentrum Ludwigshafen« war auf der Rückseite der Karte wieder ein Gedicht abgedruckt:

Der Junimond die Lichtung küsst,
Der Eichenwald die Blätter hisst,
Die Heidelbeere blau erstrahlt,
Der Tag mit Überlänge prahlt.

Da sprießt auch gern der Hexenpilz.

Erst dick mit süßem kleinem Bauch,
Bald schlank in Keulenart gestreckt.
Kein Schutz von irgendeinem Strauch,
Hat Sammler ihn gar bald entdeckt.

Zartgelbes Fleisch wie Rosenkohl,
Schnell dunkelblau nach tiefem Schnitt.
Das Mahl wird leicht zum Höllenritt,
Reicht man dazu viel Alkohol.

Schließt sich schon bald der Hexen Kreis?
Die Antwort nur der Satan weiß!
Der Frauen Tod ist Liebesfron –
Es schreitet fort die Pilzsaison.

Während der ganzen Aufregung hatten sich der Oberstaatsanwalt und seine neue Mitarbeiterin nahezu unbemerkt in den Besprechungsraum geschlichen. Dr. Hollerbach ergriff sofort die Initiative und nahm die mit der Plastiktüte umhüllte Ansichtskarte an sich.

»Was soll das, Hollerbach?«, fragte Tannenberg entrüstet.

»Für Sie immer noch Dr. Hollerbach!«, stellte der Oberstaatsanwalt klar.

Er begutachtete den Inhalt des Asservatenbeutels. »Das ist ja interessant. Die Ansichtskarte ist ja direkt an unseren geschätzten Kriminalhauptkommissar Wolfram Tannenberg adressiert. Ob er es jetzt wohl auf Sie abgesehen hat? Diese Karte hier und die hoffentlich noch in den Akten befindliche erste Postkarte werden sofort zum LKA geschickt. Wir haben gerade eben mit den Kollegen dort telefoniert. Deswegen haben wir uns auch etwas verspätet. Man ist an höherer

Stelle sehr ungehalten über den ausbleibenden Ermittlungserfolg. Diese delikate Angelegenheit hat inzwischen auch politische Dimensionen erreicht. Der Innenminister ist wegen der Verunsicherung der Bevölkerung sehr besorgt und will unbedingt Ermittlungserfolge sehen. Deshalb wurden gestern auch die Leichname der beiden Mordopfer in die Gerichtsmedizin nach Mainz verbracht. Das Gleiche geschieht nun auch mit den Asservaten unserer Kriminaltechnik nebst der beiden Ansichtskarten. Alle Klarheiten beseitigt?«, fragte Dr. Hollerbach in die Runde.

Mit einem triumphalen Lächeln auf den Lippen verließ er zusammen mit der Profilerin den Raum genauso plötzlich und unauffällig, wie ihn die beiden betreten hatten.

»Der spinnt doch!«, schimpfte Tannenberg.

Karl Mertel überwand als Erster den Schockzustand. »Das würde diesen aufgeblasenen Typen so passen. Aber so leicht lassen wir uns nicht unterkriegen. Als Erstes kopiere ich die neue Ansichtskarte für jeden von uns und dann schau ich noch mal nach, ob ich auch wirklich alles über die Asservate aufgeschrieben und archiviert habe.

Der Hollerbach und seine LKA-Fuzzis können uns doch den Buckel runterrutschen. Es wäre doch gelacht, wenn wir das nicht alleine hinbekämen. Oder was meinst du, Wolf, altes Schlachtross?«

Tannenberg hatte sich inzwischen von seinem Schock erholt. »Du hast vollkommen recht, Karl, von denen lassen wir uns doch nicht den Schneid abkaufen«, entgegnete er mit wiedererstarkter Kampfeslust.

Während der Autofahrt hoch zum Stall las Tannenberg immer und immer wieder das neue Gedicht.

»Der Saukerl kinnischt doch ganz klar weidere Morde aan: Schließt sich schon bald der Hexen Kreis? Die Antwort nur der Satan weiß! Der Frauen Tod ist Liebesfron Es schreitet fort die Pilzsaison. Es schreitet fort die Pilzsaison!

Irre! Äfach irre! Saemool, wie lang gebbts dann eischentlich Pilz? Ich mään: Wie lang wachsen die im Wald? Im Subbermarkt kriesche die jos ganze Johr iwwer.«

»Kä Ahnung. Ich schätz, bis es Froscht gebbt«, meinte Schauß.

»Wääsche, was meer uunbedingt brauchen?«

»Vieles känne merr grad gebrauche, Wolf, vieles. Vor allem Glick.«

»Klar. Awwer ich hann grad an e Pilzexperte gedenkt. Vielleicht kann der uns uff die Spring helfen, weil er Sache sieht, die meer nett siehn.«

»Gudi Idee«, bemerkte Kommissar Schauß. »Noor wo kriemerr enner her?«

Tannenberg grübelte. »Vielleicht e Biologe an de Uni? Orre e Biolehrer.«

»Hasch du während deiner Schulzeit jemols ebbes iwwer Waldpilze gelernt? Orre kannsch du deer vorstelle, dass es an de Uni e Seminar iwwer Speisepilz gebbt?«

»Nä, eischentlich nett. Awwer vielleicht an de Volkshochschul, do gebbts zu alle meeschliche Ferz Kurse, warum nett a iwwer Pilze?«

»Dess kann gut sinn. Ich mään, dass ich in de Zeidung amo ebbes iwwer Pilzexkursione geläs hät.«

»Dess klärn merr später ab«, sagte Tannenberg. »Unn de Fouquet soll zudem bei de Naturfreinde unnem Bund ferr Umwelt- und Naturschutz nofroe, vielleicht kennen die uns e Tipp gewwe, der uns weiderbringt.«

»Warum hoggschen eigentlich so uffem Schnäppche?«, fragte Schauß, dem Tannenbergs Ungeduld in den letzten Minuten aufgefallen war.

»Meer missen los zu unserm Aussetermin an de Weltachs.«

»Alder Jammerlabbe! Reiss dich mo zamme. Ess soll jo realistisch sinn, sunnscht breischden merrs jo nett zu mache«, stauchte Tannenberg Kriminalhauptmeister Geiger zusammen, weil dieser sich lautstark darüber beschwerte, dass Schauß ihn etwas unsanft aus dem Kofferraum gezogen hatte.

»Geischer, wanns derr nett basst, känne merr a gern dausche. Ich hann nämlich de viel aanstrengendere Job vunn uns zwä.«

»Ich hann dich heit Moinn gefroot, Mischa. Du brauchsch nett zu mache, wannsches nett willsch«, stellte Tannenberg klar.

»Kä Problem, Wolf, ich hann jo gesaat, dass ichs gern mach.«

»Okay, dess wollt ich noor heere. Dann los, ehr zwä Helde!«, sagte der Leiter der Sonderkommission und drückte auf den Startknopf der von Mertel ausgeliehenen Stoppuhr.

Obwohl Kommissar Schauß ein austrainierter, großer und ausgesprochen kräftiger junger Mann war, musste er ungefähr alle zwanzig Meter eine Verschnaufpause einlegen, sodass die gesamte Transportaktion mehr als eine Stunde dauerte, nicht eingerechnet die Zeit für den mehrmals gescheiterten und schließlich ad acta gelegten Versuch, Geiger auf die oberste Felsplatte des Sandsteindenkmals hochzuhieven.

»Das hat der ohne Säälkonschdruktion niemols geschafft«, stellte Tannenberg fest und überreichte den beiden Männern jeweils eine Bierdose, die er im Rucksack mit sich geführt hatte.

»Ich kann mich garnett draan erinnere, dass merr e Bier jemols so gut geschmeckt hat, a wanns e bissje zu warm iss«, keuchte der völlig verausgabte Leichenschlepper, nachdem er einen riesigen Schluck genommen hatte.

»Danke ferrs Bier, Chef. Dess hammer uns a verdient. Moi Schulder duun vielleicht weh«, jammerte Kriminalhauptmeister Geiger. »Sie kennden mich iwwerrischens ruisch emool lobe, Chef.«

»Nett gescholl iss genung gelobt«, blaffte Tannenberg zurück.

»Jedzert wissemerr definitiv, dass der Sauhund dodaal durchgeknallt iss«, sagte der Leiter der SOKO »Pilze«.

»Unn meer wissen, dass er entwerre e noch kräfdischere Typ wie de Mischa sinn muss orre dass er die halb Nacht ferr soi Aktion gebraucht hat.«

Tannenberg kniff seine Lippen zu einem schmalen Strich zusammen. »Awwer warum macht der soebbes?«

»Weiler halt verrickt iss«, meinte Geiger trocken und rülpste anschließend wie ein brünstiger Rothirsch.

»Gesundheit, Geischer!«, sagte Tannenberg übertrieben laut.

»Vielleicht iss dess alles noor e gigandisches Ablenkungsmanöver«, sagte Schauß und kickte einen Stein in Richtung des Sandsteinmonuments. »Unns Tatmotiv leit wo ganz annerscht. Orre es gebbt iwwerhaupt kä Tatmotiv.«

»Was? Zwä orre vielleicht noch mäh Morde ohne Motiv? Dess gebbts nett! Selbscht wann enner noor morde duud, weilsem Spaß macht, hat er e Motiv, nämlich Mordluscht!«, belehrte Tannenberg.

»Also ich sieh absolut kä Land«, meinte Schauß resigniert.

»Loss de Kopp nett hänge, Mischa. Meer missen uunbedingt rauskrie, obs e Verbindung zwische de doode Fraue gebbt. Dess iss de Schlissel zu dem Ganze, do bin ich merr ziemlich sicher! Deshalb breschen merr jedzert ab.«

Tannenberg wandte sich an Geiger. »De Mischa unn ich fahrn noch emool no Hochspeyer unn erledischen dess, was merr voin in de Dienstbesprechung besproch hänn.«

Die kreisrunde Analoguhr im Armaturenbrett hatte bereits 18 Uhr überschritten, als Tannenberg und sein Mitarbeiter in der Ringstraße in Hochspeyer ihren Dienstwagen abstellten.

Nachdem sie ihr Auto verlassen hatten, stieg ihnen sofort dieser typische Grillgeruch in die Nase, dieser einzigartige Duft, der nur dann entsteht, wenn man das Fleisch ohne geschmackszerstörende Alufolie direkt auf einen Schwenkgrill oder dergleichen legt und nahe über der Glut brät.

Tannenberg registrierte diese appetitanregende Bereicherung der lauen Sommerabendluft deshalb so intensiv, weil bei ihm zu Hause wegen angeblicher Gefahren für die Gesundheit zu solchen Anlässen immer nur ein Elektrogrill benutzt wurde.

Schauß läutete mehrmals.

Niemand öffnete.

»Kumm, loss uns demm Grillgeruch nohgehe. Dort sitzen beschtimmt Leit beisamme. Vielleicht wääs jo enner vunn denne, wo de Herr Miller iss«, sagte Tannenberg.

Die beiden Ermittler staunten nicht schlecht, als sie zwei Häuser weiter den gesuchten Familienvater mit anderen Personen in froher Runde an einem Biertisch sitzen sahen.

Man merkte dem Witwer deutlich an, dass er mit dem unangemeldeten Besuch der beiden Kriminalbeamten nicht gerechnet hatte, denn als er Tannenberg und seinen Mitarbeiter erkannte, stürmte er mit hochrotem Kopf auf sie zu und bat sie, ihn in sein Haus zu begleiten.

»Ess iss merr sehr uaangenehm, was Sie jedzert bestimmt iwwer mich denken«, begann er gleich, nachdem er die Eingangstür ins Schloss gezogen hatte.

»Wieso? Was glaabense dann, was meer iwwer Sie denken?«, spielte ihm Tannenberg den Ball wieder zurück.

»Na, halt dass ich nett richdisch um moi Fraa trauere du. Awwer jeder hat jo soi eischeni Art zu trauere. Und wann ich allä dehäm errumhock, werr ich wahnsinnig. Die Kinner froen immer no ehrer Mudder. Ess iss ferschderlich.«

»Verstehn merr jo, Herr Miller, Sie hanns jedzert sicher

nett äfach. Do duud jede Ablenkung gut. Meer wollten noor noch e paar Sache vunn Ihne wisse«, sagte Schauß und gab damit die Steilvorlage für das, was sein Vorgesetzter nun fragen wollte.

Tannenberg nahm sein Gegenüber genau ins Visier. Als altgedienter Ermittlungsbeamter spürte er deutlich die Angst und Unsicherheit, die den gestern zum Alleinerzieher gewordenen Familienvater beherrschte.

Nun war es an der Zeit, das, was er von Kriminalrat Weilacher in den vielen gemeinsam durchgeführten Verhören gelernt hatte, selbstverantwortlich in die Tat umzusetzen.

Sein Mentor hatte die bewährte kriminalistische Gesprächsstrategie immer »kreative Befragung« genannt, obwohl dieser Begriff dem ziemlich aggressiven psychologischen Vorgehen eigentlich überhaupt nicht entsprach, ging es doch schließlich um nichts anderes als darum, das Opfer psychologisch massiv unter Druck zu setzen, zu verunsichern und zu verwirren. Alles diente nur dem einen Zweck: die Wahrheit ans Tageslicht zu befördern.

»Herr Miller, wie uns Ehr Mudder gesaat hat, warn Sie geschdern Owend noch im Wald spaziere. Sinn Sie do hoch uff die Weltachs?«, begann er.

»Ja, dess bin ich. Ich wollt gugge, wo merrs Jutta gefunn hat. Vielleicht e Art vunn Abschied. Ich wääs nett.«

Tränen schossen ihm in die Augen. Er nahm die Hände vors Gesicht und begann herzergreifend zu schluchzen.

»Was sinn Sie eischentlich vunn Beruf?«, fragte nun Schauß.

»Bitte? – Was?«

»Was Sie von Beruf sinn, Herr Miller, möcht moi Kolleesch wissen«, sagte Tannenberg.

»Beruf? Ich bin Arzt im Klinikum.«

»Welchi Fachrichtung?«, schob Kommissar Schauß nach.

»Fachrichtung? – HNO, also Hals-Nase-Ohren.«

Tannenberg zeigte, dass er ein wahrhafter Meister der Verwirrungsstrategie war. »Iss Ehr Ehe glicklich gewesst?«

»Moi Ehe? Ja sicher war die glicklich.«

»Kennense die Fraa do?«, fragte Tannenberg und drückte dem völlig verdutzten Witwer ein Foto von Petra Kannegießer in die Hand.

Müller schüttelte den Kopf. »Noch nie gesieh!«

»Guggense bitte mo ganz genau hi. Vielleicht beiner Sportveraanstaldung, an der Ehr Fraa mitgemacht hat? Orre uffemme Bild in Ehrm Foddoalbum?«

Müller wiegte den Kopf. »Herr Kommissar, was sollen dess eischentlich?«, fragte er. »Iss dess e Verhör? Werr ich etwa verdächdischt, moi Fraa unn a noch die anner Fraa umgebrung zu hann? Dann muss ich jedzert wohl moin Aanwalt aanrufe.«

Aus langjähriger Erfahrung wusste Tannenberg, dass er nun seine Gesprächsstrategie ändern musste.

»Nä, Herr Miller, meer fiern wedder e Verheer durch, noch wollen merr Sie verdächdische«, beschwichtigte Tannenberg.

»Uns gehts lediglich dodrum, Informatione zu krie, die uns bei de Uffklärung vunn denne Mordfäll helfen. Ess leit jo a in Ehrm Interesse, de Mörder vunn Ehrer Fraa so schnell wie meeschlich zu finne, damit der Täter nett noch määh Uunheil aanrichten kann.«

»Ja sicher«, entgegnete der Angesprochene wieder merklich kleinlauter.

Tannenberg witterte eine neue Chance. »Noor noch enns, Herr Miller: Sie hann gesaat, Ehr Ehe war glicklich. Do hannse sich bestimmt arisch uff Ehr drittes Kind gefrääät.«

»Nadierlich hammer uns iwwer unser drittes Kind gefrät, vor allem, weil merr no zwä Määd a klääänes Buusche kriet hann.«

»Wie?« Tannenberg legte seine Stirn in Falten. »Sie hann schunn drei Kinner?«

»Klar. Zwä devunn hannse jo schunn gesieh. Die Groß hat geschdern bei ehrer beschde Freindin iwwernacht.«

»Sie hann nadierlich gewisst, dass Ehr Fraa im dridde Monat schwanger war?«, warf Schauß ein.

Müllers Gesicht wechselte von einer zur anderen Sekunde die Farbe: Der leicht sonnengebräunte Teint wurde vollständig durch aschgraue Farbe ersetzt. Entsetzt riss er Augen und Mund auf.

»Was? Schwanger? Jutta?«

»Ja, Ehr Fraa war im dridde Monat schwanger. Hännse dess nett gewisst?«, insistierte Tannenberg.

»Nä, dodevunn hann ich nix gewisst«, antwortete Müller im Zeitlupentempo.

»Dann missen merr Sie bidde, moje in de Pathologie bei Ehrm Kolleesch Dr. Schönthaler wejeme Vadderschaftstest vorbeizugugge.«

»Nä.«

»Wieso nä? Wollense sich etwa weischere?«, fragte Schauß verblüfft.

»Nä.«

»Jedzert reddense doch bitte emol Klartext, Herr Miller!«, forderte Tannenberg.

»Denne Test kennense sich spare! Ich hann mich vor zwä Johr no de Geburt vunn unserm dritte Kind uff Dränge moiner Fraa hi sterilisiere losse.«

9

Inzwischen hatte sich auch die *Rheinpfalz* der mysteriösen Mordserie redaktionell angenommen. Die Titelseite des Lokalteils erinnerte eher an ein Heimatkundebuch als an eine Tageszeitung, die großen Farbfotos des Pfaffenbrunnens und der Weltachs hätten auch gut in eine touristische Werbebroschüre gepasst. Natürlich durften auch die obligatorischen Politiker- und Honoratiorenstatements und die in der Fußgängerzone durchgeführten Passantenbefragungen nicht fehlen.

Die *Bildzeitung* dagegen schien ihr Interesse an dem sogenannten »Schlitzer« vollständig verloren zu haben. Das war auch nicht weiter verwunderlich, musste sie doch den Bedürfnissen der Bevölkerung hinsichtlich einer objektiven Berichterstattung über ein weitaus wichtigeres globales Ereignis gerecht werden.

Schließlich hatte die deutsche Nationalmannschaft entgegen allen Erwartungen und nur mithilfe großzügigen fußballgöttlichen Beistandes das WM-Endspiel erreicht. Und da konzentrierte sich verständlicherweise das zu befriedigende öffentliche Interesse weit mehr auf die Frage, welche Kaugummisorte Oliver Kahn bevorzugte, als auf die tagesaktuellen Ereignisse eines provinziellen Kriminalfalls, zumal die unfähigen Ermittler sowieso noch keinen Hauptverdächtigen präsentieren konnten.

Wolfram Tannenberg legte die Zeitung zur Seite. Dann nahm er die letzten Bestellungen seiner Mutter entgegen, schnappte seinen Rucksack und verabschiedete sich in Richtung Wochenmarkt.

Als er von der Beethovenstraße kommend in die Eisenbahnstraße einbog und bereits von Weitem den aus großen mehrfarbigen Marktschirmen zusammengesetzten bunten Flickerlteppich sah, gewann er zunächst den Eindruck, dass sich trotz der dramatischen Ereignisse der letzten Zeit am Erscheinungsbild der Innenstadt nichts Wesentliches verändert hatte.

Dass es sich bei dieser spontanen Einschätzung wohl eher um Tannenberg'sches Wunschdenken als um eine realistische Bestandsaufnahme handelte, wurde ihm spätestens dann bewusst, als er vor einem eher unscheinbaren Waffengeschäft, das er sonst nur am Rande wahrgenommen hatte, eine große Menschentraube erblickte, deren rechte Ausbuchtung weit in die Straße hineinragte und deshalb an dieser Stelle zu einer Behinderung des Autoverkehrs führte.

Interessiert begab er sich zu der aufgebrachten, laut miteinander debattierenden Bürgeransammlung. Als sich Tannenberg ein wenig nach vorne gedrängt hatte, begriff er sehr schnell, um was es hier ging – um die persönliche Sicherheit.

Den beiden Verkäufern wurde förmlich alles aus den Händen gerissen, was man – ohne einen Waffenschein vorweisen zu müssen – irgendwie zum Selbstschutz verwenden konnte: Gas- und Schreckschusspistolen, Elektroschocker, Messer, Gummiknüppel und so weiter.

Kopfschüttelnd verließ Tannenberg die hysterischen Menschen und strebte seinem ersten Einkaufsziel zu. Er mochte es kaum glauben, aber selbst sein Drogeriemarkt hatte auf dem Bürgersteig einen Straßenverkaufsstand eingerichtet, an dem zwei Frauen Tränengas- und Anti-Dog-Sprays verkauften.

Als sich die automatische Drehtür vor ihm öffnete, ertappte er sich dabei, wie er sich gerade die Frage stellte, ob er seine Dienstwaffe mit sich führte.

Die dringenden Besorgungen hatte er schnell erledigt und sich dann pflichtbewusst an der Kasse in die lange Schlange der Wartenden eingereiht. Aber wie so oft, wenn er sich zwangsweise in Einkaufsmärkten aufhielt, hatte er wieder einmal Pech.

Zwar musste heute weder die Papierrolle gewechselt werden, noch hatte jemand nicht genügend Geld dabei, noch versagte eine EC-Karte ihren Dienst. Als er endlich an der Reihe war und seine Sachen auf das Förderband legen konnte, wurde die diensthabende Kassiererin abgelöst.

Es war schon frustrierend genug, mit ansehen zu müssen, wie lange es dauerte, bis sich die eine aus dem engen Sitz herausgequetscht und die andere hineingezwängt und ihre Kassenbox eingelegt hatte.

Aber das war nicht das Entscheidende. Viel deprimierender war die Tatsache, dass die nette junge Kassiererin durch Tannenbergs spezielle Freundin, eine aggressive alte Kampfjungfer, ersetzt wurde. Mehrfach hatte er sich schon vorgenommen, diesen Drogeriemarkt zukünftig zu meiden.

Dann aber obsiegte doch jedes Mal wieder seine Sturheit und sein unbändiger Wille, nicht klein beizugeben, sondern sich mit offenem Visier in diesen privaten Rachefeldzug zu begeben, denn um nichts anderes handelte es sich dabei. Die Tatsache, dass es sich bei dieser Dame um eine Norddeutsche handelte, die im Gegensatz zu ihm mühelos der hochdeutschen Sprache mächtig war, verstärkte seine Aversion.

Vor gut einem Jahr war er nämlich zugegen gewesen, wie dieser unsensible, menschenfeindliche Drachen eine junge, von ihren drei kleinen Kindern enorm gestresste Mutter mit unverschämten Vorwürfen hinsichtlich vermeintlichen Erziehungsversagens so lange drangsaliert hatte, bis diese vor den Augen der jammernden Kleinen mit einem Weinkrampf zusammengebrochen war. Und alles nur deshalb, weil die Kinder während der langen Wartezeit an der Kasse allen möglichen Kleinkram aus den in Greifhöhe angebrachten Hängekörben herausgefischt und ihre überforderte Mutter damit bedrängt hatten.

Tannenberg hatte an diesem Morgen lautstark Partei für die völlig grundlos beschimpfte arme Frau ergriffen und sie und ihre Kinder sogar nach Hause begleitet. Danach war er zurück zum Filialleiter gegangen und hatte sich stellvertretend für die junge Mutter beschwert, mit der Presse gedroht und eine umgehende Entschuldigung der Kassiererin gefordert.

Da sich diese jedoch strikt geweigert hatte, hatte der Filialleiter selbst die malträtierte Frau besucht, sich bei ihr entschuldigt und ihr einen Warengutschein übergeben, für den – so hatte ihm der Filialleiter glaubhaft versichert – die Kassiererin aufkommen musste.

Seit diesem Vorfall zog die alte Hexe an der Kasse Tannenberg ebenso magisch an, wie sie ihn mit ihrem unverschämten, barschen Wesen abstieß. Manchmal dachte er auch, dass die wahre Ursache für den Hass auf diese Frau aus seiner eigenen Vergangenheit herrührte, erinnerte sie ihn doch stark an eine Bedienung im *Spinnrädl*, die Herta hieß und genauso herrisch im Ton und in ihrem Auftreten war.

Damals nach der Tanzstunde war er regelmäßig mit seinen Freunden und einigen Schülerinnen aus dem Burggymnasium in der alten Fachwerkskneipe eingekehrt. Er erinnerte sich noch sehr gut daran, dass man sich bei Herta kaum getraute, ein Bier zu bestellen, und noch viel weniger, sie zum Bezahlen an den Tisch zu rufen. Also wartete man stets andächtig, bis sie Zeit hatte und selbst auf die Idee kam, abzukassieren.

Tannenberg spielte genüsslich sein Spiel mit der Kassiererin und zog siegessicher die Trumpfkarte, einen Zweihundert-Euro-Schein.

»Warum ärgern Sie mich immer mit einem großen Schein? Da geht doch mein ganzes Wechselgeld drauf!«, sagte die Frau unwirsch.

»Ich will Sie doch nicht ärgern, liebe Frau. Ich hab nur leider kein anderes Geld dabei.«

»Von wegen liebe Frau! Ich bin nicht Ihre liebe Frau, Ihre schon gar nicht!«, spuckte der alte Drachen Feuer.

»Ich hab gehört, dass es bei Ihnen jetzt auch die Möglichkeit zur Ratenzahlung gibt? Stimmt das?«, provozierte Tannenberg weiter.

»Ratenzahlung? Sind Sie verrückt? Das fehlte gerade noch!«

»Seien Sie doch nicht so unfreundlich! Muss ich mich wieder beim Filialleiter über Sie beschweren?«

Der Kassiererin stieg die Zornesröte ins Gesicht. Während sie mit fahrigen Händen das Wechselgeld aus der Kasse herausriss und auf die Plexiglasschale neben dem Förderband donnerte, packte Tannenberg seelenruhig die erworbenen Artikel in seinen Rucksack.

Wie immer ließ er eine Münze auf dem Tablett zurück und forderte die vor Wut schäumende Frau mit auffällig übertriebener Freundlichkeit auf, sich damit einen schönen Tag zu machen.

Mit diesem triumphalen Sieg in der Tasche verließ Tannenberg befriedigt den Drogeriemarkt. Sorgsam wendete er die Euromünzen des Wechselgeldes in seiner rechten Hand, stets auf der Suche nach ausländischen Geldstücken, die noch in Mariekes Sammlung fehlten.

Er blickte nach rechts in die Einbahnstraße, sah kein Auto und setzte zum Überqueren der Straße an.

Plötzlich wurde er von links von einem Fahrradfahrer angefahren.

Tannenberg stürzte auf den heißen, trockenen Asphalt. Die Münzen flogen in hohem Bogen auf die Straße.

»Du blinde Nuss! Kannst du nicht schauen, wo du hinläufst?«, schimpfte der Mountainbiker.

Noch während Tannenberg mit dem Gesicht zur Straße auf dem Boden lag, schrie er aufgebracht zurück: »Bleedmann, bleeder! Dess iss jo wohl e Innbahnstrooß!«

Dann drehte er sich stöhnend in Richtung des Unfallverursachers um. Zunächst sah er nur muskulöse rasierte Männerbeine. Als er nach oben schaute, erblickte er einen kräftigen Mann in Radfahrerkleidung, der eine silberne Sonnenbrille und eine blaue Baseballmütze auf dem Kopf trug.

»Mensch, das gibt's doch nicht! Der Wolfram Tannenberg!«, sagte der sportliche Mountainbikefahrer und nahm seine Brille von der Nase.

»De Lars Mattissen!«, erkannte nun auch Tannenberg seinen alten Klassenkameraden.

»Ich hoff, du hast dir nicht wehgetan.«

»Geht schon.« Tannenberg richtete sich auf und ergriff die freundlich entgegengestreckte Hand. »Alles okay.«

»Du, ich muss leider sofort weiter. Vielleicht sehen wir uns mal bald wieder«, sagte der Mann freundlich und sprang zurück auf sein Mountainbike. »Wolltest du nicht ein Klassentreffen organisieren?«

»Ja, das hab ich vor.«

»Dann bis hoffentlich bald«, rief der Mountainbiker noch schnell, bevor er rasant beschleunigte.

Tannenberg sammelte seine auf der Straße verteilen Münzen auf, dann schlenderte er gedankenversunken weiter. Sein Weg in Richtung Samstagsmarkt führte ihn auch ein Stück durch die Fußgängerzone.

Zunächst traute er seinen Augen nicht, denn an den markanten Stellen, an denen sonst fahrende Händler ihre Waren anpriesen oder Mitglieder einer Bürgerinitiative gegen den Ausbau des Ramsteiner Flugplatzes den vorbeieilenden Passanten Unterschriften abtrotzten, hatten Kampfsportstudios, politische Parteien und private Wachdienste ihre Stände errichtet.

Auf großen Plakaten warb man mit Aktionspreisen für Selbstverteidigungskurse und Personenschutz-Programme. Volksnahe Politiker, auch von solchen Parteien, von denen man ein Engagement in dieser Sache nicht unbedingt erwartet hätte, forderten mit Megafonen schärfere Gesetze und eine stärkere Polizeipräsenz.

Ja sogar eine Wahrsagerin hatte ihr kleines Zelt neben dem Optikerladen in der Marktstraße errichtet und bot – natürlich zu einem Sonderpreis – ihre Dienste an.

Tannenberg konnte es wirklich kaum glauben, aber diese Mordserie hatte seine Heimatstadt in einer Form verändert, wie er es bislang noch nie erlebt hatte. Stimmt nett, schoss es ihm plötzlich ins Bewusstsein. Denn er erinnerte sich daran, dass er als Schüler eine ähnlich aufgeheizte Situation schon einmal erlebt hatte.

Und zwar damals, als Mitglieder der Rote-Armee-Fraktion das verschlafene Kaiserslautern mit in den Sog der terroristischen Gewalt gezogen hatten. Fast hätte auch er diese heute längst in der Schublade der Zeitgeschichte verstaubte Epoche vergessen.

Nun aber, als er zufällig genau die Stelle vor der Hypo-Vereinsbank passierte, an der vor gut 30 Jahren ein junger Polizist von Terroristen erschossen worden war, drängten sich die Erinnerungsbruchstücke mit Vehemenz in sein Gehirn: Attentat auf den Ramsteiner Flugplatz, Terroristenprozess im eigens errichteten, hermetisch abgeriegelten Gerichtscontainer oben im Wald am Erbsenberg, Demonstrationen.

Demos, schmunzelte er, als er daran dachte, dass er damals, als die Polizei wegen angeblicher RAF-Sympathiebekundungen in einer Nacht-und-Nebel-Aktion den AStA der Universität durchsucht und einige ASTA-Mitglieder vorübergehend festgenommen hatte, gemeinsam mit seinem Bruder in einem Protestzug vor das Polizeipräsidium gezogen war.

Sie hatten bei ihrer Mutter aus dem Wäscheschrank ein weißes Laken entwendet und im Geräteschuppen zwei Besen enthauptet. Weil es damals noch keinen Edding gab, mussten sie alte Wachsmalstifte verwenden, um die großen roten Buchstaben auf das Leintuch zu malen. Das Laken wurde anschließend mit Reißbrettstiften auf die Stöcke gepinnt und zusammengerollt an den Ort der Solidaritätsaktion in der Logenstraße gebracht.

»Jetzt wird die Bastille gestürmt«, hatte Heiner mit Tränen der Begeisterung in den Augen zu ihm gesagt. Sie hatten sich an diesem Tag wirklich als Sozialrevolutionäre gefühlt, als engagierte Kämpfer gegen die Auswüchse demokratiefeindlicher polizeistaatlicher Willkür.

»Gegen Polizeiterror und Bespitzelung« hieß der Slogan, den sie nicht nur auf ihr Transparent geschrieben hatten, sondern auch die ganze Zeit über vor dem Präsidium skandierten. Die Tatsache, dass der Verfassungsschutz sie an diesem historischen Tag alle fotografiert hatte, amüsierte ihn heute.

Damals, als er sich bei der Polizei beworben hatte und die obligatorische Regelanfrage beim Verfassungsschutz lief, hatte ihm diese Jugendsünde allerdings einige schlaflose Nächte bereitet. Bis heute wusste er nicht, ob man ihn nicht identifizieren konnte oder ob man ihn nur als armen, ungefährlichen Mitläufer – der er ja schließlich auch gewesen war – deklariert hatte.

Tannenberg beglich gerade die horrende Rechnung für einen angeblich strikt ökologisch angebauten Salat, ohne den seine Schwägerin nicht mehr leben konnte.

»Do steht doch werglisch de Wolfram Tannenberg. Dass merr dich amo wirre sieht«, sagte plötzlich eine dunkle Männerstimme in seinem Rücken.

»Ach, de Kai Bohnhorst«, entgegnete der Kriminalbeamte. »Du loscht dich jo a nirjend mäh bligge.«

»Kä Zeit. Bloos noch Awed, Awed, Awed. Unn: Familie, Familie, Familie«, sagte der braungebrannte, leger gekleidete Mann und streichelte dem kleinen Jungen an seiner Seite zärtlich über die Haare.

»Du, voin hann ich de Lars Mattissen getroff. Was hallschen du vumme Klassentreffe?«

»Subber Idee! Schließlich hammer neggschdes Johr 25-jährisches Abi-Jubiläum. Wie schnell die Zeit vergeht!«

»Do hasche wohr«, stimmte Tannenberg zu.

Er musterte seinen alten Schulfreund, der glücklicherweise schon eine Halbglatze hatte und anscheinend noch einige Pfunde mehr als er durch die Gegend schleppte.

»Samo, du bisch doch a der schreckliche Sach mit dem Serienmörder draan«, sagte der Mann merklich leiser.

Er schob Tannenberg in eine schmale Lücke zwischen dem Marktstand des Biobauern und dem Verkaufswagen eines italienischen Delikatessenhändlers.

»Hoffentlich hanner denne Dreggsack ball. Moi Fraa traut sich schunn nimmi aussem Haus. Ich muss jedzert immer innkaafen gehe, sogar uff de Markt schickt se mich. Unn um die Kinner soll ich mich a noch mäh kimmere. Geschdern hann ich sie sogar in de Kinnergaade bringen unn später a wirre abhole misse. Ich kann doch weje soner perverse Drecksau nett moi Praxis dichtmache.«

»Meer duun alles, um denne Kerl so schnell wie meeschlich zu fasse«, versuchte Tannenberg ihn zu beruhigen.

»Unn wieso gehsche dann seeleruhisch uffem Markt spaziere, während der Drecksack vielleicht schunn die nächscht

Fraa massakriert?«, fragte Bohnhorst und ließ den Leiter der SOKO »Pilze« einfach stehen.

Tannenberg war geschockt und auch verärgert über das unerwartete, brüske Verhalten seines alten Schulkameraden. Doch ehrlicherweise musste er sich eingestehen, dass die Frage gar nicht so abwegig war, wie er zunächst gedacht hatte.

Aber war es wirklich schon so weit gekommen, dass er der Öffentlichkeit über jeden seiner Schritte Rechenschaft ablegen und sich eine schriftliche Erlaubnis für private Einkäufe ausstellen lassen musste?

Als er gedankenversunken über den Marktplatz schlenderte, gewann er den Eindruck, dass sich die Menschen an diesem Morgen irgendwie anders verhielten als gewöhnlich, viel misstrauischer, aggressiver, ängstlicher. Es fiel ihm auch auf, dass weniger Frauen als sonst hier anzutreffen waren. Und die, die er sah, befanden sich fast alle in Begleitung von Männern, nur ganz wenige hatten sich ohne Bodyguard hierhergetraut.

Zielstrebig steuerte Tannenberg seinen Lieblingsmarktstand an, den er vor allem wegen der dort arbeitenden hübschen Zwillingsschwestern allen anderen vorzog. Aber auch die beiden schienen an diesem Morgen ihre fröhliche Unbefangenheit verloren zu haben.

Wie immer übergab er einer der jungen Frauen die Einkaufsliste und wartete, bis seine Bestellungen fertig bearbeitet waren. Neben ihm standen zwei ältere Ehepaare, die sich natürlich auch über das Thema Nummer eins unterhielten.

Interessant war dabei der Vorschlag des einen Mannes, das andere Paar in ihr anscheinend auf Mallorca gelegenes Ferienhaus einzuladen, und zwar mit der Begründung, dass man dort vor dem Frauenmörder in Sicherheit sei. Tannenberg staunte nicht schlecht, als das andere Paar dem Vorschlag sofort zustimmte.

»Hi, Dann«, rief plötzlich jemand. »Hannse dich a uff de Markt geschickt? Moi Aldi weischert sich weje demm Schlitzer strikt, a noor noch ä Fuß vor die Deer zu setze. Debei muss die doch iwwerhaupt kä Angscht hanne. Wann die enner nachts klaut, bringter se bei Daacheslicht wirre zurigg.«

»O nä. Du hasch merr heit Moin grad noch gefehlt«, sagte Tannenberg zu Stefan Bauer, der schon in der gemeinsamen Schulzeit mit sehr rustikalen Wesenszügen die Klassengemeinschaft bereichert hatte.

»Wäässche, wenn ich geschdern im Glotzkaschde gesieh hann?«

»Woher soll ichen dess wisse?«

»De Peter Lautenschläger!«

»Ja unn?«, fragte der Kriminalkommissar gelangweilt.

»Die hann unsern Streber als Stasi-Spitzel enttarnt!«

»He? Dess glaab ich nett!«

»Doch, werglisch! Der hat in de Stadt und in de Umgebung ferrs MfS und de KGB spioniert. No de Wend isser dann unnergetaucht. Unn jedzert hanne die Ami in Siedamerika entdeckt unn machenem in de Staate de Prozess. Uglaublich, orre? Dann, ich muss weiter! Merr sieht sich.«

Stefan Bauer war genauso schnell verschwunden, wie er aufgetaucht war.

Dess war ewe sicher noor e verriggder Traum, beruhigte sich Tannenberg, der sich absolut nicht vorstellen konnte, dass der lange Lautenschläger tatsächlich als Spion gearbeitet haben sollte. Awwer »Dann« hat mich schunn ewisch kenner mä genennt.

»Warum machen Sie denn heute Morgen so einen traurigen Eindruck?«, ertönte es in Tannenbergs Rücken. »Das wird doch nicht an dem Frauenmörder liegen, oder?«

»Quatsch«, stieß die etwas kräftigere der beiden Marktfrauen aus. »Was meenense dann, was merr mit demm machen, wammerne in die Finger krien.«

»Denne mache merr platt!«, ergänzte die andere. Sie wies mit beiden Armen zu der überquellenden Auslage ihres Obst- und Gemüsestandes.

»Guggense sich doch emool die präschdische Pilz aan, die merr uffem Großmarkt ferr viel Geld innkaaf hann. Beschdi Qualitdääd! Unn weje dem Scheiß mit dem durchgeknallde Killer willse känner hann. Unn dess midde in de Pilzsaison!«

»Dess iss noor die gerecht Stroof dodevor, dass ehr bei der Euroinnfiehrung e Riesereibach gemacht hann«, rief plötzlich eine gutgekleidete ältere Dame, die links versetzt von Tannenberg stand.

»E Blummekohl ferr vier Euro – Teuro, sa ich noor! Dess iss deselwe, der e Woch vorher vier Mark gekoscht hat. Uunverschämthäät! Awwer ich kaaf noor noch moi Obst frisch. Ess Gemies iss tiefgefror viel billischer – unn ess iss schunn gebutzt.«

»Moi liewi Fraa, dess hat doch nett an de Euroinnfiehrung geläh, sondern an de Missernt!«, rechtfertigte sich die Marktfrau.

»Missernt in hollännische Treibheisser? Dass ich nett lach! – Eier Obst kennener iwwerrischens a behalle«, schrie die zornige Frau und kippte die mit Aprikosen und Pfirsichen gefüllten Papiertüten auf die Auslage zurück.

Tannenberg reichte es. Er bezahlte seine Rechnung und verließ die keifenden Marktweiber. Nachdem ihm Kai Bohnhorst vorhin mangelnde Einsatzbereitschaft in Sachen Mordaufklärung vorgeworfen hatte, wäre es durchaus naheliegend gewesen, dass er sich mit einem schlechten Gewissen flugs nach Hause bewegt hätte und kurze Zeit später im Kommissariat erschienen wäre.

Aber solchen außergewöhnlichen Situationen pflegte er stets mit einer schier unglaublichen Starrköpfigkeit zu begegnen. Oft machte er dann genau das Gegenteil dessen, was man von ihm erwartete und was möglicherweise auch strategisch sinnvoller, zum Beispiel für seine Polizeikarriere, gewesen wäre.

Also schleppte er seine schweren Jutetaschen nicht auf Schleichwegen nach Hause, sondern wählte den Umweg über die Stiftskirche. Und da er dort zufällig an seinem Lieblingscafé vorbeikam, packte er die unverhoffte Gelegenheit am Schopfe und suchte sich unter einer mächtigen Platane einen schönen schattigen Platz. Dass er hier quasi auf dem Präsentierteller saß, beunruhigte ihn nicht. Es entspannte ihn vielmehr, verschaffte ihm einen regelrechten Kick.

Das war schon ein merkwürdiger Tag. Da sah man seine ehemaligen Mitschüler jahrelang überhaupt nicht, auch diejenigen nicht, die immer noch hier in der Stadt wohnten. Und dann liefen einem am selben Tag gleich drei davon über den Weg.

Warum gibt es eigentlich keinen Tag der Klassenkameraden, fragte er sich. Ganz selbstverständlich gibt es einen Frauentag, einen Tag der Briefmarke, einen Valentinstag, einen Tag der Linkshänder, einen Welt-Aids-Tag und so weiter. Nur keinen Tag, an dem man der alten Klassenkameraden, der engen Weggefährten aus der gemeinsamen Jugendzeit, gedenkt. Man könnte sich treffen oder zumindest anrufen, alte Fotos und neue Adressen austauschen.

Tannenberg bemerkte jetzt erst die drei jungen Musiker, die sich mit ihren klassischen Gitarren und allem, was sonst noch für solch einen Auftritt in der Fußgängerzone nötig war, direkt ihm gegenüber an der Kirchenmauer aufgebaut hatten. Sie spielten genau die Musik, die Tannenberg zum Entspannen jetzt brauchte.

Sein Blick schwebte ziellos über die ihm unbekannten Menschen zu einem langen dünnen Fahnenmast, an dem an einem langen Stahlseil ein Relikt aus der »Fishing for Fantasy«-Aktion hing, die letztes Jahr über die Stadtgrenzen hinaus für Aufsehen gesorgt hatte.

Das Drahtseil war in dem weit aufgerissenen Maul des Fisches direkt über seinem großen, toten Glotzauge verankert, sodass es aussah, als hinge dieses überdimensionierte Tier tatsächlich an einer Angel.

Als Tannenberg im letzten Sommer zum ersten Mal von diesem Projekt gehört hatte, war er zunächst sehr skeptisch gewesen. Nachdem er dann aber nach und nach immer mehr dieser phantasievoll bemalten und kunstvoll gestalteten Fische an allen möglichen Stellen der Stadt gesehen hatte, hatte er seine ursprüngliche Meinung radikal revidiert.

An diesem hier aufgehängten Fisch jedoch störte ihn die mehr als seltsame Farbkomposition: ockergelber Körper, blaumetallic gespritzte Schwanzflosse, wenige in hellem Weiß hervorgehobene Schuppen – und dann noch diese in leuchtendem Rosa gehaltene und damit farbästhetisch völlig deplatzierte Rückenflosse.

Warum hatte man eigentlich zugelassen, dass der Stiftskirche, die schließlich von jeher eines der markantesten Wahrzeichen der Stadt war, durch direkte Anbauten an ihren mittelalterlichen Korpus so enorm viel von ihrer Ausstrahlungskraft geraubt wurde?

Das distanzlos an das Längsschiff angeklebte historische Gebäude, in dem sich die Adler Apotheke befand, war mit seinen von blauen Klappläden umrahmten milchig gelben Butzenfenstern und den kleinen schiefergedeckten Dachgauben sicherlich eine optische Bereicherung der ansonsten doch recht tristen Innenstadtarchitektur.

Nur warum um Himmels willen hatte man es damals bei seiner Errichtung wie ein billiges Reihenhaus direkt an die Kirchenmauern geklatscht, warum ihm nicht wenigstens fünf Meter Freiraum zum Atmen gegönnt?

Obwohl ihm das alte Gebäude trotz allem vom optischen Gesamteindruck her sehr gut gefiel, gab es etwas, was ihn extrem störte. Es war dieses mausgraue Stahlblech-Garagentor, das sich direkt an das Sandsteingemäuer der Kirche anschloss.

Er befahl seinen Augen, die kritische Erkundungsreise fortzusetzen.

Sein Blick schwenkte an der nördlichen Kirchenfassade vorbei nach links – und weigerte sich entschieden, für einen längeren Augenblick dort zu verharren, wo er von Tannenberg hingeschickt wurde.

Wenn er diese Ausgeburt städteplanerischer Barbarei nicht selbst gesehen hätte, er hätte es nicht glauben können: Da hatte doch tatsächlich irgendjemand vor Jahrzehnten die grandiose Idee gehabt, diesen klassisch-gotischen Prachtbau auf direktem Wege mit einem etwa zehn Meter davon entfernt gelegenen kirchlichen Verwaltungsgebäude zu verbinden.

Und zwar mit einer auf Betonständern gebauten eingeschossigen Passage, wie man sie sonst nur als Zweckbauten in Industriekomplexen zu Gesicht bekam. Dieser Stahlbetonkoloss, der von der Seite her wie ein todbringender Pfeil in den mächtigen Sandsteinkorpus der mittelalterlichen Kirche eindrang, war aber noch nicht einmal das Schlimmste.

Viel deprimierender war die völlig lieblose Gestaltung dieser unerträglichen Verschandelung: primitiver Flachdachbau, eine mit roten und weißen Klinkersteine einfallslos verkleidete Glasfassade, die breite vergilbte Heizkörpergerippe zur Schau stellte.

Und alles vielleicht nur gebaut, um dem Dekan oder anderen Pfarramtsmitarbeitern auf ihrem Weg in die Kirche nasse Füße zu ersparen.

Damitt die Paffe kä nasse Fies krien. Äfach uunglaublich, ereiferte sich Tannenberg und wendete sich angewidert ab.

Direkt neben sich entdeckte er einen altmodischen Zeitungsständer, an dem die zwischen Holzstöcken eingeklemmten Tageszeitungen wie Fledermäuse von der Decke hingen. Ohne darüber nachzudenken, griff er sich eine *Frankfurter Allgemeine*.

Die überregionale Tageszeitung sprach ihn deshalb an, weil auf der unbebilderten Titelseite kein Artikel über seinen Mordfall zu finden war. Aber auch bei dieser oberflächlichen Lektüre blieb er nicht von Mord und Totschlag verschont. Das dachte er zumindest, als er die Schlagzeile »Viel Wirbel um Tod eines Kritikers« las.

Doch nachdem er ein wenig in dem Artikel gestöbert hatte, wurde ihm schnell klar, dass es um das neue Buch von Martin Walser und einen daraus abgeleiteten Antisemitismusvorwurf ging.

Wenn er den Zeitungstext richtig verstanden hatte, handelte es sich bei dem Roman um eine Geschichte über den vermeintlichen Tod eines Literaturkritikers, der sich später nicht als Mord, sondern als mediengerechte Selbstinszenierung eines Profilneurotikers herausstellte.

Dess wär werglisch die mit Abschdand bescht Leesung ferr moin Fall, dachte er. Alles noor e Inszenierung! Die Fraue wärn garnett dood, ess gäb kä Seriemörder unn kä SOKO Pilze.

»O nee, scheiße! So e Sauerei!«, schrie Tannenberg plötzlich. Und zwar so laut, dass viele der Cafégäste ihre Köpfe in seine Richtung drehten. Sogar einige Passanten blieben stehen und blickten interessiert zu ihm hin.

»Was glotzenner dann all so bleed, hat eisch noch nie e Taub in de Kaffee geschiss?« schimpfte er wütend.

Oben auf seinem schon der Sahnekrone beraubten Cappuccino schwamm dicker Taubendreck und sein Hemd war mit einigen Kaffeespritzern besudelt. Ohne nachzudenken, zog er sein von unübersehbaren Gebrauchsspuren gezeichnetes Taschentuch aus der Hose und tupfte damit sein Hemd und die Tischplatte ab. Ein junger Kellner schaltete blitzschnell, zückte sein über der Schulter abgelegtes Serviertuch, wischte den Tisch ab und entsorgte die Kaffeetasse.

»Tachchen, Tannenberg, wie geht's uns denn heute Morgen?«, hörte er plötzlich eine wohlbekannte Stimme.

»Guten Morgen, Frau …«, war alles, was ihm über die Lippen kam.

»Sagen Sie doch einfach Eva zu mir. Im privaten Umgang miteinander halten wir zwei es einfach so wie in den Staaten. Da reden sich auch alle mit ihrem Vornamen an, egal, welche Position sie in einer Hierarchie einnehmen«, sagte die Profilerin und plapperte munter weiter drauflos. »Ich weiß schon, dass mein Doppelname bei manchen Männern spontane Aversionen auslöst, schließlich hab ich mich während meines Studiums intensiv mit der Psychologie der Geschlechter beschäftigt. Aber sagen Sie mal ehrlich: Hätten Sie bei einer Heirat einfach so auf Ihren wunderschönen Geburtsnamen ›Glück‹ verzichtet?« Sie beantwortete selbst die gestellte Frage: »Natürlich nicht! Ein Name mit solch wunderbaren Konnotationen? Nein, das hätten Sie auch nicht gemacht!«

Da war schon wieder dieses Wort, das ihn sofort an seinen Bruder und die Sache mit den abgeänderten Vornamen erinnerte.

Tannenberg benötigte umgehend eine Idee, wie er sich einigermaßen konfliktlos von dieser aufdringlichen Person befreien konnte, die sich gerade für einen längeren Aufenthalt an seinem Tisch einzurichten schien.

»Frau Kollegin, ich muss leider dringend los. Meine Mutter wartet auf die Einkäufe – und schließlich ist …« Tannenberg schaute hoch auf die goldenen Zeiger der Kirchturmuhr, »in zwei Stunden Dienstbesprechung.«

Anschließend kramte er Münzen aus seinem Geldbeutel und legte drei Euro auf den Bistrotisch. Dann schnappte er sich die vollgepackten Jutetaschen und entfloh dem Trubel des Straßencafés in Richtung Beethovenstraße, allerdings nicht ohne vorher etwas Kleingeld in den aufgeklappten Instrumentenkoffer der jugendlichen Gitarrenspieler zu werfen.

»Wolfi, wo bleibsche dann so lang? Du wääsch doch, dass ichs Gemies brauch. Wie sollen sunnscht die Supp rechtzeidisch ferdisch werre?«, empfing Margot Tannenberg vorwurfsvoll ihren Sohn. »Lehmo ess Welljerholz in die Schubblaad und gebb merr emool dess klääne Häwwelsche mit dem Deggel raus.«

Plötzlich stand Marieke in der Tür. Völlig verheult und in sich zusammengesunken wie ein Häufchen Elend. Sie zitterte am ganzen Körper. Die Tränen hatten die schwarze Farbe des Lidstrichs um die Augen herum und auf den Wangen verteilt. Beide Hände und ihr linker Unterarm waren von blutenden Hautabschürfungen gezeichnet.

»Komm, setz dich erst mal hin«, sagte Tannenberg und führte sie vorsichtig an den Küchentisch. »Was ist denn passiert?«

»Ich hab mich in der Stadt mit zwei Freundinnen zum Eisessen verabredet«, begann Marieke schniefend.

»Und als ich dann zum Rialto kam, war keine von ihnen da. Dann hab ich gewartet. Aber es kam niemand. Und dann hab ich der Mandy eine SMS geschickt. Und die hat mir gleich eine zurückgeschickt. Darin stand, dass sie nicht kommt, weil sie so Angst vor dem Frauenmörder hat.«

Marieke schluchzte erneut auf. »Und da hab auch ich fürchterliche Angst gekriegt und bin zu meinem Scooter gerannt und bin ganz schnell heimgefahren. Und dann hab ich ihn am *C&A* abgewürgt und das Scheißding ist nicht mehr angesprungen. Dann musste ich ihn hierherschieben. Und dann bin ich dabei an die Bremse gekommen und mit meinem Scooter hingefallen.«

»Ja, ja. Frauen und Technik – zwei fremde Welten prallen aufeinander«, spottete Tobias, der gemeinsam mit seinem Vater in der Küche erschien.

Marieke ging auf die Provokation ihres Bruders nicht ein, sondern klammerte sich fest an Tannenbergs Arm. »Wann fangt ihr denn endlich den Mörder? Ich hab solche Angst.«

»Leider kann ich nicht zaubern, Marieke. Wir versuchen ja alles. Aber was sollen wir denn machen? Wir müssen den Kerl doch erst mal finden. Und solange wir ihn nicht haben, passen wir ganz doll auf dich auf.«

»Genau«, warf Heiner unterstützend ein. »Du gehst ab sofort nur noch in männlicher Begleitung aus dem Haus.«

»Ich hab 'ne coole Idee«, meinte Tobias. »Ihr kauft mir endlich einen Helm und dann fahr ich immer auf dem Roller mit, turbogeil – oder? Dann könnt ihr mich eigentlich auch gleich zum Führerschein anmelden. Und wenn ich den in einem halben Jahr hab, mach ich einen Scooter-Begleitservice auf. Yeah – da kann ich Mordskohle mit machen!«

»So lange wird es hoffentlich nicht mehr dauern, bis dein Onkel den Mörder gefasst hat«, sagte Heiner Tannenberg seufzend. »Das muss wirklich bald geschehen, sonst breitet sich diese Hysterie noch weiter aus. Bei uns an der Schule sind viele Kolleginnen überhaupt nicht mehr zum Dienst erschienen, weil sie sich nicht mehr alleine vor die Tür wagen. Der Personalrat hat einen Abholservice organisiert. Hoffentlich bringt das was. Sonst können wir die Schule bald ganz dichtmachen.«

»Das wär so megageil – alle Schulen zumachen! Onkel Wolf, lass dir nur Zeit damit!«, meinte Tobias völlig uneigennützig.

Petra Flockerzie mochte es überhaupt nicht, wenn sich jemand während der Abwesenheit ihres Chefs in dessen Zimmer aufhielt. Deshalb bewachte sie stets Tannenbergs Büro mit Argusaugen und ließ noch nicht einmal zu, dass sich Kommissar Schauß für längere Zeit unbeobachtet darin aufhielt, von Geiger und den anderen ganz zu schweigen, die sich so etwas auch gar nicht erlauben würden.

Awwer was soll ichen bloß mache, fragte sie sich verzweifelt. Ich kann doch nett de Owwerstaatsanwalt mitsamt seiner LKA-Tussi aus Dannenberschs Dienschtzimmer enausschmeiße. Dess iss uunmeeschlich.

Aber so ganz passiv mochte sie dem vorsätzlichen Eindringen in Tannenbergs kriminalistisches Refugium nun aber auch nicht beiwohnen. Sie rutschte unruhig auf ihrem Bürostuhl herum, bis sie endlich eine Inspiration hatte: Sie rief ihren Chef an und schilderte ihm die Situation. Damit war sie aus dem Schneider und hatte zudem ihrem Vorgesetzten einen demonstrativen Beweis ihrer uneingeschränkten Loyalität erbracht.

Wolfram Tannenberg war schnell zur Stelle. Vor Selbstbewusstsein strotzend betrat er sein Büro, Michael Schauß folgte ihm. Tannenberg schien sehr überrascht, als er die beiden Personen schäkernd vor Weilachers Zugmodell stehen sah.

»Was verschafft mir die Ehre des hohen Besuchs? Haben Sie beide etwa den Serienmörder gefangen?«, legte er sogleich los.

»Immer ein kleines Scherzchen auf den Lippen, so kennen wir unseren Kriminalhauptkommissar, Frau Doktor. Nur leider hat er noch nicht bemerkt, dass über seine Scherze hier nie einer lacht«, gab der Oberstaatsanwalt spitz zurück.

»Aber bitte, meine Herren«, mischte sich die Profilerin ein, »aus der vergleichenden Verhaltensforschung wissen wir doch alle, dass zwei männliche Tiere sich sofort bekämpfen, sobald sie in freier Natur aufeinandertreffen.

Und ich denke, diesen primitiven Automatismus, der ja in der Tierevolution durchaus seine Berechtigung haben mag, können wir heutzutage wohl glücklicherweise als überwunden betrachten. – Oder etwa nicht?«

Der Blattschuss hatte gesessen.

Da keiner der beiden Männer auf ihre rhetorische Frage einging, schob sie nach: »Kollege Tannenberg, klären Sie mich doch bitte mal über dieses lustige Vorkriegsmodell hier auf. Denken Sie wirklich, so etwas Antiquiertes ist heute noch zeitgemäß? Glauben Sie ernsthaft, dass Sie damit einen cleveren Serienmörder dingfest machen können?«

»Liebe Frau Dr. Glück-Mankowski«, begann Tannenberg angesäuert, »auch wenn Sie es nicht glauben mögen, mit diesem, wie Sie so schön sagten ›Vorkriegsmodell‹ hat mein Amtsvorgänger in den langen Jahren seiner erfolgreichen Tätigkeit jeden, ich betone: jeden Mordfall in unserem Zuständigkeitsbereich aufgeklärt. Können Sie und Ihr LKA ähnliche Erfolgsquoten vorweisen?«

»Werte Frau Kollegin, ich denke, solch ein Diskurs bringt uns nicht weiter«, meinte Dr. Hollerbach und zupfte dabei nervös an seinem linken Ohrläppchen herum.

»Wir sollten in der Cafeteria noch schnell einen kleinen Imbiss zu uns nehmen, bevor wir uns zur Dienstbesprechung begeben. Vor Ihrem Auftritt wollen Sie sich bestimmt noch ein wenig stärken. Man weiß schließlich nie, welche Unwägbarkeiten einem in dieser Löwenhöhle erwarten.«

»Gehen Sie mit mir noch schnell einen kleinen Imbiss in der Cafeteria einnehmen?«, äffte Kommissar Schauß den Oberstaatsanwalt unter perfekter Nachahmung von dessen Gestik nach. »Cafeteria! – Hasch du gewisst, dass merr unser aldi, versiffdi Kanndien in Cafeteria umgedaaft hat?«

»Was merr nett so alles aanstellt, wann die LKA-Prominenz aus Mänz bei uns ufftaucht. Vor allem, wammer so e eiteler Stenz wie unser Herr Owwerstaatsanwalt iss«, entgegnete Tannenberg spöttisch.

»Du, Wolf, awwer mo im Ernscht, so schlecht sieht die

Madamm vumm LKA gar nett aus. Unn ehr Fahrgestell iss a nett zu verachte!«

Tannenberg brummte nur. Er pinnte eine Pappkarte mit dem Namen des Hochspeyerer Familienvaters in das Zugmodell.

»Wannse nett so uffgedaggelt wär, wärse ziemlich schnuggelisch«, legte Schauß nach.

»Entschuldischung, dass ich die Herren grad beime wischdische Dienschtgespräch steer«, rief Petra Flockerzie. Durch die sperrangelweit geöffnete Bürotür hatte sie die delikate Unterredung mitbekommen.

»De Ferschder Kreilinger hat voin aangeruf unn gesaat, dass er im Wald e Mann gesieh hat, derm verdäschdisch vorkumm iss.«

»Unn was war verdäschdisch annem?«, fragte Schauß.

»Der Mann wär sofort weggerennt, wie er näher kumm iss.«

»Dess iss awwer doch a kä Wunner, Flocke, bei demm Kotzbrogge. Wann der meer im Wald begähne deed, deed ich a die Bäh in die Hand nemme«, bemerkte Tannenberg giftig.

»Apropos Wald. Meer isses doch tatsächlich gelung, e Pilzexperte ausfinnisch zu mache«, lobte Schauß sich selbst.

»Unn zwar nett irgschendä Pilzexperte, sondern *de* Pilzexperte. Der Mann muss e richdischer Pilzguru sinn. Der macht iwwerrischens immer die Waldexkursione und Pilzseminare an de Volkshochschul.«

»Gut, Mischa. Do fahrn merr heit Middach mo vorbei.«

»Geht leider nett. Der iss nimmi do. Der iss zuner Pilzexpedition in de Bayrische Wald uffgebroch unn kummt erscht am Mondaach wirre«, sagte der junge Kriminalkommissar.

Ihm war deutlich anzumerken, dass er über diese Tatsache nicht unbedingt traurig war, schließlich gab es im Leben noch andere wichtige Dinge für ihn zu tun, wie zum Beispiel an diesem Samstagnachmittag, an dem Sabrina dienstfrei hatte.

»Was haben wir Neues?«, fragte Tannenberg in die Runde der versammelten SOKO-Mitarbeiter.

»Wir haben das Alibi des Studenten überprüft. Seine Kommilitonen bestätigen, dass sie während der Tatzeit alle gemeinsam in Frankfurt beim BAP-Konzert waren«, antwortete Susi Rimmel.

»Und ich hab die Alibis der Rentnerband abgecheckt«, ergänzte Wrenger vom Einbruchsdezernat. »Damit scheint auch alles in Ordnung zu sein. Die alten Knacker haben bis zwei Uhr nachts Schafkopf gespielt. Und ganz schön einen gezischt dabei. Der eine hat …«

»Danke, Kollege, so genau wollen wir das gar nicht wissen. Was gibt's noch? Wer war noch mal bei dieser Freundin der ersten Toten, dieser Frau Schneider vom Grünflächenamt?«

»Liegenschaftsamt, Chef, Liegenschaftsamt«, belehrte Geiger.

»Ist doch egal, Geiger! – Ja, Meier III«, sagte Tannenberg und erteilte dem Ermittler, der wie in der Schule den Finger gestreckt hatte, mit einem Handzeichen das Wort.

»Ich war bei Frau Schneider und hab ihr das Foto gezeigt. Aber sie kennt die Tote aus Hochspeyer nicht.«

»Okay, wär ja auch zu schön gewesen, wenn wir endlich eine Verbindung zwischen den beiden Mordopfern entdeckt hätten. – Geiger, wie sieht's mit dem Konopka aus?«

»Weiß nicht, Chef.«

»Wieso weißt du das nicht? Hattet ihr nicht den Auftrag, zu ihm zu fahren?«

»Doch, Chef. Da ist aber der Fouquet allein hin. Mir haben von dieser verfluchten Hochschlepperei zur Weltachs so die Knochen wehgetan, dass ich zum Arzt musste. Und der hat mir drei Spritzen gegeben.«

»Och, du armer, armer Kerl!«, bedauerte Susi Rimmel ihren jammernden Kollegen.

Erst jetzt fiel Tannenberg auf, dass der junge Kriminalassistent nicht zur Besprechung erschienen war. »Flocke, versuch mal, den Fouquet zu erreichen. Der soll machen, dass er herkommt.«

Anschließend informierte der Leiter der SOKO »Pilze« seine Mitarbeiter über die Ermittlungsergebnisse, die er und Kommissar Schauß in der Zwischenzeit zusammengetragen hatten.

»Der Müller, der könnte es doch gewesen sein«, ereiferte sich Geiger. »Der hat ein Motiv: Der ist sterilisiert und kann deshalb nicht für die Schwangerschaft verantwortlich sein. Also, Frage: Wer hat der Frau ein Kind gemacht? Motiv: Eifersucht! Außerdem ist er Arzt und kommt ganz leicht an Chloroform ran. Und drittens wohnt er direkt an der Jugendherberge, wo er sich ganz einfach die Postkarten besorgen hätte können. Der war's! Da bin ich mir ganz sicher!«

»Was ist denn mit dir los?«, fragte Tannenberg verwundert. »So kenn ich dich ja gar nicht. Das war richtig gut! Muss wohl an diesen Spritzen liegen. – Einwände zu dem, was Geiger gerade gesagt hat?«

»Der Müller müsste schon außergewöhnlich blöd sein«, bemerkte Schauß.

»Warum?«, fragte Tannenberg.

»Weil ich mir nicht vorstellen kann, dass solch ein intelligenter Mann den Fehler macht und diese Ansichtskarten in der unmittelbaren Nähe seines Wohnhauses kauft.«

»Gutes Argument, Mischa«, lobte Tannenberg. »Aber du weißt, was ich jetzt gleich dazu sagen werde.«

Schauß grübelte einen Augenblick. »Klar: Dass er vielleicht sehr schlau ist und gerade durch dieses naive Verhalten den Tatverdacht von sich fernzuhalten versucht, oder?«

»Ja, so ungefähr. Aber es gibt noch zwei andere Argumente, die gegen diese Hypothese sprechen. Erstens bin ich mir sicher, dass Müller wirklich nichts von der Schwangerschaft seiner Frau gewusst hat. Und zweitens kann ich mir nicht vorstellen, dass er beide Frauen nach Hause in den Keller geschleppt hat, dort an einen Galgen oder so was Ähnliches gehängt und dann genüsslich ermordet hat. Das wäre doch wohl viel zu riskant gewesen, oder etwa nicht?«

»Außerdem hat er für die erste Tatzeit ein hundertprozentiges Alibi«, sagte plötzlich Fouquet, der gerade abgehetzt den Raum betrat.

»Wieso? Woher weißt du das?«, fragte sein Chef verdutzt.

»Weil ich eben im Krankenhaus war und mir seinen Dienstplan angeschaut hab. An dem maßgeblichen Samstag hatte er ab 16 Uhr Dienst bis zum nächsten Morgen. Er war Wochenend-Bereitschaftsarzt für mehrere Stationen. Und das ist ein totaler Stressjob!«

»Damit wäre er wohl endgültig aus der Schusslinie. Sehr gut gemacht, Fouquet.«

»Danke für die Blumen, Chef. Aber ich hab noch was anderes: Herr Konopka glaubt, dass er die zweite Tote schon einmal gesehen hat. Er wusste nur nicht mehr, wo und mit wem. Aber er hat versprochen, dass er sich sofort meldet, wenn es ihm wieder einfällt. Ich hab ihm das Foto der Frau dagelassen. War das in Ordnung?«

»Natürlich. Vielleicht stoßen wir jetzt endlich auf eine Verbindung zwischen den Opfern«, sagte Tannenberg hoffnungsvoll. »Und was ist mit seinem Alibi für den zweiten Mord?«

»Da war er angeblich zu Hause bei seiner Familie. Konnte ich aber leider noch nicht überprüfen. Außerdem bittet er uns, mit der Befragung seiner Frau bis Montag zu warten. Er will ihr am Wochenende erst noch sein Verhältnis mit dieser Elvira Kannegießer gestehen.«

10

»Werte Kolleginnen und Kollegen«, begann Dr. Hollerbach theatralisch. »Wenn ich Ihre bisherigen Ermittlungsergebnisse richtig beurteile, muss ich leider feststellen, dass Sie noch keinen entscheidenden Schritt vorangekommen sind, schließlich haben Sie noch immer keinen Tatverdächtigen vorzuweisen. Stimmt doch Tannenberg, oder?«

»Könnte man so sagen«, antwortete der SOKO-Leiter betont lässig und lehnte sich entspannt in seinem Stuhl zurück.

»Gut, dann werden Sie jetzt alle dem sicherlich hochinteressanten Fachvortrag von Frau Dr. Glück-Mankowski lauschen, von dem Sie für Ihre Arbeit garantiert enorm profitieren werden.« Er machte eine ausladende Geste. »Bitte, geschätzte Frau Kollegin, beginnen Sie mit Ihren Ausführungen.«

»Vielen Dank für die netten Einführung, Herr Oberstaatsanwalt. Ich hoffe, ich kann diesen Vorschusslorbeeren auch gerecht werden«, sagte die Profilerin, während sie den Overheadprojektor einschaltete und eine Folie darauf ablegte.

Zu Tannenbergs großem Erstaunen war die Folie leer, gänzlich unbeschriftet.

Eigentlich hatte er wie sonst auch, wenn er zur Teilnahme an einem dieser todlangweiligen Selbstdarstellungs-Monologe – die man offiziell Fortbildungen nannte – genötigt wurde, sogenanntes didaktisch aufbereitetes Material erwartet: optisch prunkvoll gestaltete Vorlagen, die aus bunten Schaubildern, Statistiken und Diagrammen bestanden und nur dazu dienten, die zwangsbeglückten Zuhörer mit angeblichen Fakten zu erschlagen und dadurch mundtot zu machen. Damit sie nicht mehr in der Lage waren, den vor ihnen wie drittklassige Zirkusclowns herumkaspernden Dozenten die entscheidende Frage zu stellen, nämlich die nach der Alltagstauglichkeit ihrer theoretischen Ergüsse.

Da Tannenberg diese Strategie aber durchschaute, funktionierte sie bei ihm nicht. Es war ihm stets eine große Freude, die hochdekorierten Theoretiker mit der Frage nach der Umsetzbarkeit ihrer Aussagen in die kriminalistische Praxis zu konfrontieren. Je mehr er dabei merkte, wie unangenehm den meisten Dozenten dieses Thema war, umso stärker drangsalierte er sie damit. Schon oft hatte er diese verbalen Schlachten als Sieger verlassen.

Dr. Hollerbach jedoch vermochte dieser konstruktiven Kritik, wie Tannenberg seine Vorgehensweise selbst gerne bezeichnete, absolut nichts Positives abzugewinnen. Er beschimpfte ihn regelmäßig als impertinenten Querulanten, der trotz gegenteiliger Beteuerung nur Destruktion im Sinn habe.

Der Streit zwischen den beiden Kampfhähnen gipfelte darin, dass der Oberstaatsanwalt Tannenberg eine Zeit lang die Teilnahme an solchen Fortbildungsveranstaltungen per Dienstanweisung untersagt hatte.

Allerdings nur mit zeitlich eng begrenztem Erfolg, denn der Polizeipräsident hatte diesen Maulkorberlass umgehend aufgehoben, nachdem Tannenberg schriftlich dagegen protestiert hatte und nachweisen konnte, dass die Staatsanwaltschaft zu solchen Anordnungen überhaupt nicht befugt war.

»Ich möchte meine kriminalpsychologischen Erörterungen, die Sie selbstverständlich jederzeit unterbrechen können, gerne in zwei Teile splitten«, eröffnete Dr. Glück-Mankowski ihren Fachvortrag. »Zuerst werde ich Ihnen einige ausgewählte wissenschaftliche Forschungsergebnisse zum Thema

›Profiling von Serienmördern‹ präsentieren und danach versuchen, diese Erkenntnisse mit den von Ihnen bislang gewonnenen Ermittlungsfakten zu verknüpfen. Vielleicht können wir so den potenziellen Täterkreis einengen. Gibt es irgendwelche Einwände gegen mein beabsichtigtes Vorgehen?«

Da sich niemand zu Wort meldete, setzte sie gleich ihren Vortrag fort: »Viele kriminalistische Studien haben gezeigt, dass im Gegensatz zum klassischen Kriminellen, dem meist nur recht bescheidene intellektuelle Fähigkeiten zur Verfügung stehen – glücklicherweise, kann man da ja nur sagen –, der Serienmörder in der Regel mit einer weit überdurchschnittlichen Intelligenz ausgestattet ist.«

»Geiger, dann scheidest du ja als Verdächtiger von vornherein aus«, warf Schauß dazwischen.

»So viel zum Thema überflüssige, unkollegiale Bemerkungen«, rüffelte umgehend die Profilerin und wandte sich gleich wieder ihrem eigentlichen Themengebiet zu. »Darüber hinaus ist festzustellen, dass der klassische Kriminelle eine graduelle Verbrecherkarriere durchläuft, das heißt, er beginnt mit kleineren Straftaten und steigert seine kriminelle Energie im Laufe der Zeit, ähnlich einem Lehrling, der sich während seiner Berufsausübung immer weiter professionalisiert. Dieses Phänomen der Auffälligkeit, wie ich es bezeichnen möchte, erleichtert den Ermittlungsbehörden natürlich enorm die Arbeit, denn unsere Klienten sind ja gerade aus diesem Grunde oft aktenkundig und können deshalb meist relativ schnell einer Straftat zugeordnet werden. Der Serienmörder dagegen verkörpert geradezu das Gegenteil der Auffälligkeit.«

»Wieso?«, fragte Geiger verwundert.

»Ganz einfach: Weil er nicht über eine eindimensionale, also einfach gestrickte, geradlinige, leicht zu durchschauende Persönlichkeit verfügt. Der Serienmörder besitzt eine multiple Persönlichkeit.«

Dr. Eva Glück-Mankowski schaute in die Runde und gewann den Eindruck, dass einige der versammelten SOKO-Mitglieder mit diesem fachpsychologischen Begriff nichts oder nur wenig anzufangen wussten, deshalb ergänzte sie: »Das heißt, er ist in der Lage, jahrelang absolut unauffällig neben und mit uns zu leben. Irgendwann plötzlich geschieht dann mit ihm eine radikale Verwandlung, meist zu Hause. Auslöser für dieses Phänomen sind oft bestimmte Gerüche, Fotos, Geräusche oder ähnliche Dinge. Dann begeht er seine schreckliche Tat – und kehrt anschließend wieder in sein normales Leben zurück, so wie wenn nichts geschehen wäre. Diese beiden Faktoren …«

Die Profilerin schrieb die Begriffe »überdurchschnittliche Intelligenz« und »multiple Persönlichkeitsstruktur« auf die Folie. »… machen die Entlarvung eines solchen Tätertypus so extrem schwierig.«

Für einen Augenblick herrschte absolute Stille in dem Konferenzzimmer.

»Es muss aber doch einen Grund für dieses irrsinnige Verhalten geben, irgendeine Ursache, warum ausgerechnet dieser Mensch zum mehrfachen Mörder wird und ein anderer eben nicht«, zerstörte Susi Rimmel die andächtige Stille.

»Richtig, Frau Kollegin, den gibt es auch. Meist ist es ein psychodynamisches Trauma aus der Vergangenheit des Täters, das diese ganze schreckliche Lawine auslöst. Aber lassen Sie mich noch kurz meinen Vergleich zu Ende führen. Es gibt nämlich einen weiteren gravierenden Unterschied zwischen den beiden Verbrechertypen. Im Gegensatz zu einem gewöhnlichen Mörder, den wir als Handwerker bezeichnen können, weil er irgendeinen Gegenstand funktional einsetzt, um sein Vorhaben zu erfüllen …«

»Mit einem Hammer zum Beispiel«, platzte Geiger dazwischen.

»Zum Beispiel mit einem Hammer«, bestätigte die Profilerin nickend, »mit dem der Täter einen anderen erschlägt. Richtig. Dabei ist ganz klar: Der Hammer, also die Tatwaffe, dient nur als Mittel zum Zweck. Ein Serienmörder dagegen versteht sich als Künstler. Er gestaltet ein Kunstwerk, wie ein Bildhauer, der aus einem groben, unförmigen Steinklotz eine differenzierte, ausdrucksstarke Skulptur schafft.«

»Irre!«, warf Wrenger kopfschüttelnd in die Runde.

»Und, liebe Kollegen: Er kultiviert eine spezielle Kunstfertigkeit.«

»Was heißt das konkret?«, wollte Schauß wissen.

»Das heißt, dass zum Beispiel der Tötungsvorgang regelrecht zelebriert wird, vergleichbar vielleicht mit der rituellen Schächtung eines Tieres. Alles, was der Serienmörder macht, ist Teil eines – wenn es nicht so makaber wäre, könnte man sagen: liebevoll gestalteten – Gesamtkunstwerks, das aus Tat, Mordwaffe, Fundorten, Ritualen und so weiter besteht.«

Die Kriminalpsychologin schrieb »Künstler« auf die Folie und zusätzlich, ihren weiteren Ausführungen vorgreifend, »Spieler« darunter.

»Spieler?«, fragte Geiger ungläubig und zog seine wie eine Speckschwarte hell glänzende Stirn in dicke Falten.

»Ja, Spieler. Der klassische Serienmörder ist ein Spieler, und zwar ein ganz ausgekochter, intelligenter Stratege. Er gibt die Regeln vor, er zieht die Fäden in einer perfekt von ihm organisierten Performance. Und: Er ist ein Perfektionist, der alles bis ins Detail geplant. Der absolute Kick besteht für ihn nämlich darin, dass er sich daran ergötzen kann, wie alle Mitspieler, die ja oft gar nicht wissen, dass sie seine Mitspieler sind, genau das machen, was er für sie vorausbestimmt hat.«

»Absolut irre! Das heißt ja: Wir alle sind seine Marionetten!«, rief Fouquet aufgebracht.

»Sehr guter Vergleich, Herr Kollege! Aber es geht noch weiter: Obwohl er sich einerseits wie jede leidenschaftliche Spielernatur sehnlichst wünscht, die absolute Kontrolle über das Spiel zu gewinnen, genauso wenig kann er es ertragen, wenn das Spiel zu einfach für ihn wird. Was macht er also, meine Damen, meine Herren?«

Völliges Schweigen.

»Unser Serienmörder verschafft sich einen weiteren Kick, und zwar einen Zeit-Kick.«

»Einen was?«, fragte Meier III verständnislos.

»Einen Zeit-Kick. Das heißt: Er arrangiert zum Beispiel, dass seine Häscher die Leichen jeweils ziemlich schnell finden können und ihm damit bei seinem Katz- und Maus-Spiel zumindest zeitlich direkt auf den Fersen sind. Deshalb wählt er auch stets nur solche Orte für die Ablage seiner Mordopfer, bei denen er ganz sicher sein kann, dass die Leichname schnell gefunden werden.«

»Das heißt, er hat wahrscheinlich vorher genau ausspioniert, dass die Rentner jeden Morgen am Pfaffenbrunnen vorbeikommen«, bemerkte Tannenberg nachdenklich.

»Das wäre eine logische Schlussfolgerung aus dem, was die Frau Doktor eben gesagt hat«, bemerkte der Oberstaatsanwalt süffisant.

»Ja, und wie können wir diesen Kerl überhaupt fassen, wenn er so schlau ist, wie Sie sagen?«, wollte Meier III wissen.

»Hat jemand eine Idee?«, fragte die Profilerin in die Runde.

Betretenes Schweigen.

»Wenn ich das alles, was Sie gesagt haben, wenigstens einigermaßen richtig verstanden habe, dann arbeitet ein Serienmörder an einen Kunstwerk, so pervers wie das auch klingt«, sagte Susi Rimmel plötzlich in die andächtige Stille.

»Richtig, Frau Kollegin.«

»Aber ein normaler Künstler ist ja irgendwann mit seinem

Werk fertig. Was macht ein Serienmörder? Hört er auf oder macht er weiter, wendet sich sogar möglicherweise einem neuen Kunstwerk zu? O Gott, ist das abartig!«

»Genau, liebe Kollegin, das ist das Problem. Wir wissen es nämlich nicht. Keiner kann voraussagen, wann er mit seinem makaberen Kunstwerk fertig ist. Der Serienmörder kann zum Beispiel eine mehrere Monate andauernde Pause einlegen und dann, wie Sie richtig sagten, mit einem neuen Kunstwerk beginnen. Leider ist dies eine sehr traurige Erkenntnis, es gibt aber keine andere. Solange diese Mehrfachtäter nicht gefasst sind, sind sie tickende Zeitbomben.«

»Ganz schön frustrierend, was Sie uns hier mitteilen«, bemerkte Fouquet, der seinen Kopf auf beide Handinnenflächen gestützt hatte, deprimiert.

»Aber, aber, Sie werden doch jetzt nicht den Kopf hängen lassen. Es gibt durchaus eine Möglichkeit, mit …«

»Ja, welche denn?«, rief Geiger erregt dazwischen.

»Wir haben nur dann eine Chance, ihn zu fassen, wenn wir versuchen, uns in die Psyche des Täters hineinzuversetzen«, fuhr die Profilerin mit ihren Ausführungen fort.

»Und wie?«, hakte Geiger nach.

»Indem wir die Tatorte intensiv besichtigen, uns die Ablaufmuster seiner Taten vergegenwärtigen, seine Verhaltensmuster nachahmen …«

»Soll das etwa heißen, dass ich einen psychopathischen Serienmörder erst dann fassen kann, wenn ich selbst einen Mord begangen habe? Weil ich ja nur dann weiß, wie sich so ein Perversling wahrscheinlich dabei gefühlt hat«, warf Fouquet empört ein.

»Natürlich nicht, Herr Kollege. Wo kämen wir denn da hin?«, lachte die Profilerin.

»Es geht einfach darum, sich so nah wie nur irgend möglich seinen Denk- und Empfindungsstrukturen anzunähern. Wie

Sie es zum Beispiel mit dem Nachstellen des Leichentransports versucht haben. Das war eine sehr gute Idee«, lobte sie. »Irgendwer hat mal in diesem Zusammenhang gesagt: Wer einen Künstler verstehen will, muss intensiv dessen Kunstwerke betrachten. Außerdem macht jeder Mörder irgendwann einen Fehler. Auf den müssen wir eben warten. Selbst die intelligentesten Serientäter sind irgendwann so überheblich geworden, dass sie einen Fehler begangen haben …«

»Aber, Frau Kollegin«, unterbrach Tannenberg, »ist es nicht vielmehr so, dass der Serienmörder diesen vermeintlichen Fehler absichtlich begeht, also quasi inszeniert? Denn wenn ich richtig informiert bin, gehört zu seinem Spiel, dass er sich am Schluss, also nach Vollendung seines Kunstwerks, der Polizei stellt, um ihr den Erfolg der Ergreifung nicht zu gönnen. Oft kommt es ja auch zu einem tödlichen Ausgang. Viele Experten meinen sowieso, dass es sich bei solchen Wahnsinnstaten letztlich um einen inszenierten Selbstmord handelt, wie zum Beispiel bei diesem *suicide by cop*, wie die Amis die inszenierte Selbsttötung durch Polizeikugeln ja nennen.«

»Respekt, Herr Hauptkommissar, Sie sind ja wirklich überraschend gut informiert. Woher haben Sie denn Ihre Fachkenntnisse? Haben Sie mal eine Fortbildung zu diesem Thema besucht?«, fragte die Profilerin erstaunt.

»Da muss ich Sie leider enttäuschen, ich bin nämlich ausgesprochen fortbildungsresistent oder besser gesagt: fortbildungsrenitent. Fragen Sie nur mal den Herrn Oberstaatsanwalt, der wird Ihnen das sicherlich gerne bestätigen. Aber manche Dinge weiß man eben sogar bei uns hier unten im tiefsten, tiefsten Pfälzer Wald.«

»Nun gut. Ich wollte noch auf das aus Ihren bisherigen Ermittlungsergebnissen zu schlussfolgernde konkrete Täterprofil eingehen«, sagte Dr. Glück-Mankowski, ohne auf Tannenbergs Provokation einzugehen.

»Also, erstens zum Geschlecht. Da denke ich, können wir mit sehr hoher Wahrscheinlichkeit davon ausgehen, dass nur ein männlicher Täter für diese Ritualmorde in Betracht kommt. Kommissar Schauß, wie haben Sie sich eigentlich da oben gefühlt, nachdem Sie die vermeintliche Leiche hochgeschleppt hatten?«

»Gefühlt?«, antwortete Schauß überrascht. Er war mit seinen Gedanken gerade zu Sabrina abgeschweift. »Ja, wie hab ich mich gefühlt?«, wiederholte er. »Kaputt, körperlich ausgelaugt.« Er brummte nachdenklich. »Aber auch irgendwie erleichtert, froh, dass ich endlich oben war, nach all den Strapazen.«

»Das ist übrigens auch ein wichtiger Aspekt«, sagte die Profilerin. »Der psychopathische Serienmörder unterliegt nämlich einem permanenten Zwang, sich selbst zu bestrafen. Das kann sich unter anderem darin äußern, dass er sich aus objektiver Sicht völlig unsinnigen Gefahren aussetzt, also Situationen, aus denen er gerade noch so in letzter Minute entkommen kann oder in denen er nur mit viel Glück nicht entdeckt wird. Oder, wie in unserem Fall, sich außergewöhnliche körperliche Strapazen auferlegt. Oder die extremste Form wählt und, wie Kollege Tannenberg eben richtig erwähnt hat, die eigene Tötung inszeniert. Entweder als Selbstmord oder – was heute leider wirklich immer beliebter wird – durch Fremdeinwirkung, am besten durch einen Polizisten, dem man ja dadurch, dass man ihn zum Töten zwingt, ein lebenslanges Trauma auferlegen kann. Denn oft stellt sich in diesen Fällen heraus, dass die Waffe des Täters gar nicht geladen war, der arme Beamte also quasi einen Unbewaffneten erschossen hat.«

»Einfach Wahnsinn!«, warf Wrenger ein.

»So, das Geschlecht haben wir ja vorhin schon geklärt«, wechselte die LKA-Mitarbeiterin das Thema und zog damit gleichzeitig eine Art Zwischenbilanz. »Nun zum Alter: Ein

Mann im fortgeschrittenen Lebensabschnitt scheidet wohl wegen der bekannten körperlichen Belastungen aus. Ich schätze, dass der Täter zwischen 20 und 50 Jahre alt sein dürfte und bestimmt gut durchtrainiert ist. Einwände?«

Niemand rührte sich.

»Vielleicht sind Sie jetzt ziemlich geschockt, wenn ich Ihnen mitteile, dass sich aus den bisher vorliegenden Erkenntnissen keine weiteren Rückschlüsse auf die Persönlichkeit des Mehrfachtäters konstruieren lassen. Vielen Dank für Ihre Aufmerksamkeit.«

Der Oberstaatsanwalt reagierte sichtlich irritiert. Artig bedankte er sich für den Vortrag und verabschiedete sich zu einem angeblich unaufschiebbaren Gerichtstermin.

Auch Tannenberg war sehr erstaunt über die unerwartete Bescheidenheit der Kriminalpsychologin. Er hatte sich so gut vorbereitet und wollte ihr am Ende ihrer wilden Spekulationen eine richtig deftige Breitseite verpassen. Dazu hatte er sogar die statistischen Zahlen über die Trefferwahrscheinlichkeit der Täterprognosen auswendig gelernt, die sein Vater im Internet für ihn recherchiert hatte.

Was sind schon 65 Prozent? Die ganze Sache hat doch einen Haken, und zwar einen entscheidenden: Alles, was Sie uns eben gesagt haben, sind Vermutungen, nichts als reine Vermutungen, Vermutungen mit Wahrscheinlichkeitscharakter. Aber diese wilden Spekulationen blockieren uns, weil sie uns den Überblick, die kritische Distanz verlieren lassen. Es kann, wenn auch nur mit 35-prozentiger statistischer Wahrscheinlichkeit ganz anders sein. Und genau dafür brauchen wir unseren breiten Ermittlungsfokus, den Sie uns einengen wollen. Und außerdem bezweifle ich die Seriosität dieser Statistiken! Irgendwer hat mal gesagt: Traue nie einer Statistik, die du nicht selbst gefälscht hast. Wahre Worte, hatte Tannenberg sagen wollen.

Schauß und Tannenberg gingen mit einem doppelten Espresso bewaffnet in das Büro des SOKO-Leiters.

»Dees gebbts jo garnett! Seit wann bischen du e Profiling-Experte?«, fragte Schauß.

»Ich war jo voll vunn de Sogge. Ich hann gedenkt, deer gehts – er malte Gänsefüßchen in die Luft – abbediddlische Zuggerbibbsche mit ehrm Gebabbel todal uffs Knerzje. Und dann gesche ab wie e Rageet.«

»Do hanner eisch all ganz schää gewunnert, dass de ald Dannebersch noch so fit iss, gell. Awwer deer verrood ich nadierlich moi Geheimnis: De Sherlock Holmes aus de Beethoffestrooß hat sich e Combjuder un e Flatrate zugeleet. Unn jedzert krieter vunn meer ab unn zu e Rechercheufftraach.«

Der junge Kommissar tippte sich an die Stirn und lachte. »Jedzert versteh ich!«

»Awwer die Glick-Mankowski hat merr mit ehrm selbschtkriddische Abgang todal de Showdown verdorb. Ich hann mich so schä vorbereit unn wollter am Schluss e paar rischdisch schäne Kracher vor die feine Schiggelscher werfe. Was anneres: Stell derr mo vor, die hat meer hejt Moin am Stadtcafé uffgelauert unn mich gedrängt, ›Eva‹ zu ehr zu sae!«

»Uffgelauert? Na, iwwertreibsche nett grad e bissje, du alder Aangewwer?«, fragte Schauß mit einer Mischung aus Skepsis und Verblüffung.

»Eva? Na, so was! Vielleicht gefallsche ehr jo, so als Mann, mähn ich.« Er grinste über beide Ohren. »So Karriereweiber sollen jo nett so aanspruchsvoll snin!«

»Chef, e Dr. Bohnhorscht iss am Abbaraat. Soll ichne durchstelle?«, rief plötzlich Petra Flockerzie durch die Gegensprechanlage.

»Na klar, Flocke, mach dess. Mo heere, was de Herr Doggder vunn meer will.«

»Wer issen dess, Wolf?«

»Noor e alder Klassekamerad«, antwortete Tannenberg kurz angebunden, bevor er den Telefonhörer abhob.

»Hallo, Dann, ich wollt mich bei deer entschuldische, dass ich mich heit Moin uffem Markt so uunmeeschlich benumm hann. Ich bin zurzeit äfach uunheimlisch aangefress. Weje der Mordserie bleiben merr moi Patientinnen weg, weilse sich aus lauder Angscht nimmi uff die Strooß trauen. Bidde kimmer dich drum, dass der ferschderlische Spuk ball e Enn hat.«

»Mach ich, Kai, mach ich. Ess war nett von deer, dasche aangeruf hasch.«

Tannenberg berichtete Kommissar Schauß unter Verweis auf seine Privatsphäre nichts von dem, was sein ehemaliger Mitschüler ihm gerade gesagt hatte.

»Wääsche was, Mischa«, versuchte er eine gerade in seinem Kopf aufleuchtende Inspiration in Worte zu fassen. »Ich hann e Idee: Moje frieh mach ich e lange Waldspaziergang.«

»Warum? Wohi?«, fragte der junge Kriminalkommissar verwundert.

»Ganz äfach: Ich geh die Fundorte vunn de Leiche noenanner ab. Dodebei kann ich dess mache, was die Glick-Mankowski voin gemäät hat, nämlich versuche, mich in de Täter eninnzuversetze. Irschendwie scheint der verfluchte Sauhund jo e engi Beziehung zum Wald zu hann.«

»Vumm Pfaffebrunne zur Weltachs. Dess dauert jo Stunne! Dess sinn jo mindeschdens zeh Kilomeder«, überschlug Schauß die Entfernung.

Anschließend prüfte er seine Schätzung anhand der Übersichtskarte, die neben Tannenbergs Schreibtisch an der mit weißer Raufaser tapezierten Wand hing.

»Dess sinn gut zeh, wann nett sogar zwölf Kilomeder. Dess kannsche doch nett mache, schließlich stegge merr inner ganz hääse Ermittlungsphas. Do musche doch jederzeit erreichbar sinn.«

»Bin ich jo«, entgegnete Tannenberg gelassen. »Ich nemm moi Handy mit. Unn wann ebbes bassiert, rufsche mich aan unn hoolsch mich ab.«

»Unn wie soll ich mich bidde im Wald zurechtfinne? Du saasch merr äfach: Näwer de groß Ääsch orre links hinner de Fichteschonung, orre wie?«

»Komplizier die Sach doch nett uuneedisch. Ich hann doch e Wannerkaad dabei. Unn wann ich mich verlaaf, gebb ich äfach e paar Warnschiss ab unn du schicksch drei Polizeihubschrauber los!«, scherzte Tannenberg.

»Mensch, Mischa, ich geh doch nett in die kanadisch Wildnis, sondern in de Pälzer Wald rund um Laudre. Unn do kenn ich mich vunn frieher her noch ganz gut aus.«

»Chef, schunn wirre e Aanruf ferr Sie«, tönte es erneut aus dem beigen Plastikkästchen auf Tannenbergs Schreibtisch.

»Toll! Dann treffe merr uns heit Owend zume flodde Dreier«, war alles, was der Leiter der SOKO »Pilze« in den Telefonhörer sagte.

»Wer warn dess schunn wirre?«, fragte Schauß neugierig.

»Privat, Mischa, sogar streng privat!«

»Manchmo bische merr äfach e Rätsel.«

»Dess iss a gut so, denn alde Männer hann a e Recht uff e geschitzdi Intimsphär. Schließlich lodert a imme alde Vulkan dief unne noch e hääses Feier.«

»Wolf, meer gehn die Gedichte äfach nett mäh aussem Kopp«, sagte Heiner Tannenberg, nachdem er es sich am Küchentisch der brüderlichen Wohnung gemütlich gemacht hatte.

»Wieso Gedichte – wieso Mehrzahl?«, fragte der SOKO-Leiter während er einen dampfenden Espresso servierte. »Warsch du etwa dehääm, wie die zwädd Poschtkaad aankumm ist?«

Tannenberg klatschte sich an die Stirn. »Nadierlich warsche dehääm«, dämmerte es ihm. »De aam Herr Lehrer hat jo sechs Woche Summerferie. Pardong, dess hann ich voll vergess gehatt.«

»Akzeptiert!«, erwiderte Heiner. »Bass uff, Bruderherz: Ich hann die beide Gedichte mitenanner verglich.«

»Wieso haschen dess gekennt?«, fragte der Kriminalist erstaunt. »Du hasch doch de Text vunn de erscht Poschkaad gar nett.«

»Wolf, manchmo unnerschätschde mich ganz gewaldisch.«

»Ehrlich? Iss merr noch nie uffgefall.«

»Ich hammer dess Gäälschwämmscher-Gedicht nadierlich gemerkt unn uffgeschribb. Uff de erschde Blick siehn beide Gedichte sehr ähnlich, um nett zu sae idendisch aus.

Ess gleiche Versmaß, die gleiche Strophe- unn Silbezahl, die gleiche Reimform. Wirre die vier beschdimmde Artikel am Aanfang: Der – Der – Die – Der. Was bezweckt de Mörder noor dodemit, hann ich mich gefroot.«

»Ich hann kä Ahnung, kä blasser Schimmer.« Tannenberg seufzte. »Heiner, allmählich glaab ich, dass die Sach e Nummer zu groß ferr mich iss.«

»Quatsch, Wolf, du schaffsch dess schunn! Voin hann ich emool e bissje im Internet gesurft. Unn dodebei bin ich uff inderessande Sache gestoß.«

»Uff was dann?«, fragte Tannenberg neugierig.

»Ich hann äfach mo nogeguggt, wasses so alles zum Thema ›Zahle unn ehr Magie‹ gebbt. Die Zahl Vier iss in de Gedichte jo ziemlich dominant: Die komische beschdimmde Artikel in de erschde Strophe unn weje de vier Zeile, aus denne jede Stroph besteht. Dann nadierlich die Zahl Acht, weil jedi Zeil genau acht Silbe uffweist. Wammer die beide Zahle mitenanner vergleicht, fallt emm nadierlich sofort uff, dass acht ess Dobbelte von vier iss unn vier die Hälft vunn acht.«

»Dess kabier sogar ich, Heiner. Awwer glaabsche werglisch,

dass uns die Spekulatione weiderbringen?«, wandte Tannenberg skeptisch ein.

»Waads ab. Heer derrs erschtmo ferdisch aan.«

»Okay.«

Heiner räusperte sich. »Die vier iss weje de vier Elemende ess Symbol ferr die positive Kräfte vunn de Nadur, awwer a ferrs Zerstеererische in ehr. Im asiatische Kulturkrääs symbolisiert die Zahl Vier iwwerischens de Dood. Dessweh gebbts dort in kääm Haus e vierte Stock. Hasche dess gewisst?«

»Weider!«

»Die Zahl Acht isses Symbol ferrs Lewe noom Dood unn ferr die Unendlichkeit.«

»Wahnsinn!«

»So, unn jedzert zu de Eischenschaffde, die sich aus Geburtsdaade orre Chiffrierunge vunn Name unn so weider ergewwen. Mensche, bei denne noh komblizierde Bereschnunge die Zahl Vier am Enn rauskummt, sinn geduldisch, ausdauernd, intelligent, zuverlässisch unn vertrauenswürdisch. Der Idealberuf ferr die iss der als Wissenschaftler. Kummt die Zahl Acht eraus, dann weisen die Leit aangeblich folgende Charaktermerkmale uff: sehr starke Persönlichkeit, Neigung zur Perfektion, awwer a extremi Riggsichtslosischkeit.«

»Heiner, sei so gut unn schreib meer dess alles uff und druck merrs aus. Meer blatzt glei de Kopp! Ich brauch dringend Entspannung! Hoffentlich kummt de Rainer ball.«

Eine halbe Stunde später traf der Gerichtsmediziner in der oberen Etage des Nordhauses ein. Die Skatkarten wurden geholt und Getränke besorgt.

»Alles klar, Heiner?«, fragte Dr. Schönthaler.

»Eischentlich schunn, awwer moi Dochder macht merr grad e paar Brobleme.«

»Wieso?«, fragte Tannenberg verwundert. »Wieso haschen du Brobleme mit de Marieke?«

»Was häßt ›mit de Marieke‹! Eischentlich hann ich mäh Probleme mit jemand annerem.«

»Klar, mimm Elsbeth. Dess iss jo a kä Wunner.«

»Quatsch! Nett mit de Betty.«

»Ja, mit wemm dann sunnscht?«

»Mit ehrm Freind. Sie hat seit Korzem e Freind.«

Tannenberg grinste. »So e rischdische? So mit allem Drumm unn Draan?«

»Genau so enne«, seufzte Heiner Tannenberg. »Der hat se schunn so abhängisch vunn sich gemacht, dasses Marieke geschdern gefroot hat, obber näggschdes Wochenend bei uns iwwernachde derrf.«

»Ach, jedzert versteh ich doi Broblem!«, lachte Dr. Schönthaler. »De Vadder vunner bildhibbsche Dochder iss eifersischdisch.«

»Quark! Ich bin doch nett eifersischdisch! Ich hann noor Angscht umse. So e hergelaafener Faulenzer aus Kriggebach. Der iss a noch bei meer an de Schul. Was mänenern, wie der mich vor de Ferie immer so triumphierend aangegrinst hat. Ehr missden eisch emool die Node aangugge, die ich meer vunn moine Kolleesche besorscht hann. Kataschdrophal! Was sollen aus soome Luuser späder mo werre?«

»Na, jedzert mach awwer mo halblang!«, versuchte Tannenberg zu mäßigen. »Schluss mit demm Bleedsinn. Loss dess Määre soi eischene Erfahrunge mache.«

»Ich denk, dess war e gutes Schlusswort, schließlich waaden die 32 Blätter des Teufels uff uns«, sagte der Pathologe und rieb sich voller Vorfreude die Hände.

Tannenberg schenkte Mirabellenschnaps aus. »Zum Vorgliehe. Proscht!«

»Proscht. Eischentlich gebbts jo a ebbes zu feiere«, sagte der Pathologe nebulös.

»Unn was, wann ich froe derrf?«, sagte Tannenberg.

»Der Grund meiner leichten Verspätung liegt darin begründet, dass ich im Labor erst noch etwas fertig machen musste«, begann Dr. Schönthaler provozierend förmlich.

»Unn was hasche misse noch ferdisch mache?«, wollte Tannenberg ungeduldig wissen. »Mensch, Rainer, loss derr nett die Werrrmer änzeln aus de Noos ziehe.«

»Uungeduldischer Zabbelkopp«, foppte ihn der Rechtsmediziner. »Allo hopp, ums uff de Punkt zu bringen: Ess steht definitiv fescht, dass beide Morde vunn äm unn demmselbe Täter durchgefiehrt worr sinn. Die Genanalyse sinn idendisch.«

»Awwer du hasch doch alle Asservate de LKA-Leit iwwergebbe solle.«

»Hann ich jo a. Awwer irschendwie muss ich in de Hektik wohl e paar Klännischkeite iwwersieh hann«, antwortete Dr. Schönthaler, breit grinsend wie ein Honigkuchenpferd.

»Du alder Gauner!«

»So e Lob aussem Schnawwel vumme begnadede Kriminalbeamte – man bedankt sich! Awwer mo im Ernscht: Glaabsche, ich loss mich vunn denne arrogannde Wischdischduer äfach so uff die Schnelle außer Gefecht setze? Hasche dess geglaabt?«

»Nee, nadierlich nett. Durch dess Unnersuchungsergebnis kennen meer jo die hypothedisch Existenz vumme Nohahmungstäter endgildisch ad acta lee. Na, dess iss jo schunnmo was!«, freute sich Tannenberg.

»Awwer so viel hasche amo wirre nett gewunn, schließlich wääsche nett, wemm soi DNA dess iss. Orre willsche alle männliche Innwahner vunn Laudre zu de Abgab ehrer Schbeichelprob zwingen?«, fragte der Pathologe.

»Warum eischentlich nett?«, scherzte sein Freund.

»Schluss mit eierm Dienschtpalaver! Jedzert werd Kaade gespielt«, sprach Heiner ein Machtwort.

Erna Faber lebte seit ihrer frühesten Kindheit in ihrem etwas zurückgesetzten zweigeschossigen Elternhaus in der Glockenstraße. Im Keller dieses Sandsteingebäudes hatte sie die Bombennächte des Zweiten Weltkriegs unbeschadet überstanden.

Hier in dieser Straße hatte sie als Trümmerfrau beim Wiederaufbau geholfen. Hier in diesem Haus hatte sie ihre drei Töchter zur Welt gebracht. Hier in diesen tristen Räumen hatte sie ihren Ehemann bis zu seinem Tod gepflegt.

Und hier war sie alleine zurückgeblieben, als ihre Töchter sich im Laufe der Zeit über das ganze Land verstreuten und ihr nacheinander mitteilten, dass sie leider der alten Mutter in ihrem neuen Zuhause keinen Wohnraum zur Verfügung stellen konnten. Deshalb hatte sich Erna Faber damit abgefunden, irgendwann einmal als Pflegefall in einem Altersheim zu landen.

»Awwer bis dohi vergeht hoffentlich noch viel Zeit. Schließlich muss sichs Frauche jo um Susi-Schatz kimmere.«

Die übergewichtige Dackelhündin auf ihrem Schoß gab keine Antwort, sondern verschlang laut schmatzend das Stückchen dick mit grauer Leberwurst bestrichene Roggenbrot, das ihr die alte Dame gerade als Betthupferl in das sabbernde Hundemaul gesteckt hatte.

Schwesterlich geteilt wanderte das nächste schmale Schnittchen in Erna Fabers Mund, das übernächste wieder in Susis gieriges Dackelmaul. Und so ging es weiter, bis von der Brotscheibe außer ein paar Krumen, die Susi noch vom Teller schlecken durfte, nichts mehr übrig war. Als Dank für dieses lukullische Mahl zog Susi-Schatz ihre lange Hundezunge mehrmals über den mit Leberwurstresten umsäumten Mund der alten Frau.

»Unn jedzert gehen meer zwä vorm Schloofegehe nochmo Gassi«, sagte Erna Faber leise. Dann drückte sie einen liebevollen Kuss auf die ihr entgegengestreckte kalte Hundeschnauze und setzte ihren Sonnenschein vorsichtig wie eine original Meissner Porzellanfigur auf den Küchenboden.

Mit ihrem kleinen Hund im Schlepptau, der breitbeinig und träge wie ein müdes Hängebauchschwein gemächlich hinter ihr hertrottete, passierte die alte Frau auf ihrem allabendlichen Rundgang durch die Straßen des Musikerviertels zuerst den Seniorentreff in der Mozartstraße und dann die Psychiatrische Klinik in der Parkstraße.

Danach bogen die beiden skurrilen Gestalten wie immer in die Beethovenstraße ein, die aufgrund der vielen nur schummrig beleuchteten Hofeinfahrten genau das richtige Ambiente bot, das Susi-Schatz benötigte, um sich unbeobachtet und ungestört von den auslassbegehrenden Verdauungsprodukten zu befreien, die sich tief in ihrem Körperinnern angestaut hatten.

Plötzlich hörten die drei skatspielenden Männer von der Straße her einen markdurchdringenden spitzen Schrei, dem im direkten zeitlichen Anschluss hysterisches asthmatisches Hundegekläff folgte. Alle drei dachten sofort an einen Verkehrsunfall.

Tannenberg ließ die Karten fallen, rannte ans Fenster, riss es auf und blickte suchend nach unten. Er sah nichts. Keine Menschenseele. Wo war nur dieser Schrei hergekommen? Dann kam ihm die Erleuchtung. Er rannte die Treppe hinunter, schaltete die Außenbeleuchtung ein und öffnete die Seitentür zur Garageneinfahrt.

Er sah zunächst nur eine ältere Frau, die krampfhaft versuchte, einen kleinen fetten Hund zu bändigen. Sie war kreidebleich, zitterte wie Espenlaub und brachte keinen Ton heraus. Als sie Tannenberg sah, zeigte sie auf die Treppenstufe vor ihren Füßen. Er blickte nach unten.

Dort lag eine tote schwarze Katze auf dem Rücken, in ihrem Schlund steckte ein Pilz. Tannenberg schaltete sofort und zog das Tier ins Haus. Dann versuchte er, den Hund zu beruhigen.

Inzwischen waren auch seine Eltern im Hausflur erschienen. Sie kannten die Frau und kümmerten sich um sie. Margot geleitete Erna Faber ins Wohnzimmer, während es Tannenbergs Vater gelang, ihren hysterischen Kläffer mit einem großen Stück Fleischwurst zu beruhigen

»Ich hann mich in de Fabern jo ganz schää geschnerrt«, raunte Jakob seiner Frau in der Küche zu. »Dass die ald Retsch emool länger als zeh Segunne die Gosch halt, hätt ich nett ferr meeschlich gehall. Jeder im Ferrdel wääs jo, dass die Dischbudierdruschel Hoor uff de Zäh hat.«

Nacheinander öffneten sich einige Fenster der angrenzenden Wohnhäuser, die sich aber genauso schnell wieder schlossen, da man die Verursacher des Lärms nicht ausfindig machen konnte.

Wahrscheinlich dachten die aufgeweckten Anwohner, dass es sich einmal mehr um jugendliche Randalierer handelte, die den Bürgern ihre wohlverdiente Nachtruhe nicht gönnen wollten.

»Dess iss jo genauso wie bei denne junge Fraue: Riggelaach, Pilz in de Kehl«, stellte der SOKO-Leiter fest.

»Mit demm Unnerschied, dass dess arme Dier nett mitemme komplizierde Herzstich, sondern mitemme kräfdische Schlaach ins Gnick umgebrung worr iss«, ergänzte der Gerichtsmediziner.

Er streifte sich Plastikhandschuhe über und machte sich an dem toten Katzenkörper zu schaffen.

»Iwwerrischens iss dess a kä Waldpilz, sondern e klänner Champignon. Denne kannsche in jedem Subbermarkt kaafe. Ich bin gespannt, ob dess die vermisst Katz aus de Wahnung vumm erschde Mordopfer iss«, meinte Tannenberg. »Vielleicht war dess jo a e Trittbrettfahrer.«

»Awwer woher sollten der dess mit der verschwunn Katz

wisse?«, wandte Dr. Schönthaler ein. »Dodevunn war jo nerrjens ebbes zu lese.«

»Stimmt, Rainer.«

»Samo, wo haschen so schnell die Plastikhandschuh hergehat?«, fragte Heiner Tannenberg.

»Die hat e guder Rechtsmediziner immer im Hossesack debei! Wie du siehsch, iss merr in moim Beruf an käm Ort der Welt vor Iwwerraschunge sicher.«

Bevor Tannenberg am nächsten Morgen zu seiner geplanten Wanderung aufbrechen konnte, musste er erst noch die Mitarbeiter der SOKO »Pilze« über den Katzenfund informieren und sie mit neuen Arbeitsaufträgen versorgen.

»So, Leute, was folgt zwangsläufig aus dem, was ich euch eben über die Ereignisse von gestern Abend berichtet habe?«, fragte Tannenberg in die Runde.

»Na?«, legte er nach. »Ist doch wohl sonnenklar, oder? Ihr begebt euch umgehend alle dorthin, wo ich gerade herkomme, nämlich zu meinem Haus in der Beethovenstraße.

Und wenn euch dort eine freundliche ältere Dame, die zufälligerweise denselben Namen wie der Leiter dieser Sonderkommission trägt, freundlich zu Kaffee und frisch gebackenem Frühstückskuchen einlädt, dann lehnt ihr dieses verlockende Angebot ab. – Kapiert, Geiger?«

»Sicher, Chef.«

»Ihr lehnt also freundlich ab und macht euch sofort auf zur Zeugenbefragung. Mischa teilt vor Ort die jeweils abzuklappernden Häuserbereiche ein. Frau Faber, die gestern Nacht die Katze bei mir an der Haustür gefunden hat, braucht ihr nicht noch einmal zu belästigen. Die hab ich ja gestern Abend schon ausgequetscht.«

»Wo wohnt die Frau?«, wollte Meier III wissen.

»In der Glockenstraße Nummer 9. Ihr könnt das ganze

Haus von der Liste streichen, denn die Frau lebt dort allein. Wo war ich stehen geblieben?«

Tannenberg kniff die Augenbrauen zusammen. »Ich will alles wissen: Wer, wann wie lange am Samstagabend auf der Straße war, seinen Hund ausgeführt, gekehrt, Auto gewaschen hat und so weiter. Ich will wissen, wer, wann und wie lange sich jeder der Hausbewohner in welchem Raum aufgehalten hat, wann er ins Bett gegangen ist. Wann er ferngesehen, gepinkelt, gegessen, aus dem Fenster geschaut hat. Einfach alles! Vor allem will ich wissen, wer was beobachtet hat, und wenn's die scheinbar unbedeutendste Kleinigkeit ist.

Achtet mir bei den Befragungen besonders auf Fahrzeuge, die die Leute möglicherweise gesehen haben – und auf fremde Passanten, die eine Tüte oder Ähnliches in der Hand herumgetragen haben.

Schließlich muss der Kerl, der mir die Katze vor die Tür gelegt hat, sie ja irgendwie dorthin transportiert haben. Ihr schreibt mir das alles fein säuberlich chronologisch zusammen. Noch Fragen?«

»Nein. Nur einen Wunsch«, seufzte Wrenger,

»Wieso einen Wunsch?«, fragte Tannenberg verdutzt.

»Hoffentlich gewinnen wir nicht das WM-Endspiel, sonst geht's in der Stadt überall drunter und drüber.«

»Das stimmt. Daran hab ich noch gar nicht gedacht! Dann hätten wir wirklich überall das absolute Chaos.

Leute, wir treffen uns hier auf alle Fälle um 18 Uhr wieder. Ich hoffe, ihr habt bis dahin was Neues für mich«, beendete der SOKO-Leiter die Besprechung und ließ sich von Schauß zum Bremerhof bringen.

Tannenberg streifte seinen Rucksack über, reckte als Abschiedsgruß einen Arm in die Höhe und startete wie ein begeisterter Volkswanderer los.

»Ich hoff, du verlaafsch dich nett unn bisch wirren zurigg, bevors im Wald grobelisch werd.«

»Mach derr kä Sorje, ich hann e Daschelamb debei.«

»Hasche doi Handy a debei?«, schrie Schauß dem Davoneilenden hinterher

Tannenberg drehte sich aber nicht mehr nach ihm um oder blieb stehen, sondern er bemühte sich, so schnell wie möglich dem Beobachtungsbereich seines Mitarbeiters zu entfliehen.

Als er sicher war, dass Schauß ihn nicht mehr sehen konnte, zog er sein Handy aus der Tasche und tippte die Nummer seines besorgten jungen Kollegen.

»Samo, glaabsche werglisch, ich bin schunn so senil, dass du mich wie e klänner Bu behannele musch, der zum erschde Mo beime Schulausfluuch mitmacht? Du bisch jo schlimmer als wie moi Muddal!«, sagte Tannenberg und drückte die Unterbrechungstaste.

Der nach einer lang gezogenen Biegung sich kerzengerade ausrichtende Fahrweg erinnerte Tannenberg spontan an einen dieser roten Läufer, die bei Staatsempfängen ausgerollt werden, nur dass in diesen zartroten Sandteppich frische aschgraue Schotterflächen eingewebt waren. Dicke Buchenstämme lagen wie überdimensionierte Zahnstocher aufeinandergestapelt am rechten Rand, aufgequollenes Buschwerk besäumte den staubigen Weg.

Nachdem der Waldweg das enge Tal, das auf beiden Seiten von hochstämmigen Kiefern begrenzt wurde, verlassen hatte und sich in lang gezogenen Windungen den Pfaffenberg emporschlang, vernahm Tannenberg schon von Weitem lautes Stimmengewirr, das auf eine vielköpfige Besuchergruppe hindeutete.

Kurz entschlossen änderte er seine Pläne und begab sich auf einen schmalen Pfad, der zum kleinen Humberg führte. An diesen Weg erinnerte er sich noch sehr gut, denn als Kind hatte sein Vater ihn und seinen älteren Bruder jeden Winter mehrmals dort entlanggequält.

Es war immer eine unglaublich anstrengende Prozedur gewesen, die aber nach einem circa 30-minütigen Fußmarsch durch den immer höher sich auftürmenden Schnee mit der besten und längsten Schlittenabfahrt weit und breit belohnt wurde.

Als Tannenberg die ehemalige Rodelbahn, die inzwischen von umgeworfenen Stämmen und dichten Sträuchern bedeckt war, passierte, musste er unweigerlich daran denken, wie er einmal vom Schlitten gerutscht, mit dem Kopf auf einen Stein gefallen und kurzzeitig bewusstlos gewesen war.

Da er aus Nase und Ohr geblutet hatte, befürchtete sein Vater anscheinend das Schlimmste. Jakob hatte die beiden Rodler aneinandergeknotet und Heiner damit beauftragt, seinen verletzten Bruder festzuhalten.

Und dann legte Jakob wie ein Berserker los. Dieses Bild hatte er nie vergessen: Wie er mit dem Rücken an seinen Bruder gelehnt den panischen Vater beobachtete, der wie ein schnaubender Brauereigaul die Nüstern blähte und ohne Unterlass dampfende Atemstöße in die bitterkalte Winterluft hinauspresste.

Was treibt solch einen perversen Menschen nur um, dachte Tannenberg, als sich beim Abstieg vom kleinen Humberg sein rechtes Knie schmerzend bemerkbar machte. Warum macht der nur so was? Ist es überhaupt möglich, sich in solche zutiefst menschenverachtenden, kranken Denkstrukturen einzuklinken?

Aber da hatte die Profilerin wohl recht. Nur wenn man dies schaffte, hatte man eine Chance, ihn zu entdecken und unschädlich zu machen. Verhielt sich so ein perverser Mensch im Alltagsleben wirklich ganz normal? Das konnte doch gar nicht sein! Irgendwie musste der doch mehr auffallen als andere!

Plötzlich schoss ein Mountainbiker von hinten kommend an Tannenberg vorbei.

Er zuckte zusammen, erschrak fürchterlich.

»Kannsch du Depp dich nett bemerkbar mache! Vunn Grieße ganz zu schweische, du Ollwer! Du hätsch mich beinah umgefahr!«, schrie er dem Mann, der sich bereits am nächsten Anstieg zu schaffen machte, empört hinterher.

Die einzige Reaktion, die er mit seinem Wutanfall erzeugte, war ein emporgestreckter Mittelfinger.

Als der Weg wieder breiter und steiler wurde, fühlte sich Tannenberg immer müder und ausgelaugter. Langsam trottete er wie ein alter Lastesel die nächste Anhöhe hinauf. Das Einzige, was er von seiner Umgebung wahrnahm, war das laute Knirschen der Schottersteine unter seinen Schuhsohlen. Die Füße schmerzten, der Rucksack drückte ihm auf den arg strapazierten, inzwischen schweißnassen Rücken.

Wenn die Nacht am dunkelsten, ist der Sonnenaufgang nicht mehr fern, dachte er plötzlich, denn das Schicksal hatte ihm treffsicher zur rechten Zeit genau das geschickt, was er jetzt dringend brauchte: einen kleinen Unterstand, der sich wie ein Jägeransitz hinter moosbewachsenen Baumstümpfen, Farnen und Himbeerbüschen versteckte.

Als Tannenberg näher herantrat, sah er, dass man einfach den weit überhängenden Felsen als Dach genutzt und an den Seiten mit Sandsteinen Wände hochgezogen hatte. An die senkrechte Felswand hatte man eine Holzbank gestellt und davor einen schmalen Tisch platziert.

Tannenberg öffnete seinen Rucksack, breitete die mitgebrachte kleine weiße Tischdecke aus, stellte zwei bereits angebrochene Antipasti-Gläschen, eine Flasche Barbera d'Alba und ein dickbauchiges Rotweinglas darauf ab. Dann kramte er einen Korkenzieher, eine Salami und ein halbes Ciabattabrot hervor, öffnete mit einem lauten Knall die Flasche, schenkte sich Wein ein, prostete sich selbst zu, nahm einen großen Schluck und fiel wie ein ausgehungerter Wolf über das Essen her.

Die entkrampfende Wirkung des Alkohols ließ nicht lange auf sich warten. Tannenberg fühlte, wie die enorme Anspannung, die ihn seit dem Fund der Katze beherrschte, sich allmählich abbaute, sich mit jedem Schluck, der seine durstige Kehle passierte, mehr und mehr auflöste.

Sein entspannter Blick schweifte über die sattgrünen Bergrücken zum strahlend blauen Horizont – und rastete plötzlich ein.

Etwa einen halben Meter vor ihm stand ein prächtiger roter Fingerhut. Ohne über die Giftigkeit der Pflanze auch nur eine Sekunde nachzudenken, beugte er sich über den Holztisch und zupfte eine der bläulichen Blüten ab.

Sie sahen ganz genauso aus wie die, die der Mörder um die Köpfe der toten Frauen herumgelegt hatte. Allerdings fiel ihm jetzt etwas auf, das er an den Leichenfundorten nicht wahrgenommen hatte: In der glockenförmigen Blüte der markanten Waldblume bemerkte er unsymmetrisch angeordnete weiße Stellen, die an kleine Kuhflecken erinnerten und die in ihrer Mitte jeweils drei dunkelblaue Punkte aufwiesen.

Bedeutete das etwa, dass der Mörder genau drei Frauen umbringen wollte?

Kopfschüttelnd packte er seine Sachen zusammen und machte sich wieder auf den Weg.

Mitten in einem von hohen Lärchen verdunkelten schmalen Pfad wurde er plötzlich von einem heimtückischen depressiven Schub überfallen. Seine trüben, selbstkritischen Gedanken beschäftigten sich erneut mit der Frage, ob er diesem Fall und diesem schier übermächtigen Gegner überhaupt gewachsen war.

Stand nicht auch sein störrischer, abweisender Charakter einer schnellen Lösung der Mordserie im Weg? Sollte er sich nicht endlich umgänglicher gegenüber dem Oberstaatsanwalt, der Profilerin und Geiger gebärden?

Aber als der dunkle Waldweg kurze Zeit später wieder lichter wurde, die mächtigen Sonnenstrahlen wieder mit ihrer Kraft protzten und sich das Blickfeld wieder öffnete, hatten sich die rabenschwarzen Gedanken, die sich wie eine dicke schwarze Decke über ihn gelegt hatten, wieder verflüchtigt.

Er zelebrierte regelrecht das nun folgende Bad in seiner wiedererstarkenden Selbstzufriedenheit. Es gab doch auf der Welt schon genügend stromlinienförmige Speichellecker, konturlose Jasager. Da war der alte Tannenberg mit seinem rustikalen, sperrigen, nonkonformistischen Wesen doch eindeutig eine Bereicherung – fand er jedenfalls.

Plötzlich sah er etwas, was er einfach nicht fassen konnte. Ihn traf fast der Schlag: Direkt vor ihm am Wegesrand hatten sich 10 bis 15 ausgewachsene dottergelbe Pfifferlinge aufgebaut, lächelten ihn frech an und forderten ihn auf, sie abzuschneiden und mit nach Hause zu nehmen.

Ein eiskalter Schauer lief ihm über den Rücken. Er nahm seine ganze Energie zusammen, sprang hoch und trampelte wie ein Geisteskranker so lange auf den wehrlosen Waldbewohnern herum, bis aus den einst so stolzen Speisepilzen nur noch eine undefinierbare flache Masse geworden war.

Als nun auch noch Schnaken und Bremsen über ihn herfielen, reichte es ihm. Er hatte einfach keine Lust mehr auf Wald, Pilze und Ungeziefer. Außerdem hatte er nicht das Gefühl, sich während seiner Exkursion dem Täter mental auch nur einen Millimeter angenähert zu haben. Deshalb rief er Schauß an und teilte ihm mit, dass er ihn in einer Viertelstunde am Hungerbrunnen abholen solle.

Als Tannenberg zu Hause eintraf, wurde er von einem fahnenschwenkenden Neffen begrüßt.

»Tobi, wo hast du denn die Deutschlandflagge her?«

»Die hat mir die Oma heute Morgen genäht. Opa und Marieke haben auch eine.«

»Und für mich habt ihr keine?«, fragte Tannenberg mehr zum Scherz.

»Oma hat keinen Stoff mehr gehabt.«

»Ess geht glei los! Die Spieler kummen schun uffs Feld!«, rief Vater Tannenberg aus dem Wohnzimmer.

Außer Tobis Eltern hatte sich die ganze Familie vor dem Fernseher im Nordhaus versammelt. Als die Nationalhymne erklang, erhoben sich bis auf den Kriminalbeamten alle Anwesenden und sangen lauthals mit. Wolfram Tannenberg war sprachlos, besonders als er die dicken Tränen in den Augen seines Vaters registrierte.

»Ruhe, ihr verdammten Chauvinisten! – Tobias, Marieke, ihr kommt sofort rüber!«, schrie Betty plötzlich aus dem Südhaus, worauf ihre Kinder sich an das weit geöffnete Fenster begaben und noch lauter als bisher die Nationalhymne skandierten.

Wutentbrannt verließ Betty daraufhin ihre Familie und fuhr zu ihrer kinderlosen Schwester. Jetzt getraute sich endlich auch Heiner, zur fußballbegeisterten Restfamilie zu stoßen.

Am nächsten Morgen war wieder eine Dienstbesprechung angesetzt.

»So, Leute, was habt ihr für mich?«, fragte Tannenberg in die Runde seiner Mitarbeiter.

»Bis auf wenige, die nicht zu Hause waren, haben wir alle Anwohner in der Nähe deines Hauses abgeklappert. Wrenger und Meier III übernehmen den Rest und befragen auch noch die, die wir noch nicht angetroffen haben. Aber bis jetzt haben wir nur eine Sache, die vielleicht interessant ist«, hatte Kommissar Schauß gerade Bilanz gezogen, als Geiger sich vordrängte.

»Ja, Chef, das hab ich rausgekriegt«, spielte er sich in den Vordergrund. »Und zwar hat eine Frau Wagner, die in der Beethovenstraße Nummer 41 wohnt, gestern Nacht von ihrem Fenster aus zufällig einen Mann beobachtet, der mit einer Plastiktüte zu Ihrem Haus gelaufen ist.«

»Zu welchem Haus?«

»Na, zu Ihrem natürlich, Chef!«

»Um wie viel Uhr war das?«

Geiger nahm sein Notizbuch vom Tisch und blätterte darin herum. »Da steht's: 23 Uhr 30. Sie weiß es deshalb noch so genau, weil sie sich jeden Abend um diese Zeit ihre letzte Diabetes-Spritze setzt.«

»Wie sah der Mann aus? Was hatte er an?«

»Genau konnte sie sich daran nicht mehr erinnern. Normal, hat sie gesagt. Als sie das Fenster aufgemacht hat, war er schon weiter weg.«

»Was heißt denn schon ›normal‹? Da gehst du noch mal hin und fragst nach. Schließlich ist das wichtig. Vielleicht war's ja dieser Saukerl.«

»Sonst nichts?«

Keine Resonanz.

»Keine weiteren auffälligen Personen?«

»Ja, doch«, sagte Geiger. »Die alte Frau mit dem kleinen Hund. Die hat ein Anwohner gestern Nacht gesehen.«

Tannenberg ging auf diese überflüssige Information nicht ein. »Keine besonderen Geräusche?«

»Geräusche? Doch!«, meldete sich Geiger abermals zu Wort.

»Was? Welche denn?«

»Der Schrei halt. Den haben viele gehört!«

»Klasse Ermittlungsergebnis, Geiger, echt! Also wieder nichts!«, sagte Tannenberg resigniert. »Fragen. Wir brauchen Fragen, die uns weiterbringen. Los, los, werft eure Denkmaschinen an!«

»Warum hat der Täter, wenn er es denn wirklich war und kein Trittbrettfahrer, das mit der Katze überhaupt gemacht?«

»Ganz einfach, Wrenger, weil er uns seine Macht demonstrieren will«, antwortete Schauß.

»Klar, seh ich auch so«, stimmte Tannenberg zu. »Der spielt sein Spielchen mit uns, zeigt uns seine Überlegenheit. Weiter, Kollegen!«

»Wie hat er die Katze transportiert?«, warf Meier III ein.

»Sehr gute Frage! Wer hat eine Idee?«

»Mit dem Auto, mit dem Fahrrad, mit einem Roller. Da gibt es doch tausend Möglichkeiten«, sagte Karl Mertel, der ganz unscheinbar an der rechten hinteren Tischecke saß.

»Stimmt! Sag mal, hast du eine Idee, worin er die Katze transportiert haben könnte?«

»Tannenberg, da gibt's natürlich genauso viele Möglichkeiten: im Rucksack, im Motorradkoffer, in einem Beutel. Was weiß denn ich, worin sonst noch überall!«

»Habt ihr die Gegend nach Plastiktüten und Taschen abgesucht?«

»Klar, Herr Hauptkommissar! Wir haben sogar den Altpapiercontainer bei dir in der Nähe auf den Kopf gestellt. Aber, um deine nächste Frage gleich zu beantworten: In den Abfalltüten haben wir nirgendwo auch nur ein Katzenhaar entdeckt«, antwortete der Kriminaltechniker.

»War das überhaupt dieselbe Katze, also die Katze aus der Wohnung der Frau?« fragte Susi Rimmel. »Wenn es nämlich eine andere ist, dann war es ja sehr wahrscheinlich gar nicht der Täter.«

»Bei der Aufklärung dieser Frage kann ich euch behilflich sein«, sagte der Gerichtsmediziner, der gerade zur Tür hereingekommen war. »Es steht definitiv fest: Es handelt sich eindeutig um dieselbe Katze.«

»Woher weißt du das?« fragte Tannenberg verblüfft.

»Ganz einfach: Weil ich die in der Wohnung gefundenen Haare mit denen der Katze von gestern Abend verglichen habe!«

»Steht das zweifelsfrei fest?«

»Ja. Das ist so sicher wie das berühmte Amen in der Kirche.«

»Das bedeutet ja noch was ganz anderes«, schlussfolgerte Tannenberg. »Damit steht fest, dass der Täter nach dem Mord in die Wohnung des ersten Opfers zurückgekehrt ist und die Katze geholt hat. Jetzt wissen wir auch, warum Mertel nichts auf dem Anrufbeantworter gefunden hat, obwohl der Konopka behauptete, in der fraglichen Zeit zweimal draufgesprochen zu haben. Der Täter hat das Band gelöscht! Hat er vielleicht auch noch etwas in der Wohnung gesucht?«

»Kann natürlich sein«, bemerkte Fouquet. »Aber was? Vielleicht ist er ja doch nur wegen der Katze und dem AB rein.«

Tannenberg hatte diese Bemerkung anscheinend überhaupt nicht wahrgenommen, denn er wandte sich direkt an Dr. Schönthaler. »Rainer, du warst doch gestern Nacht kurz weg, um die Zigarren am Bahnhof zu holen. Das war doch irgendwann vor Mitternacht, oder?«

»Ja, muss es wohl gewesen sein, denn als die Frau geschrien hat, war es kurz vor zwölf. Da hab ich auf meine Uhr geschaut.«

»Ist dir bei deinem Weg zum Bahnhof und wieder zurück irgendjemand aufgefallen? Eine Frau meint nämlich, um diese Zeit einen Mann mit einer Plastiktüte in der Nähe meines Hauses gesehen zu haben.«

Der Gerichtsmediziner grübelte, zog die Unterlippe vor und schüttelte den Kopf. »Der müsste mir ja dann direkt über die Füße gelaufen sein! Also in der Beethovenstraße hab ich niemanden gesehen. Nur direkt am Bahnhof, da waren natürlich einige Leute. Aber was die außer Koffern noch in der Hand hatten? Darauf hab ich nicht geachtet. Vielleicht war ich's ja?«

»Was?«

»Der Mann mit der Tüte, den die Frau gesehen hat.«

11

»Wolfi, kummsche? Meer waaden all uff dich!«, hörte Tannenberg seine Mutter vom Flur aus rufen. Lautes Klopfen an der Wohnungstür folgte. »Bische schunn wach?«

»Jedzert schunn«, blaffte ihr Sohn zurück.

Als chronischer Morgenmuffel hätte er normalerweise auf diese mutwillige Beendigung seiner wohlverdienten Nachtruhe mit lautstarker Empörung reagiert und mit Vehemenz darauf verwiesen, dass nur sein Wecker oder ein dringender Anruf aus dem Kommissariat das Recht habe, ihn zu stören.

Aber an diesem Morgen verzichtete er aus naheliegenden Gründen auf die bei derartigen Anlässen sonst üblichen Rituale. Schnell sprang er aus dem Bett und öffnete die Tür. Seine Mutter umarmte ihn liebevoll, drückte ihm einen herzhaften Kuss auf die Wange und gratulierte ihm zum Geburtstag.

Entgegen sonstiger Gewohnheit rasierte sich Tannenberg an diesem Morgen sogar, bevor er zum Frühstück in der Wohnung seiner Eltern erschien. Und er streifte nicht wie an jedem anderen Tag seinen alten Jogginganzug über den ungewaschenen Körper, sondern er duschte vorschriftsmäßig und kleidete sich vollständig an – was für Jakob Tannenberg ein sicheres Indiz dafür war, dass es sich heute um einen ganz besonderen Tag handeln musste.

Nach der obligatorischen Gratulationskur durch die anderen in der Küche versammelten Familienmitglieder beugte sich Tannenberg über den festlich gedeckten Tisch und versuchte, mit einem kräftigen Atemstoß die 45 brennenden Kerzen auf seinem Lieblingskuchen auszublasen, was ihm aber nicht auf Anhieb gelang.

Erneut sog er tief die mit dünnen Rauchfäden durchsetzte Luft ein, blähte seinen Brustkorb bis zum Anschlag, bog die Zungenflügel an den Seiten nach oben und stieß mithilfe dieses Blasrohreffektes die in seinen Lungen angestaute Atemluft so komprimiert auf die restlichen Kerzen, dass am hinteren Ende der Erdbeertorte ein Teil der Sahne emporspritzte und sich auf Bettys Kleidung verteilte.

»So eine Sauerei!«, rief seine Schwägerin erzürnt. »Das hast du doch bestimmt wieder mit Absicht gemacht! Du Scheusal! Jetzt kann ich mich umziehen gehen.«

»Kinner, an Wolfis Ehredaach werd nett geschtritt«, sprach Margot Tannenberg ein Machtwort. »So schlimm iss dess doch gar nett«, schob sie nach.

Sie befeuchtete ein Küchenhandtuch und begann damit, die Sahnespritzer von Bettys Bluse abzutupfen. Doch ihre Schwiegertochter wies sie brüsk zurück und verließ wutentbrannt die geräumige Wohnküche.

Jakob blickte sich derweil suchend in der Küche um. »Wääs jemand, wo moi Schnebbekapp iss?«, fragte er. »Uffem Weg vumm Tchibo hääm hann ichse noch uffgehat.«

Schulterzucken und Kopfschütteln.

Margot schwelgte in Erinnerungen. »Ach Gott, wie schnell die Zeit vergeht. Heit vor 45 Johr wars genauso hääs. Was hann ich geschwitzt! Eier Vadder hat merr die ganz Zeit iwwer die Sprudelflasch higehall, weil er Angscht gehat hat, ich deed midde in de Geburt verderrschde. Wääsche noch, Jagobb?«

»Wo iss bloos moi Schnebbekapp?«

»Unn, Jagobb, wääsche noch?«, wiederholte Margot.

Dem Angesprochenen schien die Zeitreise seiner Frau in die früheltерliche Vergangenheit etwas unangenehm zu sein, denn er beantwortete die Frage nicht, sondern überreichte Tannenberg einen Umschlag.

»Zume schääne Geburtsdaach geheert jo a e schäänes Geschenk, orre?«, sagte Jakob.

»So langs kää Schnebbekapp iss«, konnte sich Tannenberg nicht verkneifen.

Er bedankte sich artig und nahm das Kuvert entgegen. Er war ziemlich überrascht, denn eigentlich hatte er wie sonst immer mit einem größeren Geldschein gerechnet, den man unter seinem Gedeckteller versteckt hatte.

Das Kuvert enthielt einen Gutschein über einen unbegrenzten Anspruch Tannenbergs auf von seinem Vater durchzuführende Internetrecherchen.

»Samo, wie waren die Sache eischentlich, die ich deer zum Pro-fi-ling rausgesucht hann? Hasche ebbes demitt aanfange kenne?«

»Die warn werklisch gut, Vadder. Ich glaab, doi neie Fähischkeide werr ich in Zukunft effder in Aanspruch nemme. Du kenntsch merr e paar Infos iwwer Gäälschwämmscher unn Hexenpilz eraussuche.«

»Mach ich. Gebbts eischentlich ebbes Neies? Hanner schunn erausgekriet, wer uns die schwarz Katz vor die Deer geleet hat?«

»Schluss, Vadder, ich will wenigschdens dehääm an moim Geburtsdaach nett iwwer moi Awed redde misse.«

Heiner startete ein Ablenkungsmanöver: »Apropos Geschenke. Meer hann jo a noch ebbes ferr dich«, sagte er und überreichte dem Geburtstagskind ein mittelgroßes Päckchen.

Gespannt packte der Kriminalbeamte das Geschenk aus. »Subber! E CD-Player ferrs Auto!«

»De Innbau iwwernemmen meer nadierlich a. Ich hann schunn e Termin mit de Werkstatt ausgemach.«

»Danke, Bruderherz.« Heiner überreichte ihm einen gelben Briefumschlag. »Noch e Gutschei?«, fragte er.

»Ja, vunn de Kinner! Iwwer zehn CD-Rohlinge, die Marieke vunn ehrm Geld gekaaft hat und die de Tobias no doine Winsch zusammestellt.«

»Wie?«

»Hasche noch nix vunn Napster geheert?«

»De Name schunn.«

»Wolfi, was haschen do hinne im Gnick?«, stieß Margot Tannenberg plötzlich aus.

»Was sollen ich im Gnick hann?«

»Merksche dann nix?«

»Nä«, antwortete ihr Sohn knapp. Er fingerte mit seiner rechten Hand an seinem Haaransatz herum.

Aber die Hand erreichte ihr Ziel nicht, denn Mutter Tannenberg fing sie ab und hielt sie fest.

»Bische verrickt? Loss jo die Finger weg! Du hasch e Zegg. Do iss schunn e rooder Hof außerum. Dess iss gefährlich! Du musch so schnell wie meeschlich zum Doggder!«

»Zegge sinn so uneerisch wie e Grindkopp«, bemerkte Jakob. »Die Drecksviecher lieben es Nasse. Die hoggen im Wald a im Bawweratsch errum orre in Wildsausuhle.«

»Do werr ich merrse jo eher nett ingefang hann.« Tannenberg blieb gelassen. »Kä Panik, Mudder! Ich geh doch weje soner Lappalie nett zum Doggder. Zieh die Zegg doch äfach raus!«

»Nä, Wolf! Die Mudder hat recht«, stellte Heiner klar. »Die Gefahr durch Zeggebisse derf merr nett unnerschätze. Ich hann e Kolleesch, der hat immer noch Lähmungserscheinunge im Gesicht vunn soim Zeggebiss. Am beschde geesche hoch in doi Bad an de Schbischel unn guggsch, obsche derr geschdern bei doiner Wannerung nett noch mäh Zegge ingefang hasch.«

Tannenberg befolgte den Rat seines Bruders, begab sich eine Etage höher in seine Wohnung und baute sich nackt vor der großen Spiegeltür in seinem Schlafzimmer auf.

Irgendwie hatte er sich körperlich attraktiver in Erinnerung gehabt. Zwar zog er, sofort nachdem er sich seines T-Shirts entledigt hatte, reflexartig den Bauch ein, aber eine positive Wirkung dieser Maßnahme auf das Erscheinungsbild seines degenerierten Männerkörpers, an dem nur allzu offensichtlich der Zahn der Zeit genagt hatte, wollte sich partout nicht einstellen. Obwohl er zu meinen glaubte, noch unübersehbare Hinweise auf seine sportliche Vergangenheit aus seinem Konterfei herauslesen zu können, überwog doch der deprimierende Gesamteindruck des körperlichen Verfalls. Der frustrierende Anblick der über die Hüftknochen hinausquellenden Speckwülste und der, ehemals von Muskelmasse prall ausgefüllten, inzwischen aber nur noch spärlich unterfütterten, faltigen Altershaut erzeugte eine resignative Stimmung, die er gerade an diesem Tag nicht zu akzeptieren bereit war.

Nach einer kurzen, erfolglosen Suche nach weiteren Zecken schloss er deshalb trotzig die Spiegeltür seines Kleiderschrankes und verhüllte seinen zerfallenden ehemaligen Adoniskörper schnell wieder mit Textilien.

»Dess iss jo werklisch luschdisch, Dann. Do sieht merr sich johrelang iwwerhaupt nett unn dann fascht täschlich. Was treibt dich zu meer, alder Kumpel?«, wurde Tannenberg freundlich von Dr. Bohnhorst in dessen Arztpraxis empfangen.

Tannenberg deutete in Richtung seines Genicks. »Die bleed Zegg dohinne«, entgegnete er.

Der Arzt machte sich mit einer Spezialzange an Tannenbergs Genick zu schaffen. »So, dess hädde merr schunn!«

»Dess war awwer schnell gang!« Tannenbergs Miene verdüsterte sich sorgenvoll. »Muss ich Angscht vor Lähmunge hann?«

»Nä, Dann, do brauchsche kä Angscht zu hann. In demm friehe Stadium bassiert normal nix.«

»Allo gut, dann mo vielen Dank! Vielleischt kann ich mich jo mo bei deer revanschiere!«, sagte Tannenberg.

»Dess kannsche glei mache, Dann. Du musch noor schnell denne Mörder finne. Gugg emool in moi Wadezimmer. Nix los! Unn die Koschde laafen weider! Dess hall ich wertschaftlich nett ewisch durch.«

»Kai, meer duun werglisch alles, um denne Perversling endlich zu fasse!«, versprach Tannenberg zum Abschied. Beim Verlassen der Praxis warf er einen kurzen Blick in das tatsächlich nur mit zwei älteren Männern besetzte Wartezimmer.

Zur selben Zeit trippelte Petra Flockerzie im Kommissariat nervös um ihren Schreibtisch herum. Sie hatte alles so schön arrangiert, sich so viel Mühe mit der Tischdekoration gegeben, sogar für Blumenschmuck hatte sie gesorgt.

Und nun kam er nicht. Aus lauter Verzweiflung machte sie sich schon über den zweiten Diätjoghurt her, obwohl damit bereits die Hälfte ihrer Tagesration aufgebraucht war.

»Samo, Flocke, wie siehts dann eischentlich mit denne Jugendherbergskaade aus? Hasche inzwische rauskriet, wann die Serie mit de Pilze erschien iss?«, fragte Kommissar Schauß.

»Au, dess hann ich todal vergess. Duud merr lääd! Dess kummt vunn der verflucht Diät! Ich machs awwer sofort«, sagte die Sekretärin, während sie den Joghurtrest aus dem Becher kratzte.

Nachdem sie die ungeliebten Kasteiungsutensilien zur Seite gelegt hatte, ging sie online. »Unner www.jugendherberge.de finn ich awwer noor e Telefonnummer. Ich ruf do glei mo aan.«

Wolfram Tannenberg betrat das Kommissariat.

»Ach, Chef, do sinnse jo endlich!«, rief Petra Flockerzie laut.

Sie ging zum Kühlschrank, entnahm ihm einen mit Sahne verzierten Erdbeerkuchen und stellte ihn auf den Besuchertisch. »Selbschgeback – unn mit Vanillebudding unner de Erdbeere. So wie Sie ne am liebschde hann.«

»Danke, Flocke, dess ist ganz arisch lieb vunn deer. Awwer wanns Recht iss, essen merr ne erscht heit Nomiddaach. Ich hann nämlich schunn e Riesestick Erdbeertort im Bauch.«

»Okay, Chef. Awwer ich hann noch e Geburtstagsgeschenk ferr Sie«, erwiderte die Sekretärin und ging zum Kühlschrank. »Erdbeerjoghurt – Erdbeersahnejoghurt, e Zwölferpaggung. Ganz ferr Sie allä«, rief sie freudestrahlend und hielt ihm die kleine Palette entgegen.

»Vielen Dank, Flocke. Du kriesch a ebbes defunn ab. Stell die Joghurts bitte widder in de Kiehlschrank. Meer missen jedzert werglisch an die Awed.«

Mit einer Kopfbewegung forderte er seinen jungen Kollegen auf, ihm in sein Büro zu folgen.

»Manschmo nervt se schunn mit ehrm Fürsorschekomplex!«, seufzte Tannenberg, als er die Tür zu seinem Dienstzimmer ins Schloss gezogen hatte.

»Iss doch awwer saulieb vunn ehr, dasse an doin Geburtsdaach gedenkt hat. Sie iss halt e treii Seel.«

Michael Schauß reichte seinem Chef ein kleines flaches Päckchen. »Soll ich deer im Name vunn uns annere Kolleesche iwwergebbe. Meer hoffen, dass merr doin Geschmack getroff hänn.«

Tannenberg versuchte zunächst, die durchsichtigen Tesafilmstreifen abzuziehen. Als ihm dies aber nicht auf Anhieb gelang, zerriss er mit brachialer Gewalt das bunt gemusterte Geschenkpapier.

»Echt gut getroff! The Doors – alle Songs. Subber getroff!«

»Mischa«, tönte es plötzlich aus der Gegensprechanlage, »die Fraa vumm Jugendherberschswerk hat grad weje de

Kaade zurickgeruf. Sie hat nogeguckt: Die Pilzmotive sinn bisher noor ämo gedruckt worr, unn zwar 1995.«

»Also hat der Kerl die Aansichtskaade schunn seit Johre dehääm erumleie! Plant der seitdem die Mordserie?«, sagte Tannenberg mehr zu sich selbst.

»Ich wääs nett, Wolf. Ess gebbt a noch annere Meeschlichkeide.«

»Welle?«

»Er kennt die Foddoserie zufällisch irschendwo gefunn hann. Uffem Speicher, im Keller, wääs Gott wo. Vielleicht erscht vor Korzem. Unn erscht dann isser uff die verrickt Idee kumm.«

»Ja, kännt sinn. Orre er hat sich die Kaade uffem Flomarkt besorscht. Egal. Meer missen uffbasse, dass merr uns nett verzeddele duun. Deswäh fahrn merr jedzert zu demm Pilzexperte.«

»Ich hann voin mit demm Mann telefoniert unn unsern Besuch aangekinnischt«, sagte Schauß, während er seine kurze schwarze Lederjacke, auf die er selbst bei hochsommerlichen Temperaturen nicht verzichten wollte, vom Besuchertisch zog.

»Bleib bidde noch e Moment sitze, ich muss dess do erscht mo verdaue«, sagte Tannenberg, als die beiden Ermittler in der Spinozastraße angekommen waren. »Hasch du deer so ess Haus vumme Pilzexperte vorgestellt?«

»Nee, ich bin a ganz gebläddelt. Beime Nadurliebhaber hann ich merr so ziemlich genau ess Gejedääl vunn demm vorgestellt, was ich grad sieh.«

»Meer gehts genauso. Ich hann garandiert kää naggische Betonwände, Flachdach, Waschbetdongmauer, englischer Raase unn e Aluminiumhausdeer erwaad, sondern e Nadurgaade mit Kräuterschneck, Wildblummewiss, Klapplāde, e Holzzaun, e Gaadeteich.«

Nach dem Läuten empfing sie ein Mann mittleren Alters, dessen Erscheinungsbild nun wiederum ganz dem Bild eines verschrobenen Naturfreundes entsprach. Die Divergenz zwischen diesem Menschen und dem Ambiente, in dem er sich bewegte, hätte radikaler nicht sein können.

Die hypermoderne Innenarchitektur dieses Hauses mit seinen hellen, kalten Marmorböden, teuren Designermöbeln und abstrakten Wandgemälden stand in extremem Gegensatz zum Outfit des etwa 50-jährigen Mannes.

»Ich weiß genau, was Sie jetzt denken!«, sagte plötzlich Müller-Clausen, nachdem die beiden Kripobeamten sich vorgestellt hatten.

»Wieso?«, fragte Tannenberg verblüfft. »Was denken wir denn?«

»Sie denken: Wie passt das zusammen, ein besessener Naturliebhaber und dann dieses tote, kalte Haus?«

»Stimmt, das hab ich eben gerade gedacht«, gab Schauß ehrlich zu. »Können Sie etwa Gedanken lesen?«

»Nein, natürlich nicht!«, gab der Pilzexperte lachend zurück. »Obwohl es in diesem sehr interessanten Bereich durchaus Dinge zwischen Himmel und Erde gibt, die uns Menschen mit unserem eingeschränkten Wahrnehmungsvermögen leider verschlossen bleiben. Das ist aber ein anderes Thema! Nein, ich kann leider keine Gedanken lesen. Aber ich hab eben meine Erfahrungswerte. Immer wenn mich einer meiner Naturfreunde zum ersten Mal hier besucht, stellt er irgendwann genau diese Frage: Wie hält ein naturliebender Waldschrat wie du es hier in diesem fürchterlich sterilen Haus aus? Kommen Sie mit, ich zeig Ihnen mal mein Refugium, dann können Sie sich diese Frage wahrscheinlich selbst beantworten«, sagte Müller-Clausen zu den staunenden Kriminalbeamten und geleitete sie eine geflieste Kellertreppe hinunter.

Der Pilzexperte zog einen Schlüssel aus der Tasche und öffnete die massive Holztür über der eingraviert »Hic habitat rara avis« zu lesen war.

»Mein Latein ist nicht mehr so gut. Hier … wohnt …«, bat Tannenberg um Übersetzungshilfe.

»Ein Kommissar mit Lateinkenntnissen! Respekt! Hier wohnt ein seltsamer Vogel, heißt das frei übersetzt.«

Was die Ermittler nun sahen, verschlug ihnen endgültig die Sprache und überzeugte sie anschaulich vom Wahrheitsgehalt des eben gelesenen lateinischen Spruchs.

»Schauen Sie sich schon mal in aller Ruhe um. Ich koche uns derweil mal einen Tee. Einen aus selbst gesammelten Kräutern natürlich!«

»Danke«, war alles, was Tannenberg zustande brachte, zu sehr zogen ihn die hier dargebotenen optischen Eindrücke in ihren Bann.

Es war nicht so sehr dieses ausgeprägte Blockhüttenflair, das man hier mithilfe von hölzernen Wand- und Deckenverschalungen geschaffen hatte. Das hatte er nach den Andeutungen von Müller-Clausen eigentlich erwartet gehabt. Es war dieses heillose Chaos, diese faszinierende Rumpelkammer-Atmosphäre, die ihn zutiefst beeindruckte: Auf dem hellen Dielenfußboden lagen diverse Tierfelle herum, direkt daneben Rinden, nackte Astteile, abgeschlagene Baumpilze, Töpfe und Eimer mit Farnen und anderen Waldgewächsen.

Die Wände waren übersät mit gläsernen Kästen, in denen Käfer, Schmetterlinge und andere Kleintiere aufgespießt zur Schau gestellt wurden. Daneben hingen großformatige Fotos mit allen nur denkbaren Waldmotiven. Das optische Spektakel wurde abgerundet durch diverse Jagdtrophäen: ausgestopfte Greifvögel und Marder, prächtige Hirschgeweihe, präparierte Wildschweinköpfe.

»Wo sind denn die Pilze? Ich seh zwar nahezu alles, was es im

Wald so gibt – nur Pilz sehe ich keinen einzigen. Kein Bild, gar nichts. Ich dachte, Sie sind Pilzexperte«, sagte plötzlich Schauß, der eine lackierte Baumscheibe begutachtend in der Hand hielt.

»Eine sehr logische Schlussfolgerung, Herr Kommissar! Na, dann kommen Sie beide mal mit!« Müller-Clausen stellte die naturrote Teekanne auf den Eichentisch, ging zu einer versteckten Tür, die genauso wie die umgebenden Wände mit astigem Nadelholz verkleidet war, und öffnete sie. »Hier, meine Herren sieht es genauso aus, wie man sich das Refugium eines Pilzexperten vorstellt, oder?«

Der mit großen, an einen Wintergarten erinnernde Glasflächen versehene Raum war vollgestopft mit Postern und Pilzmodellen, wie man sie aus Biologiesammlungen oder Naturkundemuseen her kannte. Seitlich neben einem breiten Schreibtisch, auf dem eine moderne Computeranlage stand, hatte sich Müller-Clausen anscheinend ein kleines Forschungslabor eingerichtet.

»Hier versuche ich, das, was bei einigen Pilzsorten schon gelungen ist, nämlich ihre künstliche Anpflanzung und Züchtung außerhalb des Waldes, auch bei den Arten zu erreichen, die sich bislang erfolgreich dagegen zur Wehr gesetzt haben. Aber dazu benötige ich die natürlichen Vegetationsbedingungen, sprich: wechselnde Luftfeuchte, Temperatur, Lichteinstrahlung und die …«

»Sagen Sie mal, Herr Müller-Clausen«, unterbrach Tannenberg den Vortrag. Er deutete in Richtung einer großen Bücherwand hinter dem Schreibtisch. »Sie haben hier doch alle möglichen Unterlagen über Pilze: Bücher, Fotos und so weiter. Besitzen Sie zufällig auch die Serie der Jugendherbergskarten, auf denen Waldpilze abgebildet sind?«

»Natürlich, Herr Kommissar«, kam es wie aus der Pistole geschossen. »Ich kann wohl guten Gewissens behaupten, dass sich in diesem Raum hier so ziemlich alles befindet, was jemals über Pilze publiziert wurde. Ich weiß nur im Augenblick nicht, wo ich dieses Päckchen finden könnte …«

Grübelnd schlurfte der Pilzfachmann zu seiner Fachbibliothek. Plötzlich wurde er von einer Eingebung heimgesucht und griff zielstrebig in einen verschlossenen weißen Schuhkarton. »Hier, ich hab's doch gewusst!«, stieß er erfreut aus. »Ordnung im Chaos! Hätten Sie nicht gedacht, nicht wahr?«

Tannenberg ging auf die Frage nicht ein, sondern öffnete das ihm überreichte Päckchen, zog den Kartenstapel heraus und blätterte die einzelnen Bilder geschwind durch. Als er die Fotos des Pfifferlings und des Hexenröhrlings erblickte, war er merkwürdigerweise erleichtert – obwohl es natürlich für die Ermittlungen äußerst vorteilhaft gewesen wäre, wenn gerade diese beiden Karten gefehlt hätten.

»Dürfen wir das Päckchen behalten?«, fragte der Leiter der SOKO »Pilze«, nachdem die drei Männer auf abgeschnittenen Baumstümpfen Platz genommen hatten.

»Ja, aber ich hätte es irgendwann gerne unversehrt zurück. Es ist nämlich mein einziges.«

»Versprochen!«, sagte Tannenberg. »Entschuldigen Sie, Herr Müller-Clausen, wenn ich noch mal auf diese beiden völlig unterschiedlichen Wohnbereiche in Ihrem Haus zu sprechen komme. Es ist für einen Außenstehenden schwer zu verstehen …«

»So schwer zu verstehen ist das gar nicht, Herr Kommissar«, unterbrach der Pilzexperte. »Ich war früher Laborleiter in der Chemieindustrie. Und irgendwann hat mir diese Arbeit einfach keinen Spaß mehr gemacht. Ich hab dann aufgehört, bin quasi ›ausgestiegen‹, wie man heute so schön sagt. Und seitdem versuche ich, die Natur nicht mehr mit chemischen Produkten zu vergiften, sondern ihr zu helfen.

Und das mit den grundverschiedenen Wohnbereichen ist wirklich ganz einfach zu klären. Sie sind nämlich in ihrem

Wesen genauso unterschiedlich, wie ich und meine Frau es sind. Wir haben dieses Haus vor zehn Jahren gemeinsam gebaut. Nur als ich diese radikale Wandlung durchgemacht habe, ist mir meine Frau nicht gefolgt, sondern ist ihren Weg – auch beruflich – einfach gradlinig weitergegangen. Dann haben wir uns darauf geeinigt, dass ich unten mein Reich bekomme und wir ansonsten alles so lassen, wie es war. Auch schon wegen der Freunde und der Repräsentationsfunktion, die für meine Frau sehr wichtig ist.«

»Verstehe«, sagte Schauß. »Aber, Herr Müller-Clausen, wir sind ja eigentlich wegen etwas anderem gekommen.«

»Das ist richtig«, stimmte Tannenberg zu und überreichte dem Pilzexperten Kopien der beiden Gedichte, auf denen er allerdings die letzten beiden Zeilen abgeschnitten hatte.

»Werfen Sie doch bitte mal einen Blick darauf und sagen Sie uns, ob die Angaben zu den verschiedenen Pilzen Ihrer Meinung nach richtig sind und ob Ihnen irgendwas an den Gedichten auffällt.«

»Jetzt verstehe ich den Grund Ihres Besuches: Dieser verrückte Serienmörder hat Gedichte über Pilze verschickt!«

Hoffentlich sind da keine giftigen Blüten des Roten Fingerhuts drin, dachte Tannenberg, als er einen Schluck Kräutertee aus der roten Tontasse nahm, die Müller-Clausen auf die aus einer dicken Baumscheibe bestehende Tischplatte gestellt hatte.

»Also, meine Herren, was hier inhaltlich zum Cantharellus cibarius und zum Boletus minatoporus steht, ist, zumindest von der fachbiologischen Seite her, vollkommen richtig. Wie die Gedichte allerdings aus germanistischer, lyrischer Perspektive zu beurteilen sind, entzieht sich leider meiner Kenntnis. Und was sich psychologisch aus den Gedichten herausinterpretieren lässt ... Da kann ich Ihnen leider auch nicht weiterhelfen. Aber eins steht für mich fest: Der Mann kennt sich aus, der verfügt über Detailkenntnisse, über Praxiswissen.«

»Wie meinen Sie das?«, wollte Schauß wissen.

»Der Mann hat Dinge in die Gedichte reingeschrieben, die findet man nur ganz, ganz selten in irgendeiner Fachveröffentlichung.«

»Was denn zum Beispiel?«, fragte Tannenberg interessiert nach. »Diese Informationen kann sich doch wohl jeder im Internet besorgen!«

»Nein, eben nicht!«, gab Müller-Clausen mit unbeabsichtigter Schärfe zurück. »Das ist es ja gerade! Da ist zum Beispiel diese Sache mit dem Teufelsring beziehungsweise dem Hexenkreis – was inhaltlich übrigens genau dasselbe ist. Mit diesen Begriffen bezeichnet man nämlich die Tatsache, dass der Pfifferling genauso wie der Hexenpilz in ›unbejagten‹ Gebieten, wie wir sagen – also in Gebieten, in denen entweder gar nicht oder nur sehr wenig gesammelt wird –, in Form eines großen, geschlossenen Kreises auftritt. Wissen Sie, was das heißt?«

Keine Reaktion, nur erwartungsvolles Staunen.

»Das heißt, in solchen unberührten Gebieten stehen in einem Kreis mit einem Durchmesser von 3 bis 5 Metern vielleicht 50, vielleicht aber auch 100 ausgewachsene Pfifferlinge – auf einem Platz! Können Sie sich das vorstellen? Ich kann Ihnen versichern, das ist ein Anblick, den werden Sie zeitlebens nicht mehr vergessen! Und um das zu wissen, muss man selbst Pilzjäger sein, und zwar ein besessener! Und zwar so einer wie ich, der sogar manchmal nachts im Wald schläft.«

»Was machen Sie?«, schoss es aus Tannenberg heraus.

»Ja, ich schlafe manchmal im Wald. Vor allem dann, wenn meine Frau Gäste aus ihrer Bank dahat und ich einfach keine Lust auf diese Leute habe. Das sollten Sie mal ausprobieren, meine Herren. Ich kann Ihnen versichern, dass Sie das auf völlig andere Gedanken bringt. Sie nehmen danach die Welt mit ganz anderen Augen wahr. Ich biete übrigens Outdoor-Seminare an …«

»Wann haben Sie in den letzten Wochen im Wald übernachtet?«, drängte sich Schauß fragend dazwischen.

»Da muss ich erst mal nachdenken … Um welchen Zeitraum geht's denn genau?«

»Die letzten beiden Wochen«, erklärte der junge Kommissar.

»In den letzten beiden Wochen?«, wiederholte Müller-Clausen mit geschürzten Lippen. Er trottete zu seinem Terminkalender, der aufgeschlagen inmitten seines unaufgeräumten Schreibtischs lag. »Das letzte Mal muss das so vor etwa drei Wochen gewesen sein. Genau: am 8. Juni, da gab meine Frau eine Cocktailparty in unserem Garten.«

Über Funk wurden die beiden Ermittler verständigt, dass Erwin Konopka im Kommissariat erschienen sei und sie dringend zu sprechen wünsche.

»Dess iss gut. Dann muss ich noher nett in soi Firma fahre«, sagte Schauß, als die beiden Kriminalbeamten die Kantstraße hinunterfuhren.

Tannenberg war immer noch damit beschäftigt, seine Eindrücke zu verarbeiten. »Wasses so hinner bürscherlische Fassade so alles gebbt! Wann ichs nett mit eischene Aue gesieh hät!«, bemerkte er kopfschüttelnd.

»Ja, unglaublich! Unn dann schlooft der Kerl a noch im Wald.«

»Ich denk, denne Waldschrat sollten merr e bissje genauer unner die Lup nemme. Vor allem soi Alibis. Dess mit de Jugendherberschskaade war jo a irschendwie komisch, orre? Zuerscht wääs er aangeblich nett, wo die Pilzfoddos sinn – unn plötzlich wääs er dann doch ganz genau, wose sinn.«

»Hasche bemerkt, wie seltsam er dich beobacht hat, als du die Bilder durchgeguckt hasch?«

»Nee. Was iss derr dann uffgefall?«, fragte Tannenberg.

»Irschendwie hatt ich de Inndruck, dasser in der Situation ziemlich aangespannt war. Awwer vielleicht bild ich meer dess a noor inn.«

»Es warn schunn e paar Sache mäh als merkwürdisch«, teilte Tannenberg die Einschätzung seines Kollegen.

»Denksche an e Hausdurchsuchung?«

»Dess krien merr nett genehmischt. Meer hann jo absolut nix in de Hand.«

»Doch, meer hann de genedische Fingerabdruck vumm Täter!«

Ein Ruck ging durch Tannenbergs Körper. »Klar! Los, fahr sofort zurick!«

Müller-Clausen war zunächst sehr überrascht, die beiden Ermittler bereits nach so kurzer Zeit wiederzusehen. Aber da die Kriminalbeamten noch einige Auskünfte über sein Spezialgebiet wünschten, war er natürlich gerne bereit, die Fragen der Wissbegierigen zu beantworten.

Während der Pilzexperte Tannenberg in seinem Naturrefugium mehrere Fachbücher zeigte, suchte Schauß das Badezimmer auf und fischte aus dem Handwaschbecken und dem Abfluss der Dusche mehrere Haare heraus, aus denen der Gerichtsmediziner genetisches Vergleichsmaterial gewinnen konnte.

Im Kommissariat wurden sie bereits erwartet.

»Herr Konopka, verstehe ich das richtig? Ihre Frau kann Ihr Alibi nicht bestätigen?«, fragte Tannenberg, während er das Tonbandgerät einschaltete.

»Sie könnte, aber sie will nicht! Diese Schlampe will sich an mir rächen!«, schrie der Mann aufgeregt. »Seit ich ihr die

Sache mit Elvira gebeichtet habe, ist sie wie verwandelt. Sie kocht mir nichts mehr und hetzt die Kinder gegen mich auf. Jetzt will sie sogar, dass ich aus meinem eigenen Haus ausziehe.«

»Ja, das sieht nicht gut für Sie aus, lieber Herr Konopoka.«

»Aber ich hab doch überhaupt nichts gemacht, Herr Kommissar! Ich hab doch die Frauen nicht umgebracht. Warum denn auch? Warum soll ich Elvira umgebracht haben? Ich habe sie doch geliebt!«

»Ach, wissen Sie, guter Mann, wenn das der Maßstab wäre«, sagte Tannenberg. »Was meinen Sie wohl, wie oft wir hier in diesem Raum schon von Männern gehört haben, dass sie die Frau, die sie gerade vom Leben in den Tod befördert haben, geliebt hätten. Das ist wirklich keine glaubhafte und originelle Begründung für Ihre angebliche Unschuld. Da müssen Sie sich schon etwas anderes einfallen lassen.«

Erwin Konopka war nervlich am Ende. Er hatte die Arme verschränkt auf den Tisch gelegt und sein Gesicht darin verborgen.

»Herr Konopka, Sie müssen auch uns verstehen. Wir suchen einen perversen, gemeingefährlichen Verbrecher. Da gehört es zu unseren Aufgaben, jeder Spur nachzugehen. Und ein wichtiger Punkt bei unserer Recherchearbeit ist eben die Frage nach den Alibis der Verdächtigen. Und Sie haben leider keins.« Tannenberg schaltete das Tonbandgerät ab. »Aber es gäbe eine ganz einfache Möglichkeit, mit der Sie uns Ihre Unschuld beweisen könnten«, schwenkte er plötzlich um.

Konopka riss seinen Kopf nach oben und wischte die Tränen aus den Augen. »Um Gottes willen, was denn? Ich mache alles, was Sie wollen. Sie müssen mir nur sagen, was!«, flehte er.

»Ganz einfach: Sie begeben sich jetzt direkt ins Gerichtsmedizinische Institut, das sich im Untergeschoss des Westpfalz-Klinikums befindet, und lassen sich dort von Dr. Schönthaler ein wenig Blut abzapfen. Der führt dann eine Genanalyse durch. Und wenn es sich so verhält, wie Sie behaupten, wird er mit dem Untersuchungsergebnis definitiv Ihre Unschuld beweisen können. Da kann Ihre Frau sagen, was sie will.«

»Danke, Herr Kommissar. Das erledige ich sofort! Vielen, vielen Dank!«, rief Konopka euphorisch, sprang von seinem Stuhl hoch und wollte sofort los.

»Es gibt da allerdings noch ein kleines Problem.«

»Welches?«, fragte der Autoverkäufer überrascht.

»Wir müssen Sie bitten, dass Sie niemandem etwas über den Inhalt unseres Gesprächs mitteilen, auch nicht den Ermittlern des Landeskriminalamtes, die Sie wahrscheinlich irgendwann ebenfalls befragen werden und die garantiert auch eine Blutprobe von Ihnen haben möchten. Denn eigentlich sind die dafür zuständig. Aber ich denke, es ist ebenso in Ihrem wie in unserem Interesse, dass wir Sie so schnell wie möglich von diesem schrecklichen Verdacht befreien«, sagte Tannenberg.

»Natürlich, Herr Kommissar. Sie können sich selbstverständlich auf mich verlassen. Es erfährt niemand auch nur ein Sterbenswörtchen davon. Ich weiß Ihr Entgegenkommen wirklich zu schätzen! Ich hab übrigens auch noch was für Sie. Das hätte ich ja fast vergessen.«

»Schießen Sie los!«, forderte der Leiter des K1 ungeduldig.

»Ihr Mitarbeiter hat mich mal gefragt, ob ich weiß, ob die beiden Frauen, also Elvira und die andere Frau, sich gekannt haben. Jetzt weiß ich es wieder: Die beiden haben sich definitiv gekannt. Ich hatte mich mal mit Elvira in der Stadt verabredet. Und als ich am vereinbarten Treffpunkt erschien, hat sie sich gerade mit dieser anderen Frau unterhalten. Aber als ich mich dann zu ihnen gestellt hab, ist sie gleich weggegangen. Ich bin mir sehr sicher, dass es diese Frau war.«

»Haben Sie irgendeinen Gesprächsfetzen mitbekommen?«, fragte Schauß.

»Nur Floskeln, die man eben immer so dahinsagt, wenn man sich eine Zeit lang nicht gesehen hat.«

»Mann, versuchen Sie sich zu erinnern. Das ist wirklich wichtig!«, blaffte Tannenberg.

»Na, so was wie: Dann machen wir mal wieder einen drauf wie früher.«

Konopka hatte, nachdem er sichtlich erleichtert den Raum verlassen hatte, die Tür hinter sich nicht geschlossen. Merkwürdige Geräusche drangen an Tannenbergs Ohr. Als Vollblutkriminalist musste er sofort deren Ursache ergründen.

»Samo, Flocke, was machschen du ferr e Krach?«

»Ach, Chef, das iss noor dess Tiroler Schiddelbrot, dess ich grad ess. Dess iss uunheimlich gesund und hat kaum Kalorie. Do iss Kimmel drin, unn a sunnscht hann die noor lauder gude Sache ferr die Herstellung genumm. Iss zwar ziemlich hartgeback, awwer was solls. Wollense nett emool brobiere?«, fragte die Sekretärin und hielt den beiden Ermittlern die Tüte hin.

»Nee, danke, Flocke. Dess macht beim Kaue zu viel Krach. Do kann ich mich nimmi konzentriere. Wie hääst dess Zeisch?«

»Tiroler Schiddelbrot, Chef.«

»Bass jo uff, dasche kä Schiddelfroscht defunn kriesch!«, bemerkte Kommissar Schauß grinsend.

»Kumm, Flocke, schmeiß dess forzdruggene Zeisch fort. Meer schlachten moin Geburtstdaachskuche.«

»Glaabense werglisch, dass ich e Stick devunn esse kennt?«, fragte Petra Flockerzie.

Kaum waren ihr diese Worte aus dem Mund gesprudelt, meldete sich ihr schlechtes Gewissen mit Furcht einflößenden Drohgebärden zu Wort.

»Du kannsch nett, du musch – Dienstanweisung!«

»Do werr ich mich wohl orre ibel fiesche misse, Chef«, frohlockte die Sekretärin.

Sie ließ die Trockenfuttertüte in einer Schreibtischschublade verschwinden, warf die Espressomaschine an und befreite den armen Erdbeerkuchen aus seinem kalten Gefängnis.

Petra Flockerzie schnitt gerade den Kuchen an, als Heiner Tannenberg keuchend die Korridortür aufriss. In der Hand hielt er eine Klarsichthülle, in der eine Jugendherbergskarte mit dem Motiv einer schwarzen Katze steckte.

»Wolf, ich hannse noor mit de Pinzett aangelangt unn glei in die Tutt gesteckt. Dess iss jo de absoludde Wahnsinn! Schunn wirre so e Kaad!« Er pumpte Luft wie ein flugwilliger Maikäfer. »Unn schunn wirre so e verrickdes Gedicht!«

Tannenberg riss seinem Bruder die Karte aus der Hand, drehte sie um und begann mit fester Stimme laut vorzulesen, was auf der Rückseite stand:

Es war einmal ein Kätzchen klein,
So schwarz, so süß, so zart wie Samt;
Und fraß so gerne aus der Hand.
Doch jetzt wohnt es im Himmelein!

Genieß noch schön den Jubeltag,
Doch hör mir zu, wenn ich Dir sag:
Man tritt nicht wie Rumpelstilzchen
Herum auf armen Speisepilzchen!

Auch wenn du es nicht hören magst,
Es naht der Tag, wo du versagst!
Denn eins steht fest, o Tannenberg:
Du bist nur ein mickriger Zwerg!

Ein kleiner Wicht, ein kleines Nichts,
Ein kleines Licht, ein kleines Nichts.

Siehst nur die Gicht, Du kleines Nichts!
Ein Irrlicht nur, Du kleiner Wicht!

»Dess gebbts nett! Dess gebbts äfach nett! – Jubeldaach! Woher wääs der Dreckskerl, dass ich heit Geburtsdaach hann?«, brüllte Tannenberg.

Hektisch stapfte er vor dem Schreibtisch seiner Sekretärin hin und her. Dabei streckte er beide Hände flehend in Richtung Zimmerdecke, so als wollte er höhere Mächte um Hilfe bitten.

»Rumpelstilzchen – Speisepilzchen!«, rezitierte er. »Woher wääs dess der Kerl? Woher wääs der, dass ich geschdern im Wald aus lauder Wut Gäälschwämmscher gabuddgeträt hann?«

»Wolf, ess gebbt noor ä Erklärung dodefor«, sagte Schauß. »Der Kerl beobacht dich die ganz Zeit iwwer.«

12

Dr. Hollerbach wartete nun schon über eine Viertelstunde auf dem Parkplatz.

Aber sie kam einfach nicht.

Von den ewigen Vorwürfen seiner Ex-Frau hatte er noch sehr gut in Erinnerung, dass die schlimmsten strategischen Fehler, die ein Mann im Umgang mit dem anderen Geschlecht begehen konnte, darin bestanden, die Angebetete massiv zu bedrängen oder gar zu kritisieren. Also blieb dem vermeintlichen Herrn der Schöpfung nichts anderes übrig, als zu versuchen, sich zwar als engagierter Verehrer in Szene zu setzen, gleichzeitig aber den Eindruck von vorsätzlicher Freiheitsberaubung zu vermeiden.

Als Eva Glück-Mankowski sich endlich im äußeren Eingangsbereich des Hotels zeigte, sprang der Oberstaatsanwalt wie ein junger brünstiger Hirsch aus seiner dezenten Luxuslimousine der neuen Dame seines Herzens entgegen, begrüßte sie freundlich und öffnete ihr zuvorkommend die Beifahrertür.

»Die haben ja gestern im Ministerium ziemlichen Druck gemacht«, begann die Profilerin, als sie auf dem schwarzen Nappaledersitz Platz nahm.

»Ist ja auch nicht verwunderlich, liebe Frau Kollegin. Schließlich befinden sich der Herr Innenminister und seine Untergebenen mitten im Wahlkampf, und da kann man eine ungelöste Mordserie, die den Bürgern Angst und Schrecken einjagt, ganz und gar nicht gebrauchen. Aber ich denke, wir haben die Damen und Herren im Ministerium mit unserer Trittbrettfahrer-Idee ziemlich beeindruckt.«

»Ich finde auch, dass *wir* sehr überzeugend waren.«

Dr. Hollerbach reagierte umgehend auf die pointierte Satzbetonung. »Entschuldigen Sie bitte die unbedachte Verwendung des Plurals, liebe Frau Kollegin. Es war ja wohl vor allem Ihr Verdienst, die hohen Herrschaften davon überzeugt zu haben, dass man diesen mysteriösen Serienmörder nur dann enttarnen und unschädlich machen kann, wenn man ihn mit unvorhersehbaren Ereignissen konfrontiert, die ihn dann möglicherweise aus dem Konzept bringen. Und die zu Panikreaktionen seinerseits führen, ja vielleicht sogar dazu, dass er tatsächlich versuchen wird, den vermeintlichen Trittbrettfahrer zu bestrafen. Weil der sein Kunstwerk entweiht hat.«

»Genau! Dann wollen wir mal hoffen, dass unser Plan auch funktioniert!«

»Also ich bin wirklich begeistert von der Professionalität, mit der man bei Ihnen im LKA vorgeht. Da merkt man einfach, dass jeder Mitarbeiter bis in die Haarspitzen motiviert ist. Zum Beispiel dieser Kommissar Borngesser, der sich als Köder für unseren Frauenmörder zur Verfügung stellt. Hat der denn überhaupt keine Angst, dass bei dieser Aktion etwas schiefgehen könnte?«

»Aber lieber Dr. Hollerbach, was soll denn da schon passieren? Die Kollegen observieren rund um die Uhr das Haus, einige befinden sich direkt in der Wohnung in einem Nebenzimmer. Und wenn der Täter dann kommt, schnappt die Falle zu. Da kann eigentlich nichts schiefgehen.«

»Sie haben ja recht. Ich bin hier unten eben nur diesen schrecklichen Dilettantismus gewohnt. Aber was ist, wenn er nicht kommt?«

»Was soll's, dann haben wir es wenigstens probiert!«

»Stimmt! Zumal uns im Augenblick leider die Alternativen fehlen. Am besten an der ganzen Sache gefällt mir sowieso, dass Tannenberg und die anderen Blindgänger von der Sache nichts erfahren werden. Was meinen Sie wohl, wie blöd der Herr Kriminalhauptkommissar aus der Wäsche schauen wird, wenn *wir* seinen Serienmörder fassen«, freute sich der Oberstaatsanwalt. »Der geht bestimmt vor lauter Wut glatt durch die Decke.«

»Ich möchte Ihren psychohygienischen Triumphzug ja nicht zerstören, aber Sie erinnern sich schon daran, dass wir Tannenberg und sein Team nur deshalb nicht in die Köder-Aktion einweihen, weil wir nicht ausschließen können, dass der Täter sich im direkten Umfeld Tannenbergs aufhält und er deshalb möglicherweise von unserem geplanten Vorhaben Wind bekommen könnte. Und nicht weil der Kollege und seine SOKO mit dem Fall total überfordert wären«, bemerkte Dr. Eva Glück-Mankowski trocken.

Auf der Fahrt zum Kommissariat vermied der Oberstaatsanwalt tunlichst weitere Tritte in eines der überall versteckt herumstehenden Fettnäpfchen. Er beschränkte sich vielmehr darauf, ab und an einen verstohlenen Blick auf die seiner Meinung nach überaus attraktive weibliche Erscheinung neben sich zu werfen; meist wenn er zwecks Beobachtung des Straßenverkehrs gezwungen war, nach rechts zu blicken. Allzu gerne hätte er dabei ein kurzes Lächeln von ihr erhascht, aber die LKA-Mitarbeiterin blickte stur geradeaus.

Als Dr. Hollerbach im Flur der Kriminalinspektion von Weitem Tannenberg herumschreien hörte, fasste er sich ein Herz, legte seine Hand auf die linke Schulter der selbstbewusst neben ihm her schreitenden Profilerin, drehte seinen Daumen nach innen und nötigte sie dadurch zum Stehenbleiben.

»Warten Sie bitte einen Moment, Frau Kollegin«, sagte er leise, während er umgehend wieder seine Hand von ihrem Körper entfernte. »Hören Sie, wie Tannenberg mal wieder herumpoltert?«

»Ja sicher, ist wohl kaum zu überhören.«

»Dann wissen Sie jetzt auch, warum ich ihn einmal Wotan getauft habe. Ich finde, das ist ein sehr treffender Name für ihn. Erstens, weil sich aus den Anfangsbuchstaben von ›Wolfram‹ und ›Tannenberg‹ meines Erachtens geradezu zwingend die Abkürzung ›Wotan‹ ergibt, und zweitens wegen der Wesensgleichheit mit Wotan. Vielleicht haben Sie schon einmal etwas von ihm gehört. Wotan spielt bei Wagner eine nicht unbedeutende Rolle.« Er räusperte sich. »Obwohl, Frauen mögen die Musik Richard Wagners ja eigentlich nicht so sehr.«

»Wotan – höchster germanischer Gott; einäugiger Gott des Sturmes, der Dichtkunst und der Kommunikation. Wotan – wütender Naturgott, der die Seelen der Toten durch die Nacht jagt. Wotan – der im ›Ring der Nibelungen‹ Siegfried dazu auserkoren hat, die Welt vom Ring zu befreien. Wotan – der Zauberer, der mächtige Walküren durch die Lüfte schickt, um im Kampf gefallene Helden nach Walhall zu geleiten!«, dozierte die Psychologin. »Sie werden es nicht glauben, aber ich beschäftige mich in meiner Freizeit sehr wohl mit Richard Wagner, seiner Musik, der dahinterstehenden Mythologie – und vor allem interessiert mich Wagner wegen seiner massenpsychologischen Wirkung, die er auf Männer ausübt. Übrigens habe ich die letzten Bayreuther Festspiele gemeinsam mit meiner Freundin besucht.«

Der Oberstaatsanwalt war sprachlos. Die Profilerin lesbisch? Genau das war die Erklärung für das merkwürdige Verhalten seiner Person gegenüber! Mit einem Schlag war ihm alles klar: die Ignoranz seiner Annäherungsversuche, ihr offensichtlicher Männerhass – einfach alles.

»Hallöchen! Ja, was feiern wir denn heute?«, rief die Profilerin mit lauter Stimme, als sie den Erdbeerkuchen sah, und wandte sich Petra Flockerzie zu. »Wohl das Ende entbehrungsreicher Diätwochen?«

»Nein, der Chef hat heute Geburtstag«, erwiderte die Sekretärin verlegen.

»Meinen herzlichsten Glückwunsch, lieber Herr Hauptkommissar! Und alles, alles Gute für Sie!«, sagte Eva Glück-Mankowski und ging mit ausgebreiteten Armen auf ihn zu. Tannenberg war zur Salzsäule erstarrt, zu abrupt hatte das Auftreten der Psychologin seinen Wutausbruch unterbrochen. Das Einzige, was er von den beiden Geburtstagsküsschen, die ihrer Glückwunschformel folgten, körperlich registrierte, war der füllige, wogende Busen der LKA-Mitarbeiterin.

»Tannenberg, Sie sollten sich nicht so aufregen. Zum einen ist es nicht gesund und zum anderen blockiert die Aggressivität unsere Denkfähigkeit und unsere Kreativität«, sagte die Profilerin. Sie unterbrach ihren Wortschwall, denn sie hatte gerade einen ihr unbekannten Mann erspäht. »Wer sind Sie denn?«, fragte sie neugierig. »Sie könnten glatt als Tannenbergs Bruder durchgehen.«

»Ich bin's!«

»Was sind Sie?«, fragte Dr. Glück-Mankowski ungläubig.

»Ganz einfach: Ich bin sein Bruder – Heiner Tannenberg.«

»Entschuldigen Sie, wenn ich dieses nette Plauderstündchen mit meinen kritischen Bemerkungen unterbreche«, warf der Oberstaatsanwalt polemisch ein. »Aber wenn ich Sie beiläufig an etwas erinnern dürfte: Wir befinden uns hier in den Räumen einer Mordkommission. Und da hat selbst der Bruder eines leitenden Kriminalbeamten nichts verloren. Was wollen Sie überhaupt hier? Sie können doch auch zu Hause Kaffee trinken, oder?«

»Was soll denn das schon wieder? Mein Bruder ist quasi dienstlich hier, denn er wurde von mir beauftragt, diese an mich adressierte Postkarte hierherzubringen«, sagte Tannenberg scharf.

Mit grimmiger Miene überreichte er seinem ewigen Kontrahenten die Jugendherbergskarte. »Haben Sie noch mehr dieser völlig überflüssigen, unsere Ermittlungsarbeit störenden Anmerkungen zu machen, Herr Oberstaatsanwalt?«

Normalerweise hätte sich Dr. Hollerbach diese Provokation nicht bieten lassen, aber das neuerliche Gedicht hatte in Windeseile vollständig von ihm Besitz ergriffen. Mehrmals las er es murmelnd durch und machte sich noch nicht einmal über die letzte Strophe lustig, die ja schließlich seine Meinung über den Leiter der Kaiserslauterer Mordkommission ziemlich genau abbildete.

»Das ist wirklich unglaublich! Woher weiß der das alles? Tannenberg, der beobachtet Sie! Der scheint es doch tatsächlich auf Sie persönlich abgesehen zu haben. Ich beantrage sofort Personenschutz für Ihre Familie.«

Tannenberg wusste zunächst nichts mit der glaubhaft zur Schau getragenen Besorgnis des Oberstaatsanwalts anzufangen, er registrierte nur die deeskalierende Wirkung, die seine Aussage auf die angespannte Stimmung hatte.

»Für solche Maßnahmen haben wir zurzeit nicht genügend Personal zur Verfügung. Ich glaube nicht, dass ich oder ein Mitglied meiner Familie ernsthaft gefährdet sind. Das gehört zu den Psychospielchen dieses Verbrechers, da bin ich mir ziemlich sicher.«

»Gut, war ja auch nur ein Angebot! Was gibt es Neues? Was hat zum Beispiel die Befragung der Anwohner nach dem Katzenfund ergeben? Übrigens hat die Pathologie des LKAs mitgeteilt, dass es sich bei der Katze zweifelsfrei um diejenige handelt, die aus der Wohnung des ersten Opfers verschwunden ist. Also, was ist mit den Anwohnern?«

»Leider erbrachte die Befragung kein greifbares Ergebnis. Sieht man einmal davon ab, dass eine ältere Frau unseren Dr. Schönthaler in dieser Nacht mit einer Plastiktüte in der Hand gesehen haben will«, sagte Schauß.

»Was? Den Gerichtsmediziner? Das ist doch wohl ein schlechter Scherz, oder?«, fragte der Oberstaatsanwalt ungläubig.

»Nur keine Panik! Wir haben bei mir einen feuchtfröhlichen Skatabend veranstaltet. Der Doc ist um Mitternacht an den Bahnhof, um Zigarren für uns zu kaufen«, erläuterte Tannenberg seelenruhig den unspektakulären Hintergrund.

»Zigarren, Skat, Alkohol! Warum sind Männer eigentlich nicht in der Lage, etwas Vernünftiges mit ihrer Freizeit anfangen?«, fragte die Profilerin provokant.

»Sollen wir vielleicht häkeln, Teddybären ausstopfen oder Kochrezepte abschreiben?«, schoss der SOKO-Leiter sofort scharf zurück.

»Tannenberg, haben Sie die Leserbriefe zu unserem Fall heute Morgen in der Zeitung gelesen?«, fragte Dr. Hollerbach, um das unproduktive Scharmützel zu beenden. »Die Leute sind sauer auf die Polizei, fühlen sich nicht geschützt, wehrlos einem Psychopathen ausgeliefert, sind ängstlich, ja geradezu hysterisch.«

»Nein, ich bin bis jetzt noch nicht dazu gekommen, auch nur einen Blick in die *Rheinpfalz* zu werfen. Ich hab eben nicht so viel Zeit wie Sie.«

»Na, das hat ja wohl eher etwas mit Ihrem Geburtstag zu tun. Am übertriebenen Arbeitseifer kann's bei Ihnen ja nicht liegen!«, wehrte sich der Oberstaatsanwalt aggressiv.

»Meine Herren, nicht schon wieder streiten. Sie brauchen Ihre Energie wirklich zurzeit für andere Dinge«, mahnte die Profilerin arrogant.

»Sie haben vollkommen recht, Frau Kollegin. Aber es ist einfach zum Verzweifeln. Die Öffentlichkeit, das Ministerium – alle machen Druck. Wir brauchen endlich einen konkreten Ermittlungserfolg, den wir der verunsicherten Bevölkerung präsentieren können.«

»Ja, soll ich denn in den Wald gehen und uns einen Hauptverdächtigen schnitzen?«, provozierte der SOKO-Leiter.

»Ach, Tannenberg, Sie immer mit ihren albernen Witzen! Die bringen uns absolut nicht weiter. Um 18 Uhr ist Pressekonferenz, und da kann ich mich doch nicht hinsetzen und sagen: ›Leute, es tut mir leid, wir tappen immer noch völlig im Dunkeln.‹ Ich muss dieser hungrigen Meute doch irgendeinen deftigen Fleischbrocken hinwerfen können, damit sie wenigstens mal für eine gewisse Zeit zufrieden sind. Sonst geben diese verfluchten Pressegeier doch nie Ruhe. Und was glauben Sie, was im Innenministerium los ist. Wenn wir nicht bald einen konkreten Fahndungserfolg vorweisen können, ist unser aller Karriere beendet. Dann können Sie den Straßenverkehr regeln und ich verstaube in irgendeinem Justizarchiv.«

Plötzlich drang vom Treppenhaus her tumultartiger Lärm ins Kommissariat.

»Was ist denn da los?«, fragte der Oberstaatsanwalt in die Runde der Anwesenden.

Der zunächst undifferenzierte, diffuse Krach kam schnell näher. Irgendjemand öffnete die Abschlusstür, die den Korridor vom Treppenhaus abtrennte. Tannenberg und die anderen begaben sich neugierig auf den Flur.

Verwundert sahen sie, wie Förster Kreilinger gemeinsam mit einem kräftigen Waldarbeiter eine Person, über deren Kopf ein Leinensack gestülpt war, ins Kommissariat schleiften – wie den Seeräuber Störtebeker, als man ihn in Hamburg zum Schafott führte.

»Ich hab den Saukerl endlich gefangen! Jetzt steht mir die Belohnung zu«, schrie Kreilinger aufgeregt. Er riss dem Mann den Kartoffelsack vom Kopf und zog ihm den übergehängten Mantel von den dürren Schultern.

Es war ein erbärmlicher Anblick, der sich den Mitarbeitern der SOKO »Pilze« darbot: Vor ihnen stand, hilflos dem grellen Neonlicht ausgeliefert, ein etwa 60-jähriger untersetzter, hagerer Mann mit Glatze. Um seinen Bauch herum baumelte ein am Nabel zusammengebundener schwarzer Fahrradschlauch. Ansonsten war er völlig nackt. Seine Hände waren vor dem Körper mit einem Kälberstrick gefesselt.

Die beiden Frauen wendeten sich angewidert ab, während Tannenberg Kreilinger den Mantel entriss und ihn dem zitternden Mann um die Schultern legte.

»Kommen Sie bitte mit in mein Zimmer! Michael, du fertigst mit den beiden netten Kopfgeldjägern ein Protokoll an«, befahl Tannenberg.

Er führte den total verstörten Mann wie ein Zirkustier an der Leine in sein Büro. Dann knotete er den Strick auseinander und befreite so den völlig eingeschüchterten Mann von seinen Handfesseln.

»Wer sind Sie? Was haben Sie im Wald gemacht?«, schrie Dr. Hollerbach ohne Vorwarnung gleich los.

Aber der Mann zuckte nur kurz ängstlich zusammen, zeigte sonst aber keine Regung und stierte mit leerem Blick an die Zimmerecke.

»So hat das keinen Wert, Herr Kollege«, mischte sich die Kriminalpsychologin ein. »Sehen Sie denn nicht, dass dieser Mann unter Schock steht? Vom ihm erfahren Sie jetzt überhaupt nichts. Ich schlage vor, dass er umgehend in die Psychiatrie überstellt und medizinisch und psychologisch eingehend untersucht wird.«

»Gut. Aber zuerst muss er noch zum Erkennungsdienst. Wir brauchen unbedingt seine Fingerabdrücke und die DNA«, sagte Tannenberg und wählte die Nummer der Kriminaltechnik.

Kurze Zeit später erschienen bereits zwei Beamte, die den Mann abholten.

»Da hat der Herr ein Einsehen mit uns gehabt und uns genau zum richtigen Zeitpunkt einen Hauptverdächtigen geschickt«, freute sich Dr. Hollerbach.

Tannenberg holte tief Luft. »Glauben Sie wirklich, dass dieser arme Spanner oder Exhibitionist irgendetwas mit unserer Mordserie zu tun hat?«

»Mann, das ist doch total egal! Wenn er der Täter ist, dann ist die Sache sowieso erledigt. Und wenn er unschuldig ist, wird er demnächst wieder aus der Untersuchungshaft entlassen.«

»Wie Untersuchungshaft? Sie können doch nicht allen Ernstes diesen armen Tropf einsperren – ohne jeglichen konkreten Tatverdacht!«, kritisierte der SOKO-Leiter offen das Vorhaben des Oberstaatsanwalts.

»Und ob ich das kann, Tannenberg! Wenn der Erkennungsdienst seine Daten erfasst hat, begebe ich mich damit sofort zum Ermittlungsrichter und erwirke einen Haftbefehl.«

»Die Sache hat noch einen weiteren Vorteil«, meldete sich die Profilerin zu Wort.

»Welchen denn?«, fragte der altgediente Ermittler.

»Erinnern Sie sich daran, was ich bei meinem Vortrag zu diesem Thema erwähnt habe?«

»Zu welchem Thema?«, wollte Tannenberg wissen.

»Zum Thema ›Persönlichkeitsstruktur eines Serientäters‹. Haben Sie bei meinem Vortrag etwa geschlafen?«, rüffelte die Profilerin. »Ich hatte Ihnen dargelegt, dass der Serienmörder ein Perfektionist ist, der wie ein Künstler ein Projekt verwirklichen will. Passiert nun etwas Unvorhergesehenes, kann ihn das völlig aus dem Konzept bringen. Das wäre zum Beispiel dann der Fall, wenn die Polizei einen Hauptverdächtigen präsentiert, der ihrer Meinung nach der Täter ist, obwohl der Mörder natürlich weiß, dass dieser Mensch völlig unschuldig ist. Das wäre so, wie wenn ein Künstler ein

Bild malt und ein anderer seinen Namen daruntersetzt und es dann anschließend zum Verkauf anbietet.«

»Sie meinen, mit der glaubhaften Präsentation eines Täters in der Öffentlichkeit würden wir ihn provozieren, ihn aus der Reserve locken? Das ist wirklich ein außergewöhnlich interessanter Gesichtspunkt! Vielleicht macht er ja dann endlich einen Fehler!«, erwiderte der Oberstaatsanwalt begeistert.

»Aber Sie können doch nicht den armen Kerl als Köder missbrauchen!«, wiederholte Tannenberg seine massive Kritik.

»Warum denn nicht? Erstens erfährt ja niemand seine Identität und zweitens heiligt in unserem Fall wohl der Zweck jedes Mittel.«

Als Dr. Hollerbach das Kommissariat verließ, wusste er nicht so recht, worüber er sich mehr freuen sollte: Über den unverhofften zusätzlichen Köder für den Serienmörder oder über die Tatsache, dass man Tannenberg gerade ein bühnenreifes Theaterstück dargeboten hatte, das deutliche Hinweise auf die geplante LKA-Aktion enthielt. Hinweise allerdings, die der SOKO-Leiter nicht zu entschlüsseln vermochte – wie er im Übrigen ja auch nicht ahnen konnte, dass man ihm bei der Trittbrettfahrer-Inszenierung eine Hauptrolle zugedacht hatte.

Tannenberg fühlte sich wie ausgebrannt. Dringend musste er sich zurückziehen und irgendwo seine verbrauchten Akkus wieder aufladen. Er griff zum Telefonhörer, tippte die Nummer seiner Eltern und bat seine Mutter, ihm etwas Gutes zu kochen. Dann verlangte er nach Schauß, der kurze Zeit später bei ihm im Zimmer erschien.

»Mischa, ich hann e Aanschlach uff dich vor.«

»Unn was ferr änne?«

»Du kännsch merr e Riesegefalle due unn noohher ferr mich uff die Pressekonferenz gehe.«

»Okay, mach ich glatt. Awwer was sa ichem Hollerbacht, wanner wisse will, warum du nett do bisch?«

»Saem äfach, dass ich mit dringende Ermittlunge beschäftischt bin. Dess macht a e guuder Inndruck bei de Pressefuzzis. Wie warn eischenlichs Befroe vunn denne Waldsherrifs? Hat dess ebbes gebrung?«

Schauß wiegte den Kopf. »Eischentlich nett. Der Mann, dennse do in Wildweschtmanier inngefang hänn, scheint noor e Exibitionischt zu sinn, der sich ab und zu uff e Waldlichtung stellt und soi Mändelsche lipft. Denne Mann hann die a vor denne Morde schunn manchmo im Wald gesieh. Ich denk, dess iss noor e armi Sau!«

»Gut, Mischa, dann hake merr die Sach ab. Sei so gut unn fahr mich hääm. Normal wär ich jo geloff, awwer ich bin grad so dodal flääschläärisch.«

»Nadierlich mach ich dess. Heit sogar besonners gärn, schließlich hasche jo Geburtsdaach.«

»Stimmt, hann ich vor lauder jo fascht vergess«, seufzte der Kommissariatsleiter und zog die oberste Schublade seines Schreibtischs auf.

Tannenberg konnte sich nicht daran erinnern, wann er zum letzten Mal seine Dienstwaffe mit nach Hause genommen hatte. Zur Sicherheit bat er seinen jungen Kollegen, einen kritischen Blick auf die Pistole zu werfen und ihre Funktionstüchtigkeit zu überprüfen. Vorsichtig nahm Schauß die Waffe seines Chefs entgegen, hantierte fingerfertig an ihr herum und reichte sie anschließend an ihn zurück.

Während der kurzen Autofahrt registrierte Tannenberg deutlich die Verunsicherung, die nach dem von Heiner überbrachten Gedicht von ihm Besitz ergriffen hatte. Beobachtet mich der Kerl wirklich andauernd? Das müsste ich doch gemerkt haben! Aber im Wald hab ich's ja auch nicht gemerkt! Wahrscheinlich wird er sich wohl jetzt, nachdem er mir das mitgeteilt hat, erst mal zurückhalten. Eben weil er genau weiß, dass ich jetzt mehr darauf achte, ob ich beobachtet werde. Wieso weiß der das eigentlich alles über mich? Das muss doch irgendjemand aus meinem direkten Umfeld sein? – Vielleicht Schauß?

Tannenberg warf einen kurzen Blick auf den neben ihm sitzenden jungen Kollegen.

Vielleicht der Fouquet, oder irgendeiner der anderen? Vielleicht sogar mein bester Freund, der Gerichtsmediziner – oder mein Bruder? Oder der Oberstaatsanwalt? Oder etwa Geiger? – Nein, der kommt nun wirklich nicht als Täter in Betracht; dazu ist der Kerl viel zu blöd, dachte Tannenberg und lachte kurz auf.

»Warum lachsche dann?«

»Ach, nix Besonneres«, wiegelte Tannenberg ab.

»Jedenfalls gefallsche merr so schunn widder bedeidend besser! Wolf, meer derffen uns äfach nett unnerkrie losse. Dess saasch du doch a immer! Wammer zammehallen, leesen merr a denne verzwiggde Fall! Dodefor brauchen meer doch kä uffgeblooseni LKA-Profilerin, orre?«

»Nä, dess schaffen merr a so!«, antwortete der Leiter der Mordkommission, als sie vor seinem Haus eintrafen.

»Ich hann merr gedenkt, zu doin Ehredaach koch ich mo ebbess ganz Besonneres«, empfing Margot freudestrahlend ihren Sohn. »Ebbes, womit du garandiert nicht gereschent hasch. Ebbes, was du frieher immer so gern gess hasch. Was glaabschen, was dess sinn kennt, Wolfi?«

Tannenberg nahm seine Mutter in den Arm. »Mudder, dess hann ich schunn in de Gloggestrooß geroch: Dammpnudele mit Woisoß.«

Margot mimte die Beleidigte. »Du Spielverderber!«, sagte sie und ging zum Herd.

»Damit se besonners gut wern, hann ich aussem Keller extra

denne alde gußeiserne Hawwe hochgeholt. Dodemit schmecken die Dammpnudele viel besser, als wammerse in demm moderne Teflonzeisch broode duud!«

Margot hob den schweren Topfdeckel an, drehte ihn blitzschnell auf den Rücken und trocknete sofort das kondensierte Wasser mit einem Geschirrhandtuch ab. »Wolfi, was issen es Wischdigschde anner Dammpnudel?«

»Die digg Salzkruscht!«, antwortete der Kriminalhauptkommissar wie aus der Pistole geschossen.

»Richdisch! Die muss awwer nett noor dick, sondern a schää braun sinn!«, ergänzte seine Mutter. »Unn dess genau hizukrie, iss gar nett so äfach.«

Vater Tannenberg hatte inzwischen eine zweite Flasche Weißwein entkorkt, die er nun auf den festlich gedeckten Tisch stellte. Dann setzte er sich seinem Sohn gegenüber auf die Holzbank neben dem Kachelofen.

»Wolfram, du kännscht doch bei doim Stress grad e bissje Ablenkung gut gebrauche, orre?«, fragte der Senior.

Tannenberg roch den Braten. »Uff was willschen raus?«

»Ei, ich breischt dringend jemand, der mit meer uff die Gnaudel fahrt. Ich hann emool aanschdännisch ausgemischt. Do iss jo so viel Gerimbel im Keller. Dess misst uunbedingt weg. Stell derrmo vor, ich hann sogar de Bottschammber vunn doiner Oma gefunn.«

»Glickwunsch, Vadder«, spottete Tannenberg. »Was issen mittem Heiner?«

»Der hat kä Zeit unn braucht a nett so dringend wie du e Ablenkung.«

»Ich denk driwwer no, Vadder. Awwer jedzert esse merr erscht emool in Ruh.«

Der trockene Riesling, den Tannenberg in reichlichem Maße zu den salzigen Dampfnudeln genossen hatte, entfaltete mehr und mehr seine narkotisierende Wirkung und breitete einen wohligen Schleier der Müdigkeit über ihn aus, dem er sich nicht mehr länger entziehen konnte. Er entschuldigte sich bei den Eltern für seine Schläfrigkeit und verabschiedete sich in seine Wohnung.

Er hatte gerade die Schuhe ausgezogen, als er auf seinem Schreibtisch einige DIN-A4-Blätter liegen sah, die er nicht dorthin gelegt hatte, dessen war er sich sicher. Es handelte sich um die Ergebnisse der von ihm morgens bei seinem Vater in Auftrag gegebenen Internetrecherche.

Obwohl Tannenberg todmüde war, überfiel ihn plötzlich ein Aggressionsschub. Er knüllte die mit Abbildungen von Speisepilzen und den dazugehörigen Texten bedruckten Blätter zu einem Papierball zusammen und warf sie aus dem geöffneten Fenster auf die Straße.

Dann überschlugen sich die Ereignisse.

Bereits wenige Augenblicke nach seiner Kurzschlusshandlung fasste er reumütig den Entschluss, den unrühmlichen Beweis seiner mangelhaften psychischen Belastbarkeit wieder einzusammeln. Als er das Fenster schließen wollte, hupte es in der Beethovenstraße vor seinem Haus. Und zwar mehrmals.

Er schaute hinunter. Auf dem abgegrenzten Parkplatz auf der anderen Straßenseite stand ein weißer Kastenwagen. Der Fahrer kurbelte die Seitenscheibe herunter, richtete einen Fotoapparat auf Tannenberg und drückte mehrmals auf den Auslöser.

Dann zog er die Kamera zurück und Tannenberg konnte für einen kurzen Moment in das unverdeckte Gesicht blicken. Aber da war kein Gesicht, sondern eine Maske, eine rosafarbige Schweinsmaske. Gleichzeitig reckte ihm der Fahrer seinen angewinkelten Arm entgegen und bewegte ihn so, wie wenn er mit einem Kleinkind schimpfen würde.

Tannenberg war urplötzlich hellwach. Er kombinierte blitzschnell: Wenn ich jetzt sofort runterrenne und ihm nachfahre, ist er wahrscheinlich schon hinter der nächsten Straßenecke verschwunden, ohne dass ich sein Nummernschild erkennen konnte. Außerdem hab ich kein Auto! Meins ist in der Werkstatt, Heiner ist nicht da! Bleibt Mariekes Roller – aber ist der da? Wo ist der Schlüssel? Also abwarten!

In der Zwischenzeit hatte der Fahrer den Motor seines Wagens aufheulen lassen und war mit quietschenden Reifen losgefahren. Tannenberg wartete so lange, bis er das Nummernschild ablesen konnte: KL-AR-11. Dann rannte er die Treppe hinunter, schrie wie ein amoklaufender Geisteskranker mit sich überschlagender Stimme nach Marieke, die zufälligerweise gerade im Hof ihren Roller putzte.

Tannenberg entriss seiner Nichte den Scooter. »Los, starte mir sofort das Scheißding!«

Marieke zögerte, wollte etwas sagen, kam aber nicht zu Wort.

»Los, los, ich brauch das Ding sofort!«

Marieke gehorchte.

»Was muss ich machen?«

»Nur am Griff Gas geben.«

Tannenberg schwang sich auf den Roller und brauste los. Weit und breit war kein weißer Kastenwagen mehr zu sehen. Aber er warf nicht gleich die Flinte ins Korn, sondern fuhr auf den Bürgersteig und überholte die an der roten Ampel wartenden Fahrzeuge.

Passanten sprangen schreiend zur Seite. An der Kreuzung bremste Tannenberg so abrupt, dass er fast gestürzt wäre. Er schaute die Richard-Wagner-Straße hinter. Da unten war das Auto! Es bog gerade in die Pirmasenserstraße ab.

Tannenberg gab wieder Gas, schnitt einem blauen Ford den Weg ab, der deshalb zu einer Vollbremsung gezwungen war.

Wie ein Rennfahrer legte er sich in die Kurve und sah dann, dass die nächste Ampel gerade auf Rot umsprang. Und der Kastenwagen stand direkt davor.

Plötzlich stotterte der Rollermotor und versagte seinen Dienst. Nichts tat sich mehr. Keine Reaktion. Tannenberg drückte den elektrischen Starterknopf. Keine Zündung, nichts.

Wahrscheinlich ist der Sprit alle, schlussfolgerte Tannenberg. Er sprang blitzschnell vom Roller, kippte ihn auf die Seite und rannte los. Nach wenigen Metern aber sah er, dass die Ampel auf Grün umsprang und sich das weiße Auto provozierend langsam in Bewegung setzte.

Resigniert ließ er Kopf und Arme hängen und trottete frustriert zurück zu Mariekes Roller. Als ob er wirklich nicht schon genug gequält worden wäre! Nun wurde das Heimschieben des Scooters auch noch zum Spießrutenlauf durch ein zeterndes Passantenspalier.

Den erzürnten Menschen konnte er wohl schlecht die erschütternde Wahrheit mitteilen und ihnen sagen, dass die Polizei auf der Jagd nach einem gemeingefährlichen Serienmörder auf einen unbetankten Motorroller angewiesen war.

Also legte er sich schnell eine phantastische Lügengeschichte zurecht, die ihn als armen, vom Liebhaber seiner Frau gehörnten Ehemann darstellte. Auf dem Weg zu seinem Haus musste er diese spontan erfundene Herz-Schmerz-Story insgesamt fünf Mal erzählen.

Als er total erschöpft wieder in der Beethovenstraße ankam, wurde er vor seinem Elternhaus von Marieke und seinem Vater mit Spannung erwartet.

»Unn, hasche denne Borsch kriet?«, fragte der Senior.

»Nä, weil in demm Scheißroller kä Benzin mäh war!«

»Ist doch nicht meine Schuld, wenn mir meine Eltern nicht genügend Geld zum Tanken geben«, entgegnete Marieke sauer.

»Ich hättne fascht gehatt – und dann bleibt der bleede Roller stehe!«

»Nett mit de arm Marieke schelle. Die kann jo nix devor. Iss a alles nett so schlimm, ich hammer nämlich soi Audonummer uffgeschribb«, sagte Jakob Tannenberg stolz.

»Die hann ich a, Vadder, aber die iss beschdimmt gefälscht! Wanns der Kerl iwwerhaupt war!«

»Awwer die Idee mit der Wutzemask, dess war schunn e Knaller!«, stellte Jacob Tannenberg beeindruckt fest.

»Dess kammer wohl sae«, stimmte Tannenberg zu.

»Wolfram, ich hann noch ebbes Inderessandes ferr dich.«

»Wassen, Vadder?«

»Ei, de Klemens vunn schrääch gescheniwwer hat heit Mojn e Dääl vunn soiner Innfahrt nei bedoniert.«

»Ja unn?«

»Ei, do iss dess weiße Auto voin driwwergefahr.«

»Was? Dess iss jo subber!«, rief Tannenberg begeistert.

Er küsste seinen Vater auf die Stirn und rannte wie von einer Tarantel gestochen zu besagter Einfahrt, in der sich tatsächlich ein frischer Reifenabdruck fand. Er wartete, bis sein Erzeuger bei ihm eingetroffen war.

»Spitze, Vadder. Du bleibsch jedzert do unn bewachschs dess Beweismittel.«

Jakob grüßte militärisch. »Alles klar, Herr Kommissar.«

Während Mertel gerade dabei war, dünnflüssigen Gips in den Reifenabdruck zu gießen, erhielt Tannenberg einen Anruf aus der Zentrale. Man teilte ihm mit, dass das Autokennzeichen KL-AR-11 zwar zu einem weißen Pkw der Marke VW Golf mit Spezialaufbau gehörte, allerdings sei dieser Pkw laut Zulassungsstelle bereits vor zwei Jahren verschrottet worden.

Tannenberg begleitete den Kriminaltechniker in dessen Labor und verglich gemeinsam mit diesem die gerade sichergestellten Reifenspuren mit denen vom Pfaffenbrunnen.

»Nahezu idendische Gipsabdrigg«, sagte Mertel und zeigte auf die beiden weißgrauen Platten vor ihm.

»Kä Zweifel?«

»Nä, die stammen ganz klar vumm selbe Rääfe, demm hinne links.«

»Dess häst, mit demm Audo sinn die doode Fraue transbordiert worr.«

»Genau dess hästs«, entgegnete der Kriminaltechniker.

»Zieht der Saukerl e Wutzemask uff und stellt sich bei meer vors Haus. Dess gebbts nett! Was ferr e Wahnsinn!«

»Unn dess a noch an doim Geburtsdaach!«, sagte Mertel.

Obwohl Tannenberg immer noch leicht von Alkoholmolekülen benebelt und völlig übermüdet war, fand er auch in dieser Nacht nicht den so dringend benötigten zusammenhängenden Schlaf.

Zuerst wurde er von einem fürchterlichen Albtraum heimgesucht, der ihn mitten in der Nacht schweißgebadet aufwachen ließ. Und dann schreckte ihn um 6 Uhr ein Justizbeamter aus dem Schlaf, der ihm emotionslos eröffnete, dass der Exhibitionist sich in der Nacht in seiner Zelle das Leben genommen habe.

13

Tannenberg kochte innerlich vor Wut. Sein erster Gedanke war der, sofort zum Oberstaatsanwalt zu fahren und ihm seine Meinung lauthals ins Gesicht zu schreien, ihm auf den Kopf zuzusagen, dass er am Tod des Exhibitionisten schuld sei, und zwar nur er ganz alleine!

Aber dann beruhigte er sich wieder ein wenig und entschloss sich spontan, Schauß zu Hause aufzusuchen. Er musste jetzt einfach Dampf ablassen und sich mit irgendjemandem über sein weiteres Vorgehen in dieser Sache beraten.

Er meldete sich in knappen Worten telefonisch bei seinem jungen Mitarbeiter an und machte sich zu Fuß auf den Weg in die Donnersbergstraße, wo Schauß gemeinsam mit seiner Frau ein kleines Reihenhäuschen bewohnte.

Der forsche Spaziergang durch die gerade erwachende Stadt tat ihm sichtlich gut. Trotz des ganzen Stresses huschte sogar ein leichter Anflug von Heiterkeit über seine geschundene Seele, als er die Bismarckstraße in Richtung Messeplatz entlangwanderte.

Da war doch tatsächlich irgendjemand in der Stadtverwaltung vor einem Jahr auf die segensreiche Idee gekommen, in dieser ziemlich befahrenen Innenstadtstraße von einem auf den anderen Tag die bewährten weiß-gelben Vorfahrtsschilder abmontieren zu lassen und durch eine schilderlose Rechts-vor-Links-Regelung zu ersetzen. Mit dem Ergebnis, dass die Unfallrate nach dieser völlig unvorbereiteten radikalen Veränderungsmaßnahme enorm in die Höhe schnellte.

Jedes Mal, wenn er sich von irgendwoher diesem Stadtbereich näherte, nötigte er Schauß dazu, durch die Bismarckstraße zu fahren. Manchmal veranlasste er ihn sogar am Stiftsplatz zur Umkehr, zu sehr amüsierte er sich über die grotesken Situationen, die sich hier tagtäglich ereigneten.

Wenn zum Beispiel der eine Autofahrer, ohne es zu merken, dem anderen die Vorfahrt nahm. Oder wenn ein völlig verunsicherter Verkehrsteilnehmer nicht bereit war, sein neues Vorfahrtsrecht in Anspruch zu nehmen, sondern zögerlich wartete und wartete – um schlussendlich dann doch noch loszufahren, und zwar genau in dem Moment, in dem der andere eben auch losfuhr.

Leider gab es anscheinend einige Menschen, die sich über diesen Bürokraten-Irrsinn nicht so köstlich zu amüsierten vermochten wie Tannenberg, sondern die ihr Bürgerrecht auf Beschwerde an sogenannter höchster Stelle in Anspruch nahmen.

Mit dem schier unglaublichen Ergebnis, dass nach einem halben Jahr Bismarckstraßen-Chaos der ursprüngliche Zustand wiederhergestellt worden war. Natürlich mit fatalen Konsequenzen, die dazu geführt hatten, dass wochenlang Verkehrspolizisten an mehreren neuralgischen Kreuzungspunkten eingesetzt werden mussten.

Sie ist wirklich eine Augenweide, dachte Tannenberg, als Sabrina ihm die mit blau-weißer Ölfarbe gestrichene Haustür öffnete.

»Hallo, Wolf! Schää, dich zu siehe. Herzlichen Glickwunsch noch nohträchlich zu doim Geburtsdaach! Geh schunnmo vor uff die Terrass, jedzert werd erschtmo gefriehstiggt!«, sagte die bildhübsche junge Frau mit einem strahlenden Lächeln und geleitete Tannenberg durch die geschmackvoll eingerichtete Wohnung hinaus auf die Veranda.

»Gmoin, Wolf. Bevor du ebbes zu esse kriesch, saasche

merr bitte erschtmo, was los iss. Denn ohne e triffdischer Grund tauchsch du nett friehmojens bei uns hier draus uff – unn dann a noch per pedes!«, begrüßte Kommissar Schauß seinen Vorgesetzten.

Schauß bot ihm einen mit einer dicken bunten Auflage gepolsterten Gartenstuhl an. Aber Tannenberg blieb zunächst stehen und sagte, ohne auf die Begrüßungsfloskeln einzugehen: »Der arme Mann, den die Waldschrate geschdern zu uns geschleppt hann, hat sich heit Nacht in soiner Arreschtzell umgebrung!«

»Ach du Scheiße!«, entgegnete sein junger Mitarbeiter geschockt.

Tannenberg fauchte. »Wie hat unser allseits geschätzder Herr Owwerstaatsanwalt geschdern so schää zynisch gesaat: In unserem Fall heiligt der Zweck wohl jedes Mittel!«

»Dess hat der werglisch so gesaat?«

»Ja, Sabrina, genau dess hatter gesaat!«, antwortete Tannenberg erregt. »Awwer demm bloos ich nooher de Marsch, dodruff kennener eisch verlosse! Der iss denoo mindeschdens e Meder klänner, wann ich mit demm ferdisch bin!«

Für einige Sekunden herrschte sprachloses Entsetzen.

»Wolf, mach jedzert nix Iwwerschderzdes! Ich glaab nämlich, dass de Hohl-Hohl-Hollerbach genau dodruff waat«, sagte Schauß.

»Wodruff?«

»Dodruff, dass du ausflippscht, ihm gescheniwwer ausfällisch wersch. Dann hatter nämlich endlich dess erreicht, wasser schunn die ganz Zeit iwwer erreiche wollt. Dann kannerm Polizeipräsident beweise, dass du e dodali Fehlbesetzung bisch, weil du der Leidung vumm K1 iwwerhaupt nett gewachs bisch.

Dodezu kann er deer a noch e Disziplinarverfahre an de Hals hänge unn deer de Fall unn die Leidung vunn de SOKO entziehe. Die Genuchduung deed ichem an doiner Stell nett verschaffe.«

Man konnte leicht aus Tannenbergs Mimik herauslesen, wie sehr er an den unverdaulichen Brocken herumkaute, die ihm sein junger Kollege eben hingeworfen hatte.

»Soll ich werglisch moin Schnawwel halle unn denne Skandal decke? Demm bleede Hollerbach isses doch noor drum gang, ferr die Pressekonferenz endlich e Tatverdäschdischer zu präsendiere!«

»Wolf, du hasch derr nix vorzuwerfe. Was hättschen mache solle?«

»Du hasch jo recht«, stimmte Tannenberg vordergründig zu. »Awwer ich fiehl mich trotzdem mitverantwortlich ferr de Dood vunn demm arme Sack!«

»Die Selbschtvorwerff bringen derr awwer nix«, sagte Schauß.

Tannenberg fixierte seinen jungen Kollegen mit einem wohlwollenden Blick. »Du bisch in de letscht Zeit ganz schää gereift, Respekt!«

»Dess hann ich a schunn gemerkt!«, stimmte Sabrina zu und drückte ihrem Mann einen zarten Kuss auf die Wange. »Moi Mischa hat sich prächdisch entwiggelt.«

»Dess leit garandiert an doiner guude Pfleesch«, sagte der SOKO-Leiter, während er an dem reichlich gedeckten Gartentisch Platz nahm. »Michael, du hasch recht. Ich derrf mich vumm Hollerbach nett provoziere losse.«

»Genau. Unn so hasche immer e Trump in de Hinnerhand, mit demm dune zu gegewwener Zeit unner Druck setze kannsch! Dess iss garandiert e besseri Strategie, alsem jedzert aus blinder Wut ins offene Messer zu laafe.«

»Meer fallt grad ebbes in, was meer uunbedingt brauchen«, drängte sich plötzlich eine Inspiration in Tannenbergs Bewusstsein.

»Unn was?«

»Genmaterial!«

»Wieso? Ich versteh grad nett, uff was du ennauswillsch.«

»Ganz äfach: De Doc muss in die Zell unn noh Hoor unn Hautpartikel suche, mit denne er e Genanalys durchfiehre kann …«

»Awwer, Wolf, dess iss doch iwwerflissisch! De Doc kriet doch die Leiche zur Obduktion!«, unterbrach Kommissar Schauß.

»Ewe nett, lieber Herr Kolleesch! De Hollerbach hat die Sach mit de Obduktione ans LKA iwwergebb.«

»Stimmt, hann ich ganz vergess.«

»Die LKA-Gerichtsmediziner sinn wahrscheinlich schunn informiert.«

»Unser Doc kann mit demm genedische Fingerabdruck die Uunschuld vunn demm doode Exhibitionischt beweise!«

»Genau, Mischa, du haschs gerafft!«, freute sich Tannenberg über die Erleuchtung seines Kollegen.

»Samo, hasch du inzwische erfahr, obs LKA a schunn iwwer de genedisch Fingerabdruck vunn unserm Frauemörder verfiescht?«

Tannenberg zuckte mit den Schultern. »Nä, kä Ahnung! Meer saat jo kenner ebbes.« Er grinste triumphal. »Die Hauptsach hanne meer.«

»Awwer eischentlich hätt de Doc jo alle Asservate de LKA-Gerichtsmediziner iwwergewwe misse«, gab Schauß zu bedenken.

»Dess hatter selbschtverschdändlich a gedaan, pflichtbewusst, wie er halt mo iss«, betonte der Leiter der Mordkommission mit einem Augenzwinkern. »Awwer mo im Ernscht, Mischa, was kann dann de Doc defor, dass er zufällisch genau an denne Stelle, wo die doode Fraue uff soine Edelstahldisch geläh hann, Hoor unn Hautschubbe gefunn hat? Hätten die LKA-Kaschber ewe butze solle.«

»Ehr sinn vielleicht alde Gauner! Genial!«

»Was hatten de Hollerbach eischentlich bei de Pressekonferenz losgeloss?«

»Ich sa dess glei. Awwer erscht noch zu unserer Freindin, der Fraa Kriminalpsychologin. Die hat nämlich allen Ernschdes behaupt, dass die Fraue, die in de Innestadt wahnen, iwwerhaupt nett gefährdet sinn.«

»Wie kummtsen uff so e Humbugg?«, fragte Tannenberg.

Empört setzte er die große Kaffeetasse, die er gerade zum Mund geführt hatte, ohne daraus zu trinken, wieder ab.

»Sie hätt e Täterprofil erstellt unn aus demm deed sich klar ergewwe, dass de Seriemörder noor dort zuschlae deed, wo er die Meeschlichkeit zuner ferr ihn relativ gefahrlose Entfiehrung hätt. Unn deswej wärn noor die Wahngebiede, die an de Wald aangrenze, gefährlische Bereiche.«

»Was ferr e ausgemachder Bleedsinn!«, schimpfte Tannenberg ungehalten los. »Der Killer kann die neggscht Fraa genauso gut im Altstadtparkhaus iwwerfalle, betäube unn in soim Kaschdenwa verschdeggelt uunerkannt dorch die ganz Stadt fahre.«

»Außerdemm hatse rumgetönt, dass ess de Täter noor uff e ganz bestimmder Frauentyp abgesieh hätt: 25 bis 35 Johr alt unn sportlich.«

»Die spinnt doch! Dess iss uunverantwortlich!«, echauffierte sich der SOKO-Leiter. »Dann fiehlen sich doch alle annere Fraue sicher!«

»Awwer de Hollerbach war noch viel besser. Der hat ...«

»Mischa, Telefon ferr dich. Die Zentral. Sie saan, ess wär arisch wischdisch«, rief Sabrina plötzlich aus dem Wohnzimmer.

Kommissar Schauß sprang auf und hechtete wie ein jagender Panther zu seiner Frau.

Tannenberg erhob sich ebenfalls und eilte seinem Kollegen nach.

»Meer fahrn sofort los«, sagte Schauß in den Hörer.

»Wassen los?«, fragte Tannenberg.

»Ess gebbt schunn wirre e neie Leich. Dissmo am Balkebrunne.«

»O nä«, stöhnte sein Chef auf. »Balkebrunne? Wo issen dess?«

»Ess muss genau dort sinn, womerr beim letschde Mo geparkt hann, irschendwo unnerhalb vunn de Weltachs.«

Mit quietschenden Reifen und eingeschaltetem Martinshorn fuhren sie los, überquerten zwei Kreuzungen bei Rot und rasten mit hoher Geschwindigkeit zum Stall hinauf.

Als sie schließlich den geschotterten kleinen Parkplatz an der Abzweigung nach Mölschbach erreichten, beschlich Tannenberg ein merkwürdiges Gefühl, dessen Ursache er noch nicht gleich erschließen konnte.

Seine unergründbaren Vorahnungen fanden sich zunächst dadurch bestätigt, dass kein einziges Auto mit einem Kennzeichen aus dem Regierungsbezirk Westpfalz auf dem Parkplatz stand, sondern nur Pkws mit Mainzer Kennzeichen, Zivilfahrzeuge und Polizeiautos. Sogar der Leichenwagen kam aus Mainz.

Aber es fehlte noch etwas anderes: Im Gegensatz zu den beiden anderen Fällen wurden sie nicht von Förster Kreilinger erwartet. Eigentlich schade, dachte Tannenberg, während der Autofahrt hatte er sich nämlich ernsthaft vorgenommen, diesen Menschenjäger, der schließlich einen Unschuldigen auf dem Gewissen hatte – auch wenn er natürlich strafrechtlich dafür nicht zu belangen war –, eigenhändig in der Luft zu zerreißen.

Die beiden Kriminalbeamten mussten sich diesmal auch nicht mit der Frage beschäftigen, wo sich der Fundort der Leiche befand und auf welchem beschwerlichen Weg man dorthin kam, denn bereits vom Parkplatz aus entdeckten sie die LKA-Mitarbeiter, die etwa 50 Meter von ihren Autos entfernt in einem engen Kreis zusammenstanden.

Tannenberg und sein Assistent passierten eine geöffnete Schranke, bogen nach links in einen schmalen Pfad ein und erreichten nach kurzer Zeit ihre Mainzer Kollegen.

»Sie müssen Hauptkommissar Tannenberg vom K1 sein«, rief ihnen ein dynamischer, wie ein Dressman gestylter Mittdreißiger entgegen.

»Wagner ist mein werter Name. Heribert Wagner. Leitender Kriminaloberrat in Diensten des Landeskriminalamtes Rheinland-Pfalz«, sagte der Mann und streckte ihm die Hand entgegen.

Tannenberg ignorierte sie. »Ganz schön langer Titel! Da brauchen Sie bestimmt zwei Visitenkarten«, entgegnete er provozierend. Er war sehr ungehalten darüber, dass man seinen jungen Kollegen offenbar absichtlich übersehen hatte.

»Und das ist mein Mitarbeiter, Kriminalkommissar Michael Schauß«, stellte er diesen vor.

Tannenberg blickte sich um. Er sah zwar eine kleine Brunnenanlage aus rotem Sandstein, die eine Quelle einfasste, um ein dünnes Rinnsal in ein enges Becken plätschern zu lassen, und die von oben von einer schmalen Sandsteinplatte begrenzt wurde.

Aber er entdeckte dort weder eine Frauenleiche noch irgendwelchen Waldschmuck, wie man ihn bei den beiden anderen Opfern um deren Körper herum verteilt gefunden hatte.

»Wo ist denn die Tote?«, fragte er verwundert in die Runde der versammelten LKA-Mitarbeiter, von denen er zwei sofort erkannt hatte.

Es handelte sich um die beiden Männer, die ihn erst vor Kurzem zum Abbruch eines aussichtsreichen Schachspiels in der Pathologie genötigt hatten.

»Oben im Kühlwagen! Bei der Hitze haben wir sie gleich kaltgestellt«, rief einer der beiden lachend. »Da ist sie auch nicht so allein, denn sie kann sich schließlich mit dem Kerl aus der Arrestzelle unterhalten. Sie liegt ja direkt über ihm.«

»Mischa, pass jetzt ja genau auf: Das eben war ein klassisches Beispiel dieses berühmten Mainzer Fasnachtshumors! Mit dem konnte ich schon als Kind nichts anfangen. Ich weiß noch ganz genau, wie ich vor dem Fernseher saß, mir diesen ›Määnz, wie es singt und lacht‹-Schwachsinn anschauen musste und dabei absolut nicht nachvollziehen konnte, worüber sich diese komischen Leute im Saal so köstlich amüsierten«, giftete der Chef der Sonderkommission »Pilze«.

»Tannenberg, Sie sind ja wirklich genau so, wie man Sie mir beschrieben hat!«, kommentierte der LKA-Leiter.

»Und Sie sind genau so, wie ich mir einen Leitenden Kriminaloberrat in Diensten des Landeskriminalamtes Rheinland-Pfalz vorgestellt habe!«, schoss Tannenberg zurück. »Wieso sind Sie denn eigentlich überhaupt hier?«

»Ganz einfach: Wir wurden zuerst von dem Selbstmord dieses Mannes, den ihr gestern verhaftet habt, verständigt, und da wir ja kriminaltechnisch und gerichtsmedizinisch zuständig sind, haben wir uns heute Morgen gleich auf den Weg hierunter zu euch gemacht. Und als wir den Toten gerade eingepackt hatten, kam die Nachricht, dass ein Autofahrer wieder eine Leiche auf einem Felsen gefunden hat. Da hab ich mir gedacht: Ist ja praktisch, dass wir sowieso da sind. Die nehmen wir auch noch gleich mit. Geht ja dann quasi in einer Sauerei hin!«

»Ihr seid wirklich richtige Scherzbolde, ihr albernen Fasnachtsgesichter!«, schimpfte Tannenberg. »Wieso habt ihr den Leichnam denn nicht wenigstens so lange liegen lassen, bis wir ihn auch begutachtet haben?«

Kriminaloberrat Wagner ließ sich nicht provozieren. »Bei den Temperaturen und der Luftfeuchte heute Morgen? Wir wussten ja auch gar nicht, ob und wann Sie kommen. Außerdem haben wir alles fotografiert. Sie bekommen die Bilder und die Untersuchungsergebnisse sofort zugefaxt, sobald sie fertig sind. Das ist nur die ausgleichende Gerechtigkeit, schließlich hab ich die anderen beiden Toten auch nicht selbst in Augenschein nehmen können und musste mich mit Fotos begnügen. Eins kann ich Ihnen aber bereits sagen: Das hier ist garantiert die Tat eines Trittbrettfahrers, der sich dieser Frau – die Gründe dafür werden Sie wohl ermitteln müssen – entledigen wollte. Und dabei hat er anscheinend gemeint, auf diese dilettantische Art und Weise einem anderen den Mord in die Schuhe schieben zu können. Das hat ja wohl nicht geklappt! So blöd sind wir schließlich auch nicht!«

»Oder der Serienmörder hat es absichtlich so konstruiert, dass wir genau das meinen, was er wollte, was wir meinen sollen«, sagte Schauß.

»Kleiner Philosoph, Ihr Mitarbeiter, was?«, spottete Wagner.

Tannenberg drehte dem LKA-Beamten den Rücken zu und gab Schauß ein Zeichen, ihm zu folgen. Die beiden Männer gingen ein paar Schritte in Richtung des Parkplatzes. Schauß stand der Zorn ins Gesicht geschrieben.

»Mischa, denk draan, was du meer heit Moin bei eisch uuf de Terrass gesaat hasch: Meer dürfen uns nett zu unbedachde Handlunge verleide losse.«

»Hasch jo recht! Ich hall mich zurigg, a wammers verdammt schwerfallt!«, stimmte der junge Kommissar zähneknirschend zu. Aus seiner Wut heraus schoss er einen kleinen Sandstein in Richtung der parkenden Autos.

»Was hallschen vunn der Sache do?«

»Ich wääs nett, irschendwie iss des komisch. Ich hann netts Gefiehl, dass unser Serienmörder desdo veraanschdalt hat. Awwer meer missen uns erscht emool die Frauenleich im Kiehlwa aangugge.«

»Genau dess machemerr jedzert!«, sagte Tannenberg und gab seinem Kollegen einen freundschaftlichen Klaps auf die Schulter.

Ohne die LKA-Leute um Erlaubnis zu fragen, gingen die beiden Kaiserslauterer Ermittler zum Leichenwagen, öffneten die Heckklappe und zogen den oberen der beiden Zinksärge heraus. Dann drückten sie die dicken schwarzen Gummiverschlüsse nach außen und hoben den Deckel ab.

Die Tote, die da aufgebahrt vor ihnen lag, war mit den beiden bisherigen Opfern wirklich nicht vergleichbar. Sie schien bedeutend älter zu sein und sah überhaupt nicht sportlich aus. Ihr Gesicht war relativ entspannt, auf alle Fälle war es nicht so fratzenhaft entstellt wie bei den beiden anderen Frauen.

Zudem fehlte der Kehlenschnitt. Und jeder Laie konnte anhand der unübersehbaren Blutspuren an verschiedenen Stellen ihrer weißen Bluse sofort erkennen, dass als Todesursache nicht ein Herzstich in Betracht kam, sondern dass mehrere brutale Einstiche in den vorderen Oberkörper für den Tod der Frau verantwortlich waren.

Bevor sie den Deckel wieder auf das Sargunterteil stellten, betrachtete Tannenberg noch kurz die Füße der Toten, die völlig unversehrt in schwarzen Riemensandalen steckten.

»Do basst werglisch iwwerhaupt nix! Also entwerre iss dess die Tat vumme Nohahmungstäter orre ess iss e Ablengungsmaneever vunn unserm Frauemörder«, resümmierte Tannenberg.

»Ich fromo in de Zentral no, ob die e Vermisstemeldung hann«, sagte Schauß und telefonierte. »Ja, es werd a Fraa vermisst. De Beschreibung no känntses sinn. Die Fraa wahnt in de Stahlstrooß. Do fahrn merr am beschde glei mo anne.«

Die beiden setzten sich in ihr Dienstfahrzeug und fuhren los.

Plötzlich machte sich Schauß' Handy bemerkbar.

»Werglich?«, schrie Schauß in das Polizeiauto. »Ich kumm glei zu deer!«

»Was issen los?«, wollte Tannenberg wissen.

»Ess Sabrina hat e Strauß roter Rose vumme Blummeservice gebrung kriet«, antwortete Schauß und legte grübelnd seine Stirn in Falten.

»Ja unn? Iss doch e dolle Sach!« Tannenberg schmunzelte süffisant. »Orre iss der gar nett vunn deer, sondern vumme stille Verehrer? Iss unser Herr Kommissar, der unbestrittene Liebling alle Fraue, etwa eifersischdisch?«

»Quatsch! Meer gefall noor nett, dass uff der Kaad e komisches Gedicht iss.«

»Was ferr e Gedicht?«

»Sabrina, lääs noch emool vor. Ich stell dich laut, damit de Wolf mitheere kann«, sagte Schauß mit bebender Stimme.

»Auch du bist eine schöne Braut;
Doch gib ja Acht, wer nach dir schaut.
Wer weiß, o wunderhübsche Maid,
Wann endet deine Lebenszeit?«

»Unn du glaabsch, dass de Frauemörder do dehinner steckt?«, fragte Sabrina ängstlich, nachdem sie das Gedicht vorgelesen hatte.

»Ich hann e komisches Gefiehl«, antwortete ihr Ehemann.

»Kumm, Mischa, meer fahrn glei zu ehr.«

»Nä, Wolf, dess mach ich liewer allä. Do vorne iss jo a schunn die Stahlstrooß. Ich loss dich do eraus.«

»Gut, dann fahr schnell zu doiner Sabrina. Awwer wanner mich brauchen, rufsche sofort aan. Iss dess klar, Mischa? Versproch?«

»Versproch!«

»Gut, dann zieh ich die Sach do allä durch unn geh nohher zu Fuß ins Kommissariat. Dess sinn jo heggschdens zeh Minudde zu laafe«, sagte der Leiter der SOKO »Pilze« und verließ den schicken Dienst-Mercedes gleich am Messeplatz, damit sein Kollege keinen Umweg fahren musste.

Tannenberg hatte das ältere dreigeschossige Wohnhaus schnell gefunden. Es stand direkt an der Barbarossastraße, nur durch eine Reihe markierter Parkplätze und einen direkt daran angrenzenden, mit niedrigen Hecken bepflanzten Grünbereich von der Hauptverkehrsstraße getrennt.

Im gegenüberliegenden Supermarkt hatte er mit Lea häufig gemeinsam eingekauft. Vor allem über die außergewöhnlich reichhaltig bestückte Fischtheke hatten sie sich oft hergemacht, besonders dann, wenn sie gemeinsame Freunde zum Essen eingeladen hatten.

Die Wohnung der Familie Borngesser befand sich im zweiten Obergeschoss. Erst nach mehrmaligem Läuten wurde der elektrische Türöffner betätigt. Nachdem der Kriminalist die schwergängige, knarzende Holztür geöffnet hatte, drang ihm sofort dieser typische Altbaugeruch in die Nase, den er auch von seinem Elternhaus her kannte.

Tannenberg wurde bereits erwartet. Der Mann, der ihn freundlich empfing, wirkte sehr ruhig und gefasst. Irgendwie schien er nicht so recht zu der Frau zu passen, die man am Balkenbrunnen aufgefunden hatte. Äußerlich viel gepflegter als die Tote, erweckte er auch hinsichtlich seiner Sprache und seiner Bewegungen einen recht kultivierten Eindruck.

Aber wie oft hatte Tannenberg dieses merkwürdige Phänomen schon erlebt, dieses seltsame Auseinanderdriften zweier Ehepartner, die sich irgendwann im Laufe der langen gemeinsam verbrachten Lebenszeit plötzlich diametral entgegengesetzt entwickelten. Oft bezog sich dieser gravierende Veränderungsprozess auf unterschiedliche Hobbys oder

Bekanntenkreise, manchmal aber auch auf Körperpflege und Kleidung.

Vielleicht war diese äußerliche Verwahrlosung ja auch als Hilferuf an den Partner zu verstehen, dachte Tannenberg gerade, als er von Herrn Borngesser durch den spärlich beleuchteten Flur in ein tristes, wegen der vergilbten Vorhänge in schummriges Licht getauchtes Wohnzimmer geführt wurde.

»Hann Sie ebbes vunn moiner Fraa geheert?«, wollte er gleich wissen, nachdem die beiden Männer Platz genommen hatten.

Tannenberg ignorierte die Frage und bat den Mann um ein Foto der Vermissten.

Er erkannte sofort, dass es sich um die Frau handelte, die er vor einer Stunde im Wald in einem Zinksarg gesehen hatte.

»Ess duud merr sehr lääd, Herr Borngesser, awwer ich muss Ihne leider mitdääle, dass merr Ehr Fraa dood uffgefunn hann. Moi herzlisches Beileid.«

Als langjähriger Mitarbeiter der Mordkommission war Tannenberg bis zu diesem Zeitpunkt der Meinung gewesen, dass er im Laufe der vielen Dienstjahre bereits alle möglichen Reaktionen auf die Überbringung einer Todesnachricht erlebt hatte.

Doch an diesem Tag erfuhr sein bisheriges Erfahrungsspektrum eine interessante Bereicherung, war der frischgebackene Witwer doch absolut nicht bereit, auch nur annähernd das Klischee eines trauernden Ehemanns zu erfüllen.

Tannenbergs Gegenüber schien seine Gedanken erraten zu haben.

»Sie wunnern sich sicher grad, warum ich jedzert nett doodtraurisch vor Ihne zusammenbreche du. Awwer ich saas Ihne ganz ehrlich: Ich hann die ganz Zeit iwwer gebeet, dass merr denne alde Hausdrache irschendwo dood find. Geschdern hatse noch do uff de Couch gesess und gedroht, sich umzubringe. Unn ich hann wie immer gesaat: Machs doch endlich! Unn jedzert hatses gemacht! Wunnerbar! Endlich fangt e neies Lewe ferr mich aan. Wissense, was ich als Allererschdes mach?«

»Nä, kä Ahnung«, erwiderte Tannenberg.

»Ich verkaauf dess ferschderliche Haus unn zieh mit moiner Freindin weit weg. Dorthi, wo ebbes los iss!«

»Kennense dess so äfach? Was sinnsen eischentlich vunn Beruf?«, fragte der Ermittler, der immer noch ziemlich konfus wirkte.

»Ich bin Hannelsvertreter in de Kosmetikbranch, genau wie moin Freindin. Unser Vertriebsgebiet iss ganz Rheinland-Palz, ess Saarland unns Rhein-Main-Gebiet. Desswäh isses völlisch worscht, womer wahnen. Ach Gott, iss dess herrlich! Endlich frei!«

»Sie entschuldischen, dass ich dess so direkt aansprech, Herr Borngesser«, sagte Tannenberg, dem es allmählich etwas besser gelang, sich auf diese überraschende Situation einzustellen. »Ess gebbt wohl kaum e besser nohvollziehbares Mordmotiv als dess, was Sie meer grad genennt hann.«

»Wieso Mordmotiv? Hattse sich dann nett selwer umgebrung?«, fragte der Mann verblüfft.

»Nä, sie iss ermord worrn, unn zwar bestialisch. Mit mehrere brudale Messerstiche, so wie merrs vunn Tötungsdelikte mit emotionalem Hinnergrund beschdens kennt. Unn Sie hann jo wohl e sehr starkes Motiv gehatt, sich Ehrer Ehefraa zu entledische.«

»Jedzert versteh ich endlich. Sie wollen meer denne Mord aanhänge!« Ein schadenfrohes Grinsen huschte über Borngessers Gesicht. »Dess klappt awwer leider nett, Herr Kommissar. Ich hann nämlich e wasserdichtes Alibi«, freute sich der gut gelaunte Witwer.

»Welches, wenn ich froe derff?«

»Sie derffen!«, erlaubte Borngesser großzügig und lehnte sich mit demonstrativer Gelassenheit auf seinem beigen Couchsessel zurück. »Ich war bis vorner halwe Stunn mit moiner Freundin zusamme.«

»Na, so wasserdicht scheint merr Ehr Alibi jo nett zu sinn«, freute sich Tannenberg, dem dieser fröhliche Witwer äußerst suspekt erschien. »Schließlich kennten Sie jo a gemeinsam mit Ehrer Freindin denne Mord begang hann.«

Ein Ruck ging durch Borngessers Körper. »Ich glaab, ich sollt mich jedzert schleunigscht um e Aanwalt kimmere.«

»Gudi Idee. E Aanwalt werrn Sie unn Ehr Freindin sicherlich gut gebrauche kenne«, sagte Tannenberg zum Abschied.

14

Der neue Tag empfing den ›Schlitzer‹, wie ihn die *Bildzeitung* mit ihrer unübertroffenen sprachlichen Prägnanz tituliert hatte, mit leiser klassischer Musik. Obwohl er sich eigentlich ziemlich schnell sicher war, den Konzertausschnitt zeitlich der Wiener Klassik zuordnen zu können, war es ihm nicht möglich, auf Anhieb den Komponisten dieses sehr lyrischen, romantischen Klavierstücks zu benennen, das der Radiomoderator an diesem Morgen aus seinem nahezu unerschöpflichen Klassikarchiv hervorgezaubert hatte.

Erst als der Sprecher der Hörerschar mitteilte, dass es sich bei dem ausgewählten Beitrag um Beethovens 4. Klavierkonzert handelte, konnte er befriedigt feststellen, dass er mit seiner spontanen Vermutung musikgeschichtlich gar nicht so falschgelegen hatte.

Von seinem Bett aus startete er per Knopfdruck einen Elektromotor, der sofort damit begann, den grauen Kunststoffrollladen mit dezenten Brummgeräuschen gleichmäßig in die Höhe zu ziehen. Nachdem der kleine Motor seine schwere Arbeit erfolgreich verrichtet hatte, öffnete er das Fenster, sog mehrmals tief die frische, trockene Sommerluft ein und begab sich ins Bad.

Kurz blickte er prüfend in den Spiegel, um sich dann sogleich mit seinem gerade auseinandergeklappten Rasiermesser an den an einem Ringhaken befestigten Streichriemen zu begeben. Mit mehreren eingeübten Handbewegungen ließ er die glänzende Messerklinge über den strammgezogenen naturbraunen Lederstreifen gleiten und prüfte anschließend mithilfe eines ausgezupften Kopfhaares dessen Schärfe.

Das frisch abgezogene, extrem scharfe Messer zerteilte erwartungsgemäß das von ihm nur an der Haarwurzel festgehaltene, senkrecht herabhängende Haar genau in der Mitte. Zufrieden legte er das blitzende Stahlmesser auf die Ablage unterhalb des Spiegels und begann damit, ein Stück Rasierseife mithilfe eines in warmes Wasser getauchten Naturhaarpinsels so lange zu bearbeiten, bis der wie ein Sahneberg aufquellende Schaum genau die richtige Konsistenz hatte.

Dann verteilte er die einen herb-würzigen Geruch verbreitende weiße Masse gleichmäßig über die schwarzen Bartstoppeln. Aus purem Übermut drückte er sich einen kleinen Schaumklacks auf die Nasenspitze. Anschließend ergriff er wieder das frisch geschärfte Rasiermesser, setzte die aufblitzende Schneidekante direkt an die Schläfe neben seinem linken Ohr und zog die Klinge mit kurzen routinierten Schabbewegungen die eingeseifte Wange hinunter.

Irgendwann einmal war er dieser zeitraubenden morgendlichen Prozedur überdrüssig geworden und hatte sich an einem elektrischen Trockenrasierer versucht. Zwar hatte er durch den Einsatz der kleinen Rasiermaschine in der Frühe bedeutend weniger Zeit benötigt. Aber wegen seines sehr kräftigen Bartwuchses musste er sich dafür abends erneut rasieren, wollte er nicht mit einem Stoppelbart zu einem Abendtermin erscheinen. Zudem hatte seine empfindliche Haut mit einer Vielzahl kleiner Eiterpusteln auf die unerwünschten Veränderungen reagiert, sodass er sich ziemlich schnell wieder radikal von diesem wenig erfreulichen Exkurs in die elektronische Welt der modernen Bartrasur verabschiedet hatte.

Darüber hinaus hatte ihm in dieser Zeit etwas Entscheidendes gefehlt: Der Zwang, sich bereits am frühen Morgen hundertprozentig konzentrieren und disziplinieren zu müssen.

Die Elektrorasur ging derart gefahrlos über die Bühne, dass er an diesen wenigen Testtagen dabei fast eingeschlafen war, so langweilig empfand er das Prozedere. Bei der klassischen Nassrasur mit einem extrem scharfen Rasiermesser war dies dagegen völlig anders, denn bereits eine kleine Unkonzentriertheit zeitigte gravierende, für alle sichtbare Konsequenzen.

Einige Minuten später hatte er sich von seinem regelmäßig im Sommer benutzten Kellerdomizil nach oben in das Erdgeschoss seines alten Hauses begeben, um das Frühstück zuzubereiten. Besondere Sorgfalt legte er dabei wie immer auf die genaue zeitliche Abstimmung der einzelnen Schritte, die minutiös hintereinandergeschaltet waren.

Umso zufriedener war er dann, wenn er seine mit streichzarter Butter grundierte Roggenbrotscheibe mit zähflüssigem gelblichem Lindenblütenhonig betropfen und diesen anschließend gleichmäßig bis zum Rand verteilen konnte. Es waren stets zwei Kaffeelöffel der süß-klebrigen Masse, die er aus dem großen Honigglas entnahm.

Genauso wie es immer exakt drei gehäufte Löffelchen Kaba waren, die er in seine große französische Kaffeetasse gab, bevor er heiße Vollmilch darübergoss und das Pulver so lange mit der Flüssigkeit verrührte, bis ihm nur noch eine einheitlich hellbraune heiße Schokolade fröhlich entgegen lächelte. Danach erfolgten das ritualisierte Eintauchen der Brotspitze in den zart duftenden, leicht cremigen Kakao und der genüssliche Biss in die leicht aufgeweichte Roggenbrotscheibe.

Als er in seine karierten Filzpantoffeln schlüpfte, musste er an einen Spruch denken, den sein schon früh verstorbener Vater manchmal zu ihm gesagt hatte: »Mein Junge, auch wenn du meinst, es sei ein Witz – was gut für die Kälte, ist auch gut für die Hitz.« Egal, ob das stimmte oder nicht, es war auf alle Fälle angenehmer, in weichen Hausschuhen als barfuß zur Zeitungsbox zu gehen.

Die *Rheinpfalz* hatte sogar auf der Frontseite des überregionalen Teils einen längeren Artikel über den spektakulären Ermittlungserfolg der SOKO »Pilze« abgedruckt, den Oberstaatsanwalt Dr. Siegbert Hollerbach bei der Pressekonferenz stolz präsentiert hatte.

Amüsiert las er auch die mehrspaltigen Artikel und die vielen Leserbriefe im inneren Teil der Zeitung. Am meisten erheiterte ihn aber die Passage eines redaktionellen Beitrags, in dem darüber berichtet wurde, dass die Kriminalpsychologin des Landeskriminalamtes ein Täterprofil entwickelt habe, aus dem sich eindeutig schlussfolgern lasse, dass Frauen im Innenstadtbereich kaum einer Gefahr ausgesetzt seien.

Sie tappten also weiterhin völlig im Dunkeln, stellte er zufrieden fest. Es war wirklich zum Totlachen: Ein armer Exhibitionist als Hauptverdächtiger! – Frauen nur am Waldrand gefährdet! So blöd war Tannenberg nun auch wieder nicht, dass er sich derart plump in die Irre führen ließ.

Aber der gute Hauptkommissar war schon ganz schön fertig mit seinen Nerven, das hatte man spätestens im Wald bei seinem Ausraster gemerkt, als er auf den armen Pfifferlingen herumtrampelt ist, dachte er, während er einen Schluck heiße Schokolade trank.

Dabei war es gar nicht so einfach gewesen, abzuschätzen, welchen Weg Tannenberg letztlich bei seinem Spaziergang nehmen würde. Da es allerdings sehr wahrscheinlich gewesen war, dass er die beiden Leichenfundorte ansteuern würde, musste er unweigerlich den Verbindungsweg zwischen Pfaffenbrunnen und Weltachs benutzen – und das war nun mal der Gelbe-Strich-Wanderweg.

Letztlich hab ich ja auch mit meiner Prognose recht behalten, lobte er sich. Aber dass Tannenberg auf eine derart primitive Art und Weise ausflippen würde, damit hatte man nicht unbedingt rechnen können.

Es lief eigentlich alles viel besser, als er sich in seinen kühnsten Träumen ausgemalt hatte. Er war seinem Ziel bereits ziemlich nahe gekommen, aber er hatte seine Aufgabe noch nicht zu Ende gebracht. Das Kunstwerk war zwar noch unfertig, aber seine am Anfang noch recht verschwommenen Konturen wurden immer schärfer und zeichneten sich immer deutlicher am blutrot gefärbten Horizont ab.

Er überlegte kurz, ob er jetzt ein wenig an seinem neuesten Gedicht weiterschreiben sollte, dann aber entschied er sich anderweitig, schließlich hatte er heute noch wichtigere Dinge zu erledigen.

Er ging die Treppe hinunter in sein Labor, in dem er die Schätze seiner Fotosafaris aufbewahrte, und schaute sich zuerst intensiv die Bilder an, die er im Wald von Tannenbergs Wutanfall aufgenommen hatte.

Dann griff er einen daneben liegenden Stapel, betrachtete die tote schwarze Katze, wie sie so unschuldig vor Tannenbergs Seiteneingang lag, und schließlich weideten sich seine Augen genüsslich an den Fotos, die den völlig verdutzten Tannenberg oben am Fenster seiner Wohnung zeigten.

Genau dort, sagte er zu sich selbst, hat Tannenberg gemeint, mir bereits dicht auf den Fersen zu sein. Natürlich hat er nicht gewusst, dass ich auch darauf vorbereitet gewesen wäre, wenn er mich nach der gelungenen Aktion vor seinem Haus mit einem schnellen Auto verfolgt hätte.

Dann hätte ich eben den Kastenwagen irgendwo stehen lassen und wäre zu Fuß in die Innenstadt geflüchtet. Die Maske hätte ich natürlich im Auto zurückgelassen und den Overall auf irgendeiner Toilette ausgezogen. Und dann wäre ich seelenruhig zu meiner Stadtwohnung geschlendert. Wen sollte Tannenberg denn zur Fahndung ausschreiben – einen Mann mit Schweinsgesicht, bekleidet mit einem blauen Monteuranzug?

Es war einfach unglaublich, stellte er kopfschüttelnd fest, welche sonst so fest verschlossenen Türen sich einem plötzlich öffnen. Bloß weil man einen Arbeitsoverall trägt! Wie bei der Sesam-öffne-dich-Formel aus Tausendundeiner Nacht. Man schleicht sich durch den Hintereingang ins Hotel, wartet, bis irgendjemand vom Personal im Flur aufkreuzt, und lässt sich die Zimmertür aufsperren – schließlich muss man dringend die Fernsehanlage überprüfen. Da es doch ein wenig länger dauert, als zunächst angenommen, verschwindet schließlich irgendwann das Personal, sodass man sich in aller Ruhe im Zimmer umschauen kann. Und was man da so alles zu Gesicht bekommt! Zum Beispiel einen perfekt ausgearbeiteten LKA-Einsatzplan über einen fingierten Trittbrettfahrer-Mord. So etwas Fahrlässiges! Wenn der nun in die falschen Hände gekommen wäre? Nicht auszudenken!

Mit einem letzten Blick streifte er über die Fotos in seinen Händen, dann legte er sie zurück auf den Tisch neben die Entwicklerschalen und begab sich in einen angrenzenden Raum, der auf den ersten Blick an eine Gärtnerei erinnerte.

Nachdem er eine grüne Metallkanne mit einer Düngelösung befüllt hatte, goss er den trüben Inhalt zuerst in eine Pflanzinsel, in der mehrere Exemplare des Roten Fingerhuts prächtig gediehen, und danach verteilte er vorsichtig den Rest der Flüssigkeit über eine mit einer Vielzahl von braunen Eichensprösslingen gefüllten flachen Tonschale.

Anschließend stellte er sich vor die Werkbank in der rechten hinteren Raumecke, zog einen der unbearbeiteten Grillspieße aus Rundstahl aus dem Köcher neben der gerade hochdrehenden Schleifmaschine, spannte den Metallstab in den mächtigen Schraubstock und kürzte ihn mithilfe einer Trennscheibe auf etwa die Hälfte.

Danach befreite er den abgesägten ehemaligen Grillspieß aus den stählernen Umklammerungsbacken und spitzte ihn an seinem vorderen Ende so an, dass dieser fortan in der Lage war, jedes menschliche Gewebe nahezu widerstandslos zu durchdringen.

Aus gegebenem Anlass steckte er sich zusätzlich zu dem Döschen, das einen in Chloroform getauchten Lappen enthielt, den starken Elektroschocker in die Hosentasche des blauen Monteuroveralls, den er sich gerade übergestreift hatte.

Nun waren fast alle notwendigen Vorbereitungen getroffen. Jetzt konnte er sich auf den Weg machen. Zuvor unternahm er noch einen Abstecher in das Zimmer seiner Mutter, die ihn wie üblich mahnte, gut auf sich aufzupassen – was er ihr wie immer fest versprach.

Seine Autofahrt führte ihn durch unberührte Waldgebiete, an einem kleinen See und an ausgetrockneten Sommerwiesen vorbei, bis endlich die Silhouette der ersten mehrgeschossigen Wohngebäude am Horizont auftauchten.

Kurz vor der Stadtgrenze bog er in einen nicht einsehbaren Waldweg ein, klebte sich den falschen Vollbart ins Gesicht, nahm die dicke schwarze Sonnenbrille aus der Tasche, schob sie auf die Nase und zog sich die blaue Baseballmütze noch tiefer in die Stirn.

Seine Anspannung steigerte sich.

Da ich meinen Zweitwagen benutze, der im Gegensatz zum VW Caddy über Original-Zulassungsschilder verfügt, kann mir eigentlich nichts passieren. Schließlich sucht die Polizei nach einem weißen Kastenwagen und nicht nach einem silbernen Audi Kombi, versuchte er gegen die aufkeimende innere Unruhe anzugehen, die allmählich immer mehr von ihm Besitz ergriff.

Eine natürliche Reaktion, beruhigte er sich, schließlich ist Adrenalin ein Aufputschmittel, das dazu dient, unsere Sinnesorgane aufzuwecken und die körperliche Fitness zu erzeugen, die man für solche außergewöhnlichen Aktivitäten eben benötigt.

Seinen Zielort hatte er problemlos und schnell erreicht. Das Auto stellte er auf einem der vorher ausgespähten Parkplätze am Messeplatz ab, vom dem aus sich ihm, falls es trotz der perfekten Planung erforderlich sein sollte, gute Fluchtmöglichkeiten boten.

Sicherheitshalber überprüfte er noch einmal, ob er auch wirklich alles dabeihatte.

Dann schnappte er sich die schwarze Ledertasche mit der Aufschrift »Rundfunk Bauer«, sondierte vom Auto aus noch einmal die Situation in der Straße und begab sich auf direktem Wege zu den eng aneinandergebauten Wohnhäusern, deren Hinterhöfe durch bis an die Straße heranreichende Containergaragen voneinander abgetrennt waren. Zielstrebig steuerte er die Kellertür eines Reihenhauses an, stellte zufrieden fest, dass sie unverschlossen war, und betrat das düstere Treppenhaus.

Mit langsamen Schritten bewegte er sich die leise knarrenden Holzstufen hinauf zum Dachboden. Auf dem Weg dorthin traf er auf keinen einzigen der Bewohner. So war es ihm zwar lieber, aber er wäre auch darauf vorbereitet gewesen, wenn ihm jemand begegnet wäre. Dann hätte er freundlich gegrüßt und auf eine mögliche Nachfrage hin, was er denn in dem Haus suche oder vorhabe, geantwortet, dass er die Satelliten- und Antennenanlagen überprüfen müsse.

Aber dazu war es ja glücklicherweise gar nicht gekommen. Obwohl er diesen Umstand eigentlich auch ein wenig bedauerte, schließlich konnte er so die Qualität der gesichtsverändernden Wirkung seiner Maskerade nicht anhand eines später veröffentlichten Phantombildes überprüfen.

Nachdem er die im dritten Obergeschoss am Ende des Korridors befindliche Zugangstür zum Dachboden geöffnet und die steile Treppe hinauf zum offen zugänglichen gemeinsamen Speicher der Reihenhäuser emporgeklettert war, schloss er die Augen, konzentrierte sich und rief sich die Skizze in Erinnerung, die zu Hause bei ihm in einer Schublade lag. Vom Treppenhaus aus gesehen, das er eben benutzt hatte, war es die übernächste Abgangstür, kombinierte er.

Als er dort angekommen war, musste er nur noch vorsichtig mit der Zange von innen den schmalen Schieberiegel zur Seite ziehen.

Bis in die Haarspitzen mit Adrenalin vollgepumpt, stand er hinter der nur spaltbreit geöffneten Dachbodentür.

Und wartete.

In unregelmäßigen Zeitabständen wischte er sich den Schweiß von seiner Stirn.

Plötzlich hörte er von unten Geräusche, die eindeutig von einer elektrischen Schließanlage stammen mussten. Dann behäbige Schritte.

Er konzentrierte sich und schloss die Augen.

Wahrscheinlich handelt es sich nur um eine Person, die die Treppe zu mir hochkommt, hörte er seine innere Stimme sagen.

Jemand öffnete die Wohnungstür, die sich etwa zwei Meter von seinem Beobachtungspunkt entfernt befand. Er zuckte zusammen. Traute sich kaum mehr zu atmen. Sein Herz klopfte so schnell und laut, dass er es am liebsten abgestellt hätte. Dann sah er ihn: Es war wirklich Tannenberg, der die Treppe emporgestiegen kam und anschließend in der Wohnung verschwand. Die Tür wurde ins Schloss gezogen.

Sein rasender Puls normalisierte sich wieder ein wenig.

Es hatte doch tatsächlich geklappt! Tannenberg war alleine gekommen. Also hatte das Ablenkungsmanöver mit dem an Schauß' Frau geschickten Blumenstrauß funktioniert.

Zu gerne hätte er gewusst, was sich in den unendlich langen Minuten seines Wartens hinter den Mauern zwischen ihm und der Wohnung abspielte. Je länger er dort stand, umso unruhiger wurde er.

Seine Hände trommelten auf den seitlichen Hosennähten, die rechte Hand umfasste in kurzen Zeitabständen den hölzernen Griff des angespitzten Grillspießes, während die linke sich mehrmals der Existenz des Elektroschockers versicherte.

Wie eine Katze vor dem Mauseloch lauerte er hinter der leicht geöffneten Dachbodentür. Diszipliniert und hochkonzentriert wartete er gespannt auf den richtigen Zeitpunkt für die todbringende Attacke.

Dann ging alles blitzschnell.

Als er sah, dass er ihm den Rücken zudrehte, stürzte er sich von hinten auf ihn und rammte ihm mit voller Wucht den stählernen Grillspieß in den Rücken. Damit der Mann nicht laut polternd die Treppe hinunterfiel, fasste er gleichzeitig mit seiner linken Hand an dessen Hemd und zog ihn nach hinten. Sofort danach schlich er über den Dachboden zum entfernt gelegensten der acht Häuser, trippelte die Holzstufen hinunter zur Kellertür und verließ unerkannt das Haus.

»Gott sei Dank, dass du glei kumm bisch. Ich wär vor Angscht fascht gestorb!«, sagte Sabrina mit zitternder Stimme zu ihrem Mann, der sie wie ein weinendes Baby in seinen starken Armen wiegte.

»Wann meer emool jemand gesaat hätt, dass ich irgendwann emool so Panik krie, ich hätts nett geglaabt! Was muss dess noor ferr e perversi Kreadur sinn, die sich so draan uffgeilt, Mensche Angscht innzujae?«

»Jedenfalls werds heggschdi Zeit, dass merr denne Drecksack endlich krien. – Unn jedzert a noch die Sache mit demm Trittbrettfahrer-Mord.«

»Mit wellem Trittbrettfahrer-Mord?«

Michael Schauß informierte seine Ehefrau über den aktuellen Stand der Dinge. »Wääsche was, du bleibsch ab jedzert immer beimer. Ich sprech mittem Wolf, der soll de Präsident aanrufen unne drum bidde, dass du uffgrund der an dich addressiert Morddrohung ab sofort zur SOKO abgeordnet wersch.«

»Dess iss e gudi Idee, Mischa«, beruhigte sich die junge Polizistin allmählich.

»Ich fahr dich ins Kommissariat. Dort iwwernemmsche de Telefondienscht. Dann hat die Flocke endlich emool Zeit, die Berichte zu tippe. Dodemit iss de Wolf Tannenberg beschtimmt mit innverschtann. Awwer vorher begleitsche mich noch zu unserer erschte gemeinsame Amtshandlung.«

»Wohi?«

»Meer statten em Wolf soim spezielle Freind, em Revierförster Kreilinger, in soim Forschthaus e uunangemeldeder Besuch ab. Dess iss der Typ, der denne arme Exhibitionischt zu uns ins Kommissariat geschleppt hat. Irschgendebbes stimmt mit dem Kreilinger nett. Bei de erschde zwä Leiche war er immer schunn zur Stelle, wann meer inngetroff sinn. Unn bei der dood Fraa heit Moin kä Spur vunn ihm. Wie wenner gewisst hätt, dass ess sich debei um die Tat vumme Nohahmungstäter hannelt. Awwer ich muss erscht noch schnell unner die Dusch. Ich bin dermaßen verschwitzt. Kummsche mit?«, fragte Schauß überflüssigerweise, denn das Flackern in Sabrinas Augen hatte bereits uneingeschränkte Zustimmung signalisiert.

Als das Ermittlerpaar eine Stunde später am Antonihof eintraf, war der Förster gerade dabei, in einer etwas abseits gelegenen Garage ein Wildschwein aufzubrechen. Mit emporgestreckten blutverschmierten Händen begrüßte er die beiden Polizisten.

»Bin gleich fertig«, sagte er.

Dann setzte er noch einmal sein Messer in den toten Tierkörper, schnitt darin herum und entnahm ihm irgendwelche Innereien, um sie anschließend seinen erwartungsvoll jaulenden Jagdhunden hinzuwerfen.

Anschließend wusch er sich ausgiebig die Hände, trocknete sie ab und geleitete seinen Besuch in das alte, kühle Forstgebäude, das wie ein Hexenhäuschen aussah.

»Was führt Sie denn zu mir? Wollen Sie mir etwa schon die Belohnung überbringen?«, scherzte der Waidmann. »Das ging aber wirklich schnell. Ihr habt ja diesen perversen Saukerl erst vor Kurzem ins Gefängnis gesteckt!«

»Der Mann ist nicht mehr im Gefängnis«, sagte Schauß betont gelassen.

»Wieso?«, fragte Kreilinger verblüfft. »Hab ihr den etwa schon wieder laufen lassen? Heute Morgen stand doch etwas ganz anderes in der Zeitung! Wieso ist der Irre nicht mehr im Gefängnis?«

»Weil er in der Gerichtsmedizin ist und gerade obduziert wird!«

»Was, Herr Kommissar?«

»Der Irre, wie Sie den armen Schlucker gerade genannt haben, hat sich heute Nacht in seiner Zelle umgebracht.«

»Na, der wird gewusst haben, warum«, sagte der Mann in Grün ohne jeglichen Anflug von Betroffenheit. »Das hat der garantiert gemacht, weil er der Serienmörder ist und nicht vor Gericht wollte! Klar! Dann ist der Fall ja gelöst – und ich bekomm meine Belohnung.«

»Was, du bekommst jetzt schon deine Belohnung?«, fragte plötzlich eine kräftige ältere Frau mit wallendem grauem Haar, die gerade aus einem neben der Küche befindlichen Raum hereingeschlichen kam.

»Sieht so aus, Mutter. Habe ich mir ja auch redlich verdient, schließlich hab ich den Frauenmörder gefasst – und nicht die Polizei!«

»Toll, Junge! Ich bin wirklich stolz auf dich!«

»Ich will ja Ihre gemeinsame Euphorie nicht zerstören, aber die Sache hat einen entscheidenden Haken«, torpedierte Schauß die Vorfreude der beiden auf den zu erwarteten Geldsegen.

»Welchen?«, wollte Kreilinger wissen.

»Dieser Mann kann es definitiv nicht gewesen sein!«

»Warum?«

»Wir haben dafür eindeutige Beweise.«

»Welche?«

»Das kann ich Ihnen aus ermittlungstaktischen Gründen leider nicht mitteilen«, sagte der junge Kriminalkommissar, bevor er seine Trumpfkarte zog: »Womit wir beim Grund unseres Erscheinens wären: Wo waren Sie eigentlich zu den Zeiten, an denen die beiden Frauen umgebracht wurden? Konkret: Wo waren Sie am …?«

»Was?«, unterbrach Kreilinger geschockt. »Wollen Sie mir vielleicht unterstellen, dass ich etwas mit den Morden an den beiden Frauen zu tun habe?«

»Wir wollen Ihnen überhaupt nichts unterstellen. Wir fragen lediglich nach Ihren Alibis für die Tatzeiten«, erklärte Sabrina.

»Hören Sie mir mal ganz genau zu. Ich bin zwar schon eine alte Frau, aber mein verstorbener Mann war auch bei der Polizei. Und deswegen weiß ich, dass wir jetzt gar nichts mehr zu sagen brauchen. Wir rufen jetzt einen Anwalt an. Und Sie verschwinden jetzt sofort aus unserem Haus und von unserem Grundstück«, sagte die grauhaarige Frau resolut.

»Genau, Mutter, du hast vollkommen recht!«, stimmte ihr Kreilinger zu.

»Gut, dann gehen wir jetzt. Und Sie erscheinen morgen früh um 10 Uhr im Kommissariat. Von mir aus auch mit Ihrem Anwalt, aber jedenfalls ohne Ihre Mutter!«, erwiderte

Schauß barsch und verließ mit Sabrina im Schlepptau den Antonihof.

»Gut gemacht, Frau Kollegin«, lobte Schauß, als seine Frau ihm stolz die kleine Plastiktüte mit den braunen Haaren präsentierte, die sie von ihrem dringenden Toilettenbesuch mitgebracht hatte.

Dr. Hollerbach hatte zu einer außerplanmäßigen Dienstbesprechung in den großen Sitzungssaal des Kommissariats geladen.

»Liebe Kolleginnen und Kollegen«, begann er und räusperte sich verlegen, bevor er fortfuhr. »Ich habe Ihnen leider eine sehr traurige Mitteilung zu machen: Vor einer halben Stunde habe ich davon Kenntnis erhalten, dass ein Kriminalbeamter im Dienst sein Leben verloren hat.«

In das anschwellende Stimmengewirr hinein schrie plötzlich Petra Flockerzie: »Der Chef! O Gott, wo ist der Chef?«

Im selben Augenblick wurde die Tür geöffnet und Tannenberg betrat leicht angeheitert den großen Konferenzsaal. »Was rufst du mich so laut, o holde Flocke? Da bin ich ja schon, dein Prinz mit der Locke.«

Betretenes Schweigen.

»Was ist denn hier für ’ne traurige Stimmung? Ist jemand gestorben, oder was? Oder hängt’s nur daran, dass der Herr Oberstaatsanwalt sich mal wieder die Ehre gibt?«

»Tannenberg, reißen Sie sich zusammen!«, schimpfte der Polizeipräsident aus der linken hinteren Raumecke. »Sind Sie etwa betrunken?«

»Nein, Herr Polizeipräsident, das sind nur die Auswirkungen meines Geburtstags gestern. Zum Essen eben hab ich wirklich nur ein einziges Weizenbier gehabt«, entgegnete Tannenberg verlegen. Anschließend schlurfte er wie ein geprügelter Hund zu einem unbesetzten Stuhl direkt neben seiner Sekretärin.

Gleich nachdem er Platz genommen hatte, legte ihm Petra Flockerzie ihre Hand kurz auf seinen Oberschenkel und flüsterte leise: »Gott sei Dank, dass Ihnen nichts passiert ist.«

»Wenn ich nun wieder um Ruhe bitten dürfte!«, mahnte der Polizeipräsident energisch und erteilte Dr. Hollerbach abermals das Wort.

»Der getötete Beamte stand seit 15 Jahren in Diensten des Landeskriminalamtes …«, sagte der Oberstaatsanwalt, räusperte sich erneut und schien sich davor zu sträuben, mit seinen Äußerungen fortzufahren.

»Ist er denn bei einem Verkehrsunfall ums Leben gekommen?«, wollte ihm Geiger hilfreich zur Seite springen.

»Nein …« Dr. Hollerbach druckste herum wie ein kleiner Schuljunge, der sich nicht getraute, seinem Vater eine schlechte Note mitzuteilen. »Nein, er wurde ermordet.«

»Ermordet?«, fragte ein vielstimmiger Beamtenchor.

»Ja, leider. Der Kollege wurde Opfer eines brutalen Verbrechens, eines perfekt geplanten und heimtückisch durchgeführten Mordes.«

»Wie und wo ist das passiert? Wer ist der Mann?«, fragte Tannenberg.

»Sie kennen ihn«, sagte der Oberstaatsanwalt leise.

»Der war bestimmt heute Morgen am Balkenbrunnen dabei«, rief Schauß dazwischen.

»Wieso behaupten Sie, dass ich ihn kenne? Woher wollen Sie das wissen?«, drängte Tannenberg, ohne auf Schauß' Einwurf zu reagieren.

Dr. Hollerbach wurde immer bleicher. Er kniff die Lippen zusammen und schüttelte den Kopf. Dann fasste er sich ein Herz und gebar endlich das Unfassbare.

»Sie kennen ihn sogar sehr gut«, antwortete Dr. Hollerbach mit belegter Stimme

»Wieso?«

»Sie waren sogar längere Zeit mit ihm in derselben Wohnung!«

»Wie in derselben Wohnung? Ach du Scheiße! Der Borngesser!«, klickte es bei Tannenberg.

»Der angebliche Trittbrettfahrer war ein LKA-Mitarbeiter! O Gott! Jetzt kapier ich endlich: Der arme Kerl musste den Köder für unseren Frauenmörder spielen! Und wir alle hier waren nicht informiert. Das gibt es doch gar nicht. Seid ihr denn vollkommen wahnsinnig geworden?«

Die SOKO-Mitarbeiter blickten sich mit offenen Mündern und großen Augen fassungslos an. Dann ging ein anschwellendes Raunen durch die Gruppe, das sich in Windeseile zu lautstark vorgetragenen Empörungsbekundungen steigerte.

»Bitte, meine Damen und Herren, beruhigen Sie sich. Was passiert ist, ist schrecklich! Aber wir können es nun mal nicht mehr ändern. Wir müssen unsere Arbeit weitermachen, so schwer es uns auch fallen mag. Gegenseitige Schuldzuweisungen bringen uns jetzt überhaupt nicht weiter«, versuchte der Polizeipräsident die erregten Gemüter zu beruhigen.

Tannenberg reagierte völlig anders als erwartet. Es folgte kein Tobsuchtsanfall, keine wüste Beschimpfung verließ seinen Mund. Er saß deprimiert am Tisch, starrte mit leerem Blick auf den Boden.

»Warum hat man den armen Mann denn nicht bewacht, wenn man ihn schon als Köder missbraucht hat?«, sagte er leise vor sich hin.

Da jedoch inzwischen wieder völlige Stille im Raum herrschte, reagierte der Oberstaatsanwalt sofort. »Er wurde nicht missbraucht. Er hat an einer detailliert geplanten LKA-Aktion freiwillig teilgenommen und …«

»Und wieso konnte dieses Fiasko dann passieren, wenn alles so perfekt geplant war?«, schnitt ihm der Leiter der SOKO »Pilze« das Wort ab.

»Weil das LKA nur vor dem Gebäude und in der Wohnung präsent war, aber nicht im Treppenhaus, wo der Mord stattgefunden hat.«

»Und wie ist der Täter dorthin gekommen?«

»Wahrscheinlich über den Dachboden«, sagte Dr. Hollerbach kleinlaut.

»Über den Dachboden. Haben die das denn nicht abgecheckt?«, fragte Susi Rimmel ärgerlich.

»Doch, natürlich«, antwortete Kriminaloberrat Wagner vom LKA, der die ganze Zeit über niedergeschlagen am Tisch neben der Kriminalpsychologin saß und nervös an seiner Kaffeetasse herumhantierte. »Wir haben alles überprüft. Die Dachbodentür selbstverständlich auch. Die war die ganze Zeit über von außen fest verriegelt.«

»Und nach dem Mord war sie natürlich offen«, spottete Tannenberg, der allmählich den Schock zu überwinden und zu alter Form aufzulaufen schien. »Welch ein Wunder!«, tönte er weiter. So etwas Dilettantisches hab ich ja noch nie erlebt! Wo hattet ihr eigentlich die Tote her, mit der ihr uns am Balkenbrunnen so grandios verarscht habt?«

Der Polizeipräsident blickte tadelnd zu Tannenberg.

»Ja, Chef, ich sag nur, wie's ist: Wir wurden vorsätzlich verarscht! Also: Wo hattet ihr die Leiche her?«

»Die Frau hat man in der Nacht zuvor tot neben einer Parkbank am Mainzer Rheinufer gefunden und dann ...«

»Und dann habt ihr sie maskiert und schnell hier runter zu den Idioten in den Pfälzer Wald gefahren, um sie diesen bornierten Deppen als Opfer eines Trittbrettfahrers zu präsentieren. Wie beim Määnzer Rosenmontagsumzug!«, polterte Tannenberg in Wagners Ausführungen hinein, schob dann aber kleinlaut die frustrierende Selbsterkenntnis nach: »Und wir Hornochsen haben's nicht gemerkt!«

»Tannenberg, mir ist klar, dass Sie diese schiefgelaufene

Aktion so beurteilen müssen und sich von uns hintergangen fühlen. Aber Sie müssen sich auch mal in unsere Lage hineinversetzen. Was hätten wir denn tun sollen? Wir mussten uns doch etwas einfallen lassen. Und das Einzige, womit man einen hochintelligenten Serientäter aus dem Konzept bringen und ihn zu unbedachten Handlungen bringen kann, ist eben nun mal, zu versuchen, ihn mit für ihn unvorhersehbaren Ereignissen zu konfrontieren. Und ihn damit so zu provozieren, dass er endlich aus seiner Deckung hervorgekrochen kommt«, verteidigte sich die Kriminalpsychologin.

»Das habt ihr ja auch wirklich hingekriegt! Die Idee war vom Ansatz her gar nicht so verkehrt«, gestand Tannenberg ein. »Aber warum habt ihr uns denn um Himmels willen nicht eingeweiht?«

»Weil wir davon ausgehen mussten, dass der Täter aus Ihrem allernächsten Umfeld kommt. Und wir, wenn wir Sie über unseren Plan informiert hätten, befürchten mussten, dass er Wind von der Sache bekommt.«

Wolfram Tannenberg war zutiefst geschockt. Er benötigte einige Zeit, bis er wieder einen klaren Gedanken fassen konnte.

»Und wie erklären Sie sich dann, Sie superschlaue Profilerin, dass unser Serientäter Ihren genialen Plan durchschaut hat, obwohl ich und die anderen SOKO-Mitglieder nicht eingeweiht waren?«, fragte er.

»Dafür haben wir leider noch keine Erklärung parat«, stellte Kriminaloberrat Wagner nüchtern fest.

»Was heißt denn überhaupt mein ›allernächstes Umfeld‹? Soll das etwa bedeuten, dass mein Vater, mein Bruder, vielleicht mein Neffe oder vielleicht Schauß, Geiger oder was weiß ich wer aus der SOKO als Täter in Betracht kommen?« Tannenbergs Halsschlagader schwoll bedrohlich an. »Ihr spinnt doch!«, brüllte er.

Eva Glück-Mankowski versuchte, ruhig zu bleiben. »Dann erklären Sie mir doch bitte mal, wieso der Mörder gerade Ihnen die Postkarten schickt, Ihnen die Katze vor die Tür legt, Sie vor Ihrem Haus provoziert?«

Tannenberg atmete tief durch und mahnte sich innerlich zur Ruhe, bevor er antwortete: »Werte Frau Kriminalpsychologin, haben *Sie* uns nicht darüber aufgeklärt, dass ein Serienmörder ein Spieler, ein geschickter Stratege ist, der seine Häscher gerne als Marionetten missbraucht? Ist es dann nicht naheliegend, dass dieser irre Kerl eine geniale Finte gelegt hat, auf die wir alle reingefallen sind? Vielleicht war das wieder einmal nur ein geschicktes Ablenkungsmanöver, ein Taschenspielertrick.«

Er ließ einige Sekunden verstreichen, dann setzte er den Fangschuss: »Bedeutet nicht gerade die Tatsache, dass er den Mord an dem armen Kollegen so rational geplant und emotionslos durchgeführt hat, dass sich Ihre Theorie über die Möglichkeit, ihn mit einem Trittbrettfahrermord zu provozieren, als völlig falsch erwiesen hat? Besser konnte er uns wohl kaum seine Coolness und seine Überlegenheit demonstrieren! Ja sehen Sie denn wenigstens inzwischen ein, dass Sie mit ihren leichtfertigen Spekulationen total gescheitert sind? Ohne diesen Profiling-Schwachsinn würde der Kollege Borngesser sicherlich noch leben!«

Die Kriminalpsychologin, die sich sonst immer so perfekt unter Kontrolle hatte und die ihren Mitmenschen oft mit arrogant zur Schau getragener Fachkompetenz begegnete, brach völlig zusammen, physisch wie psychisch. Tannenbergs Sekretärin und Susi Rimmel kümmerten sich sofort um die von Weinkrämpfen geschüttelte LKA-Mitarbeiterin und führten sie nach draußen.

»Das war wohl etwas heftig, Tannenberg. Musste das denn wirklich sein?«, tadelte der Polizeipräsident.

»Manchmal muss man eben die Dinge auf den Punkt bringen, auch wenn's nicht so angenehm ist! Schließlich hat es zwei unnötige Tote gegeben, Chef.«

»Wieso zwei?«

»Wir sollten den Exhibitionisten nicht vergessen, den der Herr Oberstaatsanwalt in Untersuchungshaft gesteckt hat und der sich dann in der ersten Nacht in seiner Zelle umgebracht hat, und zwar indem er sich die Pulsadern der linken Hand aufgebissen hat – so fertig war der arme Mann!«

»Aber ... aber es ist ja noch gar nicht erwiesen, dass er nicht als Mörder der beiden Frauen in Betracht kommt. Schließlich ist ein Selbstmord schon oft ein Schuldeingeständnis gewesen«, stotterte es aus Dr. Hollerbach heraus, ohne dass er sich recht überlegt hatte, was er da sagte.

»Erstens kann ein Toter wohl kaum als Mörder unseres Kollegen in Betracht kommen. Und zweitens hat mich vorhin unser Gerichtsmediziner angerufen und mir mitgeteilt, dass er auf der Katze fremde Hautpartikel gefunden hat. Diese weisen dieselbe genetische Struktur auf wie die, die er aus Fremdmaterial auf den toten Frauen gewonnen hat. Und diese DNA hat er mit dem genetischen Material des Exhibitionisten verglichen. Mit dem für Sie niederschmetternden Ergebnis, Herr Oberstaatsanwalt, dass dieser Mann als Täter definitiv nicht in Betracht kommt.«

»O nein, so ein Desaster«, war alles, was Dr. Hollerbach zu diesen unwiderlegbaren Fakten einfiel.

»Übrigens hat mir der Doc auch noch mitgeteilt, dass auch alle anderen Männer, von denen wir genetisches Material vorliegen haben, also Konopka, der Geliebte der ersten Toten, dann Herr Müller, der Ehemann der zweiten Toten, der Pilzexperte, die Rentner und so weiter nicht als Täter in Betracht kommen. Folglich bleibt nur der große Unbekannte übrig!«

»Oder vielleicht auch dieser Förster, dieser Kreilinger«, ergänzte Schauß. »Bei dem war ich nämlich vorhin. Und da haben sich zufällig ein paar seiner Haare in meine Jackentasche verirrt.«

»Gut, dann hätten wir den ja auch«, stellte Tannenberg zufrieden fest.

»Wieso besitzen Sie denn eigentlich Genmaterial von all diesen Leuten?«, fragte der Polizeipräsident ungehalten und wandte sich direkt an den SOKO-Leiter. »Tannenberg, Sie wissen doch ganz genau, dass es illegal ist, wenn man solche Untersuchungen ohne Zustimmung eines Richters durchführt. Außerdem ist Dr. Schönthaler gar nicht mehr zuständig!«

»Chef, darum kümmert sich sicher gerne unser verehrter Herr Oberstaatsanwalt, schließlich behauptet er ja gerne, dass in solch einem brisanten Fall der Zweck jedes Mittel heiligt! Oder um es mit den Worten unseres alten Kriminalrats Weilacher zu sagen: Denkt immer daran, auch wenn wir manchmal verzweifelt sind, wir müssen weiterkämpfen – das Verbrechen darf nicht siegen! Das müssen wir mit allen Mitteln verhindern!«, versuchte Tannenberg sein Vorgehen zu rechtfertigen.

Da niemand reagierte, ergänzte er: »Der Schlüssel für die Lösung dieses extrem schwierigen Falls liegt in der Verbindung zwischen den beiden Mordopfern. Dessen bin ich mir ganz sicher!« Er wandte sich an den Leiter Kriminaltechnik. »Karl, seid ihr bei dieser wichtigen Frage inzwischen weitergekommen?«

»Wir haben alles, was wir bei den beiden Frauen an Unterlagen über ihr bisheriges Leben gefunden haben, gesichtet und jeweils zu einem Lebenslauf zusammengebaut. Und dann die beiden miteinander verglichen …«

»Komm auf den Punkt, Karl!«, drängte Tannenberg.

»Wir haben leider nichts gefunden.«

»So ein Shit!«, fluchte Tannenberg.

»Man muss dazu sagen, dass wir bestimmte Lücken bisher einfach nicht schließen konnten«, stellte der Kriminaltechniker bedauernd fest.

»Welche?«

»Zum Beispiel die Zeit nach der Schulausbildung bis zum Arbeitsbeginn. Da haben wir bei beiden leider überhaupt keine Daten vorliegen.«

»Also für die Zeit der Lehre oder Fachschule oder sonst was.«

»Genau! Aber es fehlen auch Zeiten im Berufsleben der Frauen. Die müssen nämlich recht häufig ihren Arbeitsplatz gewechselt haben.«

»Aber die Arbeitgeber habt ihr doch, oder?«

»Die meisten. Bei der Frau aus dem Uniwohngebiet waren's außer der Stadtverwaltung noch mindestens drei.«

»Gut, Karl, dann teilst du jetzt die Leute ein und ihr macht euch dann gleich auf die Socken zu den Personalabteilungen. Die sollen in den Personalakten nach Unterlagen für die Zeiten suchen, die euch noch fehlen. Und zusätzlich veröffentlichen wir in der *Rheinpfalz* zwei Fotos mit den beiden Frauen direkt nebeneinander. Ist das okay, Herr Polizeipräsident?«

Stummes Nicken.

»Gut. Konkrete Frage: Wer kann darüber Angaben machen, ob und gegebenenfalls woher sich die beiden Mordopfer kannten. Hoffentlich bringt das endlich was«, sagte Tannenberg und zog sich anschließend in sein Dienstzimmer zurück.

Er wollte eigentlich nur seine Ruhe haben, einen starken Espresso trinken und sich für ein paar Minuten geistig aus dieser Mordserie ausklinken. Aber als er sich ausgelaugt auf seinen Schreibtischstuhl fallen ließ, fiel sein müder Blick direkt auf das vor ihm liegende Päckchen Jugendherbergskarten mit den Pilzmotiven. Lustlos zog er den Stapel aus dem dünnen Pappkarton und blätterte die Farbfotos durch.

Petra Flockerzie respektierte den Rückzugswunsch ihres Chefs und brachte ihm wortlos seinen Kaffee. Aber Schauß dachte nicht im Entferntesten daran, seinem Kollegen eine

Ruhepause zu gönnen, sondern betrat munter drauflosplappernd Tannenbergs Büro.

Nachdem er seinem Vorgesetzten von der Bedrohung Sabrinas und dem Besuch bei Oberförster Kreilinger berichtet und ihn um Unterstützung für Sabrinas sofortige Versetzung zur SOKO gebeten hatte, legte er eine kurze Verschnaufpause ein.

»Mischa, glaabsch du, dass unser Täter jedzert endlich Ruh gebbt, orre glaabsche, dasser noch kää Ruh gebbt?«

»Ich glaab, dass der mit soim makabere Spielche noch nett am Enn iss.«

»Ich a.«

»Dess iss schunn irre, was der so alles abzieht. Iss deer eischentlich bewusst, in welch enner große Gefahr du dich befunn hasch? Der hätt genauso gut a dich umbringe kenne«, gab Schauß zu bedenken.

»Hatter awwer nett!«, antwortete Tannenberg trotzig. »Wääsche was, Mischa, meer zwä machen jedzert e Spiel«, sagte er ohne erkennbaren Zusammenhang mit dem bisherigen Gesprächsverlauf.

»E Spiel – meer zwä?« fragte Schauß verblüfft.

»Dess Spiel geht ganz äfach: Ich stell e Behaupdung uff unn du muschse mit Gejenargumende entkräffde.«

»Unn wer gewinnt dess Spiel?«

Tannenberg grinste. »Dess sa ich derr, wammer ferdisch sinn.«

»Dann mo los!«

»Behaupdung Nummer enns: Unser Gerichtsmediziner iss de Seriemörder.«

Schauß war so überrascht, dass er zunächst keinen Ton herausbrachte.

»Ja, los, die Uhr laaft!«

»Allo«, sagte der junge Kriminalkommissar und versuchte sich zu konzentrieren, »erschdens: De Doc hat Alibis ferr die Tatzeite.«

»Hasch du soi Alibis iwwerbrieft?«

»Nä.«

»Somit stell ich erschdens fescht: Die Alibis vunn unserm Doc sinn noch nett iwwerbrieft. Unn zwäddens: Er kann die Tatzeite so manibuliert hann, dasse genau zu soine Alibis bassen.«

»Stimmt, Wolf!«, war alles, was Schauß sagen konnte, denn Tannenberg ließ nicht locker.

»Los, weideres Gejeargument!«

Schauß grübelte.

»Als jemand die Katz vor doi Hausdeer geleet hat, hatter mit deer unn doim Bruder Skat gespielt.«

»Stimmt nett! Er war nämlich korz weg, um am Bahnhof Zigarre zu kaafe. Do hätter Zeit gehatt, die Katz zu deboniere. Weiteres Gejenargument.«

Schauß dachte angestrengt nach.

»Er hat kä Motiv!« schoss es aus ihm heraus.

»Wieso hatter kä Motiv? Willsch du etwa behaubde, dass du in die diefschde Abgrind vunner Leicheschnibblerseel gugge kannsch?«

»Nä, kann ich nadierlich nett! Awwer …«

»Awwer was, Mischa?«

»Ach nix. Ich wollt grad sae, dass de genedische Fingerabdruck vumm Täter e Beweis ferr die Uunschuld vumm Doc iss. Awwer dess kennt er jo a manibuliert hann.«

»Grad dess, Mischa! Schließlich kann er von irgendjemandem, am beschde vunner schunn lang verbuddelde Leich, Genmaterial gesammelt hann unn präsendiert uns die als Täterspure.«

»Wolf, du hasch gewunn. Doi Spiel iss merr zu aanstrengend!«, gab sich Schauß geschlagen. »Doch ich hann noch e Gejenargument: Ich glaab äfach nett, dass unser Doc zu so ebbes fähisch wär.«

»Du bisch deer awwer schunn bewusst, dass du mit demm Argument besser im Kerschedienscht uffgehob wärsch als inner Mordkommission.«

15

»Chef, Sie kommen doch nachher auch mit, oder?«

Tannenberg machte sich gerade mit seiner Sekretärin über die Reste des im Kühlschrank zwischengelagerten Erdbeerkuchens her.

»Wohin mit, Fouquet?«, fragte er schmatzend.

»Zu meiner Spontanfete zu uns nach Hause. Ich muss eh noch meinen Einstand geben, und da hab ich mir gedacht, heute wäre genau der richtige Zeitpunkt dafür. Bei dem ganzen Stress hier können wir doch alle ein wenig Ablenkung gebrauchen, oder finden Sie nicht?«

»Ich weiß nicht, ob wir uns hier einfach so abseilen können. Schließlich befinden wir uns mitten in einer ganz heißen Ermittlungsphase«, entgegnete Tannenberg zögerlich.

»Aber, Chef, bis morgen früh können wir doch sowieso nichts mehr machen, noch nicht einmal wegen der Lücken in den Lebensläufen ermitteln.«

Adalbert Fouquet schaute auf seine Armbanduhr. »Die Leute in den Personalabteilungen sind schon längst nach Hause gegangen. Und meine Mutter hat bereits damit angefangen, alles vorzubereiten.«

»So schnell?«

»Ja, meine Mutter hat ein unglaubliches Organisationstalent. Ist ja auch notwendig, schließlich erscheinen bei uns oft relativ kurzfristig Gäste aus Politik und Wirtschaft.«

Eigentlich fand Tannenberg die Idee gar nicht so schlecht, ein wenig Ablenkung konnte er wirklich gut gebrauchen.

Aber als er Fouquets Bemerkung hinsichtlich der »Gäste aus Politik und Wirtschaft« vernahm, schlich sich ausgeprägte Skepsis in sein Gemüt, denn auf ein Zusammentreffen mit solchen Leuten hatte er überhaupt keine Lust.

»Na, ich weiß nicht. Ich bin eigentlich viel zu müde und würde lieber mal früh ins Bett gehen.«

Fouquet schien die Gedanken seines Vorgesetzten erraten zu haben. »Chef, heute kommt garantiert niemand. Wir sind ganz unter uns. Seien Sie kein Frosch! Die anderen kommen doch auch alle mit, bis auf den Oberstaatsanwalt, der hat schon was anderes vor.«

»Die Sache wird ja immer interessanter«, meinte Tannenberg, dessen Motivation sich wieder steigerte. »Das ist ohne Frage ein sehr starkes Teilnahmeargument. Also gut. Du kannst mit mir rechnen. Das bin ich schließlich auch meiner Belegschaft schuldig, oder, Flocke?«

»Klar, Chef, da gibt's bestimmt auch etwas Feines zu essen«, bemerkte die Sekretärin voller Vorfreude.

»Aber immer! Vor allem die Fischplatten. Die mag ich am liebsten!«

»Fisch? Also jetzt hast du mich vollkommen überzeugt! Es gibt nur ein kleines Problem: Ich bin unmotorisiert. Kann mich jemand von euch mitnehmen? Ich müsste vorher auch noch zu Hause vorbei, um zu duschen und mich umzuziehen.«

»Natürlich, Chef, mit Vergnügen!«, erklärte sich Fouquet sofort bereit.

»Mannomann – mein Traumauto!«, rief Tannenberg begeistert, als er vor dem schwarzen Porsche Boxter seines jungen Kollegen stand. »Edel geht die Welt zugrunde! – Merkwürdig, diesen blöden Spruch sag ich jetzt bereits zum zweiten Mal, seitdem du bei uns bist.«

»Wollen Sie ihn mal fahren, Chef?«, fragte der junge Kriminalbeamte mit stolzgeschwellter Brust, dem die Anspielung auf sein wohlhabendes Elternhaus nur ein ganz klein wenig unangenehm zu sein schien.

»Nein, besser nicht. Erstens hab ich garantiert noch Alkohol im Blut und zweites würde ich den Boxter danach wahrscheinlich nicht mehr zurückgeben. Sag mal, wieso bist du eigentlich zur Polizei gegangen, mit deinem familiären Hintergrund? Dir hätte doch mit einem Jura- oder Betriebswirtschaftsstudium die ganze Welt sperrangelweit offengestanden«, bemerkte der SOKO-Leiter, nachdem die beiden in dem todschicken Sportwagen Platz genommen hatten.

»Das war mir alles viel zu langweilig. Außerdem kann ich ja später immer noch Jura studieren«, entgegnete Fouquet und startete den Motor.

»Was für ein Sound!«, schwärmte Tannenberg. »Gib mal 'n bisschen Feuer.«

»Später auf der Landstraße! Außerdem sind wir ja schon fast bei Ihnen zu Hause.«

Während Tannenberg sich in seine Wohnung begab, ließ sich sein Mitarbeiter unten im Erdgeschoss Kaffee und Kekse servieren. Er musste sich wie in einem mittelalterlichen Inquisitionsprozess gefühlt haben, so penetrant wurde er von den alten Tannenbergs über alles Mögliche ausgefragt. Mit stoischer Ruhe ließ er die Tortur über sich ergehen.

Als Tannenbergs Bruder mit seinen beiden Kindern in der Küche erschien, atmete er innerlich auf. Während Marieke sich still an den Tisch setzte, eröffnete Tobias sofort eine neue Fragerunde, die sich diesmal auf Fouquets flottes Auto bezog.

Heiner hörte einige Zeit teilnahmslos den Äußerungen des jungen Kriminalbeamten zu und verließ dann urplötzlich wie von einer Tarantel gestochen den Raum.

Kurze Zeit später stand er bereits oben im Schlafzimmer vor seinem sich ankleidenden Bruder. »Samo, kannsche doim uffgeblosene Porschefahrer bitte dezent klarmache, dasser moi Dochder nett so aanglotze soll? Dess iss jo peinlich, wie uffdringlich ders Marieke die ganz Zeit aangafft.«

»Und warum isses Marieke nett weggang, wannses dess als uffdrinlich empfunn hat?«, fragte Tannenberg gelassen. »Vielleicht hattser jo gefall.«

»Du spinnsch jo! Moi Marieke fallt doch nett uff die Show vunn some Schlabberfligger-Stenz rinn.«

»Ich glaab, du sollscht mo beiner Selbschthilfegrupp ferr eifersischdische Vädder vorbeigugge. Du ertraachs doch noor nett, dass doi Dochder immer hibbscher unn attraktiver werd unn de liebe Babba vunn soim hohe Soggel runnerschmeißt. Sei doch froh, dass se iwwerhaupt uuf Männer wirkt …«

»Awwer sie iss doch erscht sechzeeh«, unterbrach Heiner.

»Sweet little sixteen«, intonierte Tannenberg. Er schob sich an seinem verwirrten Bruder vorbei und ließ ihn wie einen ausgemusterten Gartenzwerg einfach in der Ecke stehen.

Tannenbergs überraschend gute Laune erfuhr durch die flotte Fahrt in Fouquets Sportcabrio noch eine weitere Steigerung, doch sie wurde jäh beendet, als die beiden Ermittler die herrschaftliche Prachtvilla vor den Toren von Pirmasens erreichten.

Es war nicht so sehr das zwar etwas protzige, architektonisch aber überaus gelungene Anwesen mit seinem weitläufigen parkähnlichen Gelände, das Tannenberg die Stimmung vermieste. Es waren die Personen, die die Staffage in diesem großbürgerlichen Ambiente bildeten.

Da winkte ihnen zuerst ein geschäftiger Gärtner aus den bunten Blumenrabatten neben dem schmiedeeisernen Riesentor freundlich entgegen. Dann nahmen zwei ältere Männer, die ihnen auf dem mit weißen Steinen bestreuten Fahrweg entgegenkamen, ehrerbietig die Hüte von ihren Köpfen. Und schließlich wurden sie freudestrahlend von einem grau melierten, sonnengebräunten Herrn im Smoking und einer blond gefärbten, ein wenig an eine leicht verblühte ehemalige Hollywood-Diva erinnernde Dame empfangen.

Fouquet grüßte freundlich zurück, fuhr am Eingangsportal der Villa vorbei auf einen der unter hohen Laubbäumen angelegten Parkplätze und klärte Tannenberg, dem er sein Unbehagen anmerkte, darüber auf, dass seine Eltern gleich nach Karlsruhe ins Theater fahren würden und sie deshalb den ganzen Abend unter sich seien.

Trotz dieser durchaus erfreulichen Informationen bereute Tannenberg bereits seinen vorhin zu leichtfertig gefällten Entschluss. Es war einfach nicht seine Welt, in die ihn Fouquet hier hineinkatapultiert hatte.

Und gute Miene zum bösen Spiel zu machen, wie man so schön sagte, war nun mal schon gar nicht seine Sache, denn man merkte ihm seine emotionalen Befindlichkeiten leider stets an, standen sie ihm doch regelrecht ins Gesicht geschrieben.

Er befand sich in der Zwickmühle, denn auf der einen Seite fühlte er sich nicht wohl in dieser Umgebung, auf der anderen Seite war er aufgrund seiner beruflichen Position als Leiter des Kommissariats natürlich auch für ein gutes Arbeitsklima unter seinen Mitarbeitern verantwortlich.

Und seinen Kollegen schien es hier sehr gut zu gefallen. Also griff er zu einem bewährten Mittel, das er auch schon damals angewandt hatte, als er mit Lea des Öfteren zu Cocktailpartys oder ähnlichen überflüssigen Veranstaltungen bei irgendwelchen affektierten Champusschlürfern aus dem Krankenhaus eingeladen war: Er schraubte seinen psychischen Belastungspegel mithilfe von Alkoholika in die Höhe.

Als Tannenberg auf dem feuchten Pfad seiner Narkotisierungsstrategie bereits beim dritten Glas Rotwein angelangt war, erschien ein Cateringservice mit den versprochenen Fischplatten, die genauso exquisit waren, wie Fouquet es vorausgesagt hatte.

Und die natürlich mit den dazu passenden Weißweinen zu verköstigen waren, für die der großzügige Gastgeber selbstverständlich auch gesorgt hatte. Tannenberg fand im sehr gut bestückten Weinkeller der Familie Fouquet sogar seinen geliebten Chardonnay.

Während der SOKO-Leiter im kühlen Kellergewölbe nach Weinraritäten Ausschau hielt, trafen oben im Garten zwei Musiker ein, die nach einer nur kurzen Instrumentenabstimmung damit begannen, Oldies aus den 70er- und 80er-Jahren zu spielen.

Einige seiner Mitarbeiter tanzten bereits, als Tannenberg mit einer angestaubten Weinflasche aus den Katakomben der Villa zurückkehrte. Nachdem er sie entkorkt hatte, bediente er sich erneut am Fischbüfett, suchte sich etwas abseits einen Essplatz, hob sein Glas und prostete sich selbst zu.

Wenige Augenblicke später erschien die leicht schwankende Kriminalpsychologin an seinem Tisch.

»Das ist aber schön, Tannenberg, dass Sie mir zuprosten. Ich hab mich nämlich die ganze Zeit über nicht getraut, mich Ihnen zu nähern. Weil ich dachte, Sie sind bestimmt so sauer auf mich, dass ich Ihnen heute besser nicht mehr über den Weg laufen sollte«, sagte die Profilerin und nahm einen großen Schluck aus ihrem Weinglas.

»Liebe Frau Kollegin, wenn Sie sich bitte daran erinnern würden, was wir vorhin vereinbart haben: Keiner darf heute Abend über dienstliche Angelegenheiten auch nur ein Sterbenswörtchen verlieren.«

»Ja, stimmt. Aber ich will damit doch nur sagen, dass ich diese Gehirnwäsche-Idee ganz toll finde.«

»Die stammt aber von Fouquet, nicht von mir. Sie sollten den guten Chardonnay nicht so schnell in sich reinschütten,« mahnte Tannenberg. Doch er fand kein Gehör bei seiner Kollegin, die zusehends betrunkener wurde.

»Das ist wirklich ein tolles gruppes… gruppendynamisches Treffen hier. Und die tolle Musik. Komm, wir tanzen!«, lallte Eva und zog Tannenberg in den Kreis seiner begeistert tanzenden Mitarbeiter, die nicht schlecht staunten.

Aber ihr Chef registrierte die teils überraschten, teils belustigten Blicke, welche seine Kollegen untereinander austauschten, kaum mehr, zu sehr hatte ihm der reichliche Alkoholkonsum die Sinne vernebelt und die langsame Musik seinen Trancezustand verstärkt. Außerdem spürte er deutlich den willigen weiblichen Körper, der sich immer enger und fordernder an den seinen schmiegte.

»Was hältst du davon, wenn wir jetzt zu mir ins Hotel fahren und Rotkäppchen spielen?«, hauchte ihm Eva mit feuchtwarmem Atem ins Ohr. »Ich bin das Rotkäppchen und du bist der Wolf, mein starkes Wölfchen. Du kannst mich mit Haut und Haaren auffressen.« Es folgte ein kleiner, zärtlicher Biss in sein Ohrläppchen.

Tannenberg landete zuerst mit der drallen Psychologin auf der Rückbank eines Taxis, wo sie wie ein Schülerpärchen hemmungslos herumknutschten, und dann in ihrem Hotelbett.

Als er am nächsten Morgen mit einem unglaublichen Brummschädel aufwachte, wusste er zunächst überhaupt nicht, wo er sich befand. Erst als er sich langsam in Richtung Wand drehte, um den Ursprung des markanten Schnarchgeräuschs neben sich zu erkunden, gelang es ihm ansatzweise, die delikate Situation zu erkennen.

Sofort versuchte sein schmerzendes Gehirn, den gestrigen Abend beziehungsweise die Ereignisse der anschließenden Nacht zu rekonstruieren. Aber sein Erinnerungsvermögen beschränkte sich auf einzelne Bruchstücke, die ihn auch nicht entscheidend weiterbrachten.

Als er die leere Champagnerflasche neben dem Bett und die im Raum weit verstreuten Kleidungsstücke sah, schwante ihm Fürchterliches. Am liebsten hätte er sich wie ein Dieb aus dem Zimmer geschlichen.

Aber das war nicht möglich, relativierte er die aufkommenden Fluchtgedanken, schließlich lag hier im Lotterbett nicht ein unbekanntes Callgirl, dem man schnell ein paar Geldscheine auf die Kommode legen konnte, um sich dann zu verdrücken, sondern eine Kollegin!

Du hirnverbrannter Idiot, beschimpfte er sich selbst, während er seine Kleider zusammensuchte. Er konnte sich jetzt nicht einfach aus dem Staub machen und dann später so tun, als wäre er gar nicht hier gewesen. Warum eigentlich nicht, dachte er. Vielleicht war sie ja so sturzbetrunken gewesen, dass sie gar nicht mehr mitbekommen hat, wen sie mit in ihr Zimmer geschleppt hat.

»Oje, Wolf, was haben wir denn da bloß angestellt?«, fragte plötzlich das ehemalige Schnarchen in seinem Rücken.

»Ich … ich muss dringend aufs Klo«, stotterte Tannenberg und machte sich in dem kleinen Appartement auf die Suche nach der Toilette.

Als er das Flurlicht einschaltete, fiel sein verkaterter Blick auf etwas, das direkt an der Abschlusstür lag. Trotz der hämmernden Kopfschmerzen erkannte er sofort, um was es sich dabei handelte.

Es war wieder eine Jugendherbergskarte, diesmal mit einem abgebildeten Fliegenpilz. Er griff nach ihr, drehte sie um und erblickte auf der Rückseite ein neues Gedicht:

Der Junimond die Lichtung küsst,
Der Eichenwald die Blätter hisst,
Die Heidelbeere blau erstrahlt,
Der Tag mit Überlänge prahlt.

Da sprießt auch gern der Fliegenpilz.

In prallem Rot steht er im Wald,
Mit weißen Flocken auf dem Hut.
Das Gift, das schlafend in ihm ruht,
Wirkt nach dem Essen schon sehr bald.

O Tannenberg, du armer Wicht,
Siehst nicht die Fäden hinterm Licht.
O Tannenberg, du armer Tropf,
Es lacht dich aus der Schweinekopf!

Bevor der Mond ist kugelgleich,
Entdeckst du schon die nächste Leich!
Der Frauen Tod ist Liebesfron –
Neigt sich zu End die Pilzsaison?

Leise vor sich hin fluchend ging Tannenberg zurück ins Schlafzimmer und überreichte die Karte der Kriminalpsychologin, die sich inzwischen im Bett aufgerichtet und mit dem Rücken an die Wand angelehnt hatte.

»Die ist ja an das Hotel hier adressiert«, stellte die Profilerin erstaunt fest und las laut vor: »›Kriminalhauptkommissar Wolfram Tannenberg, z. Z. Hotel am Stadtpark.‹ Was der alles weiß. Der muss uns die ganze Zeit über beobachtet haben!«

»Wundert dich das? Du kümmerst dich bitte um die Befragung des Hotelpersonals«, sagte Tannenberg übellaunig, während er sich fertig ankleidete. »Hat irgendjemand einen Fremden heute Nacht im Hotel bemerkt und so weiter.«

»Ja, Herr Hauptkommissar, darum kümmere ich mich selbstverständlich«, antwortete die Profilerin spitz. »Was meint er damit: Bevor der Mond ist kugelgleich, entdeckst du schon die nächste Leich! Ist das die Ankündigung eines neuen Mordes, oder hat er den etwa schon ausgeführt?«

»Keine Ahnung, vielleicht ist das wieder nur eine Finte«, gab Tannenberg knapp zurück, während er unter dem Bett nach seinem rechten Schuh suchte.

»Der meint mit ›kugelgleich‹ den Vollmond – klar!«, blitzte in Eva Glück-Mankowskis Brummschädel eine leuchtend helle Inspiration auf.

»Könnte sein. Wie sieht der Mond im Moment aus?«

»Wenn ich mich richtig erinnere, dann war es gestern Abend bei Fouquet sternenklar – und der Mond war ziemlich rund.«

Tannenberg waren die wiederauflebenden Erinnerungen an die gestrigen Ereignisse ziemlich unangenehm, deshalb schnappte er sich die Jugendherbergskarte, steckte sie in sein faltiges Sommersakko und entfernte sich aus der vermeintlichen Lasterhöhle mit der Begründung, sich unbedingt zu Hause neue Kleider besorgen zu müssen.

Als ob das Schicksal ihm an diesem fürchterlichen Morgen nicht schon genügend Wackersteine in den Weg gelegt hätte, musste er nun auch noch zu Hause in der Küche seiner Eltern einen regelrechten Spießrutenlauf über sich ergehen lassen.

Erst nervte sein Vater mit neuen Enthüllungen der *Bildzeitung* über den Schlitzer, dann hielt er ihm demonstrativ die in der *Rheinpfalz* abgedruckten Fotos der beiden Mordopfer entgegen und schließlich versuchte er auch noch, ihn zu einem erneuten Informationsdeal zu überreden. Zwischendurch nervte ihn seine Mutter mit anzüglichen Bemerkungen hinsichtlich der Tatsache, dass er die letzte Nacht nicht zu Hause verbracht hatte.

Und zu guter Letzt entdeckte Marieke auch noch eine bläulich unterlaufene Stelle an seinem Hals, die sie sofort als Knutschfleck identifizierte. Als Tannenberg sich bereits ins Treppenhaus geflüchtet hatte, hörte er immer noch seine Nichte begeistert ausrufen: »Onkel Wolf hat einen Knutschfleck. Und was für einen dicken Brummer!«

Im Kommissariat ging es dann weiter: Die Blicke seiner neugierigen Sekretärin sprachen Bände. Doch Petra Flockerzie traute sich nicht, irgendwelche provokativen Bemerkungen zu machen. Ganz im Gegensatz zu Schauß, der seinen Chef bezichtigte, gestern Abend wie ein junger Auerhahn dermaßen penetrant gebalzt zu haben, dass er Sabrina in Sicherheit bringen musste.

Tannenberg platzte der Kragen. Er verbot sich jegliche weitere Anspielungen auf seine Privatangelegenheiten. Außerdem verwies er darauf, dass man immer noch nicht den brutalen Serienmörder gefasst habe. Um seine Mitarbeiter auf den frustrierenden Boden der Tatsachen zurückzuholen, zog er die Karte mit dem Fliegenpilz aus seiner Jackentasche und übergab sie Schauß.

Der junge Kriminalbeamte las das neue Gedicht durch. »Dess mit demm Vollmond iss so ebbes wie e Udtimadum«, sagte er. »Der Kerl kinnischt aan, dasser bis zum neggschde Vollmond e weideri Fraa umbringe werd. Sieh ich dess rischdisch?«

»Ja«, antwortete Tannenberg kurz. Er wunderte sich, wie schnell sein Kollege den Inhalt des Gedichts entschlüsselt hatte. Anscheinend funktionierte sein eigenes Gehirn gegenwärtig bedeutend langsamer.

»Unn wann hammer de neggschde Vollmond?«, fragte Schauß.

»Wäs nett. Wo kennt merrn so ebbes schnell rauskrie?«

»Ei, im Indernet!«, rief der junge Kommissar. Er sprang von seinem Stuhl hoch und riss die Tür auf. »Flocke, recherchier mo schnell im Indernet, wann genau de neggschde Vollmond iss.«

»Brauch ich nett, Mischa.«

»Wieso?«

»Weil in moim Dischkalenner die Mondphase ingetra sinn«, sagte Petra Flockerzie.

Sie schob die auf ihrem Schreibtisch allgegenwärtige Knäckebrotpackung beiseite und blätterte in ihrem Terminplaner herum.

»Ich hann misse gar nett lang suche. Moje Nacht beginnt in demm Monat die Vollmondphas.«

Tannenberg hatte die niederschmetternde Information mitbekommen. »Dess häst, uns bleibt noor noch heit un moje Zeit, um denne Drecksack zu fasse.«

»Wann die abardisch Sau die neggscht Fraa nett schunn umgebrung hat. Orre ess iss wirre e falschi Fährt, die er ferr uns ausgeleet hat.«

»Dess iss kenni!«, behauptete Tannenberg. »Dess iss Dääl vunn soim Katz-unn-Maus-Spiel. Der will mit uns e perverses Wettrenne veraanschdalde, bei demms um Leewe unn Dood geht.«

»So e Scheiß!«, fluchte Kommissar Schauß vor sich hin.

Tannenbergs Telefon läutete. Er nahm den Hörer ab und verschloss die Sprechmuschel mit seiner rechten Hand. »Unser Pilzexperte«, sagte er leise zu seinem Mitarbeiter, »dieser Müller-Clausen.«

Dann drückte er auf die Lautsprechertaste, damit sein Kollege das Gespräch mithören konnte.

»Herr Kommissar«, begann der etwas skurrile Naturliebhaber zögerlich, »da war ja vor einiger Zeit das Foto der ersten

Toten in der Zeitung, und da hab ich schon irgendwie gedacht, dass ich die Frau vielleicht doch schon mal gesehen habe …«

»Bitte, guter Mann«, unterbrach Tannenberg ungeduldig, »kommen Sie auf den Punkt, wir sind hier ziemlich im Stress!«

»Ja, gut. Also heute Morgen hab ich die Bilder der beiden Frauen nebeneinander in der *Rheinpfalz* gesehen.«

Tannenberg schaute flehend zur Zimmerdecke. »Und?«

»Und als ich die zusammen gesehen habe, ist mir eingefallen, dass ich die beiden Frauen von irgendwoher kenne.«

»Von woher?«

»So genau weiß ich das nicht mehr. Ich glaube, die beiden haben mal an einer Pilzexkursion teilgenommen, die ich vor einigen Jahren durchgeführt habe.«

Beide Ermittler waren plötzlich hellwach.

»Wo war das? Mann, erinnern Sie sich!«, blaffte Tannenberg.

»Das versuch ich doch schon die ganze Zeit, Herr Kommissar, aber es will mir einfach nicht einfallen.«

»Es ist aber extrem wichtig, dass Sie sich erinnern! Trinken Sie fünf Tassen starken Kaffee hintereinander oder von mir aus auch eine Kanne Kräutertee, schlucken Sie Koffeintabletten, klettern Sie auf einen Baum. Tun Sie irgendetwas, das Ihr Gedächtnis auf Trab bringt! Aber um Gottes Willen erinnern Sie sich! Und zwar schnell!«

Müller-Clausen versprach, sich sofort zu melden, sobald es ihm wieder einfiele. Tannenberg teilte ihm noch seine und Schauß' Handynummer mit und wies ihn nochmals eindringlich darauf hin, wie enorm wichtig es sei, dass er sich erinnere.

»Wolf, iwwerigens hat de Doc geschdern Nacht no demm Fescht beim Fouquet noch die Genanalys vunn de Hoor gemacht, die merr beim Ferschder Kreilinger sichergestellt hann. Der kummt a nett als Täter in Betracht.«

»Verfluchte Scheiße!«, schimpfte Tannenberg.

Wütend kickte er seinen Schreibtischstuhl an die Wand. Dann ging er zu seinem D-Zug-Modell, riss die Pappkarten mit den Namen der bisher Verdächtigen ab, zerriss eine nach der anderen und warf die zerfetzten Reste in seinen Papierkorb.

»Kä änzischer Verdächdischer mäh. Noor de beriehmde große Uunbekannde iss iwwerrisch geblibb! Der kann doch nett drei brudale Morde begehe unn nett ä änzischer verwertbarer Hiweis uff soi Person hinnerlosse.«

»Doch, meer hann äner: soin genedischen Fingerabdruck!«

»Unn was nitzt uns der, wammer nimmand hann, mit demm merr denne abgleiche kennen?« Tannenberg drehte den Kopf zur Wand, wo sich sein Zugmodell befunden hatte. »Ess bleibt nimmand iwwerisch, nimmand!«

»Nimmand außer unserm Doc, wann ich dich an unser komisches Spiel vunn geschdern erinnere derf«, bemerkte Schauß.

»Soll ich denne jedzert an die Pinwand hänge, orre was? Außerdemm glaab ich dess a nett.«

»Ich denk, meer sollen in unserm Job nett glaabe?«

Das erneute Läuten des Telefons ersparte Tannenberg die Peinlichkeit, seine gestrige Überheblichkeit einzugestehen.

»Herr Kommissar, Ihr Tipp, auf einen Baum hochzuklettern, hat mir wirklich geholfen«, begann Müller-Clausen. »Als ich oben in der Krone unserer Rotbuche hier im Garten saß, ist mir endlich noch etwas zu den beiden Frauen eingefallen. Ich habe mich nämlich daran erinnert, dass die Frauen mit anderen Leuten zusammen in fröhlicher Runde in irgendeinem Naturfreundehaus oder in einer Hütte des Pfälzerwaldvereins gesessen waren. Und dann sind sie plötzlich aufgestanden und haben ganz laut gesungen. Deswegen habe ich da ja auch hingeschaut.«

»Und was haben sie gesungen?«

»Irgend so ’n Lied, ich glaub von diesem holländischen Jungen, der vor etwa 20 oder 30 Jahren diese schrecklichen Schnulzen gesungen hat …«

»Holländischer Junge?«, fragte Tannenberg in die Gesprächspause »Klar: Heintje! Kann es Heintje gewesen sein?«

»Kann sein. Das war irgendwas mit Mama.«

»Ich hab’s!«, rief der Leiter der Mordkommission und versuchte, das Lied anzustimmen. »Maaaama, du sollst nicht um deinen Juuungen weinen.«

»Genau das war’s«, sagte Müller-Clausen. »Und wissen Sie, was dann passiert ist, als die Frauen das Lied lauthals gesungen haben?«

»Nein, natürlich nicht! Los, sagen Sie schon!«

»Dann ist der einzige Mann, der an dem Tisch gesessen war, mit hochrotem Kopf aufgespungen und hat mit sich überschlagender Stimme fürchterlich laut losgeschrien und geschimpft.«

»Was hat er geschrien?«

»›Ihr Schlampen, das werdet ihr mir büßen!‹ Oder so was Ähnliches. Dann ist er wie von Sinnen rausgerannt, Herr Kommissar. Ich kann mich deshalb so gut daran erinnern, weil danach in der Wirtschaft für kurze Zeit Totenstille herrschte.«

»Wie viele Frauen saßen an dem Tisch?«, stellte Tannenberg die entscheidende Frage.

»Lassen Sie mich nachdenken. Ich muss mich mal kurz konzentrieren …«

Die beiden Ermittler standen regungslos in Tannenbergs Büro.

»Drei. Es waren drei Frauen, die zwei getöteten und noch eine andere.«

»Können Sie diese Frau und den Mann beschreiben?«

»Schwierig, ist ja schon so lange her. Wahrscheinlich, wenn ich ein Foto von ihnen vorgelegt bekäme. Aber so rein aus der Erinnerung wohl kaum.«

»Herr Müller-Clausen, rufen Sie eigentlich von zu Hause aus an?«

»Ja.«

»Gut, dann bleiben Sie bitte dort. Ich schicke sofort einen Streifenwagen los, der holt Sie gleich ab. Und dann versuchen Sie bitte gemeinsam mit den Kollegen vom Erkennungsdienst, ein Phantombild zu erstellen. Sie werden sich wundern, welche technischen Möglichkeiten es heutzutage gibt, einem ermüdeten Personengedächtnis wieder auf die Sprünge zu helfen. Und bis die Kollegen bei Ihnen sind, wühlen Sie bitte alle Ihre Unterlagen nach Abrechnungen, Einladungen und was weiß ich noch durch. Wir brauchen unbedingt den Ort, also die Wirtschaft oder die Hütte, wo sich diese Sache damals ereignet hat.«

Tannenberg legte auf.

Petra Flockerzie meldete sich direkt anschließend über die Gegensprechanlage.

»Chef, während Sie telefoniert hann, hat e Fraa aangeruf unn behaupt, dasse die zwä doode Fraue aus de Zeitung kennt. Sie hätt mit denne e Zeit lang bei de Kreisverwaltung zammegeschafft. Sie wollt glei herkumme. Ich hann a glei e Kolleesch demitt beufftraacht, bei de Peronalabdälung vunn de Kreiverwaldung nozufroe, ob dess a stimmt.«

»Subber gemacht, Flocke!«, lobte Tannenberg.

»Mischa, du haschs sellwer geheert. Drei Fraue hänn am Disch gesess. Dess häst, er hat noch enni uffem Kieker. Was jo a zu soim letschde Gedicht basse deed.«

Er nahm die Karte von seinem Schreibtisch. »Do stehts: Neigt sich zu End die Pilzsaison?«

»Ja, awwer do iss noch dess Fragezeiche, Wolf, dess sollten merr nett außer Acht losse. Der hätt jo a schreibe kenne: Ist zu End die Pilzsaison! – mit Ausrufezeiche.«

»Iss doch egal! Meer hann jedenfalls endlich e häsi Spur!«, frohlockte der Leiter der SOKO »Pilze«.

»Sei so gut unn informier de Hollerbach und die Psychologin iwwer die nei Entwicklung.«

»Klar, mach ich, wobei ich bezweifele du, ob die knackisch Profilerin sich mit meer iwwerhaupt zufrieden gebbt. Haschse jedzert eischentlich flachgeleet orre nett?«, konnte sich Schauß nun doch nicht verkneifen zu fragen.

Vorsichtshalber beeilte er sich aber dabei, die Tür ins Schloss zu ziehen. Das hatte den Vorteil, dass das schlagende Geräusch, das man von der inneren Seite der Tür her vernehmen konnte, nur noch gedämpft an sein Ohr drang.

Eine Viertelstunde später erschien Schauß erneut im Büro seines Chefs. Tannenberg wollte sich seinen jungen Kollegen sofort zur Brust nehmen. Doch seine Rachegelüste erstickten im Keim, als er die weibliche Person bemerkte, die hinter Schauß sein Dienstzimmer betrat.

»Wolf, das ist Frau Krämer. Sie hat vorhin angerufen, weil sie glaubt, mal mit den beiden Frauen zusammengearbeitet zu haben.«

»Ich glaub das nicht bloß, Herr Kommissar, ich weiß das hundertprozentig, ich bin ja nicht blöd!«, korrigierte die sehr energisch wirkende kräftige Frau, die an Tannenbergs Besuchertisch Platz nahm.

»Frau Krämer, wenn Sie gestatten, schalte ich nun das Tonbandgerät ein. Die Aufzeichnungen brauchen wir, weil wir alle so ein fürchterlich schlechtes Gedächtnis haben.«

»Ist schon okay«, sagte die Frau mit den rot gefärbten Haaren.

»Liebe Frau Krämer, zunächst möchte ich mich ganz herzlich bei Ihnen bedanken, dass Sie sich die Zeit genommen haben, bei uns vorbeizukommen«, flötete Tannenberg. »Erzählen Sie uns doch bitte, woher Sie die beiden Frauen, die heute Morgen in der Zeitung abgebildet waren, kennen.«

»Ganz einfach, Herr Kommissar, wir haben zusammen bei der Kreisverwaltung gearbeitet. Zwar nur ein oder zwei Jahre, aber ich erinnere mich trotzdem noch sehr gut an die Petra Kannegießer und an die Jutta Müller. Im Gegensatz zu anderen waren die beiden nämlich von Anfang an sehr nett zu mir. Ich komme aus den neuen Bundesländern und hatte es am Anfang nicht leicht hier in der Pfalz.« Sie verdrehte die Augen. »Vor allem dieser unverständliche Dialekt hat es mir schwergemacht, denn ...«

»Kommen Sie bitte zur Sache«, mahnte Tannenberg.

Er musste seinen Zorn wie eine giftige Kröte hinunterschlucken, denn er reagierte stets allergisch auf Kritik an seiner heißgeliebten Hochkultursprache.

»Aber gerne doch«, erwiderte Frau Krämer mit höhnischem Unterton. »Petra ist schon bald zur Stadtverwaltung gewechselt und Jutta hat ihren reichen Arzt geheiratet und gleich Kinder gekriegt.«

»Gut, danke Frau Krämer«, sagte Tannenberg.

»Wann, also in welchen Jahren waren Sie zusammen bei der Kreisverwaltung beschäftigt?«, fragte Schauß.

Die Frau legte nachdenklich die Stirn in Falten. »Das muss so um 1996 herum gewesen sein.«

»Genauer wissen Sie das nicht mehr?«

»Ist doch wohl genau genug!«, gab Frau Krämer scharf zurück. »Wenn Sie's noch genauer wissen wollen, müssen Sie eben beim Personalamt anrufen.«

»Entschuldigen Sie bitte meinen jungen Kollegen, er hat das nicht so gemeint«, versuchte Tannenberg zu besänftigen und die wertvolle Informantin nicht zu vergraulen. »Wir sind Ihnen wirklich sehr dankbar, dass Sie zu uns gekommen sind. Darf ich Sie noch etwas fragen, liebe Frau Krämer?«

»Natürlich, Sie immer Herr Kommissar.«

»Gut, danke. Uns interessiert ein Fest oder ein Treffen, das wahrscheinlich genau in diesem Zeitraum, also so etwa um 1996 herum in einem Naturfreundehaus oder einer Pfälzerwaldhütte stattgefunden hat und bei dem Sie möglicherweise anwesend waren. Das geschah offenbar im Rahmen einer Pilzexkursion, die von einem Herrn namens Müller-Clausen durchgeführt wurde. Erinnern Sie sich daran?«

Die beleibte Frau dachte angestrengt nach. »Ja, da gab's mal so einen Betriebsausflug, wo der Personalrat auf die bescheuerte Idee gekommen ist, dass wir in den Wald gehen und Pilze suchen sollten. Aber ich hab mich gleich geweigert. Ich bin doch nicht blöd und mach jeden Schwachsinn mit! Ich bin lieber gleich in die Kneipe.«

»Da haben Sie aber recht gehabt, Frau Krämer«, schleimte Tannenberg.

»Mit mir doch nicht!«, legte die Informantin nach.

»Da ist noch etwas, das uns interessiert: Die Leute sollen an diesem Abend noch in froher Runde zusammengesessen sein ...«

»Das machen wir beim Betriebsausflug immer so. Abends ist schließlich Becherowka-Zeit.«

Tannenberg verstand nicht so recht, was sein Gegenüber damit ausdrücken wollte, deshalb versuchte er es noch einmal damit, diese enorm wichtige Frage zu stellen.

»Frau Krämer, an diesem Abend sollen Frau Kannegießer und Frau Müller mit einem Mann an einem Tisch gesessen sein und irgendwann ›Mama‹, dieses Lied von Heintje, gesungen haben. Und dann soll der Mann plötzlich aufgesprungen sein und ›ihr Schlampen‹ geschrien haben. Erinnern Sie sich daran?«

»Ja, das weiß ich noch ziemlich gut. Dieser Typ war total durchgeknallt. Ich bin ja nicht an dem Tisch gesessen, sondern an der Theke gestanden.« Ein verschwörerisches Augenzwinkern. »Und hab ganz schön einen gebechert. Aber das hab ich mitgekriegt. Der war total verrückt, dieser Irre!«

»Der Mann gehörte aber nicht zu Ihrer Gruppe, oder?«

»Nein! Zum Glück nicht! Aber der hätte bei uns auch nichts zu lachen gehabt.«

»Gut, liebe Frau Krämer. Ich hab nur noch eine Frage.« Tannenbergs Puls erhöhte die Frequenz. »Wer saß außer den beiden Frauen, die heute Morgen in der Zeitung abgebildet waren, noch an diesem Tisch mit dem Mann.«

»Nur noch die Gisela Stein. Die war ja die Freundin von der Jutta.«

»Gisela Stein. Wissen Sie, wo die Frau arbeitet?«

»Keine Ahnung. Die hat auch Kinder gekriegt und dann bei uns aufgehört.«

»Wissen Sie vielleicht, wo sie wohnt?«

»Nein, aber ich glaub, irgendjemand hat mal erzählt, dass die von hier weggezogen ist.«

»Gut, das war's vorerst, liebe Frau Krämer. Sie haben uns wirklich sehr geholfen. Mein Kollege wird Sie jetzt noch hinunter zu unseren Kriminaltechnikern begleiten. Dort wird man versuchen, mit Ihrer Hilfe ein Phantombild des Mannes zu erstellen.«

»Ein Bild vom Schlitzer?«

16

Wie ein ausgepumpter Hürdensprinter beim Zieleinlauf kam Mertel in Tannenbergs Büro gestürmt. Er war völlig außer Atem und musste erst einmal kräftig Luft holen.

»Ich wollt deer die Sache selwer vorbeibringe«, keuchte er.

Er musste eine kurze Pause einlegen, in der er mehrmals nach Luft rang. Dann knallte er Tannenberg zwei Fotokopien auf den Tisch.

»Dess iss de eindeudische Beweis. Die zwää Fraue hann in de Zeit vunn 1995 bis 1996 bei de Kreisverwaltung geschafft, die änd im Lieschenschaftsamt unn die anner im Jugenddezernat.«

Der Kriminaltechniker zog immer noch nach Luft wie eine alte Dampfwalze und wischte sich dabei mit seinem Taschentuch die vielen perlenden Schweißtropfen von der geröteten Stirn.

»Wissemerr doch schunn alles«, sagte Tannenberg gelassen.

»Wieso? Meer schaffen uns gabudd bei dere Hitz, unn du sitzscht ganz cool in doim Sessel unn leesch die Fies hoch. Du hättsch uns ruhisch bescheid gewwe kenne!«, beschwerte sich der Leiter der Spurensicherung.

»Karl, ich wääses doch a erscht seit fünf Minudde unn zwar vunner ehemolische Kolleeschin vunn dennen doode Fraue. Die war grad do unn hat uns dess gebriddschelt.«

»Ach, dess war de Fraa, die ich ewe unne beim Erkennungsdienscht gesieh hann, als ich die Kopie ferrr dich gemacht hann«, zeigte sich Mertel schon wieder ein wenig versöhnlicher. »Die sitzt do mitteme Mann vorm Combjuder …«

»Dess iss de Müller-Clausen, de Pilzexperte«, fiel ihm der SOKO-Leiter ins Wort.

»Die brobiern aanscheinend grad, e Täter-Phantombild aanzuferdische. Awwer dess kannsche getroscht vergesse, die sinn sich kää bissje ähnisch, wie der Kerl ausgesieh hann soll. Die Fraa wääs eischentlich norr noch, dasses e Mann war.«

»Verdammte Scheiße!«, fluchte Tannenberg gerade, als die Kriminalpsychologin mit dynamischen Schritten in seinem Zimmer aufkreuzte.

Mertel hatte plötzlich einen wichtigen Termin wahrzunehmen.

»Also, ich hab im ›Hotel am Stadtpark‹ alles auf den Kopf gestellt«, legte die Profilerin sofort los. »Ich hab sogar das Personal, das heute Nacht Dienst hatte, ausfindig gemacht und befragt. Aber keiner hat in der maßgeblichen Zeit eine fremde Person gesehen, und niemandem ist irgendetwas Verdächtiges aufgefallen.«

Sie fixierte Tannenberg mit einem stechenden Blick. »Wir müssen unbedingt mal miteinander reden.«

»Worüber?«

»Worüber, fragst du? Über heute Nacht natürlich – über uns!«

»Für so etwas absolut Nebensächliches hab ich jetzt wirklich keinen Kopf. Wenn ich dich daran erinnern darf«, Tannenberg erhob sich von seinem Schreibtischstuhl und begab sich wild mit den Armen herumfuchtelnd an sein vorhangloses, großflächiges Fenster, »irgendwo da draußen läuft ein irrer Psychopath herum, der angekündigt hat, bis spätestens zum nächsten Vollmond – und das ist morgen oder übermorgen! – eine weitere Frau umzubringen. Und da kommst du mir mit so einer belanglosen Emotionalkacke!«

»Belanglose Emotionalkacke nennst du das?« Eva Glück-Mankowski stemmte die Hände auf die Hüftknochen. »Gut, dass ich das weiß, du gefühlskalter Provinzbulle!«, schrie sie mit zorngerötetem Gesicht.

Anschließend riss die Profilerin die Tür auf und knallte sie von außen so laut zu, dass selbst der Pförtner im Erdgeschoss das markante Geräusch gehört haben musste.

»Weiber!«, zischte Tannenberg mehrmals grollend vor sich hin. Dann ging er zu seiner Sekretärin. »Flocke, ruf bitte de Mischa aan. Wo steckt der dann iwwerhaupt?«

»Der hat voin die Fraa zum Erkennungsdienscht gebrung. Unn denoo isser in soi Birro gang«, antwortete Petra Flockerzie, ohne ihre wieselflinken Fingerübungen auf der PC-Tastatur auch nur für einen Augenblick zu unterbrechen.

»Okay. Samo, Flocke, warum sinn Fraue eischentlich so kombliziert?«

Tannenberg war es leider nicht vergönnt, von seiner Mitarbeiterin eine aufschlussreiche Antwort bezüglich eines der letzten verbliebenen Mysterien der Natur zu erhalten, denn Schauß kam gerade aufgeregt aus dem mit Geiger und Fouquet gemeinsam genutzten Dienstzimmer.

»Ich hann die Adress vunn der dritte Fraa rauskriet. Los, kumm, Wolf, meer fahrn am beschde glei dorthi.«

»Endlich!«, stöhnte Tannenberg erleichtert auf. »Hoffentlich iss die Fraa dehääm unn hoffentlich isser noch nix bassiert!«

Während Schauß in seinem Dienstzimmer verschwand, um seine Waffe, zwei schusssichere Westen und den Autoschlüssel zu holen, schnappte sich Tannenberg zwei Stückchen Tiroler Schüttelbrot aus der auf Petra Flockerzies Schreibtisch allgegenwärtigen diätischen Knabbertüte.

»Echt gesund, Chef, unn kaum Kalorie.«

»Die schmecken jo gar nett schlecht. Awwer warum sinn die Dinger noor so hart?«

»Damit merr nett so viel vunn denne uff ämol enunnerschlingt, sondern jedes änzelne langsam durchkaut. Dess ist viel besser ferr die Verdauung!« Sie reckte den Finger. »Unn ess lange Kaue verbraucht Kalorie!«, betonte Petra Flockerzie.

Als die beiden Ermittler nach einer hektischen Irrfahrt durch Trippstadt schließlich den Taubenplatz gefunden hatten, waren sie sehr verwundert darüber, dass es dort nicht wie in einem normalen Wohngebiet aussah, sondern wie in einer mitten im Wald angelegten illegalen Hüttensiedlung.

Sie waren sich sofort darüber einig, dass es wohl kaum einen geeigneteren Platz für eine Entführung geben konnte als dieses unüberschaubare, wenig besiedelte Gebiet am dicht bewaldeten Ortsrand.

Zwar entdeckten sie nach und nach einige kleinere, hinter dichten Büschen und Baumpflanzungen versteckte Häuser, die allerdings von dem geschotterten Waldweg aus, auf dem sie sich befanden, auf den ersten Blick kaum zu erkennen waren.

Zunächst war es ihnen jedoch völlig unmöglich, sich zu orientieren, denn die Wochenendgrundstücke, auf die sie bisher gestoßen waren, wiesen keine Hausnummern auf. Erst als ihnen ein freundlicher Spaziergänger über den Weg lief, der sich hier oben sehr gut auszukennen schien, erfuhren sie, wo das Haus der Familie Stein zu finden war.

Der nette ältere Herr merkte aber schnell, dass die beiden Kriminalbeamten trotz seiner wirklich ausführlichen Hinweise weiterhin massive Orientierungsprobleme hatten. Deshalb bot er sich als Scout an, um die »Laudrer Atsche«, wie er sie belustigt nannte, direkt vor das gesuchte Anwesen zu begleiten.

Tannenberg hatte so seine Zweifel, ob hier überhaupt jemand wohnte. Weder an dem mit Imprägniermittel schwarz gestrichenen Holzzaun noch an einem der dicht an der Grundstücksgrenze stehenden Bäume hing ein Namensschild oder eine Hausnummer. Eine Klingel war allem Anschein nach auch nicht vorhanden.

Da sie die Frau aber unbedingt schnell finden mussten, kletterte Schauß über den spitzen Jägerzaun und joggte zu dem relativ neuen massiven Blockhaus, das sich hinter einem dichten Fichtenspalier versteckte. Er lief einmal um das Haus herum, schaute in mehrere Fenster hinein und rannte danach wieder zurück zu seinem Chef.

»Ess sieht ziemlich bewahnt, um nett zu sae chaotisch in demm Haus aus«, rief Schauß, noch bevor er wieder am Zaun angelangt war.

»Iss jo a kä Wunner«, tönte plötzlich eine laute Stimme aus dem mit einem undurchdringlichen Heckenbollwerk abgetrennten Nachbargrundstück. »Die sinn erscht geschdern aussem Urlaub kumm. Awwer die sinn schunn wirre weg. Ich glaab, die wollten ins Schwimmbad.«

Ohne sich die Mühe einer näheren Inspektion der freundlichen Informationsquelle zu machen, eilten die Kriminalbeamten zu ihrem Dienstwagen und brausten ab in die Dorfmitte. Tannenberg kannte den schnellsten Weg zum Warmfreibad, schließlich war er hier schon des Öfteren mit Tobias und Marieke zum Baden hergefahren, oder er hatte sie dort abgeholt, wenn deren Eltern aus irgendwelchen Gründen verhindert gewesen waren.

Da sie ohne Blaulicht und Martinshorn in einem Zivilfahrzeug die Feuerwehreinfahrt des Schwimmbads benutzten und direkt vor dem Kassenhäuschen ihr Auto abstellten, kam umgehend ein Bademeister und wollte sie mit barschen Worten des Feldes verweisen.

Aber als er Tannenbergs Dienstausweis sah und Schauß ihm in gebotener Kürze erklärte, dass sie unbedingt Frau Stein finden mussten, führte er die beiden Ermittler zur Schwimmmeisterloge und rief über seine Rundsprechanlage den Namen der gesuchten Frau aus.

Während Tannenberg, zu unsäglicher Tatenlosigkeit verdammt, auf das baldige Erscheinen der Frau hoffte, blickte er sich um und fragte sich, wie es überhaupt möglich war, in solch einem chaotischen Menschengewimmel den nötigen Überblick zu bewahren. Und vor allem, wie man diesen unglaublichen Lärmpegel ertragen konnte, der von den beiden großen Schwimmbecken an sein geräuschempfindliches Gehör drang.

In jedem Industriebetrieb hätte die Gewerkschaft schon längst durchgesetzt, dass die gesetzlich vorgeschriebenen Grenzwerte der Lärmschutzverordnung nicht überschritten werden und die betroffenen Mitarbeiter nur mit Gehörschutz ihre Arbeit verrichten durften.

Ein Schwimmmeister mit leuchtend gelben Lärmschutzkopfhörern – eine interessante Vorstellung! Ein dezentes Schmunzeln huschte über sein Gesicht.

Er betrachtete den zwar schon etwas angegrauten, aber immer noch sehr vital wirkenden, durchtrainierten Bademeister neben ihm. Vielleicht war der tagtägliche Anblick der vielen wohlproportionierten weiblichen Körper der Grund für diese außergewöhnliche Leidensfähigkeit, die man wirklich nur bewundern konnte, stellte Tannenberg anerkennend fest.

Nachdem der Bademeister erneut eine Durchsage gemacht hatte, erschien ein braungebrannter Junge in der Aufseherloge und teilte den drei Männern mit, dass seine Mutter vor etwa zehn Minuten bereits mit dem Fahrrad nach Hause aufgebrochen sei.

Umgehend verließen die beiden Kriminalisten das Schwimmbad und machten sich erneut auf den Weg in das Trippstadter Wochenendgebiet. Als sie ihre Zieladresse, den hausnummernlosen Taubenplatz 24, erreichten, kamen sie gerade dazu, wie eine mittelgroße dunkelhaarige Frau ihr Fahrrad in dasselbe Grundstück schob, in das vorhin Schauß schon einmal widerrechtlich eingedrungen war.

»Entschuldigen Sie, sind Sie Frau Stein?«, fragte Tannenberg noch aus dem Auto heraus, sichtlich erfreut darüber, die gesuchte Person wohlbehalten anzutreffen.

»Wer will das wissen?«, fragte die Angesprochene abweisend und schob das schwarz gestrichene Gartentürchen wie ein Schutzschild zwischen sich und die ihr unbekannten Männer.

Schauß verließ den Wagen, zückte seinen Dienstausweis und hielt ihn der skeptischen Frau unter die Nase.

»Was will denn die Polizei von mir?«

»Wir möchten Ihnen gerne einige Fragen stellen. Können wir ins Haus gehen?«, fragte Schauß routinemäßig.

»Das will ich eigentlich nicht. Ich habe nichts zu verbergen, und außerdem möchte ich mich nicht alleine mit zwei wildfremden Männern in meinem Haus aufhalten – auch dann nicht, wenn sie angeblich von der Polizei sind.«

»Gut. Natürlich, Frau Stein, wenn Ihnen das lieber ist«, entgegnete Tannenberg etwas irritiert. »Es geht um Folgendes …«, begann er, brach den angefangenen Satz aber gleich wieder ab. »Haben Sie heute Morgen schon die *Rheinpfalz* gelesen?«

»Nein. Mein Mann geht früh aus dem Haus und nimmt die Zeitung immer mit ins Büro. Ich lese sie dann abends. – Aber warum interessiert Sie, ob ich heute Morgen die *Rheinpfalz* gelesen habe?«

Tannenberg ging nicht auf die Frage ein. »Sie sind erst gestern aus dem Urlaub zurückgekehrt? Stimmt das?«

»Ja. Wir haben die Eltern meines Mannes in Magdeburg besucht und sind dann zusammen an die Ostsee. Aber jetzt sagen Sie doch endlich, um was es hier eigentlich geht!«, forderte die Frau.

»Wenn Sie im Urlaub waren, haben Sie wahrscheinlich noch gar nichts von dem Serienmörder mitbekommen, der hier seit fast drei Wochen sein Unwesen treibt.«

»Serienmörder, hier bei uns?«, fragte Frau Stein ungläubig.

»Ja, leider. Nun aber zu dem Grund, warum wir Sie dringend sprechen müssen: Wenn wir richtig informiert sind, haben Sie die beiden Mordopfer gekannt, vielleicht …«

»Wer wurde umgebracht?«, fiel die Frau Tannenberg ins Wort.

»Petra Kannegießer und Jutta Müller heißen die bisherigen Opfer.«

»Was? Um Gottes willen! Das gibt's doch nicht«, rief die Frau erschüttert.

Sie lehnte ihr Fahrrad, das sie die ganze Zeit über am Lenker festgehalten hatte, an einen Brennholzstapel und setzte sich auf einen breiten Hackklotz, der neben dem aufgeschichteten Buchenholz stand.

»Doch, leider ist es so. Aber es kommt noch schlimmer für Sie«, legte Schauß recht unsensibel nach.

»Wieso?« Man merkte deutlich, wie blanke Angst von Frau Stein Besitz ergriff.

»Weil es sein kann …«

»Wir möchten von Ihnen gerne Folgendes wissen«, unterbrach Tannenberg seinen Kollegen, dessen Gesprächsstrategie ihm nicht zu passen schien.

»Sie haben doch in den Jahren 1995 und 1996, als Sie bei der Kreisverwaltung beschäftigt waren, gemeinsam mit Frau Kannegießer und Frau Müller an einem Betriebsausflug teilgenommen, bei dem eine Pilzexkursion durchgeführt wurde und wo man danach gemeinsam in eine Wirtschaft eingekehrt ist.«

»Warum wollen Sie das wissen?«

»Bitte beantworten Sie uns die Frage!«, drängte Schauß.

»Und abends haben Sie an einem Tisch mit den beiden Frauen und einem Mann gesessen,« schob Tannenberg direkt nach.

»Ich hab nicht mit Petra und Jutta und irgendeinem Mann an einem Tisch gesessen!«, stellte Frau Stein unmissverständlich fest.

»Wieso nicht?«

»Weil ich nie mit den beiden gemeinsam an einem Betriebsausflug teilgenommen habe Ich habe nur ein halbes Jahr bei der Kreisverwaltung gearbeitet. Und in dieser Zeit gab's dort keinen Betriebsausflug.«

»Sind Sie sich da ganz sicher?«, fragte Tannenberg völlig perplex.

»Ja, da bin ich mir ganz sicher!«

»Gut, dann müssen Sie sich keine weiteren Sorgen machen.«

»Warum?«

»Weil der Mörder es sehr wahrscheinlich nur auf Frauen abgesehen hat, die bei diesem Betriebsausflug dabei waren. Aber bitte beobachten Sie trotzdem in der nächsten Zeit Ihre Umgebung. Achten Sie auf verdächtige Personen und merkwürdige Vorkommnisse. Und wenn Ihnen irgendetwas auffällt, melden Sie sich bitte sofort bei uns.«

»Mach ich! – Gott sei Dank!«, seufzte Frau Stein erleichtert und begann, munter drauflos zuplappern. »Wissen Sie, das war damals ziemlich blöd. Gerade als ich die Arbeitsstelle gewechselt hatte, bin ich nämlich schwanger geworden. Und da wir so lange auf ein Baby gewartet …«

Tannenberg war nicht an weiteren Details der Steinchen Familienplanung interessiert, unterbrach deshalb den Redeschwall der Frau abrupt und verabschiedete sich, während Schauß ihr die Visitenkarte des K1 überreichte.

»Ich glaabs äfach nett!«, schimpfte der junge Kriminalkommissar und startete den Motor. »Hat die bleed Druuschel voin sich doch voll geschnerrt! Unn meer hetzen uns do ab unn düsen wie e geelder Blitz no Trippstadt. Um e potenzielles Mordopfer ausfinnisch zu mache, dess gar kenns iss, weil die Fraa domols gar nett debei war! Ich hanns glei im Urin gehatt. Die Fraa warr merr sofort uunsympathdisch unn nett glaabwürdisch. Awwer de Herr Hauptkommissar hattse jo uff e derart widderlichi Art aanschleime misse. Dess war rischdisch peinlich!«

»Jedzert hall awwer mo de Rand!«, gab Tannenberg aggressiv zurück. »Laber do nett rum, sondern loss derr vunn de Zentral die Adresse vunn de Fraa Krämer durchgewwe. Die knebbe merr uns nochemo vor. Dess derffsch dann du mache, du alder Klugscheißer!«

Die Rückfahrt in die Stadt ging in angespannter Ruhe über die Bühne: Schmollend steuerte Schauß den Wagen, während Tannenberg demonstrativ wortlos durch die Frontscheibe starrte.

Diesmal hatten die beiden Ermittler keinerlei Probleme damit, schnell die Wohnung der Informantin in der Mannheimer Straße ausfindig zu machen. Nach mehrmaligem aggressivem Läuten öffnete ein angetrunkener, unrasierter Mann in ausgebeulten Jogginghosen laut fluchend die Tür und ließ sich nur durch die gezückten Dienstausweise beruhigen.

Im verwahrlosten Wohnzimmer saß Frau Krämer und stierte die Eindringlinge mit glasigem Blick an. Kommissar Schauß ging als Erstes zu dem lärmenden Fernsehgerät und schaltete es aus. Dann wandte er sich der immer noch auf der abgesessenen Couch hingelümmelten Frau zu.

»Sind Sie eigentlich bescheuert?«, schnauzte er sie an. »Ist Ihnen denn nicht klar, um was es hier geht? Da draußen läuft eine Killermaschine herum und Sie führen uns in die Irre mit völlig erfundenen Behauptungen!«

»Wieso?«, fragte die eingeschüchterte Frau.

»Weil Sie uns gesagt haben, dass Gisela Stein an dem Tisch mit Frau Kannegießer und Frau Müller gesessen hat. Aber Frau Stein war überhaupt nicht bei diesem Betriebsausflug dabei, um den es hier geht!«

»Wie erklären Sie sich das, Sie Superzeugin?«, brüllte Tannenberg.

Frau Krämer sank noch mehr in sich zusammen. »Da ... hab ich ... mich wohl ... vertan«, stammelte sie.

»Und wie! Sie haben uns mit Ihrem Blödsinn total in die Irre geführt und uns bei der Suche nach dem Frauenmörder wertvolle Zeit geraubt!«, echauffierte sich Tannenberg weiter.

»Das war dann wahrscheinlich bei einem anderen Betriebsausflug. Aber an die Sache mit dem verrückten Mann erinnere ich mich wirklich!«, sagte Frau Krämer und nahm ihr Weinglas in die Hand.

»Hören Sie endlich auf zu saufen! Erinnern Sie sich! Los, schließen Sie die Augen und denken Sie nach!«, stauchte Kommissar Schauß die Frau zusammen.

»Denken Sie sich in die Situation hinein: Sie stehen in irgendeiner Wirtschaft am Tresen, trinken was oder unterhalten sich. Und dann hören Sie plötzlich, wie ein Mann laut ›Ihr verdammten Schlampen‹ oder so etwas Ähnliches ruft. Sie drehen sich zu ihm um. – Und wen sehen Sie außer Frau Kannegießer und Frau Müller an diesem Tisch sitzen?«

Man konnte deutlich sehen, dass die Frau sich redlich Mühe gab, ihr mit dicken Nebelschwaden durchsetztes Erinnerungsvermögen auf Trab zu bringen. Aber es gelang ihr nicht. Wie ein Häufchen Elend saß sie zusammengekauert auf dem Sofa und begann zu weinen.

»Herr Kommissar«, jammerte sie an Tannenberg gewandt. »Es fällt mir einfach ums Verrecken nicht ein! Was soll ich denn nur machen?«

»Sie sind jetzt völlig blockiert. Das Beste ist, Sie stoppen Ihre Konzentrationsversuche und versprechen mir, jede halbe Stunde die Augen kurz zu schließen und intensiv darüber nachzudenken, wer noch an dem Tisch saß. Und dann rufen Sie uns sofort an. Versprochen?«

»Versprochen, Herr Kommissar«, entgegnete Frau Krämer erleichtert.

»Wenn Sie damals auch betrunken waren, wie können Sie dann überhaupt sicher sein, dass außer den beiden Frauen noch jemand an dem Tisch saß?«, provozierte Schauß, der anscheinend weniger Mitleid mit der Frau als sein Kollege hatte.

»Bin ich mir aber! Ich bin ja nicht blind geworden von den paar Gläschen!«, giftete sie zurück.

»Wissen Sie was, Frau Krämer, wir benachrichtigen jetzt eine nette Kollegin und die hilft Ihnen dabei, ihr Gedächtnis wieder in Gang zu bringen«, sagte Tannenberg ruhig.

Anschließend wies er seinen jungen Kollegen an, per Handy Kontakt mit der Kriminalpsychologin aufzunehmen, um sie hierherzubitten.

»No demm Mief in der Wahnung unn dem ganze Fruscht mit unserer Superinformandin brauch ich dringend e bissje frischi Luft. Kumm, fahrmo hoch uff de Kaiserbersch«, forderte Tannenberg, als das Zivilfahrzeug vor der roten Ampel an der Mainzer Straße zum Stillstand kam.

»Unser Superinformandin! Mannomann, was ferr e Wahnsinn. Ich hann werglisch gedenkt, dass merr endlich e häsi Spur hänn. Unn dann so e griff ins Klo. Was ferr e Fiasko. Nix als häsi Luft!«

»Vielleicht bringt se jo die Glick-Mankowski dezu, sich zu erinnere.«

»Wanns iwwerhaupt ebbes zu erinnere gebbt.«

»Wie? Glaabsche, dass die verwahrloost Babbdruuschel sich die ganz Sach noor ausgedenkt hat? Vielleicht noor, um sich uffzuspiele. Orre weje de saffdisch Belohnung?«

»Wolf, ich wääs es doch werglisch nett.«

»Ich a nett«, stimmte Tannenberg resigniert zu, kurz bevor er mit seinem Kollegen auf dem Parkplatz oberhalb des Gartenschaugeländes den Dienstwagen verließ.

Die beiden Kriminalbeamten vertraten sich ein wenig die Beine und nahmen dann auf einer mausgrauen Kunststoffbank Platz. Von diesem Aussichtspunkt hier oben auf dem höchsten Punkt des Neumühlenparks hatte man einen einzigartigen Blick über das in einer breiten Senke ausgerollte Stadtgebiet.

Die Nacht hatte gerade damit begonnen, sich ihr diamantbesetztes, funkelndes Schlafgewand überzustreifen. Mithilfe ihres altbewährten Helligkeitsreglers drehte sie das Tageslicht langsam zurück. Die sich hinter der Stadt stolz auftürmenden Bergrücken wurden von der fortschreitenden Abenddämmerung in immer dunklere Farben getaucht.

Mehr und mehr Lichtpunkte leuchteten auf. Links neben dem Humbergturm, dessen Silhouette sich noch recht deutlich von dem wolkenlosen Hintergrund abhob, wurde es auf einmal wieder heller.

Vorsichtig schielte ein strahlend weißes Mondstückchen über die Baumwipfel, so als ob es behutsam die Lage erkunden wollte. Da aber alles in Ordnung zu sein schien, gab es die beruhigende Information umgehend nach unten weiter, sodass sich der Rest des Mondes nach und nach ebenfalls aus seinem sicheren Versteck hervortraute.

»Tatsächlich Vollmond! Ich werr noch wahnsinnisch!«, sagte Schauß in das auf der vor ihm liegenden Wiese beginnende Grillenkonzert.

Tannenberg antwortete zunächst nicht, sondern beobachtete weiter ein Glühwürmchen, das ein paar Meter von seinem Sitzplatz entfernt von einem Grashalm aus zu einem nächtlichen Rundflug gestartet war.

»Irschendwo do unne, inner Wahnung orre imme Keller, werd vielleicht grad ess neggschde Opfer entfiehrt orre umgebrung. Während meer do owwe in aller Ruh uffnerr Parkbank sitzen unn uff die Stadt guggen. Awwer was sollen merr dann a mache?«

Plötzlich machte sich Tannenbergs Handy bemerkbar. Mit fahrigen Händen fasste er in seine Jackentasche und zog das Mobiltelefon so ungeschickt heraus, dass es ins Gras fiel. Schauß schnappte es sich und reichte es seinem Vorgesetzten.

Das Gespräch war nur sehr kurz. »Ess war die Profilerin«, sagte Tannenberg. »Sie hat e neier Name aus der Fraa rauskriet. E Kerstin Müller. Vielleicht isses jo dissmo die Richdisch. Meer holen die Kolleeschin in de Mannemerr Strooß ab.«

Die beiden Männer rannten zu ihrem Auto und rasten mit Martinshorn und Blaulicht los. Tannenberg meldete sich bei der Zentrale und wies den diensthabenden Beamten an, sofort Kontakt zu einem der SOKO-Mitarbeiter herzustellen und so schnell wie möglich die Adresse der gesuchten Frau ausfindig zu machen.

Die Kriminalpsychologin wartete bereits vor der Tür.

»Eva, glaubst du, dass die Frau sich tatsächlich erinnert hat?«, wollte Tannenberg wissen, nachdem die Profilerin im Auto Platz genommen hatte.

»Wohin jetzt, Wolf?«, rief Schauß hektisch dazwischen.

»Gute Frage! Wohin, solange wir nicht wissen, wo die Frau wohnt?« Tannenberg drehte sich zu der im Fond sitzenden Profilerin um. »Oder hat sie dir etwas über die Adresse dieser Kerstin Müller sagen können?«

»Nein, die Frauen haben sich damals aus den Augen verloren. Außerdem hätte sie mit ihr nie viel am Hut gehabt, sagt sie.«

»Wohin, Wolf?«

»Dann fahr halt ins Kommissariat!«, befahl Tannenberg genervt. »Eva, wie hast du das eigentlich so schnell hingekriegt?«

»Das war gar nicht so schwer. Wenn die Frau wirklich die Szene gesehen hatte, war es nur eine Frage der Zeit, bis sie sich diese Erinnerungen wieder ins Bewusstsein rufen konnte. Ich hab sie einfach aufgefordert, die Namen aller Frauen, die damals mit ihr bei der Kreisverwaltung gearbeitet haben, aufzuschreiben.

Und als sie beim Namen Müller angelangt war, hat es plötzlich klick bei ihr gemacht. Urplötzlich war ihr klar, dass die Frau am Tisch Kerstin Müller hieß. Die psychologische Erklärung für dieses Phänomen ist ganz einfach: Dadurch, dass zwei Frauen, die an dem Tisch saßen, denselben Familiennamen trugen, hat sich Frau Krämers Gehirn die ganze Zeit über selbst blockiert. Weil es nämlich den Namen Müller, sobald sie daran gedacht hat, sofort ad acta legte und nach einem anderen Namen gesucht hat.«

»Interessante Erklärung!«, meinte Schauß anerkennend.

»Hasche schunn ebbes ferr uns?«, rief Tannenberg, als er die Zentrale seiner Dienststelle am Pfaffplatz betrat.

»Soviel ich wääs, sinn de Geischer unn der Neie eifrisch bei de Awed«, entgegnete der angesprochene Polizeibeamte.

Alle drei SOKO-Mitarbeiter rannten mit großen Schritten die Treppe hoch in das Büro ihrer Kollegen, die gebannt in einen Computermonitor gafften.

»Und, was ist?« rief Tannenberg, während er laut schnaubend wie ein Rennpferd einen Stuhl vom Besuchertisch zu sich herüberzog.

»Nix ist! Dieses bescheuerte System ist gerade eben, als wir in die Personendatei wollten, abgestürzt!«, fluchte Fouquet.

»Das gibt's doch nicht! Ausgerechnet jetzt!« Tannenberg konnte es einfach nicht fassen. Es war wie verhext.

»Telefonbuch!«, schrie Schauß von der Seite und stürzte auf ein unter dem Fenster aufgebautes schmales Regal. Seine zittrigen Hände wühlten in den dünnen Seiten herum, bis er schließlich bei dem Namen Müller angekommen war.

»Müller, Müller, Müller …«, stieß er hektisch hervor. »Müller Klaus, Müller Kirsten – aber keine Kerstin Müller.«

»Lass mich mal sehen!«, sagte Tannenberg und nahm Schauß das Telefonbuch aus der Hand.

»Meinst du, du siehst mehr als ich?«, fuhr der junge Kriminalkommissar seinen Vorgesetzten an.

Der ging aber nicht darauf ein, sondern durchstöberte die mehrseitigen Einträge zu diesem Namen. »Da stehen doch drei Müller mit K. Eine davon könnte sie doch sein. Frauen wollen ja oft nicht, dass sie mit ihrem Vornamen im Telefonbuch stehen.«

»Es läuft wieder!«, schrie plötzlich Fouquet. »Müller Kerstin«, sagte er, während er die Buchstaben eintippte. »Los, mach schon!«, feuerte er den elektronischen Kasten an.

»Ich hab's! Es sind zwei Kerstin Müller in Kaiserslautern und in der näheren Umgebung polizeilich gemeldet. Eine mit diesem Namen und eine, deren Geburtsname so lautet, die aber inzwischen Plasnek heißt.«

»Sehr gut! Alter und Adresse?«, wollte Tannenberg wissen.

»Eine ist 34 Jahre alt und wohnt in der Kantstraße und die andere ist 36 Jahre alt und wohnt auf den Husarenäckern.«

»Das ist in Erlenbach!«, warf Geiger ergänzend ein.

»Los, wir nehmen die in der Kantstraße. Hausnummer?«

»13.«

»Und du fährst mit Geiger nach Erlenbach!«, wies der Kommissariatsleiter Fouquet an.

Die Wohnung von Kerstin Müller hatte man zwar ziemlich bald gefunden, aber die Tür war verschlossen und von einem Hausmeister war weit und breit nichts zu sehen. Die erfahrenen Kriminalbeamten mussten keine Worte darüber verlieren, was nun zu tun war.

Schauß nahm Anlauf und sprang mit aller Kraft gegen die Holztür, während Tannenberg mit gezogener Waffe die Aktion absicherte. Krachend splitterte die Sperrholzeinfassung des Türschlosses auseinander.

Der junge Kommissar drückte sich, ebenfalls mit seiner Dienstwaffe im Anschlag, mit dem Rücken an das Türblatt, damit er einem potenziellen Gegner bei einem möglichen Schusswechsel nur eine reduzierte Angriffsfläche bot.

Wie sie es bei der Polizeiausbildung gelernt hatten, arbeiteten sie sich, sich immer gegenseitig Deckung gebend, Raum für Raum durch die Vier-Zimmer-Wohnung. Dann riefen sie die Profilerin herein, die sich auf dem Flur mit einigen neugierig herbeigeeilten Nachbarn unterhielt.

»Hoffentlich sind die anderen bald da, sonst stürmen uns die Leute noch die Wohnung!«, sagte Tannenberg.

»Eva, hat jemand von den Leuten irgendwas mitgekriegt?«, fragte er seine Kollegin, die gerade dabei war, die aufgesprengte Wohnungstür von innen gegen die Schaulustigen zu drücken.

Als ihr dies nicht gelingen wollte, stellte sich Schauß der sensationslüsternen Meute in den Weg und drohte den Hausbewohnern wegen Behinderung der Polizeiarbeit mit einem saftigen Verwarnungsgeld. Daraufhin beruhigte sich die Menge etwas. Zum Glück erschienen bald Meier III und Wrenger gemeinsam mit den Mitarbeitern der Spurensicherung.

»Respekt, Wolf, das war ja mal wieder ein richtiger Rambo-Einsatz. Hättest du nicht die paar Minuten auf mich und meine legendären Schlüsseldienstfähigkeiten warten können?«, wetterte Mertel.

»Sei ruhig! Komm lieber her und schau dir das hier an«, forderte der SOKO-Leiter und drängte den erprobten Spurenfachmann ins Wohnzimmer. »Was glaubst du, ist das hier?«

»Na, es sieht ganz danach aus, als ob hier jemand etwas ausgepackt hätte«, meinte der erfahrene Kriminaltechniker nüchtern.

Dann bückte er sich zu den auf dem Teppichboden verteilten Kantholzstücken, die unter einer enormen Menge wild verstreut herumliegenden zusammengeknüllten Zeitungspapiers hervorlugten.

»Wenn du dir das ganze Zeug aufeinandergestapelt vorstellst, zum Beispiel in einem Kasten, dann kommst du locker auf ein Raumvolumen von einem Kubikmeter. Und das ist genug Platz, um einen Menschen darin unterzubringen.«

»Also suchen wir jemanden, der eine sehr große Kiste in dieses Hochhaus transportiert hat, damit in diese Wohnung rein und wieder raus ist und mit dem Riesending das Haus wieder verlassen hat.

Das muss doch irgendjemand gesehen haben! Also, Leute, ihr knöpft euch sofort die Nachbarschaft vor. Und ich lass mich von einer Streife nach Hause fahren. Mischa, wir treffen uns in etwa einer Stunde wieder im Kommissariat. Ich komm dann mit meinem Auto hingefahren.«

»Warum?«, fragte Schauß verwundert.

»Warum ich mit meinem Auto fahre?«

»Quatsch, warum du jetzt nach Hause willst.«

»Weil ich eine Idee habe.«

17

Eigentlich war Tannenberg der Überzeugung gewesen, seinen Mitarbeitern in ausreichendem Umfang signalisiert zu haben, dass er für eine Weile ungestört sein wollte. Aber die anhängliche Profilerin ließ sich von seinem deutlich zur Schau getragenen Rückzugsbegehren nicht sonderlich beeindrucken.

Denn als er gedankenversunken in Richtung Aufzug schlenderte, tauchte sie wie aus dem Nichts plötzlich hinter ihm auf und bat ihn inständig, ihn begleiten zu dürfen. Zunächst dachte er daran, ihren Wunsch entschieden zurückzuweisen, schließlich war er grundsätzlich nicht bereit, solche vorsätzlichen Eingriffe in sein Selbstbestimmungsrecht zu akzeptieren.

Dann brachte er es aber doch nicht übers Herz, die psychisch sichtlich angeschlagene Profilerin mit einer schroffen Ablehnung zu brüskieren. Vielleicht hing seine moderate Reaktion auch damit zusammen, dass er selbst, auch wenn er es sich nicht eingestehen wollte, psychisch mehr als nur angeknackst war.

Der unglaubliche Stress und Frust der vergangenen Tage und Wochen war auch an ihm nicht spurlos vorübergegangen. Es war nicht nur der häufige Schlafentzug, dem er immer mehr Tribut zollen musste, es war auch diese permanente innere Unruhe, die im Untergrund seiner Psyche wütete und die zunehmend Spuren in seiner Persönlichkeit hinterließ.

Die aus den schrecklichen Ereignissen resultierenden enormen Belastungen schienen auch in Tannenbergs Familie immer stärker Einzug zu halten, denn als der Streifenwagen ihn und seine Begleiterin in der Beethovenstraße absetzte, wäre ihnen fast seine helmlos auf ihrem Scooter heranbrausende Nichte ins Auto gefahren.

»Bist da denn verrückt geworden, um diese Zeit hier so rumzurasen?«, schimpfte der SOKO-Leiter gleich drauflos, als er ausgestiegen war.

»Ach, Onkel Wolf, da wird man doch wahnsinnig!«, gab Marieke motzig zurück. »Wegen diesem Verrückten darf ich mit meinem Scooter nicht mehr als 100 Meter von unserm Haus wegfahren – das ist gerade mal hier um die Ecke.«

»Vielleicht haben wir ihn ja schon bald!«, versuchte Tannenberg, Trost zu spenden.

»Das wär echt spitze! Dann würd ich dir auch noch mal meinen Scooter leihen.«

Marieke sondierte seine weibliche Begleitung von Kopf bis Fuß. »Ist das die Frau, die dir den Riesen-Knutschfleck verpasst hat?«, rief sie frech, nachdem sie mit ihrem Roller einen ausreichenden Sicherheitsabstand zu den Erwachsenen hergestellt hatte, und knatterte wieder los.

Aber nicht nur die Tochter seines Bruders schien in dieser warmen Sommernacht irgendwie vom Hafer gestochen worden zu sein, auch der Rest der Großfamilie benahm sich äußerst merkwürdig.

Denn auch Tobias wollte wissen, ob es sich bei der mitgebrachten Dame um die Verursacherin dieses »Mega-Knutschflecks« – wie er sich wörtlich ausdrückte – handelte.

Tannenbergs Mutter ihrerseits versuchte die Peinlichkeit der Situation mit geradezu groteskem hektischem Herumgewusele zu überspielen. Was ihr aber nicht gelang, denn die beredte Körpersprache, mit der sich der deutlich angesäuselte

Heiner mit seiner Ehefrau verständigte, war so auffällig, dass Tannenberg nichts anderes übrig blieb, als selbstbewusst in die Offensive zu gehen.

»Jetzt beruhigt euch endlich mal wieder. Das ist ja schlimmer als im Kindergarten! Kann man hier denn nicht mal mit einer Frau aufkreuzen, ohne dieses pubertäre Herumgealbere zu erzeugen? Das ist ja richtig peinlich; für euch muss man sich wirklich schämen.«

Um dem Gesagten noch mehr Ausdruck zu verleihen, legte Tannenberg eine kurze Besinnungspause ein, bevor er fortfuhr. »Darf ich vorstellen: Dr. Eva Glück-Mankowski vom LKA aus Mainz. Und allein schon wegen der gebotenen Gastfreundlichkeit kann ich doch wohl erwarten, dass meine Kollegin hier von erwachsenen Menschen zivilisationsgerecht behandelt wird – oder?«

»Eijo, dessderweh reddemerr jedzert all Hochdeitsch mitenanner«, frotzelte Jakob. »Ohne mich!«

Trotz des Einwurfs seines Vaters hatte Tannenbergs Rüffel gesessen und Normalität kehrte wieder ein.

»Mutter, du hast früher doch oft Schlager gehört«, sagte der Kriminalist, während er seiner Begleiterin einen weißen Plastikstuhl vom Stapel neben der Treppe am Nordhaus holte und ihn an den Gartentisch stellte.

»Ja, Wolfi, nett noor geheert, a gesung.«

Tannenberg mochte die Verniedlichungsform seines Vornamen noch nie leiden, aber in diesem Augenblick verursachte ihr Gebrauch ihm zum ersten Mal einen Stich in der Magengrube.

Trotzdem versuchte er, sich nichts anmerken zu lassen. »Erinnerst du dich an das Lied von diesem kleinen Holländer, der ...«

»Vumm Heintje?«, fiel ihm Margot Tannenberg ins Wort.

»Ja, genau dem.«

»Welches Lied määnsche dann? ›Du sollst nicht weinen‹ orre ›Mama‹?«

»›Mama‹ meine ich.«

Obwohl es inzwischen bereits nach Mitternacht war, begann seine Mutter damit, laut die verstaubte Schnulze anzusingen:

»Mama, du sollst nicht um deinen Jungen weinen,
Mama, einst wird das Schicksal uns wieder vereinen.
Ich werd es nie vergessen,
Was ich an dir hab besessen.
Dass es auf Erden nur Eine gibt,
Die mich so heiß hat geliebt.«

»Schluss, Mutter, es reicht! Denk dran, wie spät es schon ist«, mahnte Tannenberg.

»Dess iss jo so e schänes Lied«, seufzte sie ergriffen mit dicken Tränen in den Augen. »Ich wääs noch, wie du unn doi Bruder meer die Schallplatt zum Geburtsdaach kaaf hänn.«

»Vunn weje kaaf!«, polterte Vater Tannenberg dazwischen. »Ich hann die kaaf unn a inngepackt.«

Aber Margot Tannenberg war so tief in ihrer mütterlichen Erinnerungswelt versunken, dass sie die abschätzigen Bemerkungen ihres Mannes überhaupt nicht registrierte. »Dess war so e schääni Zeit, Wolfi, so e schääni Zeit.«

Dem SOKO-Leiter lief ein kalter Schauer den Rücken hinunter.

»Schön … schön … schön war die Zeit. Dort, wo die Blumen blühn, dort, wo die Täler grün, dort war ich einmal zu Hause«, intonierte nun auch noch Jakob einen alten Herz-Schmerz-Song, den der Kriminalist spontan Vico Torriani zuordnete, obwohl er sich garantiert nicht als Schlagerexperte bezeichnet hätte.

»Vater, bitte! – Die Nachbarn rufen gleich die Polizei!«

»Lieber Herr Sohn, die Bolizei hat doch ferr so ebbes gar kä Zeit mäh. Die jaat doch de Schlitzer!«,

Tannenberg ignorierte die Bemerkung seines Vaters. »Mutter, hast du die Platte noch?«

»Was, Wolfi?«

Nur schwer konnte er seine Wut über die erneute peinliche Verunglimpfung seines Vornamens unterdrücken. »Ob du diese Platte von Heintje noch irgendwo rumliegen hast?«, wiederholte er,

»Ei jo, beschdimmt, ess Haus verleert jo nix!«

Diesen Lieblingsspruch seiner Mutter hatte er im Laufe der vielen gemeinsam unter diesem Dach verbrachten Lebensjahre immer dann gehört, wenn irgendjemand aus der Familie irgendetwas gesucht hatte, vermisste oder dringend benötigte.

Allerdings war diese Aussage, die ihr schon so oft floskelhaft über die Lippen gekommen war, nicht unbedingt eine Garantie dafür, dass sich der gesuchte Gegenstand auch wirklich noch in einem der beiden Häuser befand, schließlich hatte er gemeinsam mit seinem Bruder in manch einer Nacht-und-Nebelaktion schon einiges an altem Gerümpel entsorgt.

Tannenberg meinte sich sogar daran zu erinnern, dass sie irgendwann einmal die alten Schellackplatten der Eltern mitsamt einem defekten Musikschrank zum Wertstoffhof gefahren hatten.

»Mutter, hast du irgendeine Ahnung, wo diese Schallplatte sein könnte?«

»Da ehr meer moi alde Platte, ohne mich zu froe uff die Gnaudel geschmiss hann, stehn doi Chance ziemlich schlecht …«

»Aber … aber die waren doch sowieso total verkratzt!«, fiel ihr Heiner stammelnd ins Wort.

Margot Tannenberg hatte mit ihrer unerwarteten Äußerung demonstrativ bewiesen, dass sie entgegen der Meinung ihrer Söhne nach wie vor alles unter Kontrolle hatte. Aber da sie ihre Söhne abgöttisch liebte, verzichtete sie auf eine weitere Auskostung ihres Triumphes.

»Eier aldi Mudder sorscht schunn defor, dass, solangse lebt, die wischdischsde Sache ess Haus nett verlossen. Unn solche Erinnerungsstick sinn wischdisch. Jedenfalls ferr mich.«

»Heißt das, du hast die Platte noch?«

»Nadierlich hann ich die noch, Wolfi. Ich holse derr«, antwortete Margot Tannenberg und machte sich auf den Weg in ihre Parterrewohnung.

»Was willst du denn mit dem alten Ding?«, wollte Heiner neugierig wissen.

»Wahrscheinlich wird dein Bruder auf seine alten Tage noch sentimental«, sagte Schwägerin Betty, wie meist mit untergründiger Aggressivität in ihrer herrischen Stimme.

»Besser sentimental als unsensibel, liebe Elsbeth!«, giftete Tannenberg zurück.

Der Kriminalbeamte ließ seine Kollegin am großen Gartentisch zurück und folgte seiner Mutter ins Haus. Als er das Wohnzimmer betrat, empfing sie ihn bereits mit der Schallplatte, die sie gerade in einer der unteren Schubladen der Furniereichen-Schrankwand gefunden hatte.

Tannenberg nahm die Single mit dem fröhlich lachenden Jungenkopf auf dem Cover in die Hand, drehte sie kurz um und zog die kleine schwarze Scheibe aus der schon ziemlich verschlissenen Papierhülle. Dann ging er eine Etage höher in seine Wohnung und legte die Single auf den Drehteller seines alten Plattenspielers.

Da er vergessen hatte, die Geschwindigkeitseinstellung zu verändern, setzte der Tonarm nicht auf der sich gemächlich drehenden Scheibe seine Nadel ab, sondern auf dem grauen Gummibezug des Plattentellers.

Also bewegte er den Tonarm zurück in seine Ausgangsposition und veränderte den Drehzahlregler. Anschließend setzte er den Kopfhörer auf und schloss die Augen. »Mama« dröhnte es aus den kleinen Lautsprechern direkt an seine Ohrmuscheln. Nachdem die Single abgelaufen war, startete er den Plattenspieler erneut und gab an seinem Verstärker noch etwas Lautstärke zu.

Nachdem er den Schlager mehrmals hintereinander angehört hatte, wurde er das Gefühl nicht los, dass irgendetwas auch ihn persönlich mit dieser Schnulze verband. Natürlich war da die Sache mit seiner Mutter und dem Geburtstagsgeschenk, aber es musste noch eine andere Querverbindung geben.

Er spürte ganz deutlich, dass irgendwo in seinem Gedächtnis eine Verknüpfung existierte, die er schleunigst ausgraben musste. Gedankenversunken nahm er den Kopfhörer ab und schaltete die Stereoanlage aus.

Selbstverständlich wäre es naheliegend gewesen, die erfahrene Psychologin, die sich unten im Garten angeregt mit seiner Schwägerin unterhielt, um Hilfe zu bitten, schließlich hatte sie ja gerade vor ein paar Stunden ihre Fachkompetenz im Bereich der Gedächtnisaktivierung bewiesen. Aber er wollte es alleine schaffen, zumal er sich beim besten Willen nicht vorzustellen vermochte, welchen entscheidenden Tipp sie ihm geben könnte.

Ich hab ja schon selbst alle psychologischen Register gezogen, als ich mein wehrloses Gehirn mit dieser Schmalzmusik zugedröhnt hab, sagte er sich. Aber vielleicht war genau das der Fehler gewesen! Vielleicht bin ich zu verkrampft vorgegangen. Dann beginne ich eben noch einmal von vorne, diesmal aber lockerer.

Also: In welchem Zusammenhang habe ich von diesem Lied gehört? Das war bei dem Anruf von Müller-Clausen, als er gesagt hat, dass die Frauen an dem Kneipentisch irgendein Lied von einem holländischen Jungen gesungen hätten.

Und ich, ja ich, der Kriminalhauptkommissar Wolfram Tannenberg, habe das Rätsel entschlüsselt!

Ich hab sogar noch die Melodie im Kopf gehabt, anscheinend so zum Abruf bereit gespeichert, dass ich sie dem Pilzexperten direkt vorsingen konnte. Und zwar so, dass der sie sofort erkannte. Eine wahre musikalische Meisterleistung, wenn man bedenkt, dass ich während meiner Schulzeit in Musik nie über ein »Ausreichend« hinausgekommen bin!

Aber warum singen drei Frauen dieses Lied einem ihnen wahrscheinlich völlig unbekannten Mann vor, der dann wutentbrannt aufsteht und sie als »verdammte Schlampen« tituliert, bevor er zornig die Wirtschaft verlässt?

Weil sie ihn ärgern wollten, beantwortete sich Tannenberg selbst die Frage. Gut!

Denkpause.

Nächste Frage: Warum wollten sie ihn ärgern?

Denkpause.

Einfache Antworten: Weil sie betrunken waren und jemanden suchten, den sie hochnehmen konnten. Vielleicht weil er sie provoziert hat?

Aber warum reagierte der Mann so extrem auf dieses Lied?

Weil er schlecht drauf war! Oder weil dieses Lied und/oder die Situation, in der es gesungen wurde, ihn emotional stark berührte! Hatte nicht Müller-Clausen oder Frau Krämer behauptet, dass dem Mann Tränen in den Augen standen?

Bingo! – Lars Mattissen!

Tannenberg stürzte an das geöffnete Wohnzimmerfenster und schrie laut in den Hof: »Eva, komm schnell hoch!« Als er sah, dass sich die meisten Mitglieder seiner Familie ebenfalls von ihren Stühlen erhoben, ergänzte er schnell: »Und ihr bleibt alle unten!«

»Was ist denn los? Warum schreist du denn so hysterisch?«, fragte die Profilerin ihren an der Wohnungstür aufgeregt wartenden Kollegen.

»Setzt dich bitte hin!«, sagte Tannenberg und drückte die Kriminalpsychologin auf die nächstmögliche Sitzgelegenheit.

»Nicht so stürmisch, Herr Kollege«, rebellierte sie.

»Entschuldige. Hör zu: Ich hab eine irre Theorie!«

»Dann schieß mal los«, forderte Eva neugierig und lehnte sich in den Couchsessel zurück.

»Also – wo fang ich an?«, begann Tannenberg und versuchte, seine konfusen, pulsierenden Gedankenströme zu ordnen.

»Leg einfach mal los. Dann kommt mit der Zeit schon von alleine Struktur in das Chaos«, empfahl die erfahrene Psychologin.

»Okay! – Aber warte, ich muss zuerst noch schnell telefonieren.«

»Wieso?«

Tannenberg antwortete nicht, sondern suchte fieberhaft im Telefonbuch nach der Nummer von Dr. Kai Bohnhorst, seinem ehemaligen Klassenkameraden.

»So ein Mist, da steht nur die Nummer der Arztpraxis drin«, schimpfte Tannenberg und warf das Telefonbuch auf den Boden.

»Wen suchst du denn?«

»Die Nummer eines alten Kumpels.«

»Dann ruf trotzdem mal an, manchmal sprechen die Ärzte ihre Privatnummer auf Band – für Notfälle.«

Erneutes Stöbern nach der Nummer.

Erneuter Anruf.

Aber das süße, freundliche Stimmchen auf dem Anrufbeantworter sagte kein Sterbenswörtchen darüber, wie man den Herrn Doktor privat erreichen konnte.

»Ich Idiot!«, rief Tannenberg plötzlich, schlug sich mit der Handfläche auf die Stirn und begann, in der Schublade unter seinem Telefonapparat herumzuwühlen.

»Da ist sie ja: Die Liste mit den Privatnummern meiner alten Schulkameraden, die uns irgendeiner nach dem letzten Klassentreffen zugeschickt hat. Aber die von Lars Mattissen ist nicht dabei. Das war ja auch der Einzige, der nicht gekommen ist«, sagte er mehr zu sich selbst, während er anfing, die Ziffernfolge von Kai Bohnhorsts Privatnummer in die Tasten einzugeben.

Tannenberg wartete erst gar nicht, bis sein alter Schulfreund sich über die nächtliche Ruhestörung beschweren konnte, sondern legte gleich los. »Kai, hier ist Wolf Tannenberg. Ich brauch unbedingt eine Auskunft von dir: Hast du in der letzten Zeit irgendetwas von Lars Mattissen gehört? Weißt du, wo der arbeitet, wo der wohnt?«

»Den hab ich schon ewig nicht mehr gesehen«, brummte eine verschlafene Männerstimme am anderen Ende der Leitung. »Wo der wohnt, weiß ich auch nicht.«

»Und beruflich?«

»Ich erinnere mich nur daran, dass einer beim letzten Klassentreffen gesagt hat, Lars arbeite hier an der Uni als Biologe, Humanbiologe, glaub ich.«

»Wieso ist der eigentlich nicht zur letzten Abifeier gekommen? Hast du eine Ahnung?«

Wortloses Brummen aus dem Hörer.

»Ich glaub, irgendeiner hatte Kontakt zu ihm aufgenommen und ihn eingeladen. Aber angeblich hatte er keine Zeit, weil er sich um seine alte Mutter kümmern musste – oder so was Ähnliches!« Bohnhorst ging ein Licht auf. »Du glaubst doch nicht etwa …?«

Tannenberg hatte schon aufgelegt. Er rief Schauß auf seinem Handy an. »Wo bist du gerade?«

»Im Büro, hab Bereitschaft.«

»Gut, dann kümmere dich sofort um die Adresse und Telefonnummer eines gewissen Lars Mattissen, mit Doppel-t und Doppel-s. Und ruf mich gleich an, wenn du was hast!«

»Ja, mach ich. Was ist mit dem?«

»Ich hab jetzt keine Zeit. Ich erklär dir's später!«, entgegnete Tannenberg knapp und wandte sich wieder seiner Kollegin zu. »Los, komm, wir fahren hoch zur Uni.«

»Was willst du denn jetzt um diese Uhrzeit an der Uni? Da ist doch niemand mehr«, wandte die Psychologin kritisch ein.

»An einer naturwissenschaftlichen Universität ist immer einer im Fachbereich, zum Beispiel einer, der die nächtliche Ruhe dazu nutzt, um ungestört wichtige Versuche für seine Doktorarbeit durchführen zu können«, sagte der Leiter der Kaiserslauterer Mordkommission und drängte seine Kollegin mit Vehemenz zum sofortigen Aufbruch.

Da Tannenberg früher von Lea jedes Jahr zum Unifest mitgeschleppt worden war, fand er sich auf dem weitläufigen Gelände zumindest einigermaßen gut zurecht. Wenn er sich richtig erinnerte, war der Fachbereich Biologie in einem der Neubauten direkt am Waldrand untergebracht.

Als die beiden Kriminalbeamten die Kuppe an der Pfaffenbergstraße passierten und damit in den südlichsten Bereich des Universitätsgeländes vordrangen, blickten sie mitten in einen großen, hellen Vollmond, der von einem dünnen, ungleichmäßigen Wolkenhof umgeben war.

»Scheiß Vollmond!«, platzte es aus Tannenberg spontan heraus. »Da vorne muss es sein. Und wie du siehst, brennt sogar Licht.«

»Ob das aber im Biologiebau ist, muss sich erst noch herausstellen«, gab Eva Glück-Mankowski skeptisch zurück.

Tannenberg hatte recht gehabt, es handelte sich tatsächlich um den Biologiebereich im dritten Stock, in dem zwei Fenster hell erleuchtet waren. Da er vermutete, dass um diese Zeit mit hoher Wahrscheinlichkeit die Eingangstüren verschlossen waren, startete er erst gar nicht den Versuch, seine Hypothese zu verifizieren – wie man an einer Universität wohl sagen würde –, sondern stellte seinen BMW direkt unter die mit großen Buchstaben, die das Wort BIO ergaben, beklebten Fenster und hupte anschließend mehrmals.

Die Profilerin zuckte erschrocken zusammen.

Aber nichts tat sich.

Tannenberg hupte erneut – diesmal SOS. Warum er dreimal kurz, dreimal lang das Signalhorn betätigte, wusste er auch nicht. Er tat es einfach.

»Sind Sie verrückt?«, brüllte plötzlich ein junger Mann aus einem abrupt geöffneten Fenster. »Ich ruf gleich die Polizei!«

»Brauchen Sie nicht, die ist schon da«, antwortete Tannenberg wahrheitsgemäß.

»Das kann ja jeder sagen! Seit wann fährt denn die Polizei mit BMW-Cabrios durch die Gegend?«

»Hören Sie, es ist total wichtig. Wir brauchen auch nur eine kurze Auskunft, dann verschwinden wir sofort wieder und lassen Sie in Ruhe weiterarbeiten. Bitte, es ist wirklich sehr, sehr wichtig!«

»Was wollen Sie denn wissen?«, gab der Mann sich geschlagen.

»Gehören Sie zum Fachbereich Biologie?«

»Ja.«

»Arbeitet bei Ihnen ein Lars Mattissen?«

»Ja. Der ist akademischer Oberrat.«

»Mit was beschäftigt er sich?«

»Im Moment, glaub ich, nur mit seinem Mountainbike. Der hat nämlich schon seit drei Wochen Urlaub und müsste jetzt eigentlich irgendwo in den Alpen bei einer Riesentour sein.«

»Haben Sie seine Adresse und seine Telefonnummer?«

»Vom Urlaub? Geht ja ...«

»Quatsch, von seiner Wohnung hier!«, schrie Tannenberg dazwischen.

»Die Sachen stehen doch in jedem Vorlesungsverzeichnis.«

»Mannomann! Ich hab aber gerade keins dabei. Bitte schauen Sie nach und schreiben Sie mir die Daten auf einen Zettel«, bat Tannenberg eindringlich.

Der junge Mann verschwand vom Fenster und kehrte wenig später mit einem großen Blatt Papier in der Hand zurück. Er knüllte es zusammen und warf es in Richtung des feuerroten BMWs.

»Danke!«, rief Tannenberg. An seine Begleiterin gewandt sagte er: »Konrad-Adenauer-Straße 9, das ist nicht weit von hier. Da fahren wir jetzt gleich hin.«

Bevor Tannenberg sich in seinen Wagen setzte, rief er zuerst seine Mutter und anschließend Schauß an. Er forderte ihn auf, umgehend Mertel zu verständigen und diesen mitsamt seinem lautlosen Schlüsseldienstwerkzeug in die Konrad-Adenauer-Straße zu beordern.

Außerdem nötigte er seinen jungen Mitarbeiter dazu, bei ihm zu Hause vorbeizufahren und bei seiner Mutter ein Fotoalbum abzuholen, das er dringend benötigte.

Tannenberg brauchte unbedingt die geräuschlose Einbruchskompetenz Mertels, denn ihm war sonnenklar, dass er hier nicht wie in der Kantstraße einfach so mit brachialer Gewalt die Wohnungstür aufbrechen lassen durfte, schließlich konnte er bislang höchstens einen vagen Verdacht hinsichtlich einer möglichen Täterschaft des Wohnungsinhabers anführen.

Was sollte er denn als Beweis für seine Vermutung anführen? Sein Gefühl etwa, dass eine Herz-Schmerz-Schnulze aus den 70er-Jahren in direktem Zusammenhang mit den grausigen Taten eines Serienmörders stand?

Für den Oberstaatsanwalt wäre sein Vorgehen sicherlich ein gefundenes Fressen. Und selbst der ihm ansonsten wohlgesonnene Polizeipräsident würde in diesem Fall wohl keine andere Möglichkeit mehr sehen, als ihn umgehend in die geschlossene Abteilung der Landespsychiatrie einweisen zu lassen.

»Herr Hauptkommissar, Sie wissen schon, dass Sie immer noch eine spekulative Hypothese zu verifizieren hoffen, oder?«, gab die Kriminalpsychologin, die sich nun sprachlich ebenfalls der akademischen Umgebung anzupassen schien, zu bedenken.

»Also pass mal auf«, entgegnete Tannenberg und blickte über das schwarze Verdeck seines BMWs hinweg der Profilerin direkt in die Augen.

»Du hast natürlich vollkommen recht. Deshalb habe ich dir bisher auch noch nichts über meine – möglicherweise total unbegründeten – Spekulationen gesagt, obwohl ich dich eigentlich vorhin genau aus dem Grund hoch in meine Wohnung gerufen habe. Ich mach dir einen Vorschlag, Eva. Wir gehen jetzt in die Wohnung und sehen nach, ob wir irgendwas Verdächtiges finden. Vielleicht ist Lars ja auch da. Und wenn wir nichts finden, muss ich mich mit meiner Schwachsinns-Theorie wenigstens nicht vor dir lächerlich machen.«

»Typisch männliche Strategie. Sich nur ja keine Blöße geben und vor allem niemals einer Frau gegenüber einen Fehler eingestehen«, stichelte die Psychologin. »Aber wieso sollte dieser Mattissen denn eigentlich zu Hause sein? Der Student hat doch eben gesagt, dass er gerade mit dem Fahrrad die Alpen überquert.«

»Das stimmt schon mal nicht, schließlich hat er mich vor etwas über einer Woche in der Stadt mit seinem Mountainbike fast über den Haufen gefahren.«

»Aber, mein Guter, das ist doch kein Argument! Schließlich kann er erst danach in Urlaub gefahren sein.«

»Wir werden es ja gleich sehen«, erwiderte Tannenberg trotzig, als er nach nur kurzer Fahrzeit vor einem mehrgeschossigen Wohnhaus in der Konrad-Adenauer-Straße seinen Wagen abstellte.

»Los, jetzt sag schon endlich, warum du ausgerechnet auf diesen Mann gekommen bist«, forderte die neugierige Psychologin.

»Nein, es bleibt dabei, wenn wir da oben nichts finden, verliere ich kein Wort mehr über meine Vermutung – basta!«

»Du bist wirklich ein sturer Bock!«

»Danke für das Kompliment«, parierte Tannenberg, als er im Rückspiegel Mertels Auto kommen sah.

Wie ein Dieb in der Nacht, sich nach allen Seiten mehrmals umblickend, empfing er seinen Mitarbeiter und mahnte ihn sogleich eindringlich, besonders leise ans Werk zu gehen.

In bewährter Blitzeinbrechermanier öffnete Mertel das Schloss der Kunststoffhaustür und legte unten in die Ecke einen kleinen Holzkeil, damit auch Schauß und die anderen Kollegen ihnen ohne Schwierigkeiten in das klotzige Gebäude nachfolgen konnten.

Im Flur des dritten Obergeschosses ging Tannenberg wie eine Primaballerina zum fast geräuschlosen Zehenschritt über, eine beeindruckende tänzerische Darbietung, die Mertel umgehend mit dem Scheibenwischergruß kommentierte.

Auch die blaue Wohnungstür mit dem aufgeklebten goldfarbenen Namenszug »L. Mattissen« stellte für Mertel kein ernst zu nehmendes Hindernis dar. In Windeseile war sie geöffnet, blieb aber am Türrahmen angelehnt.

Mit eindeutigen Gesten forderte Tannenberg die Profilerin auf, ein paar Schritte in den Flur zurückzutreten, während er vorsichtig seine Dienstwaffe aus dem Halfter zog. Mertel tat das Gleiche. Dann drückte Tannenberg behutsam die Tür auf. Langsam und vorsichtig gleiteten sie förmlich in die stockfinstere dunkle Wohnung hinein.

Plötzlich ertönte laute Musik.

»Maaaama, du sollst nicht um deinen Juuungen weinen«, dröhnte es bis in den Korridor heraus. Aber nur diese eine Zeile des Lieds. Dann war es wieder mucksmäuschenstill.

Tannenberg riss die erste Zimmertür auf und tastete nach dem Lichtschalter.

Reine Reaktion.

Mertel hatte inzwischen seine starke Taschenlampe eingeschaltet und leuchtete damit zuerst ins Bad, dann auf den Lichtschalter und versuchte dort ebenfalls sein Glück. Aber nichts tat sich. Tannenberg zog seinen Mitarbeiter am Arm wieder hinaus in den Wohnungsflur.

Diesmal öffnete Mertel die nächste Tür und schickte den grellen Leuchtkegel seiner Taschenlampe auf Erkundungsreise. Er blickte in ein kleines Schlafzimmer, in dem an der Wand ein anscheinend unberührtes Bett stand. Als Tannenberg auf den Lichtschalter drückte, klickte dieser zwar leise, erfüllte seine Funktion aber ebenfalls nicht.

»Dein Vögelchen ist ausgeflogen«, bemerkte der Kriminaltechniker erleichtert.

»Vielleicht liegt er ja im Wohnzimmer auf der Couch«, gab Tannenberg schlagfertig zurück und forderte Mertel flüsternd auf, ihm Feuerschutz zu geben, wenn er die letzte Tür öffnete.

Dann legte er vorsichtig seine linke Hand auf die Klinke der Glastür, drückte sie so weit nach unten, bis er merkte, dass der Türschnapper seine Garage in der Zarge verlassen hatte, und gab der Wohnzimmertür einen kleinen Schubs, während er sich mit der in den Raum gerichteten Dienstwaffe seitlich an die Wand drückte.

Plötzlich wurde es hell. Reflexartig riss Tannenberg seinen linken Arm schützend vor die geblendeten Augen. Blinzelnd schaute er in Richtung der Lichtquelle und sah, dass wie in einem Billardsalon eine tief hängende Deckenlampe einen mittelgroßen Tisch in grelles Licht tauchte, während der Rest des aufgeräumten Wohnzimmers nur mit fahlem Streulicht versorgt wurde.

»Los, Karl, sag der Kollegin, dass sie reinkommen soll, und mach dann die Tür zu«, war das Erste, was Tannenberg nach diesem Schock über die Lippen kam. »Komm, beeil dich, sonst läuft hier gleich das ganze Haus zusammen.«

Während der Kriminaltechniker die Abschlusstür vorsichtig ins Schloss zog, schaltete sich plötzlich wieder der auf einer schmalen Flurkommode befindliche Kassettenrecorder ein, den die beiden Ermittler ganz vergessen hatten.

»Hallo, Wolfram, wie ich sehe, bist du mir endlich auf die Schliche gekommen. Hat ja auch lange genug gedauert. Aber wenn du es nicht rechtzeitig hierher geschafft hättest, wärst du jetzt von mir auf deinem Handy angerufen worden. Die Zeit drängt, schließlich ist heute die erste Vollmondnacht!«, sagte die Männerstimme aus dem Lautsprecher.

»Kennst du eigentlich die griechische Sage von Perseus? Nein? Hab ich mir gedacht! Solche anspruchsvollen Themen haben dich schon in der Schule nicht interessiert. Also, für dich die Kurzfassung: Cassiopeia, eine äthiopische Königin, legte sich mit irgendwelchen Göttinnen an, die als Reaktion auf diese Ehrverletzung damit drohten, ihr Königreich zu zerstören.

Ein Orakel gab dem König den heißen Tipp, seine Tochter Andromeda zu opfern. So würde das Land verschont bleiben. Also wurde Andromeda an den Strand geführt und mit Ketten an einen Felsen gefesselt. Und als sie dort hing, dem baldigen Tod geweiht, kam zufällig Perseus auf seinem geflügelten Pferd vorbei – und rettete sie.

Das war eine Sage aus der Antike – und nun zu dir! Irgendwo im Pfälzer Wald hängt zurzeit eine junge Frau ebenfalls an einem Felsen und wartet auf ihren Perseus. Sie ist nur betäubt, trägt aber einen todbringenden Rucksack auf ihrem Rücken.

Darin befindet sich ein auf ihr Herz gerichteter Bolzenschussapparat, in dem einer dieser schönen Grillspieße steckt, wie ich ihn bei dem Trittbrettfahrerjoke absichtlich zurückgelassen habe.

Du denkst jetzt natürlich daran, sofort alle möglichen Leute in den Wald zu schicken, um diesen Felsen zu suchen. Von diesem Gedanken solltest du dich aber schleunigst wieder verabschieden! Diese Tötungsmaschine habe ich natürlich mit einer Fernsteuerung versehen, die ich sofort betätigen werde, wenn irgendwer in der Nähe dieses Felsens auftaucht.

So, und nun zu unserem Spiel: Auf dem hell erleuchteten Tisch ist ein Schachrätsel aufgebaut, das du so schnell wie möglich lösen solltest. Es ist nicht sonderlich schwer. Weiß ist am Zug. Gesucht wird ein Matt in drei Zügen. Wenn du die Lösung gefunden hast, wartest du hier in der Wohnung, bis ich mich bei dir melde.«

Noch während die beiden anderen Kriminalbeamten andächtig der Stimme aus dem Recorder lauschten, ging Tannenberg zu besagtem Tisch, setzte sich aber nicht hin, sondern blickte von oben herab auf die rätselhafte Schachstellung.

»Karl, hast du einen Block und einen Stift dabei? Wenn nicht, dann such mir mal was hier in der Wohnung«, rief er hinaus in den Flur.

»Doch, so was hab ich natürlich immer am Mann«, sagte der Mitarbeiter der Spurensicherung und kramte aus seiner Jackentasche die gewünschten Materialien.

»Sag mal, kann von euch eigentlich jemand gut Schach spielen?«

»Also ich weiß nur, wie die Figuren ziehen«, bekannte die Psychologin ehrlich.

»Und ich hab damit überhaupt nichts am Hut«, ergänzte Mertel.

Tannenberg notierte sich die genaue Ausgangsposition jeder einzelnen der kunstvoll gestalteten Zinnfiguren und probierte erste Spielvarianten aus. »Karl, ruf den Doc an und gib ihm die Notation hier durch.«

»Was?«, fragte der Kriminaltechniker, der mit seiner nach wie vor eingeschalteten Taschenlampe in der Wohnung herumschlich.

»Du rufst ihn an, sagst ihm, was Sache ist, und gibst ihm die Zahlen und Buchstaben hier durch.«

Tannenberg reichte ihm den Zettel mit der Ausgangsstellung der Schachaufgabe.

»Soll er herkommen?«

»Nein, er soll zu Hause in Bereitschaft bleiben und versuchen, so schnell wie möglich das Schachrätsel zu lösen. Ich kann mich im Moment nicht darauf konzentrieren. Sicherheitshalber soll er noch einen seiner Kumpels aus dem Schachclub, am besten den, der am ersten Brett spielt, aus dem Bett klingeln. Der soll sich auch das Schachrätsel anschauen!«

Das Schachbrett zog Tannenberg magisch an. Er grübelte, nahm einen Springer vom Brett, setzte ihn auf ein anderes Feld, entfernte ihn wieder, um ihn anschließend in eine völlig neue Position zu bringen.

Früher hatte er sich aus Zeitvertreib oft mit Schachrätseln beschäftigt, manchmal sogar in Zeitungen an Wettbewerben teilgenommen, aber nie etwas gewonnen, obwohl seine Lösungsvorschläge fast immer richtig gewesen waren.

Aber in den letzten Jahren hatte er die Lust daran verloren, seine Schachaktivitäten auf ein bis zwei Partien pro Woche mit Dr. Schönthaler beschränkt. Er erinnerte sich aber noch sehr genau an das recht einfache Grundprinzip dieser Knobelaufgaben: Es mussten immer zwingende Züge benutzt werden, das heißt Züge, auf die der Gegner nur mit einem einzigen Gegenzug antworten konnte.

Nun war der schwarze Turm an der Reihe. Tannenberg probierte mehrere Variationen aus, aber er schaffte es immer nur in mindestens vier Zügen, den schwarzen König Matt zu setzen.

Er trat etwas zurück, ging ein paar Schritte in Richtung des dunklen Korridors. Anschließend kehrte er zum Tisch zurück und blickte auf das in die ursprüngliche Stellung zurückversetzte Schachrätsel. Er nahm die weiße Dame und stellte sie so, dass der eine schwarze Turm die Dame schlagen musste, um ein sofortiges Matt zu verhindern.

Dann zog er den Springer und bot Schach. Da dem schwarzen König nur noch ein Feld übrig blieb, auf das er flüchten konnte, musste Tannenberg seinen Turm nur noch auf die Grundlinie ziehen.

»Matt – Matt in drei Zügen! Ich hab's rausgekriegt! War wirklich nicht so schwer wie zunächst vermutet. Man musste nur die eigene Dame opfern!«, rief er stolz.

Man konnte den Eindruck gewinnen, dass das Schachrätsel ihn so sehr in Bann gezogen hatte, dass er für einige Augenblicke die makabere Situation, in der er sich befand, völlig vergessen hatte.

»Gut, Wolf – und jetzt?«, fragte Mertel, ohne die Leistung seines Kollegen auch nur andeutungsweise zu würdigen.

»Was?«

»Was wir jetzt machen sollen.«

»Hast es doch vorhin selbst gehört. Wir sollen warten. Wenn ich das Schachrätsel gelöst habe, sollen wir warten.«

Er schaute in die Runde. »Sagt mal, könnt ihr euch vorstellen, dass dieser Mistkerl die Frauen hier im Haus umgebracht hat?«

»Also ich glaub das nicht«, entgegnete die Psychologin, die während der ganzen Zeit nahezu regungslos an der Wohnzimmertür verweilt hatte. »Das wäre ein viel zu großes Risiko für ihn gewesen.«

»Kann ich mir auch nicht vorstellen«, pflichtete der Kriminaltechniker der Psychologin bei. »Der Tatort ist bestimmt ganz woanders, da, wo nicht so viele Leute sind. Übrigens, Wolf, die Sache mit dem Kassettenrecorder und der Hängelampe lässt sich ganz leicht erklären: Der Typ hat zwei Lichtschranken eingebaut, billige Dinger, wie du sie in jedem Heimwerkermarkt kaufen und selbst installieren kannst.«

Plötzlich läutete das Telefon, das direkt neben dem Recorder auf der Flurkommode stand.

»Eva, geh mal ran.«

»Mach du das lieber!«

»Mach endlich! Du stehst doch direkt daneben!«, giftete Tannenberg sie an.

Eva Glück-Mankowski hob das Schnurlostelefon aus der Ablageschale und reichte es an den übellaunigen Kommissar weiter, der ihr bereits ein paar Schritte entgegengekommen war.

Tannenberg merkte sofort, dass es sich abermals um eine Bandaufnahme handelte. Er drückte auf die Mithörtaste und hielt das Mobilteil vor sich in den Raum.

»Hör genau zu, denn ich sag es nur ein Mal: Du fährst sofort mit deiner Freundin los ins Neuhöfertal. Dort stößt du hinter dem Sägemühler Weiher nach etwa 500 Metern auf einen asphaltierten Waldweg, der dich zu dem Haus meiner Mutter führt. Den Schlüssel findest du unter der Mülltonne. Dort wartet eine weitere Aufgabe auf dich, und dort wirst du auch einige Antworten auf deine Fragen finden. Und denke daran: Solltest du auf die Idee kommen, dort ohne deine Freundin aufzukreuzen oder irgendeinen billigen Trick zu versuchen, werde ich ohne auch nur einen Moment zu zögern den Bolzenschussapparat auslösen.«

Als erfahrener Spurensucher hatte sich Mertel natürlich sofort gefragt, wieso der Anrufer überhaupt wissen konnte, dass Tannenberg das Rätsel richtig gelöst hatte. Noch während das Band lief, suchte er deshalb nach einem verborgenen Mikrofon, das er schließlich auch ziemlich schnell über der blauen Hängelampe in einer Kunststoffmanschette, die wie eine umgedrehte Kaffeetasse aussah, entdeckte.

Kommissar Schauß und weitere SOKO-Mitarbeiter waren inzwischen ebenfalls in der Wohnung eingetroffen. In knappen Worten fasste Tannenberg das Geschehen der letzten halben Stunde zusammen und erteilte Instruktionen, die aber alle darauf hinausliefen, den Forderungen des Serienmörders vollständig zu entsprechen.

Nun gab es natürlich noch ein gravierendes Problem, eines, das er seit dem Telefonanruf wie einen Zahnarzttermin vor sich hergeschoben hatte: Er konnte die Kriminalpsychologin ja nicht zwingen, an diesem merkwürdigen Spielchen teilzunehmen. Folglich musste er sie fragen, ob sie sich freiwillig dazu bereit erklären würde, gemeinsam mit ihm in dieses Haus im Neuhöfertal zu fahren.

Als Schauß ihm sein altes Fotoalbum mit den Bildern aus seiner Jugendzeit in die Hand drückte, fasste er sich ein Herz. »Eva, du musst nicht mitfahren …«

»Du weißt doch ganz genau, was der Psychopath eben gesagt hat: Wenn ich nicht mitfahre, tötet er die Frau«, unterbrach sie ihn sofort, als sie merkte, worauf er hinauswollte.

»Natürlich fahre ich mit. Außerdem habe ich eine spezielle psychologische Ausbildung für solche Extremsituationen absolviert, die ich schon mehrfach mit Erfolg einsetzen konnte, unter anderem bei Verhandlungen mit Geiselnehmern.«

»Also gut, dann fahren wir gleich los. – Michael, du informierst mir noch persönlich den Polizeipräsidenten. Und sag ihm, dass er sich genau überlegen soll, ob er die Sache heute Nacht noch an den Hollerbach weitergibt. Wenn er sich dafür entscheidet, soll er bitte dafür sorgen, dass Hollerbach sich zurückhält. Also keine LKA-Aktionen oder Sondereinsatzkommandos, die würden uns und die Geisel nur in Gefahr bringen. Der Kerl ist sehr gut informiert und hat garantiert keine Probleme damit, uns alle drei umzubringen. Ich verlass mich ganz auf dich!«

»Wolf, das kann doch ein anderer machen. Ich möchte mitkommen. Von mir aus auch im Kofferraum!«

»Nichts da, niemand fährt mit uns oder hinter uns her! Ist das gebongt, Leute?«, stellte Tannenberg unmissverständlich klar.

Zur Kontrolle blickte der SOKO-Leiter nacheinander jedem seiner Mitarbeiter tief in die Augen und wartete, bis jeder Einzelne von ihnen mit einem kurzen Kopfnicken seine Zustimmung zu Tannenbergs Anordnung signalisiert hatte.

»Wir begeben uns schließlich in ein unkalkulierbares Himmelfahrtskommando. Ein kleiner Fehler von einem von euch und wir sind tot, denn dieser Kerl kennt garantiert keine Skrupel. Und ob er am Ende nun drei oder sechs Menschen ermordet hat, spielt für ihn bestimmt keine Rolle.«

»Sollen wir denn keine Fahndung rausgeben? Vielleicht erwischen wir den Typen ja zufällig irgendwo.«

»Mischa, hast du denn nicht zugehört? Der Mistkerl hat doch klipp und klar gesagt, dass er sofort die Fernbedienung benutzt, wenn ihm einer zu nahe kommt«, gab Tannenberg barsch zurück.

»Frau Kollegin, nehmen Sie aber bitte meine Waffe mit«, bedrängte Schauß die Profilerin, die daraufhin nur kurz ihren Seidenblazer lüpfte, unter der eine schwarze Dienstpistole schüchtern hervorlugte.

Tannenberg hatte zwar absolut keine Lust, sich jetzt auf eine Schnitzeljagd durch den Pfälzer Wald zu begeben, aber was sollte er denn machen? Kniff er, war das Leben von Kerstin Müller keinen Pfifferling mehr wert, wie der Volksmund so treffend formulierte.

Machte er bei diesem perversen Spiel mit, gefährdete er nicht nur sich selbst, sondern auch seine Kollegin. Was soll's, sie ist schließlich ein erwachsener Mensch, der sich freiwillig dazu entschieden hat, mitzumachen, sprach er sich selbst von der Verantwortung frei.

»Bitte fahr du, ich möchte mir das Album während der Fahrt ins Neuhöfertal anschauen«, bat Tannenberg die Profilerin, als sie seinen BMW erreichten.

»Da sind nämlich auch einige Fotos drin, auf denen Lars Mattissen abgebildet ist.« Tannenberg grunzte. »Ich kann's einfach nicht glauben, dass dieser schüchterne, stille Mensch ein Serienmörder sein soll. Gut, ich mein, ich hab ihn ja nicht besonders gut gekannt. Keiner von uns eigentlich.«

»Warum?«

»Wie warum?«

»Warum hat denn keiner von euch ihn etwas näher gekannt?«, ergänzte Eva Glück-Mankowski ihre Frage.

»Weil er erstens immer sehr verschlossen war Der hat absolut niemanden an sich herangelassen. Und weil er zweitens erst in der zwölften Klasse zu uns gekommen ist. Der kam aus Hamburg mit seiner Mutter.«

»Warum sind die beiden denn überhaupt hierhergezogen?«

»Ich weiß nicht mehr so genau. Aber ich mein, mich dunkel daran zu erinnern, dass die hier ein Haus geerbt hatten. Aber frag mich nicht, von wem und wo. Es kann aber auch sein, dass ich mir das alles nur einbilde.«

»Bestimmt ist es das Haus, zu dem wir jetzt hinfahren«, schlussfolgerte die Profilerin.

»Ja, das ist durchaus möglich«, antwortete Tannenberg und begann in seinem Fotoalbum zu blättern.

»In diesem Zeitraum brauch ich gar nicht zu schauen. Das ist ja Quatsch! Da kann er nicht drauf sein, weil er noch gar nicht bei uns in der Klasse war. Ich fang wahrscheinlich besser von hinten an«, sagte er mehr zu sich selbst als zu seiner Begleiterin, die ihm anscheinend auch nicht zugehört hatte.

»Bin ich eigentlich auf dem richtigen Weg?«, fragte sie.

»Klar, fahr einfach immer geradeaus. Wenn wir abbiegen müssen, sag ich dir's vorher.«

Tannenberg klappte das Album zu, drehte es auf die Rückseite und betrachtete die alten Bilder aus seiner Jugendzeit, diesmal aber entgegen der normalen biologischen Verlaufsform.

»Das waren vielleicht noch Zeiten. Mannomann, haben wir Feten durchgezogen! – Aber nirgends ist der Lars zu finden. Das gibt's doch nicht, der ist nur auf unserem offiziellen Abifoto drauf, sonst nirgends!«

»Vielleicht habt ihr euch nicht genügend um ihn gekümmert, habt bei seiner Integration versagt.«

»Eva, ich glaub, du spinnst!«, platzte es aus Tannenberg heraus. »Willst du damit etwa andeuten, dass ich oder meine Klassenkameraden dafür verantwortlich sind, dass aus diesem introvertierten Nordlicht ein bestialischer Frauenmörder geworden ist?«

»Nein, Herr Hauptkommissar, das wollte ich Ihnen nun wirklich nicht unterstellen«, entgegnete Eva Glück-Mankowski pikiert.

Tannenberg konnte seine Augen nicht mehr von diesem schüchternen jungen Mann abwenden, der in der letzten Reihe so unschuldig neben Kai Bohnhorst stand.

»Weißt du, was du jetzt machst?«

»Was ich jetzt mache?«, fragte der Ermittler verblüfft.

»Du lässt allen deinen Assoziationen, die sich gerade in deinem Bewusstsein zu diesem Lars Mattissen bilden, einfach freien Lauf. Das heißt, du sagst jetzt alles ins Unreine, was dir zu ihm gerade in den Kopf schießt. Los, schau dir das Foto weiter an und leg los! Ich muss alles wissen, was du über den Kerl weißt«, forderte die Kriminalpsychologin eindringlich.

»Okay!« Tannenberg grub seine Augen noch tiefer in das bartlose jugendliche Milchgesicht seines ehemaligen Klassenkameraden.

»Da ist zuerst die Szene, wo er vorne neben unserem Klassenleiter steht und uns vorgestellt wird. Er hat, glaube ich, keinen Ton herausgebracht, sondern nur still gewartet, bis der Lehrer mit seiner Ansprache fertig war, und sich dann irgendwo in eine leere Zweierbank gesetzt.«

»Gut, weiter! Mach mal die Augen zu!«, befahl die Psychologin.

Wolfram Tannenberg tat, wie ihm geheißen wurde.

»Jetzt kommen Bilder von einem Zeltlager. Genau, das haben wir als Abschluss eines biologischen Projekts in der zwölften Klasse durchgeführt. Da haben wir den Lars total abgefüllt. Der war vielleicht stockbesoffen. Und am nächsten Morgen war ihm total schlecht. Ach Gott, war dem die Sache peinlich. Aber wir haben uns köstlich über ihn amüsiert! – Ach du Scheiße.«

»Was ist denn los, Wolf?«, fragte die Profilerin.

»Jetzt hab ich auch endlich die Verknüpfung zu diesem blöden Mama-Lied gefunden: Bei ebendieser Fete, wo er so besoffen war, hat er erzählt, dass er mit seiner Mama …

Genau! Er hatte nicht ›Mutter‹, sondern mehrmals ›Mama‹ gesagt.«

»Dass er was mit seiner Mama?«

»Weiß nicht mehr, irgendwas hat er halt über sie erzählt. Jedenfalls haben wir, habe besonders ich, muss ich leider ehrlicherweise eingestehen, ihn danach ständig damit aufgezogen.«

»Wie?«

»Ganz einfach: Vor dem Unterricht, wenn er gezwungenermaßen mit uns in einem Raum sein musste, oder draußen im Pausenhof hab ich dann von irgendwoher ›Mama, du sollst nicht um deinen Jungen weinen‹ gegrölt. Der arme Kerl ist immer vor Wut rot angelaufen, hat sich aber nie getraut, sich dagegen zur Wehr zu setzen.«

»Na, allmählich wird mir einiges klar«, sagte die Psychologin mit vorwurfsvollem Unterton.

»Ja, mir auch. Aber das kann doch nicht der Auslöser für eine Mordserie sein! Eine Sache, die mehr als 25 Jahre zurückliegt. Quasi eine Jugendsünde von mir, die mir sogar im Nachhinein sehr leidtut! Das kann doch wirklich nicht als Ursache für diesen wahnsinnigen Amoklauf in Betracht kommen, oder?«, fragte Tannenberg verunsichert.

»Das alleine garantiert nicht, da bin ich mir ziemlich sicher«, beruhigte ihn seine Kollegin. »Da sind bestimmt mehrere Dinge zusammengekommen, die dann zu dieser furchtbaren Eskalation geführt haben. Er hat es ja zumindest nicht vordergründig auf dich abgesehen, sonst hätte er dich schon längst ermordet. Es muss etwas mit dem zu tun haben, was die Frauen an diesem Abend zu ihm gesagt haben. Vielleicht hat das ein Trauma oder irgendeinen Schuldkomplex bei ihm reaktiviert.«

»Und warum hat er sich dann so auf mich eingeschossen?«

»Na, erstens hat er ja anscheinend noch ein Hühnchen mit dir zu rupfen und außerdem bist du nun halt mal zufälligerweise der Leiter der Mordkommission. – Los, mach weiter!«, drängte die Profilerin.

»Jetzt muss ich an die komische Sache vor Kurzem in der Eisenbahnstraße denken. Im Nachhinein …«

»Was ist denn da passiert? Komm wir haben nicht ewig Zeit. Ich brauche so schnell wie möglich alle Informationen!«, setzte die Psychologin Tannenberg weiter unter Druck.

»Das hab ich dir doch vorhin schon erzählt. Lars hat mich mit seinem Mountainbike angefahren. Nicht schlimm, praktisch nur vor mir gebremst. Ach du Scheiße: Das war bestimmt Absicht!«

»Kann sein, ein Teil seiner Spielstrategie: Dir einen Hinweis geben und darauf warten, ob du ihn entschlüsseln kannst.«

»Also quasi ein Spiel mit dem Feuer, um den Nervenkitzel für ihn zu erhöhen«, ergänzte Tannenberg kopfschüttelnd.

»Was war da noch bei dieser Sache mit dem Mountainbike?«

»Nichts Besonderes eigentlich, Floskeln halt. Wir müssten uns alle mal wieder treffen und …« Tannenberg stockte.

»Dann war der vielleicht auch der Mountainbiker, der mich im Wald von hinten fast umgefahren hat. Genau! Das würde auch erklären, wieso er wusste, dass ich auf den Pilzen rumgetrampelt bin. Der ist an mir vorbeigerauscht und hat sich dann irgendwo versteckt, bis ich ahnungsloser Trottel an ihm vorbeigegangen war, und dann ist er mir gefolgt. Klar, so muss es gewesen sein!«

»Wie geht's hier in Trippstadt weiter?« fragte die LKA-Mitarbeiterin plötzlich, als sie die ersten Häuser der Ortschaft erreicht hatten.

»Einfach nur der Hauptstraße nach.«

»Wie weit ist es noch?«

»Zwei, drei Kilometer vielleicht.«

Als die beiden mit dem BMW durch die verschlafene Ortschaft fuhren, legte Tannenberg kurz seine Hand auf den

Oberschenkel der Profilerin. »Mannomann, Eva, hoffentlich geht das gut!«

»Hoffentlich!«, seufzte Eva Glück-Mankowski und atmete tief durch.

Das Neuhöfertal lag gespenstig still zwischen hohen, von fahlem Mondlicht beschienenen hellgrauen Bergrücken. Die wenigen Häuser, die sich am Eingang des Tals direkt an einen mit einer imaginären silbrigen Schicht überzogenen Tümpel reihten, schienen unbewohnt.

Die einzigen Geräusche, die man durch die geöffneten Wagenfenster vernehmen konnte, waren lautes Grillengezirpe und ab und an der spitze Schrei eines die günstigen Lichtverhältnisse der Mondnacht zur Jagd nutzenden Greifvogels.

Nur vom großen, direkt am Sägemühlerweiher gelegenen Zeltplatz, den die beiden Kriminalisten nach weiteren Minuten banger Autofahrt passierten, hörte man Stimmen und vereinzeltes Hundegebell.

Wie Lars Mattissen vorausgesagt hatte, führte etwa 500 Meter nach dem Campingplatz ein schmaler asphaltierter Weg senkrecht von der Straße in Richtung Wald.

»Schalt mal das Fernlicht ein!«, forderte Tannenberg.

Die beiden Lichtkegel fraßen sich gierig in die milchig trübe Wiesenlandschaft, Frösche hüpften mit großen Sätzen über den dunkelgrauen Asphalt. Der finstere Wald vor ihnen öffnete seine Eingangspforten und zog sie in seinen schwarzen Moloch. Geisterhafte Baumgestalten huschten an ihnen vorbei, streckten ihre langen Greifarme nach ihnen aus.

Als sie eine scharfe Rechtskurve passiert hatten und wieder auf eine Gerade kamen, tauchte ein Haus im Scheinwerferlicht auf.

Plötzlich wurde es hell erleuchtet, von innen und von außen.

»Das war wieder so eine bescheuerte Lichtschranke!«, schimpfte Tannenberg. »Bin mal gespannt, was dieser Dreckskerl noch so alles für uns vorbereitet hat.«

Eva Glück-Mankowski parkte den BMW direkt vor dem in der Einfahrt abgestellten weißen Kastenwagen, den Tannenberg schon einmal vor seinem Haus gesehen und dann mit Mariekes Roller verfolgt hatte.

Der Ermittler legte das Fotoalbum, an dem er sich die ganze Zeit über auf seinem Schoß festgeklammert hatte, auf die Fußmatte vor seinem Sitz und verließ das Auto. Die Profilerin kam auf ihn zu und griff nach seiner linken Hand.

»Wir müssen uns trennen und von zwei verschiedenen Seiten auf das Haus zugehen, sonst sind wir zu einfach zu treffen«, flüsterte Tannenberg. Er befreite sich von der Hand seiner Kollegin und zog die Dienstwaffe aus dem Halfter.

Die Profilerin setzte sich nach links ab und kramte ihre Pistole unter dem Blazer hervor. Tannenberg war anscheinend selbst nicht sonderlich überzeugt von dem, was er eben gesagt hatte, denn er gab sich keine große Mühe bei seinen Anpirsch-Aktivitäten, sodass er wohl für jeden auch nur halbwegs geübten Schützen ein leichtes Ziel gewesen wäre.

Der Haustürschlüssel lag wie angekündigt unter der Altpapiertonne neben einer ausgetretenen Sandsteintreppe. Während der Leiter der SOKO »Pilze« die blaue Plastiktonne nach hinten zum Haus wegkippte, bückte sich seine Kollegin und nahm den aus einem BKS-Schlüssel, zwei silbernen Ringen und einem steinernen Anhänger bestehenden Bund von einer zusammengefalteten Zeitung, die jemand wie einen Präsentierteller unter die Papiermülltonne gelegt hatte.

»Komm, Wolf, steck die Waffe weg. Wenn der uns umbringen wollte, hätte er es schon längst getan. Ich glaub vielmehr, dass er noch ein wenig mit uns spielen will, wie eine Katze, die eine Maus bereits sicher gefangen hat, sie aber nicht gleich tötet, sondern ein wenig wegrennen lässt, wieder einfängt und so fort.«

»Eva, geh noch nicht rein, ich muss dich erst noch etwas fragen. Drinnen hat der bestimmt wieder Mikrofone angebracht«, sagte Tannenberg leise und schob seine Kollegin ein paar Meter vom Haus weg. »Glaubst du, dass wir überhaupt eine Chance gegen diesen gefährlichen Psychopathen haben?

»Ich denke schon.«

»Und wie willst du vorgehen?«

»Vielleicht gibt es eine Möglichkeit, wenn wir ihn persönlich treffen und ich die Gelegenheit habe, mit ihm zu reden«, antwortete Eva Glück-Mankowski nebulös und schob schnell flüsternd nach: »Aber erst mal müssen wir weiter bei seinem Spiel mitmachen, sonst haben wir überhaupt keine Chance.«

Die beiden betraten das eineinhalbgeschossige Gebäude. Sie nahmen diesen leicht modrigen, kaum zu beschreibenden Geruch war, den alte Menschen in ihrer direkten Umgebung verbreiten.

Von einem schmalen Flur wurden die Besucher direkt in einen Wohnraum geführt, in den eine offene Küchenzeile integriert war. Irgendwie sah es hier so ähnlich aus wie bei seinen Eltern, nur noch etwas altmodischer und mit noch mehr Nippes vollgestopft.

Während Tannenberg sich intensiv im Wohnzimmer umschaute, durchstöberte seine Kollegin die anderen Räume des Hauses.

»Schnell, komm mal hier runter!«, rief die Kriminalpsychologin plötzlich vom unteren Teil der Kellertreppe aus.

Tannenberg machte sich sofort auf den Weg zu ihr. Als er den Grund für ihren Ausruf sah, verschlug es ihm regelrecht die Sprache. Er musste sich hinsetzen und ließ sich auf einem Bett niedersinken, das auf der rechten Seite des Zimmers stand.

Mitten in dem kaum mehr als mannshohen quadratischen Raum stand ein an der Decke und auf dem Fußboden verankertes mächtiges Holzkreuz, dessen Querbalken etwa eineinhalb Meter vom Boden entfernt war.

»Da hat dieses perverse Schwein die Frauen angebunden«, sagte Eva Glück-Mankowski mit belegter Stimme und zeigte auf die Sisalstricke, die an den Enden des Balkens herunterbaumelten.

»Und hier auf der Seite sind drei Schraubhaken, die ihm als Führung für den Grillspieß gedient haben könnten«, sagte Tannenberg vom Bett aus. Ächzend stemmte er sich in die Höhe und trat ebenfalls an das Holzkreuz heran.

»Wo?«, fragte die Profilerin entsetzt und begab sich auf die Seite des senkrechten Kreuzbalkens, auf der sich bereits ihr Kollege befand.

Von dort aus schauten beide in Richtung der Treppe, von der aus sie in den Keller gelangt waren. Sie blickten direkt in das verhärmte Antlitz einer älteren grauhaarigen Frau, unter deren großformatigem Ölporträt drei dickfüßige weiße Kerzen brannten.

Heißes Wachs tropfte auf den rotbraunen Steinboden.

»Da mussten die armen Frauen hinschauen, während er ihnen von hinten den Spieß ins Herz getrieben hat! – Wahnsinn!«

»Wahnsinn!«, stimmte Tannenberg leise zu und ging ein paar Schritte durch den Raum. »Schau mal hier: Eicheln, Fingerhutblüten, Bucheckern, Fichtenzapfen, Moos«, sagte er, als er auf die Pflanzschalen unterhalb des schmalen Kellerfensters aufmerksam wurde.

Immer noch kopfschüttelnd stand die Psychologin vor dem Ölgemälde.

»Eva, komm mal bitte. Hier ist ein Computer. Kennst du dich damit aus? Ich bin in solchen Dingen nicht so fit. Vielleicht finden wir dadrin etwas, was uns weiterhilft.«

Die Profilerin reagierte nicht.

Erst als Tannenberg zu ihr hinging, sich zwischen sie und das Bild stellte und ihr anschließend seine Arme auf die Schultern legte, ließ sie sich wegziehen. Tannenberg wiederholte seine Worte und führte seine Kollegin wie ein kleines Kind zu der modernen Computeranlage.

Als Eva Glück-Mankowski vor dem PC saß, kehrte wieder Leben zurück in ihren Körper. Sie schaltete den Computer ein, wartete ungeduldig, bis er vollständig hochgefahren war, und durchstöberte dann mithilfe der Maus routiniert seine elektronischen Innereien. »Das gibt es doch nicht! – Schau dir das mal an«, rief die LKA-Mitarbeiterin in die Stille des Kellerraums hinein.

Tannenberg stellte sich hinter seine Kollegin und starrte auf den Bildschirm.

»Dieser Lars hat selbst Leserbriefe an die *Rheinpfalz* geschrieben, unter einem Pseudonym natürlich, in denen er sich über den unzureichenden Schutz durch die Polizei beklagt.«

Eva klickte eine andere Datei an. »Schau mal hier: Der Kerl hat alle möglichen Zeitungsartikel abgescannt und archiviert.«

Sie öffnete eine weitere Datei mit dem Namen ›Profiling‹. »Das glaubt man ja nicht! Der ist Profiling-Experte. Da steht alles, was du über kriminalistische Täterprofilierung wissen musst.«

Der Chef der Kaiserslauterer Mordkommission stand nur da und staunte, während seine Kollegin eine Unterdatei öffnete.

»Das ist einfach irre! Schau, der hat ein detailliertes psychologisches Profil über uns erstellt – vor allem über dich!«

Was Tannenberg da bezüglich seiner Person auf dem Flachbildschirm so auf die Schnelle erkennen konnte, war ein sehr negatives Psychogramm über ihn, in dem er sich, jedenfalls nach seiner eigenen Selbsteinschätzung, kaum wiederfand.

Plötzlich läutete oben das Telefon.

Beide rannten los.

Es war wieder eine Bandaufnahme, die abgespielt wurde:

»Wolfram Tannenberg, hör genau zu, denn ich sag's wieder nur ein einziges Mal: Neben dem Fernseher steht eine Truhe. Darin befindet sich ein Reiseschach. Wieder mit einer Problemstellung. Du hast von jetzt an genau eine Stunde Zeit, das Rätsel zu lösen und mit deiner Freundin zu mir ins Finsterbrunnertal zu kommen. Wo das ist, weißt du ja sicher: Du fährst von hier aus einfach ins Karlstal hinein und dort immer weiter, bis du auf der linken Seite die Abfahrt zum Naturfreundehaus entdeckst. Da fährst du rein und stellst dein Auto auf einen der ersten Parkplätze. Dann geht ihr zum Felsen. Dort warte ich auf euch. Und denke daran: Die Frau am Felsen befindet sich im künstlichen Koma. Beim geringsten Versuch, mich zu linken, wird der Bolzenschussapparat ausgelöst, die Frau wird mit einem Herzstich getötet und du wirst nie mehr die Gelegenheit dazu haben, mir die Fragen zu stellen, die dir seit Wochen keine Ruhe mehr lassen. Wenn du es in der dir zur Verfügung stehenden Zeit schaffst, das Spiel zu gewinnen, kannst du mich widerstandslos festnehmen. Diesmal beginnt Schwarz. Wohl an, stolzer Perseus, schwinge dich auf dein geflügeltes Pferd und rette die Jungfer Andromeda!«

Tannenberg legte den Hörer auf, hechtete an die bunt verzierte hölzerne Truhe und klappte den schweren Deckel nach oben. Vorsichtig hob er das kleine Plastikbrett mit den winzigen Magnetfigürchen heraus und stellte es vor sich auf den Boden. »Eva, hast du was zu schreiben dabei?«

»Nein, aber ich finde hier bestimmt etwas«, entgegnete Eva. Sie eilte zur nächstgelegenen Schublade und zog sie heraus.

»O Gott, da sind nur zwei Rasiermesser drin!«, stieß sie entsetzt aus. »Damit hat er den Frauen bestimmt die Kehlen aufgeschnitten.«

»Mach schon – such!«, schrie Tannenberg, ohne ihren Fund zu kommentieren.

In der übernächsten Schublade wurde sie fündig.

Mit zittrigen Händen schrieb Tannenberg die Ausgangsstellung auf, steckte den Zettel in die Hosentasche, erhob sich und nahm das Mini-Schachbrett vom Boden auf. Dann verließ er, mental völlig auf das vor seinem Körper emporgehaltene Schachspiel konzentriert, das Haus und setzte sich ins Auto.

Eva Glück-Mankowski trottete zuerst hinterher, blieb dann aber am Fuß der Treppe stehen. »Soll ich dich in Ruhe lassen, damit du dich besser konzentrieren kannst?«

»Nein, komm, wir fahren los!«

»Wieso, willst du etwa jetzt schon dorthin fahren? Du hast ja noch gar nicht das Rätsel gelöst!«

»Frag nicht so viel! Setzt dich rein und fahr endlich los!«, brüllte Tannenberg aus seinem BMW heraus.

Als seine Kollegin im Wagen Platz genommen hatte, beugte er sich vorsichtig zu ihr hinüber und flüsterte ihr so leise ins Ohr, dass sie seine Worte nur mit Mühe verstehen konnte: »Wer weiß, ob er hier Abhöranlagen installiert hat. Wir fahren jetzt ein Stück das Tal runter, stellen uns unter eine Straßenlaterne, und dann ruf ich den Doc an, der inzwischen hoffentlich den besten Schachspieler weit und breit aufgetrieben hat.«

18

Während Eva den Wagen von dem immer noch hell erleuchteten Waldhaus wegsteuerte, korrigierte Tannenberg sein ursprüngliches Vorhaben und wartete nicht bis zur nächsten Straßenlaterne, sondern tippte sofort die Nummer von Dr. Schönthaler in sein Handy.

Der Gerichtsmediziner meldete sich bereits nach dem ersten Rufton. Tannenberg erklärte ihm mit wenigen eindringlichen Worten die Extremsituation, in der er sich befand, und forderte seinen alten Freund auf, sich die Ausgangsstellung des Schachrätsels zu notieren.

Nachdem er die Positionen der einzelnen Figuren durchgegeben hatte, drückte er ohne weitere Erläuterungen die Unterbrechungstaste und suchte nach einem sinnvollen Eröffnungszug für Schwarz.

Es handelte sich um ein sehr merkwürdiges Schachproblem, das sich ihm da unter der schwachen Innenbeleuchtung seines BMWs darbot. Denn im Gegensatz zu den gängigen Knobelstellungen, die sich fast immer auf Endspielsituationen mit nur wenigen Figuren bezogen, waren bei diesem Schachrätsel noch recht viele Spielfiguren auf dem kleinen Magnetbrett.

Das war aber nicht das einzige Seltsame an dieser Konstellation. Schwarz hatte bereits so viele Offiziere verloren, dass selbst einem Laien sofort die erdrückende weiße Überlegenheit auffallen musste.

Nach Tannenbergs Einschätzung war Schwarz völlig chancenlos, setzte man voraus, dass Weiß die erfolgreich begonnene Strategie routiniert zu Ende spielte und sich keine gravierenden Fehler mehr leistete. Aber auch bei unkonzentrierter, überheblicher Spielweise und dem Verlust des einen oder anderen eigenen Offiziers hätte Weiß wohl kaum Mühe gehabt, die Partie sicher nach Hause zu bringen.

Was war eigentlich die konkrete Aufgabe, schoss es Tannenberg plötzlich ins Bewusstsein. Der Kerl hatte ja gar nichts über die Anzahl der Züge gesagt, die man für die Lösung benötigte! Für welche Lösung eigentlich? Was war denn überhaupt die Zielvorgabe dieses Schachproblems? – Matt ... oder etwa Remis?

Die Kriminalpsychologin hatte gleich die erste Straßenlaterne, die bereits weit vor dem Campingplatz auftauchte, als Beleuchtungsquelle ausgewählt und den Wagen unter der hohen Bogenlampe geparkt. Danach war sie ausgestiegen und hielt sich, um Tannenberg bei seinen Konzentrationsbemühungen nicht zu stören, hinter dem Auto auf.

»Was ist das bloß für ein Scheiß-Rätsel – das krieg ich für Schwarz doch nie und nimmer gewonnen! Da kann ich mich noch so anstrengen! – Eva, los, wir fahren ins Finsterbrunnertal! Wenn ich hier nur rumsitze und auf eine geniale Eingebung warte, können wir's gleich vergessen«, schrie Tannenberg aus seinem BMW heraus.

Die Profilerin kam schnell zurück ins Auto und startete den Wagen.

»Wie soll ich dieses bescheuerte Rätsel knacken, wenn ich überhaupt nicht weiß, auf was die Lösung hinauslaufen soll? Und dann noch in dieser verfluchten Hektik!«, schimpfte er weiter.

Dicke Wolkenarmadas hatten sich verschworen, dem Mond für den Rest der lauen Sommernacht die Sicht auf die Erde zu versperren. Die Nacht warf ihre pechschwarze Decke über das enge Tal und drückte ihre Dunkelheit in jeden Winkel.

»Da vorne ist es«, rief Eva, als sie im hellen Scheinwerferlicht das große Hinweisschild am linken Straßenrand sah. »Zum Naturfreundehaus – dienstags und mittwochs nicht bewirtschaftet.«

»Fahr noch mal kurz rechts ran«, sagte Tannenberg und wartete, bis seine Begleiterin das Auto angehalten hatte.

Dann legte er ihr abermals die Hand auf den Oberschenkel. »Sollen wir da wirklich reinfahren? Das ist doch total verrückt! Der kann uns doch einfach abknallen.«

Die Profilerin nahm ihre Hände vom Lenkrad und drehte sich Tannenberg zu. »Ich sag dir's noch mal: Wenn der Kerl uns ermorden wollte, wäre wohl spätestens vorhin in seinem Haus die beste Gelegenheit dazu gewesen. Was haben wir denn für eine Alternative?«

Sie hob ihre linke, zur Faust verschlossene Hand, hielt sie ihrem Kollegen unter die Nase und entließ dann nacheinander die einzelnen Finger wieder aus ihrem Gefängnis.

»Erstens hat er bereits zwei wehrlose Frauen umgebracht, zweitens einen Kollegen von uns brutal ermordet, drittens können wir sein neues Opfer vielleicht noch retten, viertens kann er weiter Morde begehen und fünftens darf dieser skrupellose Verbrecher seiner gerechten Strafe nicht entgehen.«

Tannenberg blickte mit zusammengepressten Lippen zu Eva. »Du bist eine ganz schön starke Frau!«, sagte er kopfnickend.

»Manchmal, Wolf, leider nur manchmal«, seufzte die Kriminalpsychologin und legte ihre Hände wieder aufs Lenkrad. »Also los, auf in die Höhle des Löwen!«

Eva Glück-Mankowski setzte den Blinker, fuhr noch ein kurzes Stück auf der Landstraße und bog dann in den geschotterten Waldweg ein, der zum Naturfreundehaus führte.

Da waren wieder diese finsteren Baumgestalten am Wegesrand, diesmal aber noch schwärzer und bedrohlicher.

Unwirkliche Schatten huschten vorbei. Die Leuchtkegel der Fernscheinwerfer brannten große runde Löcher in die rabenschwarze Dunkelheit.

Sie fuhren ein Stück aus dem dichten Wald heraus durch ein kurzes Wiesenstück, über eine knarrende Holzbrücke hinweg, eine leichte Steigung hinauf, überquerten eine Kuppe – und zuckten zusammen, als vor ihnen am Ende des Fahrwegs ein großer, nahezu senkrechter Felsen wie aus dem Nichts auftauchte.

Eva erschrak so heftig, dass sie eine Vollbremsung hinlegte.

»Bist du verrückt! Fahr weiter! Mach, was er gesagt hat, und irritier ihn nicht«, zischte Tannenberg.

Das feuerrote BMW-Cabrio fuhr an der geöffneten Schranke vorbei auf den Waldparkplatz, der links neben dem Weg angelegt war. Wie von Mattissen gefordert, steuerte die LKA-Mitarbeiterin auf die dicht vor dem Felsen gelegenen Parkplätze zu.

Kurz bevor sie nach links einschlagen wollte, flammten leuchtstarke Strahler auf, die den großen, verwitterten und etwas nach hinten geneigten Sandsteinfelsen in grelles Kunstlicht tauchten.

Gebannt starrten die beiden Kriminalbeamten auf den hell erleuchteten glatten Felsen, auf dem tatsächlich eine junge Frau wie an ein Kreuz genagelt hing. Ohne nachzudenken, riss Tannenberg die Wagentür auf und wollte zu der mit breiten blauen Bändern an den Felsen gefesselten Frau eilen.

»Bleib sofort stehen«, rief plötzlich ein Mann aus der Schwärze der Nacht hinter ihm. »Einen Schritt noch – und ich erschieße dich!«

Tannenberg blieb wie vom Blitz getroffen stehen und drehte sich langsam um. Das Einzige, was er erkennen konnte, war seine Kollegin, die inzwischen ebenfalls das Auto verlassen hatte.

»Ihr zieht jetzt beide eure Waffen und legt sie auf die Motorhaube – und zwar in Zeitlupe!«, forderte die Männerstimme.

Tannenberg und seine Begleiterin befolgten die Anweisung. Danach wurden sie aufgefordert, sich von ihrem Auto zu entfernen und sich auf die andere Seite des Weges zu begeben.

Lars Mattissen kam aus der schützenden Dunkelheit hervor und näherte sich dem BMW seines alten Klassenkameraden.

»Das hier«, sagte er und hielt etwas in die Höhe, das Tannenberg spontan an eine Mausefalle erinnerte, »ist eine ziemlich primitive, aber gleichermaßen geniale Fernsteuerung. Sie besteht aus einem elektronischen Sender und aus einem Klappbügel, der den Bolzenschussapparat so lange blockiert, bis dieser Hebel hier hochschnappt.«

Mattissen zeigte mit seiner Pistole auf das kleine Kästchen mit dem Drahtgestell in seiner linken Hand. »Der Bügel ist nicht zu arretieren und wird nur von der Kraft meines Daumens im Zaum gehalten. Kommt es irgendwie dazu, dass er hochschnellt, wird die Schussvorrichtung sofort ausgelöst und tötet die Frau mit einem zielgenauen Herzstich. Falls also irgendjemand, zum Beispiel ein Scharfschütze, auf die Idee käme, mich zu erschießen, wäre das natürlich das sofort vollstreckte Todesurteil für Kerstin Müller. Also wenn ihr irgendwelche Sondereinsatzkommandos hierherbestellt habt, würde ich euch dringend empfehlen, diese sofort zurückzupfeifen.«

Da Tannenberg und seine Kollegin gleichzeitig den Kopf schüttelten, schien diese Sache für Mattissen erledigt zu sein. Er führte die Fernsteuerung hoch zu seinem Kopf, öffnete den Mund, schob das kleine Gerät behutsam zwischen seine Vorderzähne und klemmte dadurch den Metallbügel ein. Dann nahm er die beiden Pistolen von der Kühlerhaube und steckte sie hinten in den Gürtel seiner Jeans. Anschließend entfernte er die merkwürdige Apparatur wieder vorsichtig aus seinem Mund.

»Wie ihr unschwer erkennen könnt, lebt Kerstin Müller noch«, sagte Mattissen und deutete mit seiner silbernen Pistole auf die Frau, die in einem Rucksack, den Tannenberg unwillkürlich mit Fallschirmspringern in Verbindung brachte, an der verwitterten Felswand hing. Der Rucksack umspannte den Oberkörper des Opfers mit kräftigen Quer- und Längsgurten und wurde zusätzlich auf der Vorderseite von einem breiten roten Reißverschluss zusammengehalten. Dicht auf dem Felsen anliegend war ein blauer Spanngurt von hinten am Rucksack befestigt. Durch diese Aufhängung wurden die Schultern der Frau hochgezogen, während der Körper gleichzeitig etwas nach unten abgesackt war.

Das war offenbar auch der Grund dafür, weshalb ihr Kopf zum Brustkorb hin so stark abgeneigt war. Der Oberkörper hob und senkte sich in gleichmäßigem Rhythmus. Das Gesicht war schweißnass, nicht entstellt, sondern friedlich entspannt. Und ihr steckte auch kein Pilz in der aufgeschlitzten Kehle. Allerdings hing an ihrem Hals ein mittelgroßer Fliegenpilz an einer naturbraunen Sisalkette.

»Damit ihr euch eurer Verantwortung noch ein bisschen stärker bewusst werdet, hab ich dieses medizinische Überwachungsgerät hier aufgebaut, auf dem ihr den Herzschlag der Dame ablesen könnt. Ein Fehler von euch und der Monitor zeigt eine Nulllinie an. Die Frau befindet sich im künstlichen Koma, ist aber ansonsten unversehrt«, sagte Mattissen, während er auf einen von zuckenden Linien und wechselnden Ziffernfolgen beherrschten Bildschirm deutete, wie ihn Tannenberg vom Krankenhaus her kannte.

»Wir machen alles, was Sie wollen!«, meldete sich plötzlich die Psychologin zu Wort.

Aber Mattissen ging nicht auf ihre Äußerung ein.

»Du setzt dich da vorne an den Tisch und beschäftigst dich weiter mit deinem Schachrätsel.« Er warf einen Blick auf seine Armbanduhr.

»Du hast noch etwas mehr als eine halbe Stunde Zeit, die Aufgabe zu lösen. Ich unterhalte mich in der Zwischenzeit ein wenig mit deiner Freundin, die ja einen unglaublich interessanten Beruf ausübt.«

Tannenberg ging zu dem weißen Campingtisch, der ein paar Meter rechts vom Felsen stand. Auf dem Holzbrett in Turniermaßen war das Schachrätsel mit großen Holzfiguren aufgebaut. Daneben stand eine mechanische Schachuhr, die recht laut tickte. Er warf einen abschätzigen Blick auf die mysteriöse Stellung und schüttelte frustriert den Kopf.

»Wie soll ich denn diese komische Aufgabe hier lösen, wenn ich keine weiteren Angaben habe?« Tannenberg blickte zu seinem alten Schulkameraden. »Sag mir doch wenigstens, wie viele Züge vorgegeben sind und wie das Ende aussehen soll. Bist du wirklich sicher, dass ich mit Schwarz ziehen muss?«

»Klar! Schwarz passt doch viel besser zu diesem Ambiente hier als Weiß. Oder findest du nicht? Schließlich ist Schwarz die Farbe des Todes. Außerdem ist es doch langweilig, wenn die Schachrätsel immer mit Weiß beginnen.«

»Dann gib mir doch wenigstens einen Tipp, wie das Ende aussehen soll!«, flehte Tannenberg.

»Ach Gott, wie langweilig wäre doch das Leben, wenn wir über das Ende Bescheid wüssten.«

Tannenberg reagierte nicht auf die philosophischen Bemerkungen seines ehemaligen Klassenkameraden, sondern wandte sich wieder verbissen seiner Schachaufgabe zu.

Vielleicht war die Lösung ja nur dadurch zu finden, dass man zuerst mit Weiß spielte und versuchte, Schwarz Matt zu setzen. Vielleicht fand man so einen erfolgreichen Weg, leuchtete plötzlich in Tannenbergs Bewusstsein eine Idee auf.

Er versuchte sofort, diese Inspiration in die Tat umzusetzen, und war bereits nach drei Versuchen am Ziel: ein einfach zu spielendes zwingendes Matt in vier Zügen – Anfängerübungen.

Aber hatte ihn dieses Vorgehen wirklich weitergebracht? Vielleicht gab es ja für Schwarz überhaupt keine Lösung, vielleicht war Schwarz nur ein völlig chancenloser Spielball für seinen übermächtigen Gegner.

Urplötzlich meinte Tannenberg, die verborgene Dramaturgie dieses Schachrätsels entschlüsseln zu können. Sie bestand möglicherweise darin, ihn mit einer unlösbaren Aufgabe zu demoralisieren, abzulenken, zu narkotisieren.

Aber vielleicht war es ja doch ganz anders und es existierte tatsächlich eine Lösung für Schwarz, mit der es möglich war, das Leben der jungen Frau zu retten? Wie hieß dieser Spontispruch früher?

Du hast keine Chance, aber nutze sie, feuerte er sich selbst zum Weitermachen an.

»Habt ihr eigentlich wirklich geglaubt, mich mit diesem angeblichen Mord eines angeblichen Trittbrettfahrers zu einer unüberlegten Handlung provozieren zu können, liebe Frau Kriminalpsychologin? Habt ihr wirklich geglaubt, dass ich dann Amok laufen würde?«, fragte Mattissen spöttisch.

»Es war zumindest einen Versuch wert«, antwortete Eva.

»Einen Versuch wert«, wiederholte Mattissen kopfschüttelnd. »Blanker Zynismus! Da wird ein Menschenleben geopfert, nur weil eine profilneurotische Psychologin eine Stufe auf ihrer Karriereleiter hochklettern möchte und …«

»Das ist ja wohl der Gipfel!«, schrie die Kriminalbeamtin laut dazwischen. »Hab ich den armen Mann etwa umgebracht? Wenn ich Sie daran erinnern darf: Sie und sonst niemand ist für den Tod meines Kollegen verantwortlich!«

»Das ist doch Quatsch! Sie wissen natürlich ganz genau, dass der Mann noch leben würde, wenn ihr mich einfach in

Ruhe mein Werk hättet vollenden lassen. Aber nein, ihr arroganten Säcke habt gemeint, mich mit einer primitiven Finte linken zu können. Dass ihr LKA-Kasper mit eurem Profiling-Schwachsinn die ganze Zeit über nur meine Marionetten gewesen seid, denen *ich* befohlen habe, wie sie sich bewegen müssen, darauf seid ihr nicht gekommen! Ach Gott, habt ihr den armen Tannenberg verarscht!«

»Das stimmt nicht! Aber wir mussten uns doch etwas einfallen lassen!«, versuchte sich Eva Glück-Mankowski zu rechtfertigen, obwohl der Serienmörder natürlich nicht ganz unrecht hatte. »Mein Werk. Wie sich das anhört. Makaberer geht's ja wohl nicht! Sie haben kein Bild gemalt, sondern Sie haben unschuldigen Menschen ihr Leben geraubt!«

»Von wegen unschuldig!«, sagte Mattissen mit einem bitterbösen Lachen. »Jede dieser Schlampen hat ihre Strafe mehr als verdient!«

»Wieso?«, rief plötzlich Tannenberg von der Seite und schaute Lars Mattissen dabei direkt in die Augen.

»Aha, der Herr Hauptkommissar möchte endlich das Motiv erfahren! Du bist so eine unglaubliche Flasche, ein Versager, wie er im Buche steht! Du wärst mir doch niemals auf die Spur gekommen, wenn ich dir den Wink mit diesem Scheiß-Lied nicht gegeben hätte. Du Blinder würdest noch heute völlig im Dunkeln tappen! Und jetzt fragst du mich nach dem Motiv, das du immer noch nicht aus den vielen Hinweisen, die ich dir gegeben habe, herausgefiltert hast. Unglaublich! Und solch eine unfähige Niete soll die armen Bürger dieser Stadt vor Verbrechern schützen. Ich könnte mich totlachen!«

»Los, dann sag's mir endlich!«, schrie Tannenberg in die unheimliche Stille des Finsterbrunnertals.

»Da hinten in der Wirtschaft«, sagte Mattissen und zeigte mit seiner chromfarbenen Waffe in die rabenschwarze Dunkelheit links neben dem hell erleuchteten Sandsteinfelsen,

»hab ich nach einer anstrengenden Mountainbiketour gesessen und wollte mich einfach nur ausruhen.«

Er brach ab. Man merkte ihm deutlich die emotionale Belastung an, die diese Erinnerungen in ihm hervorriefen.

»Was ist dadrinnen an diesem Abend so Schreckliches passiert, dass du zum mehrfachen Mörder wurdest?«, versuchte Eva seinen unterbrochenen Redefluss wieder in Gang zu setzen.

Tannenberg wunderte sich nicht darüber, dass die Profilerin von der dritten in die erste Person der Anredeform gewechselt war. Das war garantiert kein Versprecher, sagte er sich. Dahinter steckte bestimmt eine ausgefeilte psychologische Gesprächsstrategie.

Lars Mattissen hatte entweder nicht bemerkt, dass die Kriminalpsychologin ihn eben geduzt hatte, oder aber er betrachtete diese distanzlosere Anredeform als der Situation angemessener. Seltsamerweise schwenkte er nicht um.

»Was glauben Sie wohl, was dadrinnen passiert ist?«

»Ich weiß nur, dass drei Frauen frohgelaunt an deinem Tisch saßen und dann irgendwann dieses ›Mama‹-Lied gesungen haben, woraufhin du wutentbrannt aufgesprungen bist, sie wüst beschimpft hast und aus der Gaststätte geflüchtet bist«, gab Eva ihren Erkenntnisstand preis.

»So war es nicht!«, schrie Mattissen wie von Sinnen. »Dadrinnen hab ich friedlich gesessen, dann sind diese besoffenen Weiber an meinen Tisch gekommen und haben auch mich betrunken gemacht.«

»Mensch, stell dich doch nicht als armes, unschuldiges Opfer dar«, blaffte Eva. »Das zieht bei mir nicht! Du kannst uns doch nicht allen Ernstes erzählen, dass sich ein erwachsener, kräftiger Mann wie du von drei Frauen betrunken machen lässt. Wahrscheinlich sagst du uns gleich noch, die Frauen wären über dich hergefallen und hätten dich brutal vergewaltigt.«

Lars Mattissen verharrte völlig regungslos. Er versuchte anscheinend, seine aufschäumenden Emotionen unter Kontrolle zu bringen.

Aber die Profilerin ließ ihn nicht zur Ruhe kommen. »Jetzt erzähl schon! Was ist passiert?«

Der Serienmörder schluckte hart. »Die haben das am Anfang ganz geschickt gemacht. Die müssen ihr Vorgehen perfekt geplant haben.«

»Los, los, wir warten immer noch!«, bedrängte Eva ihn weiter.

»Die haben am Anfang die Pilze, die sie gefunden hatten, auf den Tisch gelegt. Die müssen gewusst haben, dass ich auch sammle. Das war der Köder.«

»Wofür?«

»Für das, was sie dann gemacht haben.«

»Und was haben sie dann gemacht?«, ließ die Psychologin nicht locker.

»Sie haben mit mir angestoßen und immer wieder mit mir angestoßen. Immer nur eine, dann die andere und dann wieder die andere. Und ich musste immer trinken …«

»Und dann? Was – war – dann?«, erhöhte Eva weiter den Druck.

»Dann haben sie gefragt, ob ich eine Freundin hätte …«

Mattissen senkte die Waffe langsam nach unten.

»Weiter, weiter!«

»Ich … ich hab dann gesagt, dass das nicht ginge, weil ich meine … meine Mama doch zu versorgen hätte …«

»Ach, deine liebe Mama hast du zu versorgen gehabt«, paraphrasierte die Profilerin und ging einen Schritt auf ihn zu.

Mattissen riss wieder seine Pistole nach oben. »Bleib sofort stehen! Sonst erschieß ich dich! Du bist genauso eine verfluchte Dreckschlampe, die mich fertigmachen will!«

»Nein, das stimmt nicht. Ich will dir helfen, genauso wie deine Mama dir ihr ganzes Leben über geholfen hat. Die dir immer bei allen Problemen zur Seite gestanden hat. Und dann haben die Frauen auch noch dieses Mama-Lied gesungen. Und dann bist du ausgerastet!«

Tannenberg fühlte sich zusehends unwohler in seiner Rolle. Längst hatte er sich mental von dem für ihn unlösbaren Schachrätsel abgekoppelt und lauschte gebannt dem Dialog der beiden.

Ihn faszinierte die Strategie seiner Kollegin, aber mehr und mehr ergriff Angst von ihm Besitz, panische Angst davor, dass diese Konfrontationsmethode eine verheerende Kurzschlusshandlung des Mörders auslösen könnte.

Langsam erhob er sich von dem Klappstuhl und bewegte sich im Zeitlupentempo in Richtung seiner Kollegin.

Mattissen ging auf die letzte Bemerkung der Psychologin nicht ein. »Die haben ›Muttersöhnchen!‹, ›Mamakind!‹ gerufen. Und haben meine arme Mama beleidigt, immer wieder beleidigt!« Tränen schossen in seine Augen. »Ich kann doch meine liebe Mama nicht von diesen Dreckschlampen beleidigen lassen, oder?«

»Nein, natürlich nicht«, stimmte Eva Glück-Mankowski vordergründig zu. »Und dann bist du heimgefahren und hast es deiner lieben Mama erzählt.«

»Ja, und Mama hat gesagt, dass niemand sie ungestraft beleidigen darf.«

»Warum hast du denn die ganzen Jahre über mit der Bestrafung der Frauen gewartet?«

»Weil ich mich doch um Mama kümmern musste. Als es zu Hause nicht mehr ging und sie in das schöne Wohnheim in Trippstadt umgezogen ist, hab ich mich fast noch mehr um sie gekümmert.«

»Wann ist sie denn gestorben?«, fragte die Psychologin einfühlsam.

»Vor drei Monaten ist die Mama gestorben«, schluchzte

der Frauenmörder und blickte flehend in den nachtschwarzen, sternenlosen Himmel empor.

»Und was hab ich persönlich mit dieser ganzen Sache zu tun? Warum hast du es auf mich abgesehen?« attackierte nun plötzlich auch Tannenberg, den Lars Mattissen ganz vergessen zu haben schien.

»Weil du Scheißkerl mich schon in der Schule immer gequält hast«, schrie Lars Mattissen aggressiv zurück und richtete seine silberfarbene Pistole auf Tannenbergs Kopf. »Weißt du denn nicht mehr, wie köstlich ihr euch auf meine Kosten amüsiert habt?«

»Nein, das ist schon so lange her. Da kann ich mich beim besten Willen nicht mehr dran erinnern«, log der Ermittler.

»Du erinnerst dich also nicht mehr an den Psychoterror, den ihr seit dem ersten Tag, an dem ich in diese verfluchte Schule gekommen bin, mit mir veranstaltet habt?«

Tannenberg wollte etwas sagen, Mattissen ließ ihn aber nicht zu Wort kommen, sondern schrie mit Zornesröte im Gesicht: »Willst du etwa bestreiten, dass du mich gleich an diesem ersten Tag als stinkender Fischkopp bezeichnet hast? Dass du mich mit deinen feinen Kumpels fast jeden Tag bis zur Weißglut geärgert hast? Dass du derjenige warst, der mich mit dem schönen Satz ›Wir werden jetzt mal dafür sorgen, dass der Fischkopp ins Wasser kommt‹ zum Saufen gezwungen hast?

Dass du es warst, der, nachdem du erfahren hattest, dass ich nur mit meiner Mama hierhergekommen bin, irgendwann auf die tolle Idee gekommen ist, dieses Scheiß-Lied jeden Tag zu singen? Hast du Drecksack auch nur den Hauch einer Vorstellung davon, was ich damals durchgemacht habe? Ich bin nachts schweißgebadet aus fürchterlichen Albträumen aufgewacht. Ich hab mir sogar manchmal morgens vor der Schule aus purer Angst in die Hosen geschissen! Wenn ich meine Mama nicht gehabt hätte, hätte mich umgebracht!«

»Lars, es tut mir wirklich leid, das hab ich doch nicht gewollt!«, sagte Tannenberg erkennbar betroffen.

»Für eine Entschuldigung ist es viel zu spät! Das hättest du dir schon früher überlegen müssen.«

»Ja, aber wie denn? Du bist doch nie zu unseren Klassentreffen erschienen. Da hätten wir doch in aller Ruhe darüber reden können.«

»Und warum bin ich dort nie erschienen, obwohl ich trotz allem, was ihr mir damals angetan habt, große Lust gehabt hätte, einige der ehemaligen Klassenkameraden einmal wiederzusehen?«

Keine Reaktion.

»Weil ich immer noch unheimliche Angst vor dir und deinem Psychoterror hatte! Du verfluchter Scheißkerl!«

»Mensch, Lars, das tut mir echt leid. Das hab ich doch nicht gewollt. Das waren doch blöde Schülerstreiche!«

»Blöde Schülerstreiche? Für dich vielleicht! Mich …« Mattissen brach ab und dachte kurz nach. »Ist jetzt ja auch egal. Ich hab jedenfalls Mama an ihrem Todesbett geschworen, dass ich sie rächen werde und dass alle diejenigen, die sie in den Schmutz gezogen haben, bitter dafür bezahlen werden.

»Aber, Lars, du hast uns noch nicht alles gesagt!«, warf plötzlich die Kriminalpsychologin ein.

»Wieso?«, fragte Mattissen verblüfft.

»Weil da noch etwas anderes ist. Was ist an diesem Abend dort hinten in der Wirtschaft noch passiert? Was haben die Frauen noch mit dir angestellt?

Haben sie dich als Mamakindchen bezeichnet, sich darüber lustig gemacht, dass ein attraktiver erwachsener Mann wie du sich nicht für andere Frauen interessiert, weil er völlig auf seine Mama fixiert ist?

Dann ließ Eva die Bombe platzen. »Haben sie dir unterstellt, dass du eine sexuelle Beziehung zu deiner eigenen Mutter unterhältst? Dass du mit deiner Mutter …?«

»Halt's Maul, du Schlampe! Du spinnst doch! Ich bin doch nicht pervers!«, schrie der Serienmörder mit sich überschlagender Stimme.

Lars Mattissen griff mit der linken Hand, die nach wie vor den Klappbügel nach unten drückte, an seinen Kopf, fuhr sich mehrfach durch die Haare und fuchtelte mit der anderen Hand wie ein Degenfechter mit der Pistole herum.

»Hast du nun mit deiner eigenen Mutter geschlafen oder nicht?«, schrie die Profilerin so laut sie nur konnte.

Tannenberg stockte der Atem.

Lars Mattissen blieb stehen, ließ die Waffe sinken und blickte mit leeren Augen in die Finsternis.

Eva ging ruhig auf ihn zu. »Lars, es ist vorbei. Komm, gib mir die Waffe.«

Ein Ruck ging durch Mattissens Körper. Er riss die Waffe nach oben und richtete sie direkt auf ihren Kopf.

»Es ist noch nicht vorbei! Erst erschieß ich dich noch«, schrie er laut in die gespenstische Stille der Nacht.

Plötzlich peitschte ein lauter Knall durch die Luft. Die Detonation erzeugte in dem engen Tal einen unglaublichen Halleffekt. Aufgeschreckte Eichelhäher kreischten los und wurden von laut schnatternden Elstern bei ihrer wütenden Protestaktion unterstützt.

Tannenberg sah, wie Lars Mattissen durch den Kugeleinschlag in seine Stirn nach hinten umgerissen wurde und anschließend in sich zusammensackte. Eva stieß einen lauten, spitzen Schrei aus und warf die Hände schützend über ihre Ohren. Ihr bleiches Gesicht war mit hellroten Blutspritzern übersät.

Tannenberg stürzte panikartig in Richtung des am Boden

liegenden Mörders. Die Fernsteuerung lag mit umgeklapptem Metallbügel direkt neben Mattissens geöffneter Hand. Dann rannte er zu dem Felsen. Der kleine Monitor zeigte keine Nulllinie, sondern die gleichen Kurven wie vorhin. Er blickte hoch zu Kerstin Müller. Ihr Brustkorb hob und senkte sich im grellen Scheinwerferlicht.

Also lebte die Frau noch.

Tannenberg ging zurück zu Eva, die immer noch zitternd an derselben Stelle stand. Er umfasste sie mit seinen Armen und zog sie an sich.

»Eva, es ist vorbei! Sie lebt! Gott sei Dank! Die Fernsteuerung hat anscheinend nicht funktioniert.«

»Gut!«, war alles, was sie in ihrem Zustand antworten konnte.

Plötzlich kamen mehrere Polizeiautos und Notarztwagen mit Sirenen und Blaulicht aus der Dunkelheit auf den Waldparkplatz gebraust. Noch bevor das vordere Fahrzeug zum Stillstand gekommen war, hatte Schauß die Wagentür aufgerissen und rannte zu seinem Chef.

»Gott sei Dank, du lebst!«

»Musstet ihr ihn denn wirklich erschießen? Ich hab euch doch gesagt, dass ihr nicht eingreifen sollt. Wir hatten ihn fast so weit …«

»Wolf, wir haben uns an deine Anweisungen gehalten. Von uns hat keiner geschossen!«, rechtfertigte sich Kommissar Schauß.

»Wer dann?«

»Ich!«, rief plötzlich Oberförster Kreilinger, den Tannenberg bislang nicht wahrgenommen hatte. »Ich habe Ihnen und Ihrer Kollegin eben das Leben gerettet«, sagte er im Brustton der Überzeugung, gerade etwas wirklich Grandioses geleistet zu haben.

»Was? Sie Idiot! Sie, Sie, Sie blöder Waldrambo! Was meinen Sie, was passiert wäre, wenn die Fernsteuerung funktioniert hätte? Dann wäre die Frau dort oben jetzt tot! Und Sie hätten sie auf den Gewissen! Verschwinden Sie! Gehen Sie mir ja aus den Augen!«

Geiger nahm den verblüfften Förster am Arm und zog ihn in Richtung der Polizeiautos.

Inzwischen waren auch die Kriminaltechniker auf dem Parkplatz im Finsterbrunnertal erschienen.

Mertel ging zu Tannenberg und legte ihm eine Hand auf die Schulter. »Schön, dass dir nichts passiert ist, altes Schlachtross.«

Dann wies er zwei Mitarbeiter an, zu den Befestigungsstellen der Spanngurte hochzuklettern und die Bänder vorsichtig zu lockern, damit die Frau langsam nach unten gelassen und von dem am Fuß des Sandsteinfelsens wartenden Notarzt versorgt werden konnte.

Die beiden Männer hatten sich schnell auf dem festen Waldboden nach oben hinter den Felsen vorgearbeitet und waren auch gleich in der Lage, die anscheinend nicht sehr kompliziert an zwei Bäumen befestigten Gurte zu lösen und mit der Abseilaktion zu beginnen.

Schon nach kurzer Zeit konnten der Arzt und ein Sanitäter die Frau am Fuß des Felsens in Empfang nehmen.

»Die Frau ist tot! Und zwar schon seit mehreren Stunden«, stellte der Notfallmediziner emotionslos fest.

»Was?«, schrie Tannenberg verständnislos. »Wieso zeigt der Monitor dann ihre Herzschläge an und wieso atmet sie?«

»Weil ein elektrischen Blasebalg unter dem Vorderteil ihres Rucksacks versteckt ist, der ein Luftkissen aufbläst«, stellte Mertel nüchtern fest, nachdem er den roten Reißverschluss auf dem Bauch der toten Frau geöffnet hatte. »Und weil der Monitor manipuliert wurde.«

Tannenberg kniete nieder und nahm das immer noch sich aufblähende und wieder in sich zusammenfallende Luftkissen in die Hand. »Wahnsinn!«

Plötzlich spürte er von hinten eine Hand auf seiner Schulter.

»Wolf, ich hab die Stellung in meinen Schachcomputer eingegeben. Du kannst mit Schwarz bestenfalls ein Remis erzielen, aber nur mithilfe eines völlig waghalsigen Damenopfers.«

Tannenberg schüttelte nur den Kopf. Dann erhob er sich und entfernte sich mit langsamen Schritten weg von diesem albtraumhaften, gespenstischen Szenario. Er setzte sich ein wenig abseits auf einen Baumstumpf und beobachtete das unwirkliche Geschehen, welches sich einige Meter von ihm entfernt auf der hell erleuchteten Waldbühne abspielte.

Die immer noch unter Schock stehende Kriminalpsychologin wurde ärztlich versorgt, während der Gerichtsmediziner damit begann, die beiden Leichname zu untersuchen.

Wie schon des Öfteren in Tannenbergs Leben, gerade dann, wenn die finsteren Mächte des Schicksals sich unerbittlich gegen ihn verbündet zu haben schienen und ihn mit aller Macht wie eine Kellerassel zu zerquetschen drohten, sprießte plötzlich in seinem tiefsten Innern ein zarter, aber schnell wachsender Spross unbändiger Lebensenergie.

Während der Krankenwagen mit der Psychologin das Schlachtfeld verließ, verspürte er, vielleicht wegen der Assoziation »Schlachtfeld«, die sich mit aller Macht in sein Bewusstsein vorgearbeitet hatte, das dringende Bedürfnis, sich einen Musiktitel aus der Doors-CD anzuhören, die er zum Geburtstag geschenkt bekommen hatte – und der wie kein anderer zu diesem apokalyptischen Szenario zu passen schien.

Wie in Trance schlenderte Tannenberg zu seinem feuerroten BMW und sang leise: »This is the end, my only friend, the end … I'll never look into your eyes – again … Can you picture what will be, so limited and free …«

Während er das Cabrioverdeck öffnete, wiederholte er die Anfangsstrophen des Kultsongs, diesmal aber merklich lauter. Einige seiner Kollegen, die nur ein paar Meter von seinem

Auto entfernt am Felsen standen, blickten sich kurz nach ihm um, setzten dann aber gleich wieder ihre Arbeit fort. Tannenberg interessierte die Reaktion seiner Umwelt nicht, er war tief in dieses Musikstück eingetaucht.

Entspannt ließ er sich in den matt glänzenden schwarzen Ledersitz fallen, atmete einmal tief durch und drückte anschließend auf die Starttaste seines neuen CD-Players – »Maaama, du sollst nicht um deinen Juuungen weinen – Maaama, einst wird das Schicksal uns wieder vereinen«, dröhnt es mit voller Lautstärke aus den Boxen.

ENDE

GLOSSAR

Gäälschwämmscher	Pfifferlinge
Äschele	Eicheln
Herrnkaschde	Kopf
Schlabbergosch	lockeres Mundwerk
Hottwollee	bessere Gesellschaft
abgenibbelt	gestorben
Trottwar	Bürgersteig
Gäsegischderre	Schüttelfrost
Knoddelsche	süßes Baby
Bordschdääschwalb	Freudenmädchen
Schobbeschligger	Trinker
Buddschelbrie	dünner Kaffee
Bäddsääscher	Löwenzahn
Schnerrbo	Bogen
abbediddlisch Zuggerbibbsche	attraktive Frau
Herrgerjer	Eichelhäher
genachelde Pädschestreter	Wanderschuhe
flääschläärisch	lustlos
knorzelisch	übellaunig
Schnäägerbuud	Gourmettempel
Schlawiddschel	Kragen
iwwerkandidellt	extravagant
Säwerlätzje	Latz für Babys
Häwwelsche	kleiner Topf
Welljerholz	Teigroller
grobelisch	dämmrig

Schnebbekapp	Kopfbedeckung
Bawweratsch	Matsch
Gnaudel	Mülldeponie
Bottschammber	Nachttopf
briddschelle	erzählen

*

Nicht übersetzbare pfälzische Schimpfwörter:

Kaschber
Schwallbagge
Knorzelkopp
Krimmelbisser
Affezibbel
Ollwer
Dischbudierdruuschel
Hoschbess
Babbsack
daabohrischer Bangert
Schwallbagge
Krimmelbisser
Quaschdersack
Dolldibbe
aldes Reff
Retsch
Dummbabbler
Schnerrbix

Weitere Titel finden Sie auf den folgenden Seiten und im Internet:

WWW.GMEINER-VERLAG.DE